W0359460

LE MYSTÈRE DE SAINT-MAXENT

ISABELLE BUFFET

LE MYSTÈRE DE SAINT-MAXENT

Roman

NOUVEAUX AUTEURS 2

Éditions Les Nouveaux Auteurs
16, rue d'Orchampt 75018 Paris
www.lesnouveauxauteurs.com

Éditions Prisma
13, rue Henri Barbusse 92624 Gennevilliers Cedex
www.editions-prisma.com

1

Mercredi 29 avril 2009

Théosauria d'Aubrignan leva son visage vers le soleil, elle sentait le vent frais soulever légèrement sa chevelure brune. De minces rayons lumineux s'infiltraient à travers les premières feuilles de printemps, formant un doux kaléidoscope de couleurs. Elle coinça sous son bras une pochette renfermant des documents et retira ses escarpins pour marcher pieds nus sur le petit sentier ombragé et humide, comme elle le faisait quand elle était enfant sur ce même chemin. Les arbres formaient une voûte ondulante et chantante au-dessus d'elle. La jeune femme frissonna, l'air était encore frais malgré la chaleur du soleil qui dardait ses rayons sans pouvoir complètement percer l'épaisseur du feuillage. Son chien, un petit bichon maltais de deux ans, trottinait autour d'elle en jappant et tressautant de surprise quand surgissait un insecte un peu aventureux. Chaque fois que Théo l'emmenait avec elle dans ce sous-bois, il était assailli d'odeurs inconnues qui l'effrayaient tout autant qu'elles l'excitaient. Le petit chien gambadait gaiement sans toutefois s'éloigner trop de sa maîtresse.

Oups… c'était sa nièce de neuf ans qui avait choisi de baptiser son bichon de ce nom ridicule. Deux ans plus tôt, la petite avait fait une mauvaise chute de vélo qui lui avait valu quelques points de suture sur le front. Théo, qui adorait la fillette, lui avait promis qu'elle pourrait choisir le nom du chiot qu'elle allait adopter, si elle se comportait avec courage chez le médecin. Et voilà qu'aujourd'hui, elle se retrouvait donc avec un petit bichon maltais ridiculement appelé *Oups*, tandis que sa nièce et ses parents étaient partis s'installer au Canada.

La jeune femme inspira profondément. Elle était heureuse. Bientôt, ce petit bois serait à elle, ainsi que le château, qu'elle avait toujours connu et qui allait enfin revenir dans le giron familial. Non pas qu'elle ait un grand sens de la famille, c'était même plutôt le contraire, mais elle avait grandi avec son jeune frère près de ce château, dont on leur avait toujours dit qu'il avait appartenu à leurs ancêtres pendant des siècles. Ce genre de discours conditionne un esprit et c'est naturellement qu'elle s'était promis de récupérer un jour ce bien dont les siens avaient été spoliés. L'un des lointains aïeux de Théo avait en effet eu la mauvaise idée de jouer le château aux cartes, et de le perdre quelques jours seulement avant la Révolution française. Les propriétaires s'étaient ensuite succédé au sein de ces murs, sans réellement en prendre possession, laissant ce magnifique édifice tomber dans une lente décrépitude, jusqu'à son acquisition par les Fontenoy, au milieu du XIXe siècle.

Cette famille d'industriels avait acheté le domaine pour une bouchée de pain. Le château était en piteux état, et les premiers propriétaires ne s'y installèrent pas. La seule chose qui les intéressait à l'époque était l'abbaye cistercienne construite au XIIIe siècle par le premier seigneur de Saint-Maxent. Située non loin du château, elle avait été bâtie près d'une rivière. Désacralisée depuis la Révolution, c'était l'endroit idéal pour y installer de nombreux métiers à tisser et permettre à leur entreprise de s'agrandir. Ainsi naquit la filature qui fut à l'origine de l'immense fortune des Fontenoy, et qui permit l'émergence du village de Font-Saint-Maxent, devenu prospère grâce à l'industrie textile.

Bien qu'elle ne les portât pas en haute estime, excepté peut-être Béatrix Fontenoy, l'excentrique propriétaire actuelle, Théo devait bien admettre que grâce à eux, le domaine avait petit à petit été embelli. Les descendants de l'aïeul, entrepreneur visionnaire, avaient fini par s'installer au lendemain de la Première Guerre mondiale dans la propriété après l'avoir restaurée en grande partie.

Les Fontenoy d'aujourd'hui avaient contribué à moderniser le château. Les hauts murs avaient été peu à peu consolidés. Les pierres avaient été sablées, remplacées pour celles qui étaient trop abîmées, les ouvrants avaient tous été réhabilités dans des matériaux de qualité. La toiture en ardoise grise plate était encore en excellent état et ne devrait pas être changée avant plusieurs décennies. Si Béatrix acceptait son offre d'achat, Théo allait prendre possession d'un château remarquable, et pour un prix relativement raisonnable.

Béatrix avait récemment transformé ce monument historique en hôtel, ouvert uniquement certains week-ends. Certes, il ne disposait pas de toutes les commodités que l'on trouve dans les établissements hôteliers, mais le charme indéniable de cette propriété attirait néanmoins bon nombre de clients. Le cadre était exceptionnel et, même s'il fallait se déplacer au bout du couloir pour trouver une salle de bain ou des toilettes, ce désagrément n'empêchait pas l'hôtel de connaître un succès grandissant. Car ce qui attirait des clients de plus en plus nombreux était les soirées spirites que Béatrix organisait depuis presque dix ans. Persuadée que son château possédait un pouvoir de connexion exceptionnel avec le monde des esprits, Béatrix invitait des intervenants spécialisés dans un domaine du paranormal ; médiums, numérologues, spécialistes de l'hypnose régressive, chaman et autres adeptes de sciences ésotériques, afin d'organiser des séances de spiritisme et des conférences autour de la vie après la mort. Ces week-ends thématiques intéressaient un nombre toujours plus important de curieux, avides de passer une ou deux nuits dans ce château réputé pour ses phénomènes inexpliqués.

Malgré cet engouement autour de cette bâtisse, Théo n'avait aucune intention de poursuivre dans cette voie. Elle souhaitait redonner au château son authenticité et sa tranquillité, loin de la fébrilité des chercheurs de fantômes. Elle conserverait l'hôtellerie, mais dans la plus pure tradition des hôtels de luxe.

Gambadant dans les fougères, Oups fit s'envoler une tripotée de moineaux qui sautillaient sur l'herbe, à la recherche de vers de terre ou d'insectes imprudents. Depuis qu'elle était enfant, elle adorait ce sous-bois, l'odeur de la terre encore humide et le piaillement des nichées d'oisillons, tout l'enchantait. Mais aujourd'hui, malgré la quiétude du moment, la jeune femme ne pouvait s'empêcher d'être soucieuse. Même si elle espérait un compromis rapide entre elle et Béatrix Fontenoy, le temps pressait. Il lui fallait régler toutes les formalités administratives et financières avant qu'il ne soit trop tard. Les réticences de la propriétaire à conclure rapidement un accord ne manquaient pas de l'inquiéter.

Oups le chien s'était éloigné, reniflant avec curiosité un morceau de viande crue, étrangement disposé sur le côté du chemin. Théosauria, toute à ses pensées, n'avait pas remarqué l'absence de son petit bichon et n'entendit pas arriver dans son dos le bras armé qui allait mettre un terme à ses projets. Elle reçut un coup, asséné avec violence à l'arrière de la tête. Elle ne sombra pas dans l'inconscience, mais fut incapable de bouger. Une violente douleur irradiait tout son crâne, elle sentit vaguement qu'on la tirait par les bras, mais ne put réagir ni même ouvrir les yeux. Elle gémit doucement, lucide, malgré la souffrance atroce qui vrillait sa tête. Elle fut poussée sur le côté et comprit qu'elle glissait dans un trou peu profond. Affolée, elle sentit que l'on recouvrait son corps de terre. Théo fut submergée par une peur atavique. Ce n'était pas possible, elle n'allait pas être enterrée vivante ! Allongée sur le dos, elle tenta de repousser la terre qui peu à peu l'ensevelissait. Dans une tentative désespérée d'échapper à cette mort abominable, elle fit un ultime effort pour se retourner sur le côté et se hisser hors de ce trou. Elle saignait abondamment, le liquide chaud coulait le long de son visage et dans son cou. Parvenant enfin à ouvrir les yeux, elle découvrit, effarée, le visage de son assaillant. Le piège s'était refermé sur elle ; elle allait mourir et elle savait pourquoi. Elle reçut un nouveau coup violent à la tête, la douleur encore… La dernière chose qu'elle entendit avant de sombrer définitivement dans le néant fut les aboiements suraigus d'Oups…

Vendredi 22 mai 2009

2

Bourg-sur-Gironde. 8 h 50

Éléonore Valentin était en retard. Elle était toujours en retard. Toute sa vie n'était qu'une succession de retards, savamment organisés, afin de se singulariser et de scénariser ses arrivées. Et ce matin-là, Éléonore était attendue depuis plus d'une demi-heure, ponctuant les minutes qui s'égrenaient, de « Je me dépêche ! », « J'arrive ! », « Je descends dans cinq minutes ! » qu'elle criait depuis sa chambre sans parvenir à convaincre ni ses filles, agacées, ni sa sœur Hortense. Toutes les trois l'attendaient, assises dans le grand hall d'entrée de la maison, impatientes de prendre la route qui devait les conduire dans un petit village au sud de Poitiers.

– Maman ! appela de nouveau Héloïse, la fille cadette d'Éléonore.

– Tu lui as bien dit que nous devions partir vers 8 h ? s'énerva Charlotte en regardant sa montre pour la centième fois.

– Évidemment, répondit sa sœur. Mais elle sait bien qu'on prend une marge pour qu'elle soit à l'heure. Alors maintenant ça devient n'importe quoi !

Les deux sœurs avaient laissé leurs enfants respectifs et Balthazar, le bulldog anglais de Charlotte, chez une voisine et amie, qui avait accepté de déposer leur progéniture à l'école ce matin et de les garder pendant leur absence. Elles étaient sur les nerfs d'autant plus qu'elles avaient houspillé leurs enfants pour être à l'heure, et voilà que leur mère leur faisait perdre du temps.

– On aurait largement eu le temps de déposer les petits à l'école nous-mêmes ! grommela Héloïse.

– Bon, si dans cinq minutes elle n'est pas sortie de sa chambre, je vous préviens que j'annule ce voyage ! renchérit Charlotte au comble de l'agacement.

– Et ça serait bien dommage, soupira Hortense. Je suis sûre que nous allons bien nous amuser ce week-end. Tiens, cette fois je l'entends qui descend. Charlotte, s'il te plaît, inutile de te disputer avec ta mère, tu sais qu'elle est complètement hermétique à toute critique. Je pense même que ça l'encourage !

– On avait dit 8 h 15 au plus tard ! râla Charlotte sans tenir compte du conseil de sa tante.

Elle jeta un regard noir à sa mère, qui surgissait en haut de l'escalier.

– 8 h 15, et pourquoi pas 8 h 17 ou 22 ou 38 ! Toujours cette rigueur militaire ! Mais détends-toi, ma chérie, nous partons en week-end ! lança gaiement Éléonore, en accélérant toutefois le pas. Vous n'êtes pas encore en voiture ? On perd du temps là !

Hortense saisit le bras de Charlotte et l'entraîna à l'extérieur pour l'éloigner de sa mère.

La voiture, un antique monospace Renault dont le modèle n'était plus produit depuis plus de dix ans, était déjà garée dans l'allée qui longeait la maison, une belle girondine avec sa façade de pierres blondes. Le coffre était encore ouvert, attendant que l'on puisse charger la dernière valise, celle d'Éléonore.

– Ma chérie, je veux que tu essaies de te détendre et de profiter de ce week-end, souffla Hortense.

La jeune femme sourit machinalement à sa tante, tout en hissant dans le coffre la lourde valise de la retardataire. Heureusement qu'Hortense avait accepté de venir s'installer avec eux, elle était bien plus douce, plus réfléchie et beaucoup plus affectueuse que sa propre mère. Elle avait travaillé de longues années comme infirmière à l'étranger, puis était revenue définitivement en France après la mort de son mari. Depuis qu'elle avait accepté d'emménager dans la grande maison de Charlotte, Éléonore s'était légèrement calmée, comme apaisée par la présence bienveillante de sa sœur aînée. Mais elle n'avait pas pour autant abandonné ses mauvaises habitudes et se comportait encore trop souvent comme une diva.

– Mais qu'est-ce que tu as bien pu emporter pour que ta valise soit si lourde, Maman ? On ne part que quatre jours, pas un mois !

Éléonore était heureuse que sa fille ait enfin accepté de l'accompagner à Saint-Maxent. Malgré la mauvaise humeur de Charlotte, elle était persuadée que ces quelques jours ensemble allaient être très amusants. Elle sourit devant son air maussade, cette enfant avait toujours été bougonne.

– Je n'aime pas me laisser surprendre et, contrairement à toi, ma chérie, je mets un point d'honneur à être élégante en toutes circonstances.

– Moi, c'est surtout mon calme que j'essaie de garder *en toutes circonstances*... marmonna Charlotte.

– Allez les enfants, en voiture ! intervint gaiement Hortense. Je suis pressée de prendre la route pour Saint-Maxent.

Tandis que les plus jeunes s'installaient à l'avant du véhicule, Hortense et Éléonore prenaient place à l'arrière, en papotant gaiement comme deux adolescentes surexcitées de partir en voyage scolaire.

Charlotte conduisait en silence, le visage fermé, encore passablement énervée par le comportement de sa mère. Les deux femmes vivaient ensemble depuis presque deux ans, elle devait se faire une raison ; Éléonore n'avait pas fini de l'agacer... Après la mort brutale de son mari dans un accident de voiture en 2005, Éléonore s'était retrouvée seule, subitement veuve à cinquante-trois ans. Elle, que son mari vénérait et qui n'avait jamais été confrontée à la solitude, se retrouvait du jour au lendemain sans personne pour s'occuper d'elle, personne pour partager les longues années qui lui restaient à vivre. Inquiètes pour leur mère, Charlotte et Héloïse se relayaient chaque jour auprès d'elle sans parvenir à la sortir de la profonde dépression dans laquelle elle plongeait. Charlotte proposa à sa mère de venir s'installer avec elle dans son appartement bordelais, quand on envoya son compagnon travailler deux ans aux États-Unis. Éléonore accepta et, au contact de ses petits-fils, elle sortit peu à peu de sa dépression. Entre-temps, Charlotte démissionna avec fracas de la gendarmerie et tous emménagèrent dans la vieille maison qu'elle réhabilitait depuis des années, au sud de Blaye. Cette nouvelle installation n'allait pas sans quelques heurts. Éléonore, adepte du spiritisme, reprenait avec frénésie son mode de vie très fantasque, ce que Charlotte supportait parfois difficilement.

L'arrivée rapide parmi elles d'Hortense avait permis d'apaiser les relations mère-filles parfois orageuses. Puis Héloïse, qui était en instance de divorce, avait emménagé huit mois plus tôt avec ses deux petites filles. La grande maison de Charlotte avait ainsi accueilli veuves, divorcée et enfants dans un capharnaüm que la jeune femme n'avait pas anticipé. Mais elle fut néanmoins ravie d'avoir sa famille près d'elle, car cela permettait à ses jumeaux de huit ans de mieux supporter la très longue absence de leur père, en poste à Norfolk, depuis presque deux ans.

Héloïse jeta un regard rapide à sa sœur. Charlotte fixait la route, les sourcils froncés. Elle semblait perdue dans ses pensées, mais Héloïse savait que la jeune femme pensait à Patrick, son ex-compagnon, dont elle avait appris, un peu avant Noël, qu'il entretenait une liaison avec une jeune et jolie étudiante américaine.

Elle se pencha et tenta de régler le vieil autoradio sur une chaine d'information, ne réussissant qu'à remplir l'habitacle du monospace de dialogues inaudibles entrecoupés de grésillements insupportables, provoquant des cris de protestation sur la banquette arrière.

– Je sais que ça fait des mois que je le dis, mais est-ce qu'on ne pourrait pas changer cette saloperie d'autoradio pour un plus moderne ? grommela Héloïse. Tu sais qu'aujourd'hui il en existe qui lisent autre chose que des cassettes ?

Charlotte ne répondit pas. Elle avait choisi de ne pas prendre l'autoroute. Tant pis si la durée du voyage était plus longue, augmentant ainsi leur retard. Elle s'engagea vers l'estuaire de la Gironde, sur la route de la Corniche, bordée par les arpents de vignes qui longeaient le fleuve. Elle traversa au ralenti les villages posés en bordure de l'estuaire, avec leurs petits jardins, séparés des habitations par la route étroite qui traversait le village. Certains d'entre eux disposaient d'un carrelet, ce mini ponton de pêche, parfois surmonté d'un cabanon, et dont les longs piliers plongeaient dans le fleuve pour permettre aux pêcheurs de capturer dans leur filet, le carrelet, le poisson de la Gironde.

Un an auparavant, après avoir démissionné de la gendarmerie, Charlotte avait quitté son petit logement à Bordeaux pour s'installer définitivement dans la très grande maison qu'elle avait achetée onze ans plus tôt, dans la commune de Bourg-sur-Gironde. À l'époque, elle était tombée sous le charme de cette superbe girondine qui surplombait l'estuaire. Elle avait pu l'acquérir pour une bouchée de pain, en raison de l'état de décrépitude dans lequel elle se trouvait, mais aussi, et plus probablement, en raison de la terrible histoire qui avait marqué les lieux et les esprits. Un drame abominable s'y était produit des années auparavant : un père de famille avait massacré sa femme, ses enfants et ses beaux-parents à coup de hache, avant de se suicider. Cela conférait évidemment à cette propriété une triste réputation. Charlotte, qui connaissait les détails de cette sombre affaire, n'avait pourtant eu aucun état d'âme, et profita de l'aubaine pour s'offrir à moindre prix une propriété qu'elle n'aurait jamais eu les moyens d'acheter dans des circonstances normales.

Horrifiée, Éléonore avait immédiatement pratiqué de nombreuses séances afin d'assainir spirituellement les lieux et de chasser les mauvais esprits qui devaient encore hanter cette maison. Charlotte l'avait laissée faire à sa guise et, après de longues et nombreuses séances, Éléonore déclara que cet endroit avait enfin retrouvé sa sérénité et qu'il était maintenant possible d'y emménager.

Charlotte écoutait distraitement la conversation entre les trois femmes ; toutes étaient enchantées à l'idée de passer le week-end dans un château près du village de Font-Saint-Maxent. Depuis quelques années, Éléonore allait y pratiquer son activité favorite : le spiritisme. Après la mort d'Antoine, son mari, elle s'était consacrée totalement à cette passion, espérant probablement entrer en contact avec son époux. Or, à son grand désarroi, elle ne parvenait pas à communiquer avec lui. Cette déception ne la découragea pas et elle se lança de façon professionnelle dans cette activité, créant récemment le « Cercle des âmes errantes », une association qu'elle dirigeait avec Hortense. Plusieurs fois par an, Éléonore se rendait dans ce château pour participer aux soirées spirites organisées par Béatrix Fontenoy, la maîtresse des lieux. Hortense l'accompagnait toujours, et la médium avait proposé à Charlotte et Héloïse de se joindre à elles ce week-end, espérant que ce changement d'atmosphère serait bénéfique pour l'aînée de ses filles.

Le don de leur mère pour communiquer avec le monde invisible ne faisait aucun doute pour Héloïse. Depuis qu'elles étaient enfants, les sœurs connaissaient la particularité de leur mère et avaient appris à vivre avec. Ravie de participer à cette sortie à laquelle elles n'avaient jamais été conviées auparavant, Héloïse harcelait Charlotte depuis plusieurs jours pour qu'elle les accompagne. À force d'insistance, elle obtint que la jeune femme accepte de se joindre à elles, bien que Charlotte soit beaucoup plus sceptique quant aux capacités médiumniques de leur mère. Et c'est ainsi qu'elles se retrouvaient toutes les quatre dans ce vieil Espace Renault, en route pour un petit village du Poitou Charente.

Charlotte poussa un long soupir. Depuis Noël, en réalité, depuis qu'elle avait découvert l'infidélité de Patrick, elle n'avait pas été d'humeur à s'amuser. Ce week-end serait peut-être pour elle l'occasion de se changer les idées. Elle ne pouvait pas continuer à se lamenter sur son sort. Héloïse, qui observait sa sœur du coin de l'œil, perçut son changement d'humeur.

– Enfin tu te détends ! Je commençais à désespérer de te voir desserrer les dents ! C'est parfait !

Charlotte lui jeta un regard morne qu'Héloïse ignora.

– Bon, reprit-elle en baissant la voix. Qu'est-ce que tu dirais de pimenter un peu notre week-end ? Il y a longtemps que nous n'avons pas joué ! Un petit pari, avec, à la clef, un repas pour deux dans un grand restaurant ? Le perdant paiera l'addition !

Charlotte sourit. Sa sœur avait toujours été gourmande, et la majorité de leurs paris avait un enjeu culinaire.

– Si tu veux.

– On va reprendre avec un défi simple : je te parie que tu n'arriveras pas à amener Tante Hortense à évoquer le nom de son nouveau coup de cœur.

– Anatole ?

– Oui, opina Héloïse en baissant la voix. Elle a un gros béguin pour lui, mais refuse d'en parler. Mais comme le resto sera super cher, il faudra que tu l'amènes à mentionner Anatole au moins trois fois avant dimanche soir !

– Trois fois ? Et avant dimanche soir ? D'accord, mais ça sera repas *et* boisson alors !

– C'est bon pour moi, ricana Héloïse. Pudique comme elle est, ce n'est pas gagné pour toi ! J'espère que tu as des économies, ma vieille.

– Contacte plutôt ton banquier, tu risques d'avoir un gros découvert le mois prochain.

– Que la meilleure gagne ! Je sens qu'on va passer un excellent week-end.

Héloïse se frottait les mains, satisfaite d'avoir sorti sa sœur de sa gangue d'amertume. « On va bien s'amuser. Et tu verras que les séances qu'organise Maman sont impressionnantes. On aura peut-être même quelques surprises ! »

Elle ne croyait pas si bien dire…

3

Château de Saint-Maxent. 11 h

Béatrix attendait avec impatience l'arrivée de son amie Éléonore Valentin et de sa famille. Assise sur la terrasse ombragée à l'arrière du château, elle observait le manège d'un couple d'écureuils qui montaient et descendaient le long du tronc de l'immense chêne séculaire. Il avait plu toute la nuit et une partie de la matinée, mais le soleil perçait à présent les quelques nuages qui persistaient. Le parc verdoyant était encore humide des orages nocturnes. Elle ferma les yeux et releva la tête pour présenter son visage aux rayons de soleil qui filtraient à travers les épaisses ramures du chêne, l'enveloppant d'une douce chaleur. Elle resta ainsi, les yeux clos, pour ne plus voir les opportuns installés non loin d'elle.

Aymeric et Clothilde, son beau-frère et sa belle-sœur, avaient pris place à l'autre bout de la terrasse, sirotant leur café avec une indifférence feinte. Hugues, leur fils aîné, était avec eux. Il dégustait un verre de son cognac hors d'âge, comme à son habitude, affichant un détachement prétentieux. Médecin généraliste, et bien qu'il possédât son cabinet et une maison dans le village, il s'était installé à demeure dans le château familial, comme ses parents et sa plus jeune sœur, Garance.

Béatrix savait que sa belle-famille détestait les week-ends thématiques qu'elle organisait deux fois par mois, jugeant ces réunions grand-guignolesques. Mais elle s'en moquait. Elle s'estimait déjà bien gentille de tolérer leur présence continuelle dans ce château, bien qu'il lui appartînt depuis la mort de son époux. Elle pouvait bien y faire ce qu'elle voulait ! Et ce week-end était très important. Elle attendait l'arrivée de son amie Éléonore Valentin avec impatience.

Depuis qu'elle organisait ses week-ends à thème, la présence de la médium attirait un public de plus en plus nombreux, qui préférait assister aux soirées où Éléonore était invitée. Sa présence était, selon eux, la promesse de soirées riches en contacts intenses avec le monde des esprits. Ces séjours incluaient des forfaits pour une ou deux nuits avec repas et séance de spiritisme. Cela permettait à Béatrix de faire le plein de son établissement. Le succès grandissant des week-ends thématiques qu'elle organisait était la preuve de l'intérêt et de la curiosité que suscitait son château.

Cet engouement nécessitait que les membres de sa famille restituent, pour le week-end, les chambres dans lesquelles ils résidaient à l'année, pour s'installer dans « l'affreuse auberge », ainsi que la qualifiait sa belle-sœur Clothilde, qu'ils possédaient dans le village voisin. Mais ils s'y refusaient toujours, préférant s'installer dans le dortoir ou dans les petites chambres, qui constituaient l'ancien quartier des domestiques, plutôt que de quitter le château. Soupirant d'exaspération, Béatrix se leva pour arpenter la terrasse.

Elle avait découvert la particularité de son château grâce à Éléonore Valentin et attendait impatiemment l'arrivée de la médium en qui elle avait toute confiance. Lors des séances de spiritisme de son amie, elle avait assisté à des manifestations qu'elle ne s'expliquait pas et avait reçu des messages de proches dont la médium ignorait tout. Non, vraiment cette femme avait un réel don. Elle seule pourrait l'aider.

Agacée par la présence de son beau-frère et de sa belle-sœur dont elle pouvait ressentir la morgue comme un effluve nauséabond, Béatrix préféra quitter la terrasse pour attendre l'arrivée des Valentin dans le salon de jardin, installé devant l'entrée du château. Béatrix avait besoin de l'expertise de son amie pour comprendre ce qui se passait dans cette bâtisse depuis quelques mois. Elle avait fini par craindre de s'y retrouver seule, sentant rôder autour d'elle, depuis quelque temps, une présence malfaisante qu'elle n'avait jamais perçue auparavant.

Béatrix avait caché ses craintes au reste de la famille. Inutile de rajouter la folie à la loufoquerie dont on l'affublait. Elle savait l'opinion qu'Aymeric avait d'elle. Le mépris qui transpirait à travers chacune de ses paroles révélait suffisamment toute la considération qu'il avait pour sa belle-sœur, usurpatrice à ses yeux, du château familial. Mais Béatrix n'en avait cure ! Elle-même n'avait pas un immense respect pour lui ni pour Clothilde, l'épouse compassée du pompeux Aymeric. La fortune personnelle de Béatrix avait en grande partie été utilisée à rénover et moderniser l'immense domaine. Elle estimait donc être une propriétaire tout aussi légitime que son beau-frère. Mais aujourd'hui, ce château commençait à lui faire sentir qu'elle n'était plus la bienvenue au sein de ces murs. C'est pourquoi elle avait organisé un nouveau week-end spirite et avait supplié son amie Éléonore de la rejoindre. Elle seule saurait décrypter ce phénomène et calmer ses angoisses.

Cette fois encore, l'hôtellerie avait fait le plein d'occupants. La bâtisse comprenait une quinzaine de chambres et toutes avaient été réservées pour participer à ces deux soirées de spiritisme. Les clients devaient arriver après 18 h, ce qui lui laissait le temps de s'entretenir avec Éléonore pour lui faire part de ses craintes.

Quelques notes de musique résonnèrent doucement, s'échappant par la fenêtre ouverte du petit salon. *Le Chant du cygne* de Schubert, transcrit au piano par Frantz Liszt, l'un des morceaux préférés de sa nièce, la fragile et éthérée Garance. Fermant les yeux pour profiter de la douceur des notes de musique, que la jeune pianiste jouait à la perfection, Béatrix se laissa bercer par la mélancolie de cette sérénade.

Alors qu'elle commençait à sombrer dans une douce somnolence, elle entendit les graviers de l'allée crisser sous les pneus d'un véhicule. Éléonore arrivait enfin, accompagnée de deux de ses enfants, que Béatrix n'avait jamais vus, et d'Hortense.

– Éléonore ! s'exclama-t-elle en la serrant dans ses bras. Si tu savais comme je suis heureuse de vous voir, Hortense et toi, dit-elle en embrassant chaleureusement les deux femmes.

Béatrix plongea son regard dans les étranges yeux vairons d'Éléonore, cette particularité si rare qui accentuait l'aura de mystère qui entourait son amie. Elle fut à nouveau rassurée, comme chaque fois, par sa présence tranquillisante.

– Et je rencontre enfin tes filles, reprit-elle en se tournant vers les deux jeunes femmes, blondes, grandes et charpentées à l'image de leur mère. Votre maman m'a si souvent parlé de vous que j'ai déjà l'impression de vous connaître. Allons prendre un petit verre de vin avant de passer à table. Laissez donc vos affaires dans l'entrée en attendant. Je vous ai logées dans la plus belle chambre, elle comprend deux lits de deux places. Vous y serez très bien. Mieux que dans le dortoir sous les combles en tout cas, ajouta-t-elle dans un éclat de rire.

4

Château de Saint-Maxent. 11 h 15

Sur la terrasse ombragée à l'arrière du château, Béatrix et ses invitées s'installèrent sur des chaises en fer forgé entourant une table ronde recouverte de mosaïque. Trois personnes étaient assises non loin, deux hommes, et une femme d'une soixantaine d'années. Charlotte remarqua que le plus âgé des messieurs dévorait sa mère des yeux, tandis que la sexagénaire à côté de lui changeait de place, pour leur tourner ostensiblement le dos. Charlotte échangea un regard étonné avec sa sœur, elle-même surprise par cette attitude manifestement hostile.

– Ne faites pas attention à eux, chuchota Béatrix, remarquant leur étonnement. Cette charmante personne est ma belle-sœur, qui, comme vous pouvez le constater, est furieuse. L'un des hommes est mon beau-frère, l'autre est mon neveu Hugues. Mais, voyez-vous, l'organisation de ces week-ends les oblige à quitter les chambres qu'ils occupent à l'année au château. Ils doivent donc s'installer dans le grenier, dans l'ancien quartier des domestiques, bien qu'ils aient une grande maison au village. Il n'est évidemment pas question pour moi de refuser du monde pour qu'ils gardent leurs habitudes. Je peux vous dire qu'ils détestent ça, surtout ma belle-sœur.

– D'autant que tu nous loges toutes les quatre dans la plus belle chambre du château, ajouta Éléonore.

Béatrix sourit.

– Je suis ravie que vous soyez toutes là, votre présence va me remonter le moral ! Cela fait si longtemps que vous n'étiez pas venues, Hortense et toi. La dernière fois, c'était quand ? En février ?

– Non, nous étions ici fin janvier, répondit la médium. C'est la première fois que nous sommes si longtemps sans nous revoir. C'est un plaisir de revenir, je dois t'avouer que ce château et ses fantômes me manquaient.

Mal à l'aise, Béatrix hocha doucement la tête. Ce week-end serait le dernier qu'elle organisait, elle allait devoir l'annoncer à ses amies et appréhendait leur déception.

– Tout de même, dit Hortense qui n'avait pas noté la gêne de son amie. Je ne comprends pas qu'ils préfèrent rester ici plutôt que de rejoindre leur propre maison.

– Vous les contraignez à partir très souvent avec toutes ces soirées que vous organisez, non ? demanda Héloïse.

– Ne vous en faites pas pour eux, ils sont logés gratuitement ici depuis des années alors qu'ils possèdent une superbe maison dans le village. Ils l'ont d'ailleurs aménagée en hôtel, « L'Auberge du Chevalier », comme ils l'appellent. C'est ma nièce Apolline, leur fille aînée, qui la gère. Le succès de ce château leur est bien utile, croyez-moi. Quand tout est complet, c'est là-bas que j'envoie les clients que je ne peux pas loger ici. Sans le château et ces week-ends qu'ils méprisent, l'auberge ne fonctionnerait pas !

Éléonore observait les Fontenoy par-dessus ses énormes lunettes de soleil. Probablement conscient d'être l'objet d'une conversation assez critique, le trio descendait les quelques marches de la terrasse pour s'éloigner et se promener dans le parc.

– La vie avec eux ne doit pas être facile pour toi si tu ne les supportes pas, dit-elle en piochant des tomates cerises disposées dans une assiette.

Charlotte lui lança un regard moqueur et reçut un coup de pied sous la table avant de pouvoir ouvrir la bouche.

– Heureusement, le château est suffisamment grand pour que l'on n'ait pas à se croiser trop souvent, répondit Béatrix.

– Tout le monde n'a pas cette chance... soupira Charlotte en repliant rapidement ses jambes sous sa chaise pour éviter un nouveau coup de pied de sa tante.

– L'histoire de cette famille est absolument fascinante. Savez-vous, les filles, que la marque des « Textiles de Font-Saint-Maxent » leur appartient ? demanda Hortense pour réorienter la conversation vers un sujet moins propice aux petites piques de sa nièce. J'ai cru comprendre que ce n'était pas Aymeric qui dirigeait cette entreprise familiale, mais son fils, c'est bien cela ?

– C'est exact. À la mort de mon beau-père, et à celle de mon mari peu de temps après, cette famille s'est retrouvée sans un dirigeant digne de ce nom. Voyez-vous, malgré les études commerciales qu'il avait suivies pour le préparer à cette tâche, mon cher beau-frère n'avait jamais eu envie de diriger l'entreprise familiale.

– Quel dommage de disposer d'un tel héritage et de ne pas s'en occuper ! regretta Éléonore.

– Tu peux le dire ! L'usine de textile a frôlé la faillite, cela aurait laissé sur le carreau de nombreuses familles et entreprises locales. Aymeric se désintéressait totalement de la conduite de cette entreprise, pourtant florissante. Il a été incapable de prendre le virage de la modernité, et a fait des choix discutables et malheureux. Par extension, la prospérité du village de Font-Saint-Maxent a été mise en péril.

– Que s'est-il passé ? Il a fini par se mettre au travail ? demanda Héloïse en suivant des yeux le petit groupe qui déambulait dans le jardin.

– Absolument pas ! C'est Louis, le fils cadet d'Aymeric, qui a fait de brillantes études de commerce, puis a repris l'affaire en main. Il a rapidement été propulsé à la tête de la société. Je peux vous dire que ce garçon, qui n'a que vingt-sept ans, comme mon fils Tristan, travaille sans relâche pour redresser une société que le dilettantisme et la bêtise de son père ont conduite au bord du gouffre. Il a changé complètement la politique de l'entreprise, en axant désormais la production sur des produits biologiques de haute qualité, et cela commence, semble-t-il, à porter ses fruits.

– C'est Louis qui dirige seul l'entreprise ? s'étonna Héloïse. Votre beau-frère reste donc ici, laissant son fils se débrouiller pour redresser les finances de votre famille. Il a la belle vie finalement.

– Oui, vous avez parfaitement compris ! Aymeric n'aime que l'Histoire. Il donne parfois des conférences sur la Renaissance. C'est le domaine qu'il préfère. Il a été contraint de faire des études de commerce, mais à la mort de mon beau-père, il a décidé de commencer des études d'histoire. Il a publié quelques bouquins et se présente aujourd'hui comme un spécialiste de la Renaissance.

– Ça, c'est étonnant ! s'exclama Charlotte en levant un sourcil. Dis-moi, ma tante, ce n'est pas notre nouveau voisin qui est historien lui aussi ?

– Tu as raison, rétorqua Hortense, un peu étonnée par l'enthousiasme de sa nièce. J'ai effectivement un ami qui est médiéviste.

– Votre beau-frère le connaît peut-être ? Il s'appelle comment déjà, ma tante ?

– C'est le professeur Anatole Saintenac, répondit Hortense en regardant sa nièce, intriguée par sa question. Pourquoi prétendait-elle ne pas se souvenir du nom d'Anatole ?

Charlotte coula un regard triomphant vers sa sœur et remonta ses lunettes de soleil, avec un sourire moqueur. Un point pour elle.

– Dans ce milieu confidentiel, j'imagine qu'ils se connaissent tous plus ou moins, répondit Béatrix. Cela dit, Aymeric n'est pas spécialisé en histoire médiévale. Il prétend que ce château recèle des vestiges datant de la Renaissance, ce qui explique le bazar que vous pouvez voir si vous allez vers l'ancienne abbaye. Il a commencé de nouvelles fouilles, c'est son dada… Il a écrit quelques livres barbants auxquels je n'ai jamais rien compris. Il s'imagine être brillant, ce qui en fait un personnage imbu de son savoir et insupportable. J'espère que ton ami est plus amusant.

Hortense ne répondit pas, au grand soulagement d'Héloïse qui se voyait déjà régler une addition exorbitante dans l'un des restaurants les plus chers de Bordeaux.

En entrant dans le grand hall du château, sur une console en marbre qui couvrait des radiateurs en fonte, étaient disposées de nombreuses photos de famille. Charlotte se figea soudain et saisit l'une d'elles sur laquelle figuraient en noir et blanc deux enfants en maillot de bain. Ils riaient aux éclats en se tenant par la taille, sur une plage.

– Qui est sur cette photo ? demanda-t-elle d'une voix étranglée.

Béatrix s'approcha.

– C'est Tristan, mon fils, et son cousin Louis. Nous parlions justement de lui il y a quelques minutes. Louis est le fils d'Aymeric et de Clothilde. Sur cette photo, les deux garnements ont environ une dizaine d'années. À l'époque, ils s'entendaient comme larrons en foire, mais Tristan n'a pas suivi la voie brillante de son cousin. Il vit à une quinzaine de kilomètres d'ici, dans une communauté d'hurluberlus, soupira-t-elle en reposant la photographie. Vous le rencontrerez ce soir, il nous apporte souvent des légumes et aide à préparer la salle pour la conférence. Bien, allons déjeuner !

Héloïse s'approcha et entoura tendrement les épaules de sa sœur. Elle comprenait l'émotion de la jeune femme, Tristan ressemblait trait pour trait à leur cousin Pierre-Louis, qu'elles appelaient Pilou, mort noyé alors qu'il n'avait que onze ans. Sans un mot, elles rejoignirent la salle à manger.

L'attitude des Fontenoy, surtout celle de Clothilde, ne s'améliora pas, encore moins à l'heure de déjeuner. Les convives prenaient soin de ne pas se côtoyer de trop près. Ils se dirigèrent dans une petite salle dans laquelle plusieurs tables avaient été dressées. Béatrix s'installa avec ses amies tandis que les Fontenoy prenaient place à la table la plus éloignée. Une femme d'une cinquantaine d'années vint déposer devant chacun d'eux une assiette contenant une part de terrine de poissons. Charlotte observait les convives, qui, dans le silence le plus total, regardaient le contenu de leur assiette sans bouger. Puis une jeune fille blonde, très menue et vêtue d'une longue robe blanche qui la couvrait jusqu'aux poignets, rejoignit les Fontenoy. Béatrix la désigna en chuchotant comme sa nièce Garance, la fille cadette de Clothilde et Aymeric. Elle avait une allure très juvénile, que sa maigreur accentuait. La tête baissée et sans un regard pour sa tante et ses invitées, elle s'installa entre ses parents. Toujours en silence, les Fontenoy commencèrent alors à manger. Charlotte fut surprise d'apprendre qu'elle avait presque vingt-cinq ans, alors qu'elle avait l'apparence d'une enfant de treize ans, tout au plus. Médusée, elle observait cette étrange famille, qui mangeait sans échanger un mot ou un regard. Peut-être pour signifier ouvertement leur mécontentement face à la venue des clients de Béatrix, ce week-end.

– Le quartier des domestiques doit être particulièrement inconfortable, conclut Charlotte.

5

Château de Saint-Maxent. 13 h 50

Allongée sur le lit, les bras croisés sous la tête, Charlotte fixait sans les voir les superbes moulures qui cerclaient le haut plafond de la chambre qu'elle occupait avec sa famille. La pièce était très grande et occupait l'angle du deuxième étage. L'une des fenêtres offrait une vue superbe sur le parc arboré, à l'arrière du château. Deux cheminées anciennes, en marbre gris, se faisaient face de part et d'autre de la chambre. L'une d'entre elles était flanquée de portes en bois fermant des placards trop poussiéreux pour qu'ils puissent être utilisés. Leurs vêtements étaient suspendus dans une vieille armoire en hêtre, dont les portes grinçaient à chaque ouverture.

Héloïse et Hortense étaient parties se promener dans l'immense parc du château, tandis qu'Éléonore était restée dans le salon pour discuter avec son amie Béatrix.

Charlotte avait préféré s'isoler dans la chambre. Elle se sentait fatiguée. Depuis Noël, ses nuits avaient été souvent perturbées, et elle trouvait difficilement le sommeil, tournant et retournant ses noires pensées sans trouver d'apaisement. Elle était constamment d'humeur maussade et ne sortait plus avec sa sœur comme elles avaient l'habitude de le faire. Elle faisait maintenant partie de la cohorte de femmes trompées par leur compagnon, trahies, blessées, humiliées… Elle n'était pourtant ni la première ni la dernière à qui cela arriverait, il fallait qu'elle se reprenne.

Elle avait appris par le détective Victor Capestan l'infidélité de son compagnon quelques jours avant qu'il ne rentre en France pour passer les fêtes de fin d'année avec eux. Si elle était honnête avec elle-même, elle devait bien admettre qu'elle avait eu quelques craintes, mais elle n'avait pas imaginé que Patrick ait pu entretenir une liaison, et encore moins une liaison aussi sérieuse. Le choc avait été rude, et le réveil violent. L'embardée fatale avait les traits d'une fausse blonde aux yeux de biche et aux vingt-cinq ans affriolants. Charmant cadeau de la vie pour Noël.

Charlotte se rappela avec amertume le retour de celui qu'elle considérait, jusqu'à ces quelques jours avant Noël, comme l'homme de sa vie. En le voyant débarquer à l'aéroport, au bout du couloir des arrivées, tellement séduisant et le sourire conquérant aux lèvres, son cœur s'était emballé bien malgré elle. Elle s'était pourtant préparée, jouant mille fois la scène des retrouvailles pour ne pas être tentée de hurler sa colère dès qu'il apparaîtrait. Mais elle n'avait pu empêcher son cœur de battre plus fort et ses jambes de flageoler.

Elle avait préféré le revoir sans la présence de leurs deux fils, qui patientaient pour retrouver leur père dans un fast-food, en compagnie de leurs cousines et d'Héloïse. Patrick avait immédiatement compris que quelque chose n'allait pas ; Charlotte l'avait accueilli sans un geste, sans un sourire, le regard dur. Il avait été surpris, ne sachant comment réagir face à la froideur de sa compagne. Elle lui annonça, avec une rage qu'il sentait affleurer dans son regard, qu'elle connaissait sa liaison avec une jeune étudiante et n'avait aucune envie d'en parler dans le hall de l'aéroport. Elle lui confiait leurs fils, lui déclarant d'un ton glacial préférer ne pas le revoir avant son départ pour Norfolk. Elle ne souhaitait pas le priver de ses enfants, ou plutôt, avait-elle précisé d'une voix dure, elle ne souhaitait pas priver ses fils de leur père, et lui laissait les garçons jusqu'à son départ. Elle lui avait tendu des billets de train pour La Rochelle où les parents de Patrick les attendaient, précisant qu'elle avait prévu de récupérer les enfants là-bas le 2 janvier. Charlotte lui laissait le soin d'annoncer à ses parents qu'elle ne serait pas avec eux à Noël. Les garçons le savaient déjà et, bien qu'ils soient évidemment déçus, ils n'en avaient pas fait un fromage, tout à leur joie de revoir leur père et de passer ces quelques jours avec lui, chez leurs grands-parents paternels.

Patrick était resté figé de stupeur. Il n'avait même pas lâché sa valise, tant la surprise avait été totale pour lui. Qu'aurait-il pu faire ou dire que Charlotte eût été en état d'entendre ?

Le couple s'était séparé devant le fast-food où les attendaient les enfants et Héloïse, dont l'attitude distante signifiait qu'elle savait tout, elle aussi. Après avoir longuement embrassé les garçons, Charlotte était repartie avec sa sœur et ses nièces sans un regard pour Patrick, le laissant désemparé, entouré de ses deux fils survoltés.

Ils s'étaient revus brièvement le 2 janvier, dans un café de La Rochelle. Il avait insisté pour lui parler avant qu'elle ne récupère les enfants. Patrick lui avait annoncé qu'on lui avait demandé de rester une année supplémentaire à Norfolk et qu'il ne comptait pas accepter. Il voulait revenir auprès d'elle et de ses fils. Il avait fait une terrible bêtise, mais cette histoire avec cette fille était sans importance. Charlotte l'avait écouté, sans un mot, les yeux tournés vers le port de La Rochelle. Elle n'avait pas ouvert la bouche une seule fois, enfermée dans sa prison de colère, de déception et d'amertume. À un moment, alors qu'elle se levait pour partir, il avait tenté de la prendre dans ses bras, mais avait vite compris, au regard qu'elle lui lança, qu'il risquait de prendre un coup et avait refréné son impulsion. La jeune femme était partie récupérer les garçons sans qu'il sache à quoi s'en tenir avec elle, le laissant seul, le nez dans son cappuccino.

Arrivée chez ceux qu'elle considérait comme ses beaux-parents, pour retrouver ses fils, Charlotte avait dû écouter les conseils d'Éliette, la mère de Patrick, qui expliquait « *sans la justifier* » la faiblesse de son fils, loin de sa femme et ses enfants, seul dans un pays étranger. La jeune femme s'était retenue de lui parler des dizaines de photos que la jeune maîtresse de Patrick avait affichées sur son compte Facebook depuis plus de six mois. Photos qui démentaient totalement la solitude pesante que son cher fils aurait eu à endurer. Charlotte les avait toutes vues, toutes décortiquées, toutes détestées. Le pire pour elle était de devoir reconnaître que les deux amants semblaient très amoureux… Comment pourrait-elle reprendre la vie commune avec cet homme qu'elle voyait enlacer tendrement ou embrasser une autre femme ? Tout était trop douloureux et insupportable. Son histoire commune avec Patrick était révolue, terminée. Restait à gérer son retour et les conséquences, pour leurs enfants, de son aventure américaine.

Elle était repartie, un goût amer dans la bouche, avec ses deux petits garçons malheureux de quitter leur père, pleurant en silence à l'arrière de la voiture sans qu'elle sache quoi leur dire pour les réconforter.

Charlotte se releva brusquement, une vague d'amertume la submergeant encore une fois. Son téléphone vibra, elle jeta un œil sur l'écran et soupira : c'était Victor Capestan, celui par qui son cauchemar avait commencé…

6

Château de Saint-Maxent. 14 h

Pendant que Charlotte ruminait dans sa chambre sur la fin de son histoire d'amour, Éléonore et Béatrix buvaient à petites gorgées leur café, accompagné de quelques carrés de chocolat noir à la menthe. Elles s'étaient retirées dans le petit salon de musique attenant à la salle à manger où ils avaient pris leur déjeuner. Un piano trônait au milieu de la pièce, un superbe piano à queue sur lequel jouait quotidiennement Garance. Deux grandes portes-fenêtres occupaient le pan d'un mur, inondant la pièce d'une belle luminosité.

Assise sur un fauteuil crapaud assez inconfortable, Éléonore observait son amie, recroquevillée dans une méridienne face à elle. Anxieuse, Béatrix se mordait l'intérieur de la joue.

– Éléonore… il faut que je te dise quelque chose, dit-elle enfin. J'ai pris une décision douloureuse.

Éléonore reposa sa tasse de café sans quitter des yeux son amie.

– Voilà, reprit Béatrix en se tordant les mains. J'ai décidé de vendre ce château.

– Le vendre ! Mais pourquoi, grand Dieu ? Que se passe-t-il ?

Béatrix se leva et se posta devant la porte-fenêtre qui s'ouvrait sur la terrasse. Elle soupira longuement.

– J'ai l'impression que les choses ont changé ici, dit-elle en se tournant pour faire face à son amie. Tout est devenu plus menaçant, comme si quelque chose ou quelqu'un voulait me rendre folle.

Éléonore fronça les sourcils, soudain inquiète. Ce qu'elle craignait depuis le début était-il en train de se produire ? Ce matin, en arrivant dans l'allée qui menait à l'imposant château, elle avait eu l'impression que les murs du bâtiment s'étaient assombris, prenant une couleur de pierre grise, qui donnait un aspect sinistre à l'immense bâtisse. Puis cette impression s'était estompée et le château avait retrouvé sa belle clarté, lumineux sous le soleil qui se reflétait sur ses pierres blanches de Touraine.

– Les entités qui sont ici ne sont pas malveillantes. Pourquoi voudrais-tu qu'elles te veuillent subitement du mal ? répondit-elle pour la rassurer.

Béatrix reprit sa place près de la médium.

– Je ne sais pas, murmura-t-elle comme si elle craignait d'être entendue. Je t'assure, Éléonore, qu'il se passe des choses bizarres depuis quelques mois. Je ne me sens plus à l'aise et je dois t'avouer que j'ai déjà pris quelques dispositions pour vendre ce château. J'attends d'ailleurs des propositions.

– Cela m'ennuie de te dire cela, mais peut-être devrais-tu arrêter totalement ces week-ends sur le spiritisme. Jusqu'à présent, il ne s'est jamais rien passé de vraiment inquiétant ici, mais il est peut-être temps de revenir aux week-ends « Yoga » ou « Photographie » que tu organisais au début ? Cela apaiserait peut-être les choses et te permettrait de rester ici.

Béatrix sourit et posa sa main sur celle de son amie.

– Je sais que tu m'as mise en garde à de nombreuses reprises, et crois bien qu'aujourd'hui, je regrette de ne pas t'avoir écoutée. Si j'avais été moins stupide, je ne serais peut-être pas contrainte de me séparer de ce château.

– Explique-moi ce qui se passe, il y a peut-être une solution avant d'en arriver à vendre !

Béatrix se servit une nouvelle tasse de café qu'elle enserra entre ses mains, comme pour se réchauffer. La présence de son amie la réconfortait déjà.

– Ça a commencé fin janvier, un peu après un week-end où vous étiez là, Hortense et toi. Pendant la nuit du 29 au 30 janvier pour être exacte. Je m'en souviens parce que j'avais passé la soirée chez une amie, et tu le sais, je ne sors pas beaucoup. J'ai tout noté dans mon carnet. Ce soir-là, après m'être couchée, j'ai lu un peu, puis j'ai posé mon livre sur ma table de nuit comme d'habitude. Et bien le lendemain, je l'ai retrouvé sur ma coiffeuse. Je suis quelqu'un de très organisé, et si je te dis que j'avais laissé mon livre sur ma table de nuit et non sur ma coiffeuse, tu peux me croire.

Éléonore acquiesça en silence. Cette anecdote n'avait rien de terrifiant, elle laissa son amie continuer son récit.

– Puis ce genre de choses s'est répété chaque nuit. C'était ma boîte de mouchoirs en papier, ou bien mes lunettes. Parfois, il s'agissait de mes habits que je retrouvais en boule dans un coin de ma chambre, ou bien ma robe de chambre posée sur le fauteuil alors que je la laisse toujours au bout de mon lit. Cela m'a troublée. Je me suis demandé si je ne devenais pas somnambule. Pour en avoir le cœur net, un soir j'ai décidé de disperser de la farine autour du lit, pour voir si c'était moi qui me levais durant la nuit, sans m'en souvenir.

– C'est une excellente idée ça ! Et alors ?

– Alors, le lendemain matin, il n'y avait aucune trace de mes pas autour du lit. Il était évident que je ne m'étais pas levée. Or, le tabouret qui est devant ma coiffeuse avait été transporté de l'autre côté de ma chambre, devant mon armoire. Je ferme ma porte à clef tous les soirs et ma porte grince en s'ouvrant ; si quelqu'un était entré, je l'aurais entendu.

Éléonore hochait doucement la tête.

– C'est très étonnant, murmura-t-elle.

– C'est pourtant vrai. Ce genre de choses est arrivé très souvent. J'ai tout noté sur mon carnet. Mais ce n'est pas le pire, gémit Béatrix en se penchant pour piocher dans son sac un carnet noir qu'elle feuilleta fébrilement. Depuis le début du mois de mars, un nouveau phénomène m'a terrifiée.

Elle chaussa ses lunettes et déchiffra des pattes de mouches inscrites sur une page.

– Je suis réveillée vers 3 h 15 du matin, à quelques minutes près. J'entends un long cri de femme, terrible… le hurlement est horrible. Je parviens à sortir de ma chambre, tremblante de peur, mais rien… la maison est plongée dans la pénombre et personne ne semble avoir été réveillé par ce cri. J'ai demandé le lendemain matin à ma belle-famille, pendant le petit déjeuner, s'ils avaient eux aussi été réveillés par des cris, mais personne n'avait rien entendu.

Éléonore fronça les sourcils, son amie avait les mains tremblantes.

– Il est en effet étrange qu'ils n'aient pas entendu ce hurlement… ça ne s'est produit qu'une fois ?

Béatrix secoua la tête en feuilletant de nouveau son petit carnet.

– Non, plusieurs fois, la dernière c'était le 19 mars exactement. J'ai été réveillée parce que le verre d'eau que j'avais posé sur le guéridon avait été lancé à travers la pièce, et tout de suite après, le cri a retenti. De nouveau, le lendemain, personne n'avait rien entendu. Éléonore, je sais que je ne suis pas folle !

Les larmes aux yeux, la pauvre femme semblait à bout de nerfs. Elle sortit un mouchoir en papier de sa poche et se moucha bruyamment. Elle soupira longuement en se reposant contre le dossier du fauteuil. Éléonore lui resservit une tasse de café dans laquelle Béatrix ajouta une rasade de cognac. Éléonore fronça les sourcils, inquiète de constater que son amie buvait de plus en plus d'alcool. Elle l'avait vue se servir du vin, excellent par ailleurs, à de très nombreuses reprises pendant le déjeuner. Les deux bouteilles ouvertes avaient en grande partie été bues par Béatrix.

– Je suis persuadée d'avoir entendu ces cris. C'était des cris de douleur, pas de peur… quelqu'un qui souffre, j'en suis sûre.

– Et tu dis que personne d'autre ne les a entendus ?

– Non, ils m'ont tous dit que non. Pourtant ils auraient dû les entendre ! Les hurlements étaient puissants, au point de me sortir du sommeil. Et nous dormons tous au même étage. Ça n'est pas normal.

– C'est vrai, murmura Éléonore.

– Comme personne ne me croyait, j'ai préféré ne plus leur demander, de peur qu'ils ne m'accusent d'être folle. Tu me crois toi au moins ?

– Bien sûr que je te crois !

Éléonore saisit de nouveau la main tremblante de son amie et la serra. Béatrix frissonna et resserra son châle blanc autour d'elle. Elle reprit d'une voix chevrotante.

– La dernière chose en date est de loin la plus éprouvante. Je suis d'abord réveillée par un bruit bizarre, comme une bille qui roulerait sur le plancher. Je sens alors une odeur atroce, une odeur de charogne. C'est horrible ! La puanteur est très forte, ce n'est pas seulement un parfum qui flotte, j'avais réellement l'impression d'avoir un cadavre dans ma chambre !

Éléonore fronça les sourcils. Elle-même avait déjà senti ces effluves pestilentiels dans la crypte du château quand elle procédait à ses rituels de purification.

– Ce n'est pas la première fois que nous rencontrons cette manifestation, mon amie.

– Je sais, mais là, c'était différent. Pour la première fois, j'ai senti cette odeur dans ma chambre !

– Quand cela a-t-il commencé ?

– Il y a un mois environ. Je n'entends plus les cris de femme. Mais maintenant, il y a cette puanteur…

– Tu l'as sentie plusieurs fois ?

– À deux reprises. La nuit, et toujours dans ma chambre.

– J'irai dans ta chambre ce soir si tu le veux bien.

Béatrix eut un pâle sourire.

– Tu dois me trouver stupide, toi qui as l'habitude de tous ces phénomènes…

– Il n'y a rien de stupide, ma chère Béatrix. Et je ne m'habitue pas à rencontrer des phénomènes étranges, crois-moi. Si cela peut te rassurer, il m'est arrivé de devoir faire face à des manifestations effrayantes, mais rares sont celles pour lesquelles on ne trouve pas d'explications. Et pour celles que je n'explique pas, cela ne veut pas dire pour autant qu'il n'y en ait pas, simplement, je ne les connais pas encore.

Béatrix cacha son visage entre ses mains, prise soudain de tremblements. Éléonore se rapprocha de son amie et la prit dans ses bras.

– Ne t'inquiète pas, je vais faire mon possible pour t'aider. Écoute, si tu es d'accord, ce soir j'essaierai d'en savoir plus sur ces entités que tu ressens comme négatives. Il y a sûrement une explication et une solution.

– J'ai confiance en toi, répondit Béatrix en reniflant. Elle sourit tristement. Mais je crains que cela ne change rien. Je sens que le château ne veut plus de moi ici. J'ai commencé des discussions pour le vendre. J'ai bon espoir de parvenir à un accord dans les jours à venir.

Garance fit soudain irruption dans le petit salon, sans un mot ou un regard pour sa tante. Elle s'installa derrière son piano et attendit, la tête baissée. Béatrix se leva et jeta un bref sourire à Éléonore qu'elle invita à la suivre.

– Garance ne peut pas jouer si quelqu'un est autour d'elle, chuchota-t-elle en entraînant la médium hors du petit salon.

Surprise, Éléonore prit congé de Béatrix et rejoignit sa chambre. Elle avait besoin de se reposer avant la conférence et la séance de spiritisme qu'elle avait prévu de tenir ce soir, dans la chambre de son amie.

7

Château de Saint-Maxent. 14 h 15

Le parc situé à l'arrière du château s'étendait jusqu'à l'orée d'un bois dense et feuillu, connu sous le nom de « bois du pendu ». L'immense jardin était parsemé de plantes topiaires et de parterre de fleurs. Un chemin de graviers s'étirait le long du parc. Il bordait le vieux chêne séculaire et traversait une superbe roseraie odoriférante, terminée par une pergola qui disparaissait sous le feuillage dense d'une clématite. Dans ce paysage très bucolique, Hortense et Héloïse étaient étendues sur des chaises longues installées à l'ombre de l'immense chêne. Le fond de l'air était frais, mais les deux femmes ne semblaient pas s'en préoccuper.

– J'ai l'impression que Charlotte va un peu mieux, dit Héloïse en tapotant nerveusement les accoudoirs de son transat.

– Je n'ai aucun doute là-dessus. C'est une fille forte. Son ego en a pris un coup avec cette histoire de… avec cet adultère, mais elle va vite se relever, crois-moi. Et Patrick va rapidement se rendre compte de son erreur.

– Tu penses que ce n'est pas sérieux entre Patrick et sa Barbie ?

– Évidemment que ça n'est pas sérieux ! Il imaginait prendre du bon temps ni vu ni connu. Malheureusement, sa petite aventure a été découverte et, crois-moi, ça n'est pas ce qu'il avait prévu. Ce garçon tient à Charlotte et à ses fils, c'est une évidence. Il a fait une bêtise, mais qui n'en fait pas de nos jours ?

– Je te trouve bien large d'esprit, ma tante. Si tu penses que Charlotte va passer l'éponge et le reprendre la bouche en cœur, tu te trompes. Ce crétin s'est fait gauler, et il n'est pas près de revenir au bercail, je connais ma sœur…

Hortense jeta un regard à Héloïse et sourit. Les deux sœurs venaient de vivre, à quelques mois d'écart, la même expérience douloureuse : toutes les deux avaient découvert l'infidélité de leur conjoint respectif. Leur réaction avait été sensiblement la même ; ni l'une ni l'autre n'avaient sombré dans la dépression, elles avaient fait face avec le même orgueil, la même envie de tourner définitivement la page. Il n'y aurait sans doute pas de seconde chance pour aucun des compagnons coupables d'infidélité. Hortense était frappée par cette similitude de destins qui touchait ses nièces, comme l'avaient été le sien et celui de sa sœur Éléonore, toutes les deux veuves à trois ans d'intervalle.

Le mari d'Héloïse, professeur de mathématiques au lycée de Saint-André-de-Cubzac, l'avait trompée avec une collègue qui enseignait le sport et exerçait ses multiples talents dans le même lycée. Après avoir découvert la liaison de son mari, Héloïse avait fait un rejet de toute activité sportive, laissant en conséquence les kilos dus à sa belle gourmandise s'installer doucement. La jeune femme avait pris pas mal de poids depuis sa rupture, dix-huit mois plus tôt, kilos qu'elle ne semblait pas disposée à perdre. La réaction de Charlotte à l'infidélité de son compagnon avait été plus maussade. D'autant que cette séparation coïncidait, à quelques mois près, avec son départ fracassant de la gendarmerie. La jeune femme s'était repliée sur elle-même, ayant manifestement plus de difficultés à affronter ces deux épreuves simultanées. Hortense était toutefois persuadée que leur nouvelle vie en commun avait sans aucun doute amorti l'impact de ces changements.

– La vie n'est pas toujours linéaire, crois-moi, reprit-elle en soupirant. Parfois, il faut essayer de comprendre et savoir pardonner.

Héloïse haussa les épaules.

– Elle fera bien ce qu'elle voudra avec lui. Pour moi, Patrick est devenu un pauvre abruti incapable de maîtriser son deuxième cerveau. Je comprends pourquoi il s'entendait si bien avec mon ex-mari.

Apercevant une forme étrange à l'orée du bois, Héloïse s'interrompit. Intriguée, elle se redressa et avança à pas prudents vers un animal de couleur blanche.

– Tu vas où comme ça ? Qu'est-ce… commença Hortense.

– Regarde ! l'interrompit Héloïse. Qu'est-ce que c'est que cette grosse bête ? On dirait un gros chat…

Tandis qu'elle s'approchait, « le gros chat » s'enfuit en jappant.

*

Alors qu'elle descendait les marches qui menaient dans le jardin, Charlotte aperçut Héloïse qui s'élançait à la poursuite d'un animal hirsute et s'enfonçait dans le bois. Elle rejoignit calmement sa tante Hortense, toujours allongée, les yeux clos. Elle s'installa sur la chaise longue laissée vide par sa sœur, qui revenait déjà de sa courte course dans le bois, rouge et visiblement très essoufflée.

– Tu as subitement décidé de te lancer dans une activité dangereusement sportive ?

– Pas du tout... haleta Héloïse, penchée en avant, les mains appuyées sur ses genoux pour reprendre son souffle. Je crois que c'était un chien errant... un petit... genre westie... ou peut-être un bichon... Impossible de le rattraper, reprit-elle en repoussant les jambes de Charlotte pour se laisser tomber lourdement sur la chaise longue.

– Pourquoi voulais-tu le rattraper ? Il doit vivre dans une des maisons qui sont à l'extérieur du parc, dit Hortense en la regardant par-dessus ses lunettes de soleil.

– Je ne crois pas. Il est dans un état pitoyable, je pense que c'est un chien abandonné, le pauvre. Tiens, d'ailleurs regarde ! Il revient nous aboyer dessus !

Hortense soupira longuement, agacée par les aboiements du chien. Puis, elle se leva, déclarant préférer rejoindre Éléonore pour se reposer au calme. Héloïse récupéra la chaise longue de sa tante et se rapprocha de Charlotte.

– Alors ? On est bien là, non ?

– Oui, concéda Charlotte en étouffant un bâillement. Ça m'ennuie pour toi, tu es sûre de pouvoir régler une addition qui sera honteusement onéreuse ?

– Tu n'as pas encore gagné, ma vieille. On a dit qu'Hortense devait en parler à trois reprises. À ta place, j'éviterais de trop fanfaronner.

– Ils font peut-être des réductions spéciales pour les femmes seules ? Au pire, on fait un « resto basket », tu as raison de recommencer à t'entraîner à la course à pied. Charlotte ne put s'empêcher de rire à sa propre plaisanterie.

Héloïse ne répondit pas, trop heureuse de retrouver sa complice. Ces moments de détente avaient été très rares ces derniers mois, et cela valait bien qu'elle accepte de se faire un peu chambrer par sa sœur.

– La famille Fontenoy est étrange, tu ne trouves pas ? dit-elle. La petite Garance me semble très bizarre. Mais ça colle parfaitement avec le thème du week-end. Je sens que ces quatre jours vont être amusants.

– En parlant de choses étranges, Victor vient de m'appeler. Il doit rejoindre son père à Arcachon pour passer quelques jours avec lui. Il a dit qu'il aimerait me voir. Ce soir, si possible. Il aurait quelque chose à me donner de la part d'un couple d'amis de son père. Tu te souviens ? Je t'en ai parlé. Je les ai connus cet hiver, au cours de cette enquête en Bretagne. Eh bien, j'ai gardé le contact avec certains d'entre eux et, apparemment, Victor aurait un cadeau pour moi de leur part.

– J'espère que ça se mange.

– Je lui ai répondu que je n'étais pas à la maison, mais qu'il pouvait déposer le colis en passant à Bourg.

– La légendaire hospitalité des Valentin… soupira Héloïse. Ce n'est pas la première fois qu'il propose de passer te voir, tu comptes le faire mariner encore longtemps ?

– Rien ne m'oblige à le revoir, encore moins à l'accueillir à la maison.

– Je pense qu'il a bien compris que tu lui en voulais, peut-être qu'il culpabilise et aimerait s'excuser.

– Que veux-tu que ça me fasse ? Il peut bien culpabiliser, ce n'est pas ça qui me donnera envie de le revoir.

– Réfléchis, dit Héloïse en se relevant. S'il n'avait pas fait cette enquête sur toi, tu n'aurais jamais su pour Patrick et sa fausse blonde. En un sens, ton Victor t'a rendu un sacré service.

– Mais bien sûr ! Je n'avais pas vu ça sous cet angle ! Et d'ailleurs, je vais le rappeler immédiatement pour le remercier.

– Tu as raison, rétorqua Héloïse en se rallongeant sur la chaise longue. C'est mieux de se morfondre pendant que « ton » Patrick passe probablement le week-end sous la couette avec sa jeune étudiante sexy.

Charlotte se leva brusquement.

– Bon, là ça y est, tu m'énerves. Et ce sale clebs qui me casse les oreilles avec ses aboiements !

Héloïse se redressa et regarda pensivement le petit animal qui aboyait dans leur direction, en restant à la lisière du sous-bois.

– J'ai l'impression qu'il veut nous dire quelque chose.

– Ah, c'est vrai ! J'oubliais que tu parlais chien, soupira Charlotte.

– Allez, arrête donc de faire la tête et viens te balader avec moi.

– Bonne idée, mais si on pouvait éviter de courir après cette boule de poils comme tu l'as fait tout à l'heure… il me reste un peu de dignité, et j'aimerais la conserver.

Les deux sœurs s'engagèrent dans le bois. À l'abri des rayons du soleil, l'air se faisait de plus en plus frais. Le petit chien gambadait devant elles, se retournant régulièrement, comme pour vérifier qu'elles le suivaient.

– Regarde, il nous attend, comme s'il voulait nous montrer quelque chose.

Charlotte ne répondit pas, intriguée elle aussi par les agissements du canidé. Courant devant les deux jeunes femmes, il s'arrêtait comme pour les attendre, puis reprenait ensuite sa course quand elles arrivaient à son niveau. Quittant soudain le chemin balisé, le petit animal s'enfonça dans les broussailles et disparut derrière un amas de fougères. Charlotte et Héloïse s'arrêtèrent, peu enclines à traverser les herbes hautes. Le petit chien revint alors sur ses pas, aboyant avec vigueur sur les deux chochottes qui ne voulaient pas salir leurs chaussures. Échangeant un regard, elles se décidèrent finalement à suivre l'animal, prenant mille précautions pour ne pas glisser sur le sol humide du bois. Plusieurs dizaines de mètres plus loin, la petite bête s'arrêta devant un monticule de terre, couvert d'un amas de branchages, de pierres et de végétaux divers, puis se mit à pousser une longue plainte.

– Ne me dis pas qu'il a coincé sa baballe et qu'il veut qu'on la lui retrouve, marmonna Héloïse qui reprenait son souffle, une main posée sur sa taille.

Charlotte rejoignit le petit chien, qui s'était couché et gémissait doucement. Elle s'accroupit et lui caressa la tête, la pauvre bête était très maigre et devait errer dans ce bois depuis pas mal de temps. La jeune femme observa le tas de terre et de végétaux que le petit chien ne quittait pas des yeux. Elle aperçut des traces de griffes sur le sol ; manifestement, le petit animal avait essayé sans succès de creuser pour déterrer quelque chose. Prise d'un sombre pressentiment, elle saisit une branche d'arbre au sommet du tas de végétaux et commença à repousser quelques grosses pierres pour découvrir la terre. Puis, un genou au sol, elle se mit à creuser doucement avec le bout de bois, en formant une rigole. Les gémissements du petit chien reprirent de plus belle. Creusant de plus en plus profondément en élargissant la rigole, elle buta sur quelque chose de dur. Dégageant méticuleusement l'obstacle, elle reconnut, avec un haut-le-cœur, ce qui l'empêchait d'enfoncer plus loin la branche dans le sol. Elle venait de heurter une bague, une bague autour d'un doigt… Elle jeta un œil vers sa sœur qui observait la végétation et ne regardait pas dans sa direction. Charlotte dégagea la terre autour du doigt pour découvrir une main en état de décomposition. Une main dont chaque doigt était orné d'un bijou. Une main de femme, à en juger par la forme des bagues. Charlotte soupira, il y avait donc un corps enterré sous ce monticule de terre.

– Tu as ton portable sur toi ? demanda-t-elle enfin en se relevant. J'ai oublié le mien dans la chambre.

Héloïse vérifia la poche arrière de son jean.

– Oui, pourquoi ?

– Appelle la gendarmerie si tu veux bien.

Charlotte frottait avec un mouchoir en papier les traces de terre humide collées sur le genou et le bas de son jean.

– Qu'est-ce que tu as trouvé ?

– La bonne question serait plutôt : *qui* ai-je trouvé ?

8

Château de Saint-Maxent. Bois du pendu. 15 h

Le premier véhicule de la gendarmerie était arrivé très vite, moins de dix minutes après l'appel de Charlotte. Refusant de s'approcher du corps, Héloïse était retournée les attendre dans l'allée qui menait au château.

Adossée à un arbre en attendant l'arrivée des gendarmes, Charlotte ne pouvait quitter des yeux la main qu'elle avait mise à jour. Une main de femme, couverte de bagues dont l'une comportait ce qui semblait être un rubis. Le vol n'était de toute évidence pas le mobile de ce meurtre. Et l'assassin avait pris soin de soigneusement cacher le cadavre. Charlotte pensa aux derniers faits divers atroces dans la région, concernant les viols et meurtres de femmes, agressées alors qu'elles faisaient leur jogging en forêt. Là aussi, les corps dénudés avaient été dissimulés, mais, semble-t-il, de façon beaucoup moins méticuleuse, la plupart ayant été rapidement déterrés par des animaux sauvages ou des chiens errants. Peut-être la pauvre femme avait-elle été victime, elle aussi, de cet assassin qui n'avait toujours pas été arrêté. Le chien gémissait toujours doucement, cette petite bête était restée auprès d'elle, pour continuer à veiller sur le corps de celle qui était probablement sa maîtresse.

Héloïse revint rapidement, suivie de deux jeunes gendarmes. Elle avait récupéré une couverture dans la voiture et en entoura le petit chien qu'elle prit dans ses bras. Puis elle s'éloigna, évitant de regarder le monticule de terre qui recouvrait le cadavre. Charlotte se présenta aux deux hommes, elle avait été commandant dans une section de recherche à Bordeaux avant de démissionner dix mois plus tôt. Son pedigree sembla rassurer les deux hommes qui, après l'avoir interrogée sur la découverte du corps, lui posèrent des questions sur sa carrière pendant qu'ils sécurisaient les lieux. Ils échangeaient avec elle des informations sur des collègues que Charlotte aurait pu côtoyer. La jeune femme apprit ainsi que le nouveau commandant de la section de Poitiers était un très bon camarade de promotion, Edward Kermorvan.

Laissant les deux gendarmes prendre en main la sécurisation du site, Charlotte rattrapa sa sœur qui patientait sur le chemin. En repartant vers le château, elles croisèrent l'équipe médico-légale et le reste des enquêteurs qui rejoignaient les lieux du crime.

Héloïse, visiblement chamboulée par la découverte du cadavre, avançait doucement sur le petit sentier, serrant contre elle le petit chien qui ne gémissait plus. Elle lança un regard en biais à Charlotte.

– Je sais que tu es habituée à voir des choses aussi horribles, mais moi je trouve ça terrible. Cette pauvre femme, enterrée comme ça, comme un animal… je n'arrête pas de penser à cette malheureuse et à ce qui a pu lui arriver.

– Je ne me suis jamais habituée, et moi aussi, je trouve ça terrible.

– Oui, je sais, excuse-moi. Je vais nourrir ce chien et l'emmener dans le salon de toilettage qu'on a vu dans le village, dit-elle en le reniflant d'un air dégoûté.

– Je pense que tu vas devoir attendre. Ce chien permettra peut-être d'identifier la victime s'il n'y a aucun papier sur elle. Les gendarmes vont peut-être demander à le garder quelque temps, et ensuite ils le remettront à la famille de la victime.

Ou dans un refuge, pensa-t-elle.

– Il doit errer dans ce bois depuis plusieurs semaines, pas sûr que quelqu'un cherche à le récupérer. Tu crois que je pourrais le garder ? Cette pauvre bête qui veillait sur sa maîtresse, ça me crève le cœur. Je ne pense pas que Béatrix trouverait à y redire.

– Il y a un panneau qui précise aux clients que les animaux ne sont pas acceptés dans le domaine. Et je te rappelle que c'est pour ça que Maman a refusé que l'on vienne avec Balthazar.

Héloïse haussa les épaules

– Peut-être, mais là, c'est particulier et on n'est pas des clients.

– Et donc tu veux le garder et le ramener chez nous, j'imagine ?

– Bah, évidemment ! On a déjà un…

– Balthazar n'est pas un chien, interrompit Charlotte.
– Oui, d'accord, on a déjà un bulldog, corrigea Héloïse. Il y a suffisamment de place et on avait dit aux enfants qu'on prendrait un deuxième chien.
– Oui, un chien… ça, c'est un jouet ! Il est tout petit ! On avait dit un vrai chien, un chien de garde quoi !
– Pfff ! Un chien de garde… on installera une alarme si tu veux.
Charlotte soupira et caressa la tête du petit animal qui tremblait dans la couverture, blotti contre sa sœur.
– Les enfants vont l'adorer, ça, c'est sûr… concéda-t-elle. Mais il va quand même falloir le confier quelque temps aux gendarmes.
– Le pauvre… on peut au moins le nourrir un peu ?
Émergeant du bois, les deux jeunes femmes aperçurent au loin les occupants du château, groupés sur la terrasse, qui attendaient de savoir ce qui avait bien pu attirer autant de véhicules de gendarmerie.
– Tu leur as dit quelque chose ? interrogea Charlotte.
– Rien, ils étaient tous dans le château quand j'attendais les gendarmes et, lorsqu'ils sont arrivés, je les ai accompagnés pour leur montrer l'endroit où était le corps. Pas le temps de dire quoi que ce soit aux Fontenoy.
– C'est parfait. On leur dira qu'on a découvert un corps dans la forêt et qu'on n'en sait pas plus. Aucune précision, pas même qu'il s'agit d'une femme.
– Tu es sûre que la victime est une femme ?
– Valentin !
Se retournant de concert, les deux jeunes femmes virent s'approcher un homme de stature moyenne, les cheveux

blonds légèrement ondulés et portant de petites lunettes de soleil rondes. Vêtu d'un pantalon au pli impeccable, mais dont la coupe était démodée, d'une chemise blanche et d'une veste parfaitement coupée, il ressemblait à un croque-mort. Charlotte sourit en reconnaissant son ancien camarade de promotion, le tout récemment nommé chef d'escadron de gendarmerie, Edward Kermorvan.

– C'est pour moi, dit-elle en se tournant vers sa sœur rendue muette par l'apparition du gendarme. Bon, reviens sur terre, ferme la bouche et laisse-moi le chien. Et rappelle-toi : pas un mot sur la victime !

Héloïse lui tendit machinalement le petit animal sans quitter Kermorvan des yeux.

Le jeune homme ralentit et afficha un grand sourire en la regardant s'approcher.

– Si je m'attendais à te voir ici, et dans ces circonstances de surcroît ! Alors, comment ça va depuis ton départ précipité de nos rangs ?

– Comme tu le vois, je vais très bien, répondit Charlotte en souriant.

Le jeune homme franchit les quelques mètres qui les séparaient et lui serra vigoureusement la main.

– Qu'est-ce que tu fais avec cet animal pouilleux dans les bras ? demanda-t-il en s'éloignant prudemment.

Charlotte grimaça. Edward Kermorvan avait toujours été un homme très soigné, d'une élégance remarquable, tant dans son attitude que dans sa façon de se vêtir. Elle avait très vite compris que, ce que beaucoup de leurs camarades considéraient comme de la préciosité, n'était que le fruit d'une éducation raffinée, d'un autre temps. En section de recherche, la tenue qu'affectionnait Edward était toujours la même : pantalon noir à pinces, chemise blanche avec cravate et veste de costume noire. Mais quand il n'arborait pas cette tenue classique, le jeune homme revêtait toujours un élégant pantalon en tweed, une chemise en coton, à bouton de manchette, souvent assortie d'un gilet de costume en laine anglaise qui lui donnait une allure folle. Il lui rappelait, en plus jeune, Anatole Saintenac, leur voisin et « bon ami » de sa tante Hortense, toujours impeccablement tiré à quatre épingles. Si ces deux hommes se retrouvaient, par la plus extraordinaire des manières, propulsés un siècle en arrière, peu de choses les distingueraient des contemporains de cette époque. Charlotte avait toujours éprouvé une vraie tendresse pour Edward que beaucoup de ses anciens collègues avaient considéré comme un excentrique sans consistance, ce que la jeune femme n'avait cru en aucune façon.

– C'est ce chien qui nous a guidées au corps, ma sœur et moi. La victime devait être sa maîtresse, et cet animal pouilleux, comme tu l'appelles avec cruauté, est resté pour veiller sur elle depuis qu'elle est morte. Tu pourrais demander à ton équipe de récupérer chez un véto le numéro de sa puce. Ça t'aiderait à retrouver le nom de sa propriétaire si jamais le corps ne pouvait pas être identifié.

Kermorvan retira ses lunettes de soleil, révélant les plus beaux yeux bleus que Charlotte ait jamais connus.

– Ça me fait très plaisir de te revoir Charlotte. Tu m'accompagnes pour voir le corps de notre malheureuse victime ? J'aimerais que tu me racontes ce que devient l'enquêtrice la plus douée que je connaisse depuis qu'elle a quitté notre belle institution.

– On parle bien de moi là ? sourit la jeune femme.

Après qu'un jeune gendarme eut récupéré le petit chien et que Charlotte lui eut précisé qu'elle désirait le garder si personne ne le réclamait, elle retourna sur les lieux où reposait la victime avec le commandant Kermorvan. Elle sentait dans son dos le regard de sa famille et des occupants du château, toujours dans l'ignorance de ce qui se passait.

9

Château de Saint-Maxent. 15 h 45

Charlotte était à peine entrée dans leur chambre qu'elle fut assaillie de questions par sa sœur.

– Alors ? Vous avez identifié la victime ? Elle est morte comment ? On vous a bien vus discuter tous les deux, et je peux te dire que ça a suscité beaucoup de curiosité chez les Fontenoy. Évidemment, je n'ai lâché que ce que tu m'as autorisé à dire…

– C'est-à-dire ? demanda Charlotte soudain inquiète.

– Qu'on avait trouvé un corps dans les bois, sans autres détails, récita Héloïse. Tout le monde a voulu en savoir plus, mais j'ai tenu ma langue. Ça n'a pas été le cas de Maman qui s'est lancée dans le panégyrique de ta courte carrière. Bon, alors ? De quoi avez-vous parlé tous les deux ?

– De rien en particulier, ce n'est que le début de l'enquête, il faut d'abord identifier la victime. Pour le moment, le corps est encore dans le bois, et Edward interrogera la famille Fontenoy un peu plus tard.

– Edward ?

– Oui, Edward Kermorvan. C'est un ancien camarade de promotion.

– Tu crois qu'il a déjà des soupçons ? Il t'a appris quelque chose ? Et quand est-ce qu'il nous ramène le chien ?

– Écoute, je me sens sale et j'ai l'impression de sentir la mort… Si ça ne t'ennuie pas, je vais d'abord me laver et changer de vêtements. On peut parler de tout ça après, autour d'un thé ?

Charlotte récupéra quelques linges de rechange, une trousse de toilette et sortit en direction de l'une des salles de bain situées au plus près de leur chambre.

Seule et un peu frustrée par le mutisme de sa sœur, Héloïse s'installa dans la bergère, réfléchissant aux événements de l'après-midi. Elle avait observé les réactions des Fontenoy quand elle avait annoncé la découverte d'un cadavre dans leur bois, mais aucun n'avait réagi bizarrement. Elle ne les imaginait pas, de toute façon, tuer et enterrer une femme dans le parc de leur propre château. Une vibration attira son attention, cela venait du téléphone que Charlotte avait laissé sur la commode. Héloïse vérifia qui appelait, l'appareil affichait *Capestan V*. C'était le détective que Charlotte ne voulait pas voir. Prise d'une soudaine impulsion, Héloïse accepta l'appel.

– Charlotte ? C'est Victor, dit une belle voix grave. Je ne passerai pas chez vous aujourd'hui pour vous déposer le colis. Je quitte à l'instant Tours, j'irai directement à Arcachon. Mon père m'y…

– Victor, interrompit la jeune femme. Ce n'est pas Charlotte, mais Héloïse, sa sœur.

Il y eut un blanc de quelques longues secondes.

– Que se passe-t-il ? Charlotte a un problème ?

– Non, non, pas du tout ! Enfin si : elle a découvert un corps dans le bois qui est près du château où on passe le week-end.

– Elle a découvert quoi ?

– Un corps... un cadavre si vous préférez.

– C'est incroyable !

– Pour être plus précise, on l'a découvert toutes les deux.

– Et vous savez de qui il s'agit ?

– Non, pas encore, répondit Héloïse en baissant la voix, comme si quelqu'un pouvait l'entendre. Mais il s'agit d'une femme, probablement assassinée. Charlotte préfère que l'on ne dise rien aux autres membres de la famille qui vivent ici.

– Elle pense que c'est quelqu'un de la famille qui a fait le coup ?

– Je l'ignore, elle ne m'a rien dit... mais vous savez comment elle travaille. Vous avez enquêté avec elle dans cette affaire de meurtre en Bretagne non[1] ?

Victor soupira. En réalité, il ne savait absolument pas comment la jeune femme fonctionnait, n'ayant rien compris à ce qui s'était passé sur cette île cet hiver. Mais pour rien au monde, il ne l'avouerait.

– Vous devriez peut-être nous rejoindre, reprit Héloïse. Il y a une auberge dans le village près du château. En partant de Tours, vous pourriez être ici dans deux heures environ.

---

1. cf. *Le Déshonneur des Montergnac,* 2020

– Je ne suis pas sûr que ce soit le bon moment ni même une bonne idée, hésita Victor.

– Mais bien sûr que si ! De toute façon, avec elle, ça n'est jamais le moment. Vous avez envie de vous rabibocher avec ma sœur ou pas ? Je vous rappelle que c'est quand même vous qui avez fichu la pagaille dans son couple avec votre enquête ! ajouta-t-elle perfidement.

Victor réfléchit… l'idée d'Héloïse ne le séduisait pas vraiment, mais que risquait-il ? À part essuyer le silence méprisant de Charlotte. Elle n'était pas du genre à lui faire une scène devant des étrangers, du moins il l'espérait. Ce long séjour chez son père ne l'enchantait pas beaucoup non plus. Depuis les tragiques événements qui s'étaient déroulés cet hiver en Bretagne, ses relations avec son père étaient différentes. Il sentait que quelque chose de grave avait été découvert, mais ni Charlotte ni lui n'avait voulu lui en parler. Il n'était pas à l'aise à l'idée de débarquer sans prévenir sur les lieux où Charlotte avait décidé de partir quelques jours avec sa sœur. Cela dit, il repoussait le moment de la revoir depuis trop longtemps. Il voulait des réponses sur ce qui s'était passé en Bretagne. Il pourrait profiter de ce week-end pour lui soutirer des informations sur ce que lui cachait son père. Il lui remettrait en main propre le paquet qu'on lui avait confié pour elle. Si tout se passait bien, il resterait dormir dans l'auberge, sinon, il rejoindrait Arcachon.

– D'accord, répondit-il enfin. Donnez-moi l'adresse de votre château.

En raccrochant, Héloïse eut la désagréable sensation d'avoir joué un mauvais tour à sa sœur.

10

Château de Saint-Maxent. 16 h 30

Le vétérinaire du village avait immédiatement reconnu le petit chien, ce qui avait permis de rapidement identifier sa maîtresse. Kermorvan attendait toutefois une confirmation, les proches de la victime avaient été convoqués pour procéder à l'identification des vêtements et des bijoux, le corps étant en trop mauvais état pour permettre une identification. Si la femme qui gisait dans le parc du château était bien la propriétaire du chien, il était fort probable que la famille Fontenoy la connaissait.

Le commandant Kermorvan observait les membres de cette famille, réunis à sa demande dans le petit salon de musique. Un peu plus tôt, Charlotte lui avait touché quelques mots de cette étrange famille tandis qu'ils observaient la police scientifique procéder aux relevés des indices. Les quelques renseignements qu'elle lui avait donnés lui seraient utiles.

Tous évitaient de croiser le regard du gendarme. Le père lui tournait le dos, posté devant une des portes-fenêtres, perdu dans la contemplation du parc. La mère regardait fixement une composition florale disposée sur un guéridon, tandis que la fille, assise sur l'une des chaises, chantonnait doucement, les yeux dans le vide. Seul Hugues, le fils médecin, semblait attentif et lui jetait parfois des sourires crispés. Quant à la propriétaire du château, Béatrix Fontenoy, elle s'était confortablement installée dans une bergère et s'était servi un verre qu'elle sirotait en silence.

Kermorvan restait en retrait, observant les membres de cette famille en attendant les informations qu'il avait demandées.

Il avait été surpris et heureux de retrouver Charlotte, qu'il n'avait pas revue depuis la fin de leur formation, treize ans plus tôt. Le scandale provoqué par la démission du chef d'escadron Valentin avait révélé les graves dysfonctionnements d'une enquête qui avaient conduit à confier un enfant à un parent, soupçonné d'être violent et toxicomane. Mais ce parent était un avocat de renom, lui-même fils d'un ex-bâtonnier du barreau, qui partageait avec le chef de la police locale et le maire, une passion pour le golf. La mère, simple vendeuse en prêt-à-porter, n'avait aucune chance face à ces messieurs puissants et sûrs de leur droit ; elle perdit son droit de garde au prétexte que ses moyens étaient insuffisants pour élever correctement le rejeton d'une famille d'illustres avocats bordelais. Charlotte, qui connaissait les vices du père, avait fait son possible pour empêcher que le petit bonhomme soit retiré à sa maman. Mais contrainte d'obéir, elle avait choisi de ramener elle-même l'enfant de quatre ans à son père, l'avertissant qu'elle le surveillerait sans relâche. Malgré les pressions qu'elle subissait pour abandonner cette affaire et arrêter ce que l'avocat dénonçait comme du harcèlement, elle continua sa surveillance, mais ne put empêcher que, quelques jours plus tard, le père défenestre le garçonnet lors d'une crise provoquée par la drogue. La jeune femme avait violemment réagi en découvrant le corps du petit garçon, giflant le grand-père qui tentait de s'interposer lors de l'arrestation de son fils. Bouleversée et incapable de garder son sang-froid, elle avait littéralement renversé le bureau de son supérieur hiérarchique qui lui reprochait l'agression du grand-père et la menaçait de sanctions disciplinaires. Ulcérée, dégoûtée, la jeune femme démissionna avec fracas, position qu'elle maintint malgré le soutien et l'intervention de nombreux de ses camarades pour qu'elle revienne sur sa décision.

La retrouver ici était une très belle surprise pour le gendarme. Il se surprit à appliquer ce qu'il appelait la « méthode Valentin ». Droit comme un I, les mains derrière le dos, Edward Kermorvan attendait. Il prenait son temps sans rien révéler de ses intentions, laissant monter une tension qui mettrait à jour des aspects de la personnalité des témoins. C'est ce que faisait son amie. Toujours en retrait, comme un animal aux aguets, elle observait en silence les réactions que la pression et le silence provoquaient.

Ils s'étaient connus pendant leur formation. Charlotte avait été la seule personne qui se comportât avec gentillesse avec lui. La plupart de ses camarades avaient été au mieux, indifférents, au pire, brutaux. Sans doute en raison de sa condition de femme, elle n'avait nul besoin de rouler des mécaniques ou de montrer une quelconque supériorité physique. Il avait en horreur toutes ces manifestations viriles qu'il jugeait abrutissantes et bien peu révélatrices des capacités intellectuelles de ses collègues. Il ne pouvait se départir d'un air souvent goguenard et d'une affectation que bien peu de ses nouveaux camarades comprenaient et supportaient. Ajouté à cela, un style vestimentaire décalé lorsqu'ils étaient en tenue civile, cela avait suffi à le cataloguer comme un anticonformiste qu'il fallait pousser à abandonner la formation. Ce qui était amusant, car, selon lui, l'anticonformiste était en réalité l'une des rares femmes de leur promotion, Charlotte Valentin.

Edward s'était souvent demandé pourquoi il avait tant voulu intégrer cette institution rigide et traditionnelle qu'était encore aujourd'hui l'armée. En réalité, Kermorvan y était complètement à sa place ; son originalité n'était que le fruit d'un besoin de rigueur, bien peu répandu parmi ses copains d'école. Ça n'était qu'en intégrant une école de formation des officiers qu'il avait enfin trouvé le cadre rigoureux et la méthode de travail qui lui convenaient.

Un peu à l'écart au début, Charlotte s'était rapidement rangée de son côté. Elle avait toujours été amicale avec lui, le soutenant ouvertement face à leurs camarades de promotion, qui avaient fini par l'accepter.

Il avait très vite été attiré par la personnalité lumineuse de cette femme, qui avait su trouver sa place parmi ses pairs. Intuitive et empathique, Charlotte se comportait comme un caméléon. Elle s'adaptait parfaitement à la personne qu'elle avait en face d'elle, pouvant être aussi bien guindée et réservée que chaleureuse et gouailleuse. Cette capacité à capter rapidement les émotions et à cerner les caractères lui permettait d'adapter son comportement à celui de son interlocuteur, qui avait l'impression d'avoir, face à lui, quelqu'un qui le comprenait, qui lui ressemblait. Et tous se sentaient rassurés par cette femme qui se fondait parfaitement aux us et coutumes du groupe.

Cette particularité, qui avait par la suite fait sa force, avait éclaté dès le début de leur formation. Charlotte et certains d'entre eux observaient le déroulement d'une enquête, pénible et difficile, et devaient assister à l'audition d'un suspect. Celui-ci, apercevant la jeune femme dans le couloir qui menait à la salle d'interrogatoire, avait déclaré qu'il ne parlerait qu'à elle. Face au mutisme entêté du suspect, Charlotte avait finalement été autorisée à s'entretenir avec lui. L'interrogatoire avait été filmé et Edward avait pu, avec ses camarades, le visionner. Tous avaient vu la jeune femme discuter tranquillement et pendant de longues heures avec l'individu, suspecté d'être un violeur récidiviste ultra violent, entrant avec lui dans un jeu pervers. Avec une habileté qui les avait tous épatés, Charlotte avait joué la soumission, semblant même être impressionnée par l'intelligence de son interlocuteur. Elle avait compris qu'elle avait face à elle un être retors, persuadé de sa supériorité et sûr qu'il dominait la situation. Son attitude avait conduit le suspect à baisser sa garde et à se confier à une femme qu'il pensait compréhensive et acquise à sa cause. Il reconnut sans difficulté les viols qu'il avait commis, paraissant même en tirer une fierté écœurante. Après qu'il eut avoué ses crimes, Charlotte était parvenue à lui faire avouer où il avait caché les fétiches volés chez ses victimes, comme l'aurait fait un copain de beuverie avide de partager un secret même le plus sordide. Et le violeur avait tout confessé, comme hypnotisé par la voix douce et le regard perçant de Charlotte. Quand il comprit qu'il avait été manipulé, trompé, abusé par la jeune femme qui se trouvait en face de lui, il fut pris d'une rage incontrôlable et il fallut extraire rapidement Charlotte de la salle d'interrogatoire. Cet entretien avait permis d'arrêter un pervers sadique qui avait sévi pendant de longs mois dans tout le Sud-Ouest de la France.

La résolution de cette enquête et son interrogatoire avaient contribué à asseoir la réputation de Charlotte. Plus personne n'osait douter des capacités de cette jeune femme d'un abord affable, mais qui se révélait froide et redoutable lorsqu'il s'agissait de résoudre un crime.

C'est pourquoi, quand il apprit qu'elle avait quitté la gendarmerie, Kermorvan avait été non seulement surpris, mais sincèrement chagriné. La revoir ici ce week-end était pour lui un réel plaisir, et il regrettait, debout face à cette famille, qu'elle ne fût pas présente pour lui insuffler un peu de son intuition et, tout simplement, pour l'avoir auprès de lui.

Il consulta sa montre gousset, cadeau de son défunt père ; il était presque 17 h. Des pas pressés résonnèrent sur le sol en marbre du hall d'entrée, annonçant l'arrivée du brigadier-chef Martinon.

– Mon commandant, nous avons l'identité de la victime, lui chuchota-t-il à l'oreille. Il s'agit de Madame Théosauria d'Aubrignan.

– Vous en êtes sûr ?

– Parfaitement. Le véto a identifié la propriétaire du petit chien avec sa puce. Et là, on a aussi la confirmation par la mère de la victime. Elle a reconnu les vêtements et les bijoux de sa fille.

Kermorvan hocha doucement la tête. « Vous demanderez tout de même une confirmation ADN », murmura-t-il, et il se dirigea vers les membres de la famille qui l'observaient en silence.

– Mesdames, Messieurs. Nous avons maintenant l'identité de la jeune femme dont nous avons retrouvé le corps sur votre propriété.

Béatrix se redressa, quittant son fauteuil pour déposer son verre vide sur le guéridon.

– Quelle horreur ! s'exclama Clothilde, nous ne savions pas que la victime était une femme !

– C'est impossible, pas dans notre propriété, murmura Aymeric, choqué.

– C'est peut-être un crime de ce monstre qui rôde dans la région !

– Je vous en prie, ma chère, l'interrompit son mari. Il n'est pas nécessaire de connaître les circonstances de cet horrible drame. Et il s'agit d'un accident, n'est-ce pas commandant ?

– J'espère qu'elle n'a pas été… reprit Clothilde en portant une main à son cou.

– De qui s'agit-il ? interrompit sèchement Béatrix, que la curiosité malsaine de sa belle-sœur écœurait.

– La victime était Théosauria d'Aubrignan, épouse McGregor, répondit Kermorvan.

– Mon Dieu ! souffla Béatrix en s'affalant dans son fauteuil. Théo… vous êtes sûr de vous, commandant ?

– Connaissiez-vous la victime, Madame Fontenoy ?

– Très peu ! s'écria Clothilde. Nous ne la fréquentions pas beaucoup. Nous n'avons pas grand-chose à voir avec cette…

– Taisez-vous donc ! rugit Béatrix avec colère ! Vous n'êtes pas l'unique Madame Fontenoy et c'est à moi que l'on s'adresse ! Aymeric, pour une fois, faites donc taire votre femme !

Clothilde lança un regard scandalisé à son mari, attendant une réaction qui ne vint pas. Aymeric Fontenoy gardait le silence, comme atterré par ce qu'il venait d'apprendre.

– Je connaissais Madame d'Aubrignan, reprit Béatrix à voix basse. Je peux même dire que je la connaissais très bien… depuis qu'elle était enfant…

– Est-ce… un accident ? demanda Aymeric d'une voix rauque.

– Je ne peux rien dire en l'état actuel de l'enquête.

– C'est évident, reprit sèchement Béatrix. Je vous demanderai toutefois, commandant, de bien vouloir me tenir au courant si cela vous est possible.

Kermorvan acquiesça d'un geste de la tête.

– Que pourriez-vous me dire à propos de Madame McGregor ? Quand l'avez-vous vue pour la dernière fois ?

Béatrix jeta un regard agacé vers les membres de sa famille. Kermorvan eut l'impression qu'elle n'avait pas envie de parler devant eux.

– Souhaitez-vous que nous poursuivions cet entretien ailleurs ? proposa-t-il en baissant la voix de façon à ne pas être entendu des autres personnes présentes.

Béatrix soupira. Maintenant que Théo était morte, il n'était plus nécessaire de continuer à dissimuler ses projets.

– Non, commandant, ça ira. Et ne l'appelez plus ainsi, elle n'était plus « Madame McGregor ». Elle avait divorcé depuis plus d'un an.

Béatrix se leva avec difficulté et se dirigea vers un petit secrétaire en acajou dont elle ouvrit un tiroir. Elle sortit un carnet, un agenda, et revint s'asseoir dans son fauteuil, invitant Kermorvan à s'installer sur le canapé, face à elle. Elle chaussa une paire de lunettes de lecture et feuilleta lentement le carnet, parcourant attentivement chaque page avec son index. Elle s'arrêta soudain, après avoir trouvé ce qu'elle recherchait.

– C'est là ! s'exclama-t-elle en tapotant une page de son doigt. J'ai vu Théo pour la dernière fois le 16 avril à 14 h. Nous avons pris un thé ensemble et elle m'a fait une proposition d'achat.

– Quoi ? De quoi parlez-vous ? Quelle proposition d'achat ? s'écria Clothilde.

– Théo devait revenir me voir pour me remettre une offre pour ce château, précisa Béatrix avec un sourire sans joie.

– Vous comptiez vendre le château ? s'écria Aymeric avec colère.

– Mais cela ne vous regarde pas, mon cher beau-frère.

– Comment ça, ça ne me regarde pas ! s'étrangla le vieil homme. Si vous ne vous sentez pas bien ici, retournez donc vous installer dans un de vos appartements à Poitiers ! Je n'arrive pas à croire que vous ayez décidé de vendre ce château sans m'en parler ! Pour qui vous prenez-vous, c'est intolérable !

– Aymeric, vous vous oubliez. Je vous prierai de ne pas interrompre ma discussion avec le commandant, reprit-elle d'une voix calme en se tournant vers Kermorvan. Théo m'a effectivement, et à plusieurs reprises, proposé d'acheter cette propriété. Nous devions nous revoir le 29 avril, après que j'eus discuté avec mon fils Tristan de cette proposition. Nous étions sur le point de trouver accord sur le prix, mais elle n'est jamais venue… j'ai pensé qu'elle était confrontée à quelques difficultés concernant le financement.

Kermorvan fronça les sourcils. Cela pouvait être la raison de la présence de la victime dans le bois du pendu ; Théo devait revenir en visite au château le 29 avril. Peut-être avait-elle été tuée ce jour-là, alors qu'elle avait rendez-vous avec Madame Fontenoy. Le corps avait été enterré sans protection, et la dégradation avait été rapide, mais le médecin légiste lui en dirait plus sur la date de la mort de la victime.

– Et depuis le 16 avril, vous n'avez eu aucune nouvelle de Madame d'Aubrignan ?

– Aucune. Voyez-vous, Théo est une femme qui voyage beaucoup entre la France et le Royaume-Uni, je ne me suis pas inquiétée. Je savais qu'elle voulait à tout prix acheter ce château, qui avait appartenu à ses ancêtres. Je pensais qu'elle réunissait les fonds nécessaires. J'étais à mille lieues de penser qu'elle était…

Le téléphone portable de Kermorvan émit un petit signal ; il venait de recevoir un message qu'il consulta rapidement.

– Bien, dit-il en se levant. Je dois retourner à la gendarmerie. Je repasserai dès que possible. Il quitta le petit salon d'un pas pressé. Il avait obtenu la plupart de ses informations en ne posant que très peu de questions, rien qu'en laissant la famille se disputer. Il sourit, Charlotte serait fière de lui.

11

Château de Saint-Maxent. 17 h 15

– C'est intolérable ! fulminait Aymeric après que Kermorvan eut quitté le salon. Vous projetiez de vendre la propriété familiale sans même m'en aviser !

– J'ai une nouvelle pour vous Aymeric : ce château ne vous appartient pas. Mon fils et moi sommes libres d'en faire ce que nous voulons. Et nous avons l'intention de le vendre.

– Je suis né dans ces murs ! Mon frère, votre époux et mes enfants sont nés ici. Mes ancêtres ont créé et fait fructifier l'entreprise familiale ici même, dans cette propriété, et vous… vous… explosa-t-il.

– Je vous rappelle que vous ne vous êtes pas occupé de cette entreprise dont vous êtes si fier, et que sans votre fils, elle serait déjà en faillite ! rétorqua sèchement Béatrix. Votre indignation n'est pas recevable ! J'aurais pu l'entendre de la bouche de Louis, pas de la vôtre ! Quant à ce château, il tombait en ruine, souvenez-vous que votre mère nous interdisait de modifier ou de réparer quoi que ce soit ! C'est ce qui lui a d'ailleurs coûté la vie.

Hugues leva une main apaisante.

– Nous sommes d'accord avec vous, ma tante, mais nous avons tous grandi dans ce château, et nous y sommes extrêmement attachés, vous pouvez le comprendre.

Béatrix secoua la tête, agacée.

– Ce château tombait en ruine, Hugues. Enfant, vous étiez tous dans la même chambre, avec des seaux pour recueillir l'eau qui s'infiltrait quand il pleuvait ! L'hiver, nous étions morts de froid, ne me dites pas que vous gardez un souvenir formidable de votre enfance ici ! C'est moi, avec l'argent de ma famille, qui ai fait de ce château ce qu'il est aujourd'hui. Il m'appartient légalement et je n'ai aucun sentiment de gêne à le dire.

– Mon Dieu, gémit Clothilde en portant une main sur son décolleté. Si ta pauvre mère était encore avec nous, elle en serait malade.

– Si cette vieille harpie…

– Oh ! Comment osez-vous ? s'offusqua Clothilde en regardant son mari, guettant une réaction, qui là encore ne vint pas. *Quelle chiffe molle, celui-là !*

– … Si cette vieille harpie était là, répéta Béatrix, les travaux que j'ai financés n'auraient jamais été réalisés. Vous partageriez encore, avec votre cher époux, une chambre insalubre. Au lieu de quoi, aujourd'hui, vous bénéficiez tous d'une chambre impeccablement refaite, avec des commodités modernes à l'étage. Dites-vous bien que si vous êtes encore autorisés à rester dans ce château, c'est par affection pour mes neveux et nièces, et par égard pour la mémoire de feu mon époux, votre frère.

– Par égard ? Je vous rappelle que ce château est dans ma famille depuis six générations, vous entendez ? Six générations ! s'étrangla Aymeric.

– Mais mon cher beau-frère, vous oubliez qu'il a auparavant appartenu à la famille d'Aubrignan, et ce pendant plus de trois cents ans ! Je suis étonnée qu'un historien tel que vous ne puisse pas comprendre que Théo ait voulu l'acheter. Alors que maintenant, le prochain acquéreur sera probablement un inconnu.

– Parce que vous avez toujours l'intention de vendre ?

– Plus que jamais ! À moins que vous n'ayez les moyens de me le racheter, ce château sera remis en vente dans les jours à venir. Il est à moi et à mon fils, nous en disposerons comme bon nous semble. Et ne vous faites aucune illusion, Tristan a les mêmes intentions que moi.

Aymeric se leva brusquement.

– Je vous l'interdis !

Clothilde quitta précipitamment son fauteuil pour saisir le bras de son mari et le forcer à s'asseoir.

– Reprenez-vous mon ami, dit-elle d'une voix calme. De toute façon, Madame McGregor est morte dans le bois du pendu. Les candidats à l'achat d'un tel bien ne courent pas les rues. Et il me semble évident que le fait qu'il y ait eu une mort plus que suspecte sur le domaine ne va pas aider à le vendre, ajouta-t-elle en se tournant vers Béatrix et en affichant un sourire sournois.

12

Château de Saint-Maxent. 17 h 30

Choquée par la mort de Théo, et plus qu'agacée par sa belle-famille, Béatrix quitta le petit salon et se réfugia dans la bibliothèque. N'ayant pas envie de déambuler dans toute la propriété pour trouver Éléonore, elle préféra appeler son amie au téléphone pour la prier de la rejoindre, avec ses filles et Hortense. Elle avait besoin de se confier à quelqu'un et savait trouver chez les deux femmes une écoute attentive. Elle savait aussi que les filles de son amie étaient pour l'une, avocate, et pour l'autre, une ex-gendarme.

En attendant leur arrivée, Béatrix marchait de long en large, repensant à son dernier entretien avec Théo… cette pauvre femme, retrouvée morte dans le bois de son château. Maintenant, la vente du château était bel et bien annulée !

Éléonore entra sans frapper, suivie d'Hortense et de ses filles. Béatrix se précipita vers son amie, lui saisissant les mains, visiblement dans un état de tension intense.

– Éléonore ! Le cadavre découvert par tes filles dans le bois, c'est Théo…

– Théo ?

– Oui, c'est la jeune femme qui devait acheter mon château, Théosauria d'Aubrignan.

Éléonore se tourna vers Charlotte.

– Tu savais qu'il s'agissait de l'amie de Béatrix ? lui demanda-t-elle.

Sa fille haussa les épaules en signe d'ignorance.

– Non, elle ne savait pas, traduisit Éléonore à l'attention de son amie. Et j'imagine que les gendarmes ne t'ont rien appris en t'interrogeant.

– Strictement rien. Le commandant n'a pas voulu me dire comment la pauvre Théo est morte ! répondit Béatrix.

Éléonore se tourna de nouveau vers sa fille.

– Tu sais quelque chose à ce sujet ?

Charlotte répondit en secouant la tête en signe de négation.

– Elle sait, mais elle ne dira rien, conclut Éléonore à l'adresse de Béatrix.

– Je ne vois pas pourquoi on aurait trouvé son corps dans la propriété. On ne meurt pas comme ça, subitement. Je vais souvent me promener dans ce bois et je ne l'ai pas vue. Ça veut dire qu'elle serait revenue récemment et serait morte d'on ne sait quoi, comme ça ? dit-elle en claquant des doigts.

Éléonore se tourna vers sa fille aînée.

– Tu n'as toujours rien à nous apprendre ?

La jeune femme lui jeta un regard morne.

– Ma fille a beau avoir démissionné, elle est restée très « gendarme » !

– Je sens qu'elle a été assassinée… Si c'est bien ce qui s'est passé, c'est entièrement de ma faute, gémit Béatrix en cachant son visage entre ses mains.

– Pourquoi cela serait-il de votre faute ? demanda Charlotte, sentant qu'elle devait reprendre le contrôle de l'interrogatoire.

Béatrix soupira. Son regard se porta sur le grand tableau qui ornait la cheminée. Il représentait une jeune femme brune, portant une longue robe blanche qui flottait autour d'elle. Le portrait avait été peint en clair-obscur, le personnage se tenait dans cette même bibliothèque, devant la même cheminée, à quelques détails près : la cheminée gothique qui datait du XIIIe siècle avait été réparée et réhabilitée à l'identique. Seules les étagères qui l'entouraient aujourd'hui et supportaient livres et bibelots n'existaient pas au Moyen Âge. Le visage de la jeune femme qui ressortait par contraste était empreint d'une profonde tristesse. Elle regardait par la fenêtre, en direction du bois dont on distinguait les arbres peints en nuances de noirs, plus ou moins foncés, et qui étaient, à l'époque, beaucoup plus proches du château. Les couleurs dominantes étaient sombres, donnant l'impression que le tableau avait été peint en noir et blanc. La seule tache de couleur provenait d'un collier que la jeune femme portait autour du cou, un large collier en or martelé, avec, incrustée en son milieu, une pierre précieuse, un rubis d'un rouge intense, comme une tache de sang. Un désarroi et une mélancolie profonde se dégageaient de ce portrait que Béatrix regardait sans pouvoir s'en détacher.

Charlotte arrêta du regard sa mère qui s'apprêtait à poser une question à son amie.

– Je connais Théo depuis qu'elle est enfant. Elle s'appelait Théosauria, mais détestait son prénom, sourit-elle. Elle s'est très vite fait appeler Théo, et je crois que l'ambiguïté que suscitait son diminutif lui plaisait. Elle venait souvent ici avec ses parents quand mon mari était encore en vie. Son père et Jean, mon défunt mari, étaient amis. J'ai gardé quelques liens avec elle et sa mère par la suite. Théo était une jeune femme brillante, très intelligente. Elle a très bien réussi professionnellement. Elle travaillait dans l'immobilier au Royaume-Uni. La pauvre avait à peine quarante-cinq ans… je l'aimais bien.

Elle se laissa tomber dans un fauteuil en chintz, sortit un mouchoir et tamponna délicatement ses yeux. Hortense s'approcha avec un verre d'eau pétillante qu'elle lui tendit.

Béatrix avala le contenu du verre d'un trait et grimaça. Elle reprit.

– Nous avions l'habitude de nous retrouver ici, dans cette bibliothèque. Ce portrait représente la femme d'un des premiers seigneurs de Saint-Maxent, un chevalier qui aurait participé à une croisade. Elle serait morte en couche, et son fantôme hanterait encore ce château à la recherche de son bien aimé chevalier. Plus tard, un ancêtre de Théo a racheté ce château et ce qu'il contenait, dans les années 1450, je crois… Ce portrait date du XIXe siècle et serait une reproduction d'un dessin original. Cette femme est indissociable de ce château et Théo porte d'ailleurs son prénom.

C'est une sorte de coutume dans la famille d'Aubrignan depuis des siècles ; ce prénom est régulièrement donné à une de leurs descendantes, comme un hommage rendu à cette femme. Je trouve d'ailleurs qu'elles se ressemblent… se ressemblaient un peu, Théo et elle, ajouta-t-elle en montrant du menton le portrait.

– Mais elles n'ont aucun lien familial si j'ai bien compris, s'étonna Héloïse.

– Non, mais elles étaient toutes les deux brunes et très belles. Ce portrait exerce une véritable fascination sur ceux qui le regardent, vous ne trouvez pas ? demanda Béatrix en se tournant vers la jeune femme.

– Oui, et on peut comprendre qu'elle ait eu envie d'acheter ce domaine, murmura Héloïse, les yeux fixés sur le portrait.

– Il y a deux mois, Théo m'a contactée pour me demander si j'envisageais de vendre le domaine.

Béatrix tourna de nouveau son visage vers le portrait et soupira.

– Depuis qu'elle est petite, elle rêve de ce château. Il avait appartenu à ses ancêtres. Elle a toujours dit qu'un jour, elle l'achèterait. Ça m'amusait beaucoup d'entendre ce petit bout de femme d'à peine douze ans pérorer, devant ma belle-famille, qu'un jour les d'Aubrignan reviendraient dans leur château. Vous auriez vu la tête d'Aymeric ! Un vrai régal !

Béatrix se releva pour remplir son verre de cognac, sous le regard inquiet d'Hortense.

– Théo avait récemment décidé de revenir s'installer dans la région, chez sa mère, qui vit toujours dans le village. Elle avait gagné une petite fortune qui lui permettait de racheter cette propriété. Sa proposition a fait son chemin dans mon esprit. Au début de cette année, vers la mi-mars, je lui ai dit que j'envisageais de m'en séparer. Mon fils lui aurait vendu sans problème sa propre part. Il me semblait logique que le château de Saint-Maxent retourne aux d'Aubrignan, comme elle disait petite. Nous aurions rapidement trouvé un terrain d'entente.

Béatrix avala d'un coup son verre de cognac et grimaça.

– Mais un jour, reprit-elle, je m'en souviens très bien, nous prenions le thé ici, comme d'habitude. Théo m'a confié qu'elle avait reçu des menaces de mort. Je lui ai dit de n'en tenir aucun compte.

– Sous quelle forme a-t-elle reçu ces menaces ? demanda Charlotte.

– Des lettres anonymes, avec une écriture toute en majuscules. Elle a pensé que quelqu'un voulait l'empêcher d'acheter le château.

– Qui d'autre était au courant de ce projet ?

– Personne. Je ne tenais pas à ce que ma belle-famille soit au courant, et Théo préférait elle aussi garder ce projet secret.

– Pourquoi ?

– Je pense qu'elle craignait que quelqu'un l'empêche de devenir propriétaire de ce domaine.

– Mais pour quelles raisons aurait-on voulu l'en empêcher ?

– Je sais qu'elle craignait son ex-mari. Sa mère en sait peut-être plus.

– Vous souvenez-vous de ce qui était écrit sur les lettres de menaces ?

– Parfaitement, j'ai tout recopié dans mon carnet. Se penchant vers un sac dans lequel dépassaient pêle-mêle des aiguilles à tricoter, des pelotes de laine, une bouteille d'eau et un voilage que Charlotte supposa être une étole en soie, Béatrix en sortit un carnet qu'elle ouvrit pour la seconde fois en moins d'une heure.

– Le 25 mars, Théo a reçu une menace qui disait : ***SI TU PERSISTES DANS TON PROJET, PAR MA MAIN TU PÉRIRAS.*** Nous avons immédiatement compris que cela concernait son projet d'acheter le château. À ce moment-là, pour Théo, ce n'était qu'une blague. Elle m'a d'ailleurs montré le papier en plaisantant.

– Une blague qui n'avait pourtant rien d'amusant, dit Hortense.

– Elle a d'abord craint qu'il ne s'agisse de son ex-mari, mais il ne pouvait pas être au courant de nos négociations, que nous prenions bien garde de tenir secrètes.

Éléonore hocha la tête.

– Quelqu'un était pourtant bel et bien au courant.

– Ce n'est pas tout, reprit Béatrix. Le 16 avril, nous avions de nouveau rendez-vous. Nous avions encore quelques détails à régler, mais nous étions proches d'un accord. Théo est arrivée avec une nouvelle menace. Elle l'avait reçue le matin même dans sa boîte aux lettres.

Elle tourna rapidement les pages de son carnet, humectant son index pour mieux accrocher les feuilles.

– Voilà, c'est ici, reprit-elle en indiquant la date du 16 avril sur son agenda. Cette fois-ci, le message disait :

NOUVEL AVERTISSEMENT : DANS LA PEUR ET LA DOULEUR, TU DISPARAÎTRAS.

Béatrix referma son carnet. Elle passa une main dans ses cheveux, repoussant une mèche derrière son oreille.

Héloïse se pencha vers sa sœur et chuchota.

– Un fan de Star Wars, on dirait du Maître Yoda dans le texte…

Charlotte réprima un sourire. Elle aussi trouvait que ces menaces avaient un côté un peu théâtral.

– Cette fois, reprit Béatrix, Théo n'a pas pris ce message aussi légèrement. C'était le deuxième message de ce genre, et nous avons remarqué qu'elle recevait pour la deuxième fois une lettre le jour même où nous devions nous rencontrer pour discuter de la vente du château. Quelqu'un était donc au courant, ça ne faisait plus de doute pour elle. Elle a décidé d'aller montrer tout ça aux gendarmes. Mais je lui ai dit de ne tenir aucun compte de ces niaiseries… qu'il s'agissait évidemment de tentatives d'intimidation ! Je n'avais pas envie que ma belle-famille apprenne que je projetais de vendre le château. J'aurais dû la laisser faire, tout ça ne serait peut-être pas arrivé.

– Mais tu n'y es pour rien ! Ce n'est pas toi qui as tué cette malheureuse n'est-ce pas ? Ne t'inquiète pas, ma fille va te tirer tout ça au clair.

Charlotte leva les sourcils.

– C'est le travail de la police, Maman.

– Elle joue la modeste, mais c'est une enquêtrice remarquable. Sauf en ce qui la concerne. Dans ce cas, elle semble perdre tous ses dons d'observation, au point de ne pas comprendre que son compagnon…

– Maman ! l'interrompit Héloïse.

Elle posa une main apaisante sur le bras de Charlotte.

– C'est bon, je n'ai rien dit ! se défendit Éléonore. Enfin, le fait est que j'ai toute confiance en ma fille pour démasquer le monstre qui a tué cette pauvre femme.

– Je rappelle que la police n'a toujours pas établi les causes de la mort de Théo, et que c'est *son* travail de mener l'enquête. Madame Fontenoy, croyez-moi, vous pouvez avoir toute confiance dans le commandant Kermorvan, c'est un enquêteur brillant. Je n'ai aucun doute, il saura retrouver le meurtrier de votre amie, si meurtre il y a, ajouta-t-elle en lorgnant sa mère. Elle ne souhaitait pas dévoiler les circonstances de la mort de Théo et, notamment, que son corps avait été enterré, comme l'avaient été les précédentes victimes du violeur qui sévissait dans la région. Inutile de créer une psychose.

– Mais enfin Charlotte, c'est évident qu'elle a été assassinée ! Sinon, pourquoi aurait-on retrouvé son corps dans cette propriété ? » Éléonore se leva et commença à arpenter la bibliothèque. « Quelqu'un voulait empêcher Béatrix de vendre, et le meilleur moyen était de tuer l'acheteuse. Pas besoin d'avoir fait Saint-Cyr pour le deviner. Il suffit de savoir additionner deux plus deux !

– Il n'y a jamais rien d'évident dans une enquête. Il faut avoir plus d'éléments avant de tirer des conclusions. Pas besoin d'être une voyante pour le comprendre.

– Que te faut-il de plus pour admettre que Théo a été tuée pour l'empêcher d'acheter le château ? Des aveux en trois exemplaires ?

Héloïse entraîna sa sœur à l'extérieur de la bibliothèque afin d'éviter un nouvel échange acerbe entre les deux femmes. Laissant les trois amies entre elles, elles traversèrent le hall d'entrée et sortirent prendre l'air sur le perron ensoleillé du château.

– Qu'est-ce qu'elle peut m'agacer ! jeta Charlotte en retirant, énervée, le pull fin qu'elle avait enfilé avant de descendre dans la bibliothèque. » Est-ce l'énervement ou le soleil de cette fin de mai qui provoquaient son brusque accès de chaleur ? « Tu l'as entendue ? La voilà qui se prend pour une enquêtrice ! Après avoir joué le rôle de la médium déjantée, elle se prend pour Miss Marple maintenant.

– Elle s'inquiète pour son amie, tout simplement. Essaie donc de voir les choses du bon côté. Il fait un temps superbe, et tu as retrouvé un excellent camarade de promotion, que j'attends avec impatience que tu me présentes d'ailleurs. Le week-end ne sera peut-être pas aussi terrible que tu le crains.

– Je ne sais pas ce qu'il te faut ! Maman commence à échafauder je ne sais quel scénario stupide sur la mort de cette malheureuse, alors qu'on a un meurtrier, violeur en série de surcroît, qui sévit dans la région !

– Alors elle a bien été assassinée par le violeur en série ? souffla Héloïse affichant une mine de conspiratrice.

Et merde, pensa Charlotte en soupirant.

– Je ne crois pas, mais tu ne dis rien à personne, tu m'entends ? À PERSONNE !

– Pour qui tu me prends ? s'offusqua Héloïse. Ce qui est arrivé est horrible ! J'imagine que tu as déjà ta petite idée… tu penses que la famille est mêlée à ce meurtre, n'est-ce pas ? Tu sais que tu peux tout me dire, je resterai muette comme une tombe !

– Je vais surtout appeler Edward pour lui parler des lettres de menace qu'aurait reçues Théo. Si cela a un lien avec son meurtre, ça va réorienter son enquête vers les occupants de ce château.

Héloïse se frotta les mains.

– C'est excellent ! Ça veut dire qu'on va rapidement revoir le beau commandant.

– Ta compassion est probablement ta plus grande qualité, soupira Charlotte. Ce week-end est un cauchemar. Je ne vois pas ce qui pourrait arriver de pire que de me retrouver ici, coincée entre Maman et toi.

Le bruit d'un moteur de voiture interrompit la conversation. Alors que Victor s'extrayait avec difficulté d'une vieille Fiat 500, repeinte en couleur fuchsia, Charlotte se retourna, interloquée, vers sa sœur, qui affichait un sourire gêné.

– C'est toi qui lui as dit de venir ici ?

– Quelque chose comme ça.

– J'étais sûre que tu manigançais quelque chose. J'ai vu que tu avais répondu à un appel alors que j'étais dans la salle de bains ! Mais qu'est-ce qui t'a pris ?

Héloïse prit un air faussement contrit.

– Un excès de compassion sans doute.

13

Château de Saint-Maxent. 17 h 45

Dès qu'il réussit à sortir, tant bien que mal, de la minuscule voiture, Victor comprit que Charlotte était de mauvaise humeur. Elle se tenait sur le haut des marches, les bras croisés et la mine renfrognée. La jeune femme qui se tenait près d'elle, sa sœur Héloïse sans aucun doute, descendit l'accueillir.

– Victor Capestan, je présume ? Je suis Héloïse Valentin, la sœur cadette de Charlotte ! précisa-t-elle avec un grand sourire. Nous sommes ravies de votre arrivée. Croyez-moi, elle ne pouvait pas mieux tomber !

Dubitatif, Victor serra la main qu'elle lui tendait, tout en jetant un regard en coin à Charlotte. Les deux jeunes femmes se ressemblaient énormément, tout en étant très différentes. Victor sentit instinctivement qu'il s'entendrait bien avec Héloïse.

– Venez, je vais vous présenter à la propriétaire du château et à notre famille. Je suis sûre qu'elles vont vous adorer, ajouta-t-elle en le détaillant à la dérobée.

Le regard que lui lança Charlotte quand il passa près elle n'incita pas Victor à entamer la conversation. Il comprit qu'Héloïse ne l'avait sans doute pas prévenue de son arrivée. La jeune femme lui serra la main et jeta un « Chouette voiture » en désignant du menton sa Fiat 500. Il se contenta de hocher la tête en guise de réponse, puis il se laissa guider vers la bibliothèque, laissant Charlotte à son humeur bougonne.

La jeune femme suivit le détective des yeux, puis elle appela Kermorvan. Après lui avoir fait un compte rendu exhaustif de ce qu'elle avait appris de Béatrix, elle lui demanda de lui raconter, avec tous les détails, son entrevue avec les Fontenoy. Elle lui posa quelques questions sur les réactions des uns et des autres à l'annonce de la mort de Théo.

– Tu as une idée derrière la tête ? lui demanda Edward que l'intérêt de son amie intriguait.

– Non pas vraiment, je suis simplement curieuse. N'oublie pas que c'est moi qui ai découvert le corps.

– J'attends les résultats de l'autopsie pour avoir au moins une idée de la date de la mort de la victime. C'est tout de même étrange qu'elle n'ait pas été dénudée, comme les autres victimes du violeur.

– Ce n'est peut-être pas lui, mais le meurtrier aura voulu lui mettre ce crime sur le dos.

– Ou peut-être est-ce lui… on ne peut encore rien écarter, rétorqua le jeune homme. Je ne serais pas étonné que la mort remonte au 29 avril, date où elle devait revenir s'entretenir avec la propriétaire du château.

– Sa famille ne l'a pas revue depuis cette date ? s'étonna Charlotte.

– Non, sa mère nous a appris qu'elle devait retourner au Royaume-Uni. Théo disparaissait, semble-t-il, souvent sans donner de nouvelles, et réapparaissait parfois plusieurs semaines plus tard. Sa mère n'était pas inquiète, même si elle a été surprise que sa fille ne vienne pas lui dire au revoir. Elle a donc disparu depuis le 29 avril. Théosauria d'Aubrignan pourrait donc bien être la sixième victime du violeur assassin qui sévit dans la région depuis un an.

– Tu es sur l'affaire depuis quand ?

– Je suis arrivé début mars, quand on a découvert sa cinquième victime. Cela collerait avec le délai entre deux attaques.

– Il sévit tous les deux mois ?

– Oui, c'est effrayant. Il les a toutes tuées et leur a volé ce qu'elles avaient sur elle. Mais seules quatre d'entre elles ont été violées, on suppose que pour la cinquième, quelque chose l'a empêché.

– J'ignorais ces détails.

– Elles n'avaient plus rien, même leurs vêtements avaient disparu, pour qu'on ne retrouve pas de traces ADN, évidemment.

– Théo portait encore tous ses vêtements et ses bijoux, et je n'ai pas l'impression qu'elle a été violée. Ça ne semble pas correspondre au *modus operandi* de ton salopard.

– J'attends les conclusions du légiste. Le corps a été enterré sans protection, il est trop dégradé pour avoir une réponse. Je dois y aller, je te tiens au courant.

*

En entrant dans la bibliothèque, suivie de Victor, Héloïse le présenta comme un ami de Charlotte, venu spécialement pour lui déposer un colis. Comme prévu par la jeune femme, l'accueil fut très chaleureux. Les trois femmes apprécièrent immédiatement l'excellente éducation du jeune homme, qui les salua en s'inclinant pour un baisemain qu'elles trouvèrent délicieusement désuet.

Il prendrait bien quelque chose à boire ? Un thé peut-être ? Ou un café bien corsé plutôt ? Victor… voilà un prénom charmant… Du sucre avec le café ? Comme c'était aimable à lui d'avoir fait ce détour pour remettre à Charlotte un colis en main propre. Elle en avait de la chance d'avoir un ami aussi prévenant. Il était évident qu'il devait rester parmi eux ce week-end. Il n'allait pas reprendre la route à cette heure tout de même !

Rapidement, il fut convenu qu'en raison du manque de chambres disponibles dans le château, et pour éviter de devoir partager le dortoir avec le reste de la famille Fontenoy, Victor irait dormir dans l'hôtel du village. Apolline, la nièce de Béatrix, gérait l'établissement. Béatrix prenait tout à sa charge, car les amis de la fille d'Éléonore étaient ses amis, enfin, bref, qu'il ne s'inquiète pas pour cela !

Les trois femmes déclarèrent qu'il était très rassurant d'avoir auprès d'elle un homme aussi athlétique, car, il ne le savait pas encore, mais le cadavre d'une femme que Béatrix connaissait très bien avait été retrouvé dans le parc ! Une horreur ! Un assassin rôdait non loin d'ici, et peut-être même dans le château ! Et il ne pouvait pas ignorer qu'en plus de ça, un violeur sévissait aussi depuis quelques mois dans la région. Peut-être même était-ce lui qui avait tué cette pauvre Théo ! Oui monsieur, ici, dans cette propriété ! C'était effroyable !

Le café avalé, Héloïse ne tarda pas à mettre un terme à cette rencontre, traînant littéralement hors de la bibliothèque un Victor tout sourire, rasséréné par cet accueil.

*

Installée dans le salon de jardin sur la terrasse ombragée de l'autre côté du château, Charlotte attendait, pensive, l'arrivée d'Héloïse et de Victor. Elle avait entendu, grâce à la fenêtre ouverte de la bibliothèque, toute la scène entre Victor et ses nouvelles groupies. Le couple Fontenoy lézardait aussi au soleil, au bout de la terrasse, sans un regard pour elle.

– Tu aurais vu comment il te les a embobinées les *sexygénaires* ! chuchota Héloïse quand elle rejoignit sa sœur. Elle jeta un regard en biais vers Victor qui s'éloignait pour récupérer une chaise libre posée plus loin. Elles n'ont pas arrêté de glousser comme des ados prépubères ! C'était presque indécent !

– Ah tiens ! Tu ne trouves plus si amusant de l'avoir invité à nous rejoindre ? sourit Charlotte. Et ce n'est que le début, crois-moi, il en a sous le pied ! Alors Victor, comment allez-vous ? lança-t-elle au jeune homme qui revenait vers elles avec une chaise.

Le jeune homme savait qu'il s'agissait d'une question purement rhétorique et ne répondit pas. Il s'installa tranquillement auprès des deux sœurs, puis il sortit de son sac à dos un petit colis qu'il tendit à la jeune femme.

– Cadeau des Brighton. Ils vous transmettent leurs amitiés. Ils semblent beaucoup vous apprécier. J'ignorais que vous aviez créé des liens aussi forts avec eux.

– En même temps, ce n'est pas comme si vous aviez un grand sens de l'observation, sourit-elle.

Victor soupira, elle ouvrait déjà les hostilités avec cet humour sarcastique qu'il trouvait à la limite du supportable. Mais cela signifiait qu'elle n'était pas vraiment en colère contre lui. Elle était plutôt du genre à ignorer ceux qu'elle n'appréciait pas.

– Madame Fontenoy m'a gentiment proposé une chambre dans l'hôtel du village, j'espère que cela ne vous sera pas trop… pénible.

Charlotte sourit en retirant ses lunettes de soleil.

– Allez, Victor, trêve d'enfantillages. Je ne m'attendais pas à ce que vous débarquiez ici, dit-elle en coulant un regard vers sa sœur. Mais je suis très heureuse de vous revoir.

Victor sourit et afficha un détachement qu'il était loin d'éprouver. Il devait bien se l'avouer, lui aussi était heureux de la revoir. Sans comprendre pourquoi, il se sentait lié à cette femme. La retrouver lui procurait un sentiment de familiarité, presque de bien-être, comme lorsque l'on retrouve un vieil ami avec qui on se sent immédiatement bien. Il était plus à l'aise avec elle qu'avec certains de ses anciens camarades. Peut-être était-ce dû à la certitude qu'il lui était redevable de quelque chose après les événements de cet hiver[1], sur cette île bretonne. Elle avait découvert un secret qu'elle avait refusé de lui révéler, mais que Jacques Capestan connaissait. Le jeune homme était intimement persuadé que son père était lié au meurtre qui avait été perpétré dans le manoir. Connaissait-il l'assassin ? Pire ! Était-il l'assassin ? Charlotte savait évidemment ce qui s'était passé, mais elle se taisait, et ainsi les protégeait peut-être tous les deux. Ce mystère avait créé une distance avec son père, sans qu'il sache pourquoi. Il fallait qu'il parvienne à faire parler Charlotte, qu'elle lui dévoile ce qui s'était passé sur cette île. Ce qui n'allait pas être facile. Il était celui qui lui avait révélé, bien malgré lui, l'infidélité de son compagnon, et cette femme était bien capable d'entretenir, à son égard, une petite rancune… Avait-elle quitté Dalincourt ? Il aurait parié que oui, mais il connaissait le bougre. Ils étaient de la même promotion à Saint-Cyr, et Victor le savait redoutable pour séduire les femmes.

– Et si vous me racontiez ce qui s'est passé ici depuis votre arrivée ? demanda-t-il en se calant dans sa chaise.

Héloïse baissa la voix.

– Charlotte et moi avons découvert, cet après-midi, le corps d'une femme, dissimulé dans le bois du pendu.

– Le bois du pendu ?

Charlotte sourit.

– J'ai toujours trouvé fascinante votre façon de sélectionner l'information la plus importante.

1. cf. *Le Déshonneur des Montergnac*, 2020

Le jeune homme haussa les épaules. Elle était en forme !

– Ça a dû être une découverte épouvantable, dit-il en préférant se tourner vers Héloïse.

– Horrible ! J'ai d'abord trouvé étrange le comportement d'un petit chien qui rôdait, paraît-il, depuis plusieurs semaines dans la propriété. Nous l'avons suivi jusqu'au corps que la malheureuse bête veillait depuis sa mort probablement. C'est Charlotte qui a eu l'idée de creuser un peu... Creuser au sens littéral du terme d'ailleurs !

– Incroyable !

– N'est-ce pas ? C'était affreux ! Pour ma part, j'ai préféré m'éloigner, la vue d'un cadavre ne m'attire pas du tout !

– C'est extraordinaire ! Encore un mort, et comme par hasard, Charlotte, vous êtes dans le coin...

– Déjà une brillante déduction, Watson ? soupira-t-elle en remettant ses lunettes de soleil.

– Vous savez de qui il s'agit ?

– Oui, répondit Héloïse en chuchotant. La victime s'appelait Théosauria d'Aubrignan, et le petit chien était le sien. Elle est peut-être la dernière victime du violeur assassin qui rôde dans la région. La jeune femme frissonna.

– Ce bois est une propriété privée, que venait-elle faire ici ?

– En fait, elle voulait acheter ce château, et ce projet était tenu secret par les deux femmes, personne n'était au courant d'après Béatrix.

– Comment se fait-il qu'un petit chien ait pu rôder dans cette propriété sans mourir de faim ?

– C'est la cuisinière qui vient ici chaque jour qui le nourrissait parfois. Elle a essayé de l'attraper, mais il ne s'est jamais laissé approcher. Ah, au fait, Charlotte, j'ai demandé à Béatrix, elle accepte que nous gardions ce chien dans le château dans la mesure où il ne sera plus « pouilleux », comme elle dit. Comme c'est celui de son amie, elle le connaît déjà.

– Chouette ! super nouvelle… bougonna la jeune femme, en voyant s'éloigner son rêve de récupérer un bon gros chien et non un petit toutou qui passerait son temps dans les bras d'Héloïse.

– Et la police pense que la victime a été tuée par le salopard de violeur qui sévit dans le coin ? demanda Victor.

Héloïse jeta un regard à sa sœur qui, cachée derrière ses lunettes de soleil, semblait indifférente à la conversation, ce qui l'agaça.

– Le commandant qui a en charge cette enquête ne nous a encore rien dit, mais ça ne saurait tarder. C'est un très bon ami de Charlotte, lança-t-elle avec un sourire espiègle.

Victor fronça les sourcils et jeta un regard surpris à la jeune femme.

– Un très bon ami ? Vraiment ?

Héloïse se pencha en avant avec un air de conspirateur.

– Il semblerait que la victime…

– Bon, les pipelettes, nous en parlerons plus tard, coupa Charlotte en désignant du menton la famille Fontenoy installée non loin d'eux. Victor, il serait judicieux que vous alliez prendre vos quartiers dans l'auberge du village, comme vous l'a conseillé Béatrix. Nous en reparlerons plus sérieusement quand vous nous rejoindrez.

14

Château de Saint-Maxent. 17 h 45

Tristan avait rendez-vous avec sa mère afin de récupérer son chèque mensuel, comme chaque fin de mois, depuis qu'il avait quitté le château. Mais cette fois, il avait un besoin urgent d'une somme d'argent plus importante. Il lui fallait se racheter un véhicule digne de ce nom, pour remplacer l'épave qui avait causé un terrible accident deux mois plus tôt. La vieille Peugeot, que conduisait son ami Raoul, s'était encastrée dans un arbre, alors qu'il revenait du marché ; les freins avaient lâché, lui avait-on dit. Le malheureux Raoul ne pourrait plus jamais remarcher, c'était un miracle qu'il ait survécu.

Tristan avait récupéré un nouveau véhicule, en très mauvais état lui aussi, mais il était décidé à acheter une voiture convenable, que chacun pourrait utiliser sans risquer sa vie. Il lui suffisait pour cela de demander à sa mère une avance sur la vente du château.

Cette vente tombait à point. Les besoins de la communauté étaient en constante augmentation depuis qu'ils avaient accueilli trois nouvelles familles, dont une avec quatre enfants. Leur succès allait grandissant, Tristan et ses amis accueillaient aujourd'hui de nombreux urbains avides de retrouver un contact plus direct avec la terre, avec une vie en commun plus vraie, plus chaleureuse et authentique. Mais cela avait un coût, et Tristan avait la ferme intention de consacrer la totalité de ses revenus à promouvoir ce retour à la terre.

Avec son ami Ghislain, ils s'étaient installés depuis presque six ans dans un petit hameau composé de quatre fermes que Tristan et Ghislain avaient rachetées pour une bouchée de pain et qu'ils laissaient à la disposition des familles qui les rejoignaient. La communauté formait à présent un groupe d'une cinquantaine de personnes, hommes, femmes et enfants. Ils vivaient tous ensemble, partageant les pièces de vie commune qu'étaient la cuisine et une grande salle à manger dans laquelle les repas étaient pris en commun. Le reste des habitations du hameau avait été aménagé en petits appartements, afin que les membres du groupe puissent bénéficier d'un peu d'intimité au sein d'un logement composé d'une ou plusieurs chambres, selon la composition des familles. Avec les nouveaux arrivants, il fallait rénover des espaces dans les fermes. Des tensions commençaient à émerger au sein de la communauté, il était urgent de fournir aux derniers arrivés un logement décent sous peine de voir pour la première fois des départs. Chacun avait ses occupations, beaucoup de jardinage, de couture, d'artisanat. Ils avaient même depuis peu quelques ruches, mais refusaient d'en prélever le miel, préférant laisser les abeilles butiner et féconder leurs cultures en toute quiétude. La communauté cultivait ses propres fruits et légumes, produisait ses confitures et objets d'artisanat ainsi que d'autres produits, qu'ils vendaient sur les marchés locaux. Les revenus de leur travail étaient bien insuffisants. Il n'était d'ailleurs pas question de favoriser l'émergence d'une activité économique fructueuse. Les membres de la communauté avaient quitté la société traditionnelle en rejet de la consommation et souhaitaient retrouver un mode de vie moins consumériste en favorisant le troc, quand cela était possible. En revanche, pour réaliser des travaux d'infrastructure plus importants, ils avaient besoin d'argent, que Tristan n'hésitait pas à apporter.

Le jeune homme avait enfin trouvé un endroit où il était heureux. La rusticité de ce corps de ferme lui convenait parfaitement. Jamais il n'avait supporté cette vie de châtelain à Saint-Maxent, avec son horrible grand-mère, son oncle et sa tante qui le méprisaient. Ici, parmi ses nouveaux amis, il se sentait à sa place, accepté et même aimé.

Tristan traversa la cour encombrée. Traînait çà et là un bric-à-brac de vieilles chaises cannées, de meubles en bois usés ou cassés, de planches de bois peint, de vélos rouillés et d'une foule de bricoles en attente de réfection. Quelques-uns des membres de la communauté se chargeaient de les réparer pour en faire une éventuelle monnaie d'échange sur les marchés alentour. Ils réhabilitaient, réparaient, customisaient.

Ghislain l'attendait, adossé à une antique Golf grise.

– Prêt pour une immersion dans le grand monde ? demanda-t-il en souriant. J'espère que tu arriveras à obtenir que ta vieille te file plus ce mois-ci. Et fais attention avec cette voiture, c'est aussi une épave !

– Ne t'inquiète pas. Ma mère n'a aucune raison de me refuser cette avance sur la vente. L'accident de Raoul l'a bouleversée, je le lui rappellerai s'il le faut.

– Je compte sur toi ! Je t'ai préparé un panier avec quelques légumes et j'ai rajouté des salades que je viens de couper. J'espère au moins que ça sera apprécié à sa juste valeur : garanti sans pesticides, fraîcheur maximum.

– Merci. Je serai de retour tard ce soir, ne m'attends pas.

– Passe une bonne soirée, mes hommages à Madame la Baronne !

– Je vais éviter de les lui transmettre si je veux obtenir qu'elle me fasse mon chèque, sourit Tristan. Ta soirée sera très certainement meilleure que la mienne. Allez, j'y vais, dit-il en se glissant derrière le volant et en démarrant la petite voiture grise. Un nuage noir sorti du pot d'échappement, provoquant une volée d'exclamations de protestation parmi les personnes présentes dans la cour de la grande ferme.

*

En arrivant devant le vieux portail délimitant l'entrée de la propriété, Tristan remarqua avec étonnement un va-et-vient de voitures de la gendarmerie.

Tournant la manivelle pour baisser la vitre, il apostropha l'un des gendarmes, un jeune garçon roux qui semblait tout juste sorti de l'adolescence et qui attendait devant le portail.

– Pourriez-vous me dire ce qu'il se passe ? Ma famille va bien ?

– Vous êtes de la famille de Madame Fontenoy ?

– Oui, je suis son fils, Tristan Fontenoy. Il lui est arrivé quelque chose ? demanda le jeune homme soudain inquiet.

– Non, rassurez-vous, votre mère va bien. Mais un cadavre a été trouvé dans le sous-bois. Des prélèvements sont toujours en cours, vous devez attendre encore avant de pouvoir pénétrer dans la propriété.

– Un cadavre ? Et vous savez de qui il s'agit ?

– Non, Monsieur.

L'attente ne fut pas longue et il vit rapidement sortir plusieurs véhicules de la gendarmerie avant que le jeune homme roux ne lui fasse signe qu'il pouvait entrer à présent. Il suivit les voitures qui avaient commencé à converger vers le château. *Les clients du week-end spirite*, pensa-t-il, agacé. Avant de franchir le lourd portail en fer forgé, il croisa une Fiat 500, couleur fuchsia qui bifurqua vers le village. Il eut le temps de distinguer un homme brun, engoncé dans le petit véhicule. Les bords du chemin qui menait au château étaient balisés d'un ruban jaune interdisant de pénétrer dans les sous-bois. Il se gara à côté d'un monospace presque aussi vieux que sa Golf, et récupéra le panier qui contenait légumes et salades pour les déposer dans la cuisine. Puis il rejoignit la bibliothèque où il savait trouver sa mère.

– Ah Tristan, enfin te voilà ! s'exclama Béatrix en voyant entrer son fils. Il est arrivé une chose effroyable : Théo est morte…

Tristan fronça les sourcils. L'haleine de sa mère était chargée, elle sentait le cognac à plein nez !

– Tu as encore bu ! Maman, tu m'avais promis de réduire ta consommation d'alcool !

– Je t'en prie, pas de sermon, la journée a été suffisamment difficile.

Elle plongea toutefois sa main dans son sac et en sortit un paquet de pastilles de menthe qu'elle mit sous le nez de son fils.

– Ça ira avec ça ? Tu me désespères ! Tu mènes une vie de moine bénédictin ; pas de femme, pas d'alcool, pas de sorties, je ne suis même pas sûre que les bénédictins soient aussi austères !

Tristan hocha la tête en soupirant.

– Qu'est-il arrivé à Théo ?

La mort de Théo, outre la tristesse des faits, allait surtout freiner ses projets. La vente du château tombait à l'eau et sa mère rechignerait à lui faire un virement supplémentaire.

– Son corps a été retrouvé dans le bois de la propriété. Elle est probablement morte assassinée.

Le jeune homme ouvrit de grands yeux

– Assassinée ? Tu plaisantes !

– Absolument pas. Bon, je suis obligée de te laisser, je dois accueillir nos invités du week-end ! Avec ce qui est arrivé aujourd'hui, je suis un peu chamboulée et nous avons pris un retard fou dans notre accueil. Je suis contente que tu sois là, mon chéri, tu vas pouvoir me donner un coup de main pour préparer les salles après le cocktail. Et ça serait bien que tu reviennes demain aussi !

Sans attendre la réponse, elle déposa un rapide baiser sur la joue de son fils et partit à la rencontre des clients qui commençaient à s'agglutiner devant l'entrée du château.

Tristan soupira et, se retournant, découvrit la présence silencieuse de quatre femmes qui étaient restées en retrait. Il les salua, un peu gêné, toutes se ressemblaient beaucoup, comme bâties dans un même moule. Les deux plus jeunes le regardaient fixement, le détaillant avec une attention qui le gêna. Elles répondirent à son salut et se levèrent pour quitter la bibliothèque. Tristan reconnut alors Éléonore Valentin, la médium que sa mère affectionnait et qui venait régulièrement depuis quelques années. Il l'avait rencontrée à plusieurs reprises et, à chaque fois, elle l'avait mis mal à l'aise. Peut-être à cause de ses extraordinaires yeux vairons, troublants et perçants, qui semblaient lire en lui et deviner ses pensées. Aujourd'hui encore, alors qu'elle posait sur lui un regard pourtant bienveillant, il ne pouvait s'empêcher de baisser les yeux.

Alors que les quatre femmes passaient l'une derrière l'autre devant lui pour quitter la pièce, il eut l'image fugace d'une meute de louves blanches, nobles et massives, dégageant une force tranquille, mais dont il fallait se méfier.

Se retrouvant seul dans la bibliothèque, il s'installa confortablement dans le fauteuil et ferma les yeux.

15

Château de Saint-Maxent. 18 h 30

En quittant la bibliothèque, Charlotte et Héloïse échangèrent un regard ému. La ressemblance était frappante, leur cousin Pierre-Louis, qu'elles avaient toujours appelé Pilou, aurait certainement vieilli comme Tristan s'il avait vécu. Les quatre femmes se retirèrent dans leur chambre, attendant de rejoindre Béatrix pour prendre l'apéritif et rencontrer les clients du château.

Charlotte, qui avait observé leur arrivée par la fenêtre, en avait dénombré une vingtaine, principalement des groupes de quatre ou cinq personnes, amis ou famille, tous évidemment impatients de rencontrer la célèbre médium qu'était Éléonore.

Elle s'était changée pour revêtir une tenue plus élégante, du moins à ses yeux, car le sourcil interrogateur que leva sa sœur en la voyant revenir dans la chambre la fit un instant douter de son choix. Qu'importe, elle était à l'aise avec son pantalon et son chemisier. Éléonore revint de la salle de bain, entourée d'un parfum capiteux, une fragrance qu'elle portait depuis toujours. Charlotte s'attendait à la voir arborer un ensemble très coloré et fanfreluché, genre diseuse de bonne aventure, comme elle portait parfois pour accueillir les amis de son club spirite « des âmes errantes » à Bourg-sur-Gironde. Mais elle fut surprise de la voir revenir de la salle de bain, vêtue très élégamment d'un tailleur couleur crème, cintré, qui mettait ses formes et sa longue silhouette en valeur.

– Tu es superbe, Maman ! s'exclama-t-elle en déposant un baiser sur sa joue. Mais où est ta boule de cristal ?

– Tu es bête… sourit Éléonore. Elle jeta un regard critique sur la tenue de sa fille qui préféra battre en retraite. Le retour d'Hortense dans la chambre l'empêcha de lui casser les pieds avec ses conseils en habillement. Les deux sœurs babillèrent pendant quelques minutes pendant qu'Hortense arrangeait la coiffure d'Héloïse. Éléonore se rapprocha de sa fille, toujours postée devant la fenêtre. Elle semblait hésiter à l'aborder, ce qui ne manqua pas de surprendre la jeune femme.

– Charlotte, finit-elle par dire, en se tournant vers elle après quelques longues minutes de silence à ses côtés. Comme tu le sais, il y a certains endroits sur terre où la communication entre le monde des vivants et celui des morts est plus facile. J'ignore pourquoi, mais ce château en fait partie. Ne soupire pas, c'est important. Je sais que tu es très sceptique quant à mes dons, mais j'ai besoin de ton aide ce soir.

Charlotte s'apprêtait à refuser quand sa mère reprit sur un ton encore plus grave.

– Écoute-moi, dit-elle en saisissant les mains de sa fille entre les siennes. Béatrix est très inquiète depuis plusieurs semaines. Il semble qu'il se passe quelque chose de troublant dans ce château, comme si quelqu'un ou quelque chose voulait lui faire peur, pire, lui faire du mal. Et moi aussi, je ressens quelque chose d'anormal. Tu dois garder les yeux et l'esprit ouverts ce week-end. Je veux que tu observes ce qui se passe ici. Après ma conférence, je vais organiser une séance de spiritisme avec Béatrix dans sa chambre et j'aimerais que tu y assistes, au cas où il se passerait quelque chose. Je sais que tu n'aimes pas ces séances, mais tu pourrais voir ça comme un mystère à résoudre ? Il n'y aura que nous, avec Hortense et Héloïse bien évidemment. Je te demande ça comme une faveur. Je sens qu'il se passe quelque chose de bizarre ici, et j'aimerais que tu m'aides à savoir ce que c'est.

La jeune femme écoutait sa mère, étonnée du sérieux de son discours.

– Tu peux me dire ce qui se passe exactement ?

– Exactement, je n'en sais rien, mais depuis quelques semaines, Béatrix entend des choses étranges dans sa chambre. Certaines nuits, il y aurait des hurlements terrifiants qu'elle serait la seule à entendre. Un verre d'eau qui vole à travers la pièce, une odeur de corps décomposé… certains phénomènes sont incohérents. Je te raconterai tout en détail plus tard. Béatrix ne le montre pas, mais je sais qu'elle est terrorisée. Je vais faire une séance de purification et je vais essayer d'entrer en contact avec l'entité qui la perturbe dans sa chambre. J'aimerais que tu sois là.

Charlotte, le front plissé, observa sa mère quelques secondes.

– D'accord, finit-elle par répondre, intriguée malgré elle par l'inquiétude de sa mère.

– Merci ! souffla Éléonore, soulagée d'avoir su convaincre sa fille la plus sceptique de l'aider. Bon, on commence par la conférence ce soir, et on fera notre séance chez Béatrix ensuite. Demain, nous aurons nos différents ateliers avec d'autres intervenants.

Puis, elle sortit un miroir de poche de son sac et vérifia son maquillage.

– Nous allons être en retard. Charlotte, puis-je savoir pourquoi tu n'es pas prête ? Tu ne comptes pas rester dans cette tenue ! Regarde comme Héloïse est adorable avec sa jolie robe, tu es sûre de ne pas vouloir porter quelque chose de plus… élégant ?

La jeune femme jeta un regard à sa sœur qui fit mine de vomir.

– Je me trouve très bien avec ce pantalon, et vous verrez que ce soir, si on doit s'enfuir pour échapper à tes fantômes, vous regretterez de devoir courir avec vos talons hauts !

Éléonore soupira. Charlotte était une tête de mule et ne changerait pas d'avis. Elle observa sa fille, en pantalon beige et chemisier bleu pâle. Depuis la trahison de Patrick, elle ne faisait vraiment aucun effort de coquetterie vestimentaire ! Enfin, au moins, elle ne portait pas son éternel jean.

Tandis qu'Éléonore rectifiait une fois encore son chignon compliqué, Héloïse trépignait.

– Il est presque 19 h. Si je ne mange pas dans les dix minutes qui viennent, je vous préviens que je risque de faire une hypolipémie sévère !

– Je propose que nous descendions, dit Hortense en riant, très élégante dans une robe fleurie. Je commence à avoir très faim moi aussi, reprit-elle en saisissant le bras de Charlotte pour sortir de la chambre.

*

La plupart des clients du château étaient arrivés, et seul un couple manquait encore à l'appel. Il y avait une trentaine de personnes, les chambres étaient toutes occupées et certains clients devaient être logés dans l'auberge du village. Béatrix et Hortense étaient dans les cuisines pour vérifier les derniers détails, rejointes par Éléonore qui venait boire un rafraichissement loin de l'agitation des clients, comme à son habitude quand elle venait ici.

Les Fontenoy étaient tous là, mais ils se tenaient à l'écart des clients du château. Charlotte les observait discrètement, un verre de pineau à la main, en picorant par-ci par-là les hors-d'œuvre qui passaient à sa portée. Garance, la dernière des quatre enfants d'Aymeric et de Clothilde, semblait tellement jeune, Charlotte avait de la peine à croire qu'elle avait pourtant vingt-cinq ans. Elle avait quelque chose d'aérien, presque irréel. Dans sa longue robe blanche, elle semblait se mouvoir en flottant, loin des rires et des gesticulations des invités qui faisaient connaissance autour des différentes tables mange-debout installées sur la terrasse. Elle n'était toutefois pas très jolie avec ses yeux bleus très rapprochés et son nez busqué, à l'image de sa mère, maigre et sèche. La deuxième fille de la famille était radicalement différente. Apolline était aussi brune que sa cadette était blonde. Plus âgée, environ la trentaine, elle était d'une beauté si saisissante que Charlotte n'arrivait pas à détacher ses yeux de la jeune femme. Un teint parfait qu'aucun fond de teint ne semblait alourdir, elle avait une bouche délicieusement ourlée, généreuse, comme une sucrerie. La taille très fine mettait sa poitrine bien faite en valeur, cette fille était un cauchemar ! Charlotte se souvint qu'elle tenait l'hôtel du village, c'est là qu'elle avait dû rencontrer Victor avec qui elle était arrivée. Elle observa le jeune homme qui affichait un sourire benêt, probablement ravi de jouer les jolis cœurs auprès de Mademoiselle Parfaite. Elle devait bien admettre qu'ils formaient un couple très esthétique. Le jeune homme passa une main dans ses cheveux bruns, légèrement ondulés, et lui fit un clin d'œil moqueur en croisant son regard.

Charlotte soupira et détourna les yeux. Les deux fils Fontenoy étaient arrivés eux aussi. Louis, le blond, qu'elle n'avait pas encore rencontré, et Hugues, le brun, le médecin. Ils avaient une discussion très animée. À y regarder de plus près, Charlotte eut même l'impression que les frères se disputaient. Garance s'approcha des deux hommes, posa une main sur le bras de Hugues, ce qui eut pour effet de calmer instantanément le jeune homme. Béatrix et Hortense surgirent enfin, tout en sourire, passant d'un groupe d'invités à un autre.

Les Fontenoy se regroupèrent à l'écart de la plèbe, laissant Béatrix et ses clients entre eux. Tristan ne rejoignit pas sa mère, il avait emporté un plateau de hors-d'œuvre à l'écart de sa famille, sans se préoccuper des invités. Seule Hortense, dans sa superbe robe à fleurs, tenait compagnie à Béatrix et l'assistait pour accueillir les clients. Elles déambulèrent encore quelques minutes de table en table, un sourire éclatant aux lèvres avant de rejoindre Tristan, un verre à la main.

Héloïse surgit brusquement, les mains pleines de petits pains.

– Tiens, je t'ai rapporté des navettes fourrées au saumon, c'est un délice, mais il n'y en a pas beaucoup.

La jeune femme lui tendit deux petits pains avant de repartir précipitamment vers le serveur qui revenait avec un nouveau plateau de canapés au saumon, qu'il s'apprêtait à déposer devant Tristan. Elle fut devancée par une grosse dame dont la tête arborait un chapeau de paille peu seyant et qui se saisit d'autorité du plateau avant de l'emmener vers une table mange-debout, qu'elle monopolisait avec d'autres clients. Héloïse revint, la mine renfrognée vers sa sœur.

– Ces gens sont d'une grossièreté ! râla-t-elle. Même la pauvre Béatrix, qui n'a encore rien mangé, n'a pas pu lutter !

– D'après tante Hortense, Béatrix ne mange jamais pendant le cocktail d'accueil.

– Ce n'est pas mon cas. J'espère qu'on ne va pas tarder à passer à table, ce n'est pas ces trois bouts de pain qui vont me caler ! Ah, voilà ton Victor !

Agacée, Charlotte marmonna.

– Je t’ai déjà demandé d’arrêter de l’appeler *mon* Victor !

– Charlotte, on peut se parler ?

– Mais bien sûr ! s’écria Charlotte en se tournant vers le jeune homme. Je vous écoute.

– Saviez-vous qu’Apolline connaissait le projet de Béatrix de vendre son château ? fit-il en baissant la voix. Vous m’avez dit tout à l’heure que personne n’était au courant.

– Bah ! C’est Béatrix qui nous a dit n’en avoir parlé à personne. Comment votre amie l’a-t-elle su ? demanda Charlotte.

– Je l’ignore. Ce qui m’a intrigué, c’est que quand je lui ai donné le nom de la victime, elle a semblé étonnée et a immédiatement dit qu’elle était contente, car le château ne serait donc pas vendu.

– Ah oui ? Elle est absolument délicieuse, dites-moi, votre nouvelle amie !

– Oui, et elle a un grand sens de la déduction aussi, renchérit Héloïse.

– Et cette sensibilité exacerbée ! C’est bouleversant, ajouta Charlotte.

– D’après elle, reprit Victor, ignorant le sarcasme des deux sœurs, Béatrix lui avait promis de lui laisser la gestion de la partie hôtelière du château.

Charlotte jeta un long regard à la belle brune qui discutait en aparté avec son père, à l’autre bout de la terrasse.

– C’est étrange. Pourquoi Béatrix aurait-elle commencé des démarches pour vendre si elle avait fait cette promesse à sa nièce ? dit-elle, intriguée.

– Et comment a-t-elle su pour la vente du château ? demanda Victor en suivant le regard de Charlotte.

La jeune femme haussa les épaules.

– Rien ne reste jamais secret très longtemps quand on vit sous le même toit. Il lui aura suffi, par exemple, de se trouver sur la terrasse, devant la bibliothèque. Si la fenêtre était ouverte, elle aurait pu, elle ou quelqu'un de sa famille, entendre Béatrix et Théo parler de la vente du château. Tout comme je vous ai entendu tout à l'heure faire votre grand numéro de charme à trois pauvres femmes. Des veuves en plus… Vous devriez avoir honte !

– D'accord. Mais à supposer que cette vilaine fille écoute aux fenêtres, ou aux portes, croyez-vous qu'elle ait pu décider de trucider l'acheteuse pour garder un job hypothétique ? C'est un peu radical, non ? Il y avait sûrement d'autres moyens de faire capoter une vente.

– C'est vous qui avez commencé avec vos soupçons ! Je ne vous ai pas parlé de meurtre et je précise que l'enquête est entre les mains d'un commandant de gendarmerie…

– Ah oui ! Votre « très bon ami » ! ricana Victor.

– Parfaitement ! Il est très compétent et je n'ai pas l'intention de me mêler de son enquête !

– C'est la meilleure celle-là ! C'est bien vous qui parliez d'espionnage sur la terrasse !

– Je tentais simplement de trouver une explication intelligente à une question saugrenue.

– Saugrenue ? Ma question n'est certainement pas saugrenue ! Ce qui est saugrenu, de la part d'un soi-disant cador de la gendarmerie, c'est de ne pas en voir les implications.

– Ah oui ? Je serais curieuse de connaître les implications que votre esprit pittoresque a bien pu déduire de votre stupide question.

Héloïse observait en souriant Victor et Charlotte s'écharper, chacun affichant des attitudes et sourires faussement amicaux.

– C'est apéro-spectacle avec vous, interrompit Héloïse en riant. Je ne savais pas que vous en étiez déjà là. Maman donne une conférence ce soir au château, vous restez avec nous, Victor, j'espère !

– Je ne manquerais ça pour rien au monde, répondit-il d'un ton hargneux, sans quitter Charlotte des yeux.

La jeune femme allait rétorquer, mais elle fut interrompue par des cris qui retentirent derrière eux, tandis qu'un attroupement se formait.

– Vite ! Aidez-moi ! Ma femme est en train de s'étrangler ! criait un homme affolé.

Victor et les deux sœurs se précipitèrent vers la dame au chapeau de paille qui se tenait la poitrine et semblait chercher son souffle. Charlotte appela les urgences tandis que Victor allongeait la grosse dame qui avait perdu connaissance.

– Il y a un médecin parmi vous ? cria-t-il. Je crois qu'elle fait un arrêt cardiaque !

– Je suis médecin ! déclara Hugues Fontenoy, en écartant les curieux qui s'agglutinaient autour de la malheureuse. Il commença, aidé d'Hortense, à pratiquer un massage cardiaque.

Le reste de l'assemblée assistait, impuissante, à cette scène. Le malheureux mari se tordait les mains d'angoisse, ne sachant que faire, lançant des regards affolés tout autour de lui. Héloïse le prit par le bras et tenta de le rassurer, tandis que Victor et Charlotte faisaient en sorte d'éloigner la foule de curieux qui s'agglutinait autour de la pauvre femme. Enfin, la sirène caractéristique du SAMU annonça leur arrivée imminente. La victime fut rapidement prise en charge par des médecins qui poursuivirent le massage cardiaque. Quand son état fut stabilisé, les ambulanciers l'embarquèrent vers l'hôpital de Montmorillon.

16

Château de Saint-Maxent. 19 h 30

Quelque temps après, Victor et Béatrix rejoignirent Charlotte et sa famille qui avaient préféré se retirer dans la bibliothèque à l'arrivée des secours.

Prenant place près de la cheminée éteinte, Béatrix se servit un grand verre de cognac, qu'elle avala d'un coup avant de se verser une seconde dose aussi généreuse, qu'elle but cette fois plus lentement. Elle proposa un verre à Victor, qui refusa d'un signe de tête.

Éléonore observa son amie quelques secondes avant de soupirer bruyamment. Elle savait que Béatrix avait l'habitude de boire et elle ne l'avait jamais vue ivre, preuve qu'elle supportait bien l'alcool. Il n'en restait pas moins qu'elle n'aimait pas voir son amie se jeter sur la boisson à la moindre contrariété. Elle se leva pour rejoindre sa famille. Dissimulées derrière les voilages de la porte-fenêtre, elles étaient toutes les quatre immobiles, observant en silence les invités restés sur la terrasse. Tous étaient certainement sous le choc de ce qui s'était passé sous leurs yeux. Ils discutaient, avec force gesticulations, de ce qui était arrivé à la grosse dame au chapeau de paille. Mais bien peu devaient réellement éprouver de la peine pour la malheureuse, plus excités par ce qui devenait, au fond, une animation supplémentaire dans le cadre de ce week-end organisé autour du spiritisme.

Victor, les mains dans les poches de son jean, observait les femmes du clan Valentin. Tandis qu'elles se tenaient l'une à côté de l'autre, immobiles, debout telles des vigies derrière les fins rideaux, il eut la vision d'une horde de valkyries, ces guerrières issues de la mythologie nordique, chargées de conduire l'âme des combattants héroïques au Valhalla, le paradis des Vikings. Ces amazones sanguinaires pouvaient tuer elles-mêmes les malheureux guerriers pour les emmener. De braves femmes…

– L'un des médecins m'a dit qu'elle avait peut-être fait une réaction allergique à un aliment, dit-il en secouant la tête comme pour chasser cette vision de son esprit.

Béatrix renifla, énervée.

– À son âge, c'est incroyable ! Elle doit pourtant bien savoir à quoi elle est allergique ! Quelle imprudence ! Elle aurait pu nous gâcher ce week-end !

Un silence lourd s'installa.

Éléonore était nerveuse. Depuis son arrivée au château, la médium ne se sentait pas à l'aise. Ce qui venait de se passer sur la terrasse sonnait pour elle comme un avertissement. Elle ramassa la mallette qui contenait sa planche de Ouija et prit place dans un fauteuil près de Béatrix. Cette planche était son vecteur pour entrer en contact avec les entités du monde invisible. Elle y tenait beaucoup et ne s'en séparait jamais, l'emmenant quasiment partout. Elle lui avait été offerte par son défunt mari, Antoine, peu de temps avant le terrible accident qui lui avait coûté la vie. La superbe planche magnifiquement décorée aurait, paraît-il, été utilisée par Sir Arthur Conan Doyle lui-même. L'écrivain avait été, lui aussi, un grand adepte du spiritisme. Antoine connaissait la passion de son épouse pour le spiritisme. S'il avait été sceptique quant à la réalité de ses « visions », il n'avait pu nier que les intuitions d'Éléonore fussent souvent troublantes. Malgré cela, il n'avait accordé aucune importance à ses craintes, bien qu'elle l'ait averti qu'un grand malheur s'abattrait sur leur famille. Quelques jours plus tard, il mourrait au volant de sa voiture…

Éléonore serra contre elle sa mallette et se tourna vers son amie.

– Que comptes-tu faire, Béatrix ? Tes clients n'ont peut-être plus la tête aux réjouissances, je pense qu'on devrait annuler ma conférence.

– Non, non ! Surtout pas Éléonore ! Ils ont tous souhaité rester, sauf le mari de notre imprudente gourmande qui est parti à l'hôpital avec elle. Si tu le veux bien, je préfère qu'on ne change rien.

– Nous ne savons pas ce qui est réellement arrivé à cette pauvre femme. J'ai peur que ça ne soit pas aussi simple. N'oublions pas que le corps de ton amie a été retrouvé dans les bois, tout près du château. Nous devons annuler.

– J'ai eu de nombreuses réservations pour ta conférence, on ne peut pas faire ça ! s'écria Béatrix avec véhémence en se levant brusquement.

Elle arpenta nerveusement le salon, en serrant convulsivement ses mains.

Non, vraiment, Éléonore, nous devons maintenir ta conférence. Nous ne savons pas ce qui est arrivé à Théo, et cela n'a rien à voir avec nous. Quant à cette vieille écervelée, elle va rapidement se rétablir, ce n'est rien de grave. Je vais réunir les clients pour le dîner. J'imagine que tu préfères ne pas te joindre à nous, comme d'habitude. Je te ferai porter un plateau.

– Là, j'ai surtout envie d'un bon café.

– Je m'en charge, je reste avec toi, intervint Hortense. Cet épisode m'a complètement coupé l'appétit, je ne pourrai rien avaler ce soir.

– Faites ce que vous voulez, mais je refuse de tout annuler pour une idiote qui n'a pas fait attention à ce qu'elle mangeait ! Tout est prêt, mais avec tout ça, on a pris du retard, il va falloir accélérer. On repoussera le début de ta conférence d'une demi-heure, ça ne te dérange pas, j'espère ?

– Comme tu voudras, céda Éléonore sans un regard pour son amie. Je vais rester dans la bibliothèque jusqu'à la conférence.

Charlotte fut surprise par le ton autoritaire et le manque d'empathie de Béatrix. Cela lui déplaisait et elle ne doutait pas que sa mère éprouvât la même chose.

17

Château de Saint-Maxent. 21 h

Béatrix était satisfaite. Contre toute attente, l'apéritif dînatoire s'était terminé dans la bonne humeur. Les clients étaient tous impatients d'assister à la conférence qu'Éléonore Valentin allait tenir ce soir.

Pendant que les clients terminaient de se restaurer, Béatrix préparait la salle pour la conférence. Pour une fois, Tristan ne fut pas le seul à l'aider. Louis, qui était exceptionnellement resté pour le week-end, proposa son aide. Apolline se joignit à eux, sans doute pour faire bonne figure auprès du charmant Victor qui ne ménageait pas sa peine pour déplacer fauteuils, canapés et vieilles commodes. Tout s'était déroulé merveilleusement bien, entre cris et éclats de rire, dans une bonne humeur qu'elle n'avait pas connue depuis longtemps dans ce château. Les filles d'Éléonore étaient adorables, pleines de gaîté et de malice. Béatrix se prit à regretter que son amie ne soit pas venue avec ses filles plus tôt. Même la très snob Apolline avait abandonné son masque de morgue et de mépris pour se joindre à la joyeuse bande. Seuls Garance et Hugues étaient restés en retrait, avec évidemment Aymeric et Clothilde, fidèles à eux-mêmes.

Il y avait encore quelques semaines, Béatrix prenait un grand plaisir à organiser et participer à ces soirées, surtout quand Éléonore était présente avec Hortense. Mais depuis que des événements inexpliqués la réveillaient la nuit, elle avait l'impression que le château lui-même lui demandait d'arrêter ces ateliers. Ce week-end serait le dernier. La mort tragique de Théo la confortait dans sa décision. Mais elle finirait sur un week-end réussi, malgré l'incident pendant l'apéritif.

*

La conférence d'Éléonore était, comme d'habitude, une parfaite réussite. Les participants semblaient hypnotisés par son discours, qu'elle savait rendre passionnant, l'émaillant çà et là d'anecdotes étonnantes, d'exemples vécus personnellement et qui contribuaient à animer son exposé. S'ensuivit un tir fourni de questions auxquelles elle répondit avec une parfaite aisance. Bref, tout était maîtrisé. Béatrix était enchantée ! Il y avait eu de nombreuses inscriptions au dernier moment, ce qui portait le nombre d'auditeurs à presque quatre-vingts personnes ! Jamais elle n'avait eu autant de monde dans ce château. Il avait fallu récupérer des bancs dans la vieille abbaye cistercienne au bout du parc et déplacer quelques meubles pour accueillir cette foule de curieux.

Compte tenu du nombre de participants, Béatrix avait fait installer une sono. Elle observait son amie déambuler dans la salle, le micro à la main, devant un parterre d'auditeurs pendus à ses lèvres. C'était comme si elle avait fait ça toute sa vie. Quel dommage que cela fût le dernier week-end !

Au fond de la salle, elle aperçut Apolline qui, pour la première fois, était restée parmi les invités ce soir. Probablement pour ne pas trop s'éloigner de sa nouvelle cible, Victor Capestan, qui écoutait la conférence avec les filles Valentin. La jeune femme ne pouvait réprimer ce petit air méprisant qu'elle exécrait. Béatrix avait promis à sa nièce qu'elle lui laisserait assez rapidement la gestion de la partie hôtelière, pour se reposer un peu. Mais pourquoi s'encombrer d'un château de cette envergure, dont la vente lui permettrait de vivre confortablement sur la Côte d'Azur ?

Béatrix savait qu'Apolline souhaitait changer de clientèle pour attirer des clients plus orthodoxes, certainement plus argentés. La jeune femme insistait constamment pour qu'elle mette fin à ces week-ends thématiques, et notamment ces conférences et ateliers autour du spiritisme. Béatrix était persuadée que c'était une erreur. Des châteaux qui avaient été transformés en hôtel de luxe, il y en avait des pelletées en France ! Mais un château comme celui de Saint-Maxent était unique ! Quelque chose dans ces lieux n'était pas tout à fait normal, et il y aurait toujours des clients pour venir découvrir les mystères de cet endroit particulier.

Béatrix en avait eu l'idée grâce à Éléonore. Elle l'avait rencontrée pour la première fois lors d'une thalassothérapie que la médium faisait avec Hortense à Biarritz, dix ans plus tôt. Elle avait très vite invité ses nouvelles amies à visiter sa propriété. En découvrant pour la première fois le château, Éléonore lui avait dit que l'endroit était chargé de colère. Elle avait, avec Hortense, procédé à des rituels assez étranges de purification et de protection pour rendre les lieux plus « sains ». Béatrix n'avait aucun doute sur la réalité des dons de voyance de la médium. Elle les avait personnellement éprouvés à l'occasion d'une séance de spiritisme, où son défunt mari était entré en contact avec elle. Éléonore ne pouvait pas connaître toutes ces choses intimes, ces détails physiques dont elle lui avait parlé et qui prouvaient que Jean de Fontenoy était bel et bien présent parmi elles ce soir-là.

Quand Béatrix organisa des soirées à thème pour attirer encore plus de clients, celui qui rencontra le plus vif succès fut incontestablement le thème du spiritisme, ce qui devint la spécialité de Saint-Maxent.

Mais avec les événements inexpliqués qui se déroulaient ici depuis le début de l'année, Béatrix ne s'y sentait désormais plus chez elle et avait l'impression que le château voulait la chasser. C'était irrationnel, elle le savait, mais elle ne pouvait s'empêcher de se laisser envahir par ce sentiment et avait décidé de vendre la poule aux œufs d'or. Les négociations avec Théo étaient sur la bonne voie. Béatrix savait que Théo voulait à tout prix acheter le domaine. Quelle poisse qu'elle ait été assassinée ! Mais quoi qu'il arrive, elle ne resterait pas dans ce château.

Avant la mort de Théo, elle avait contacté, à son insu, l'ex-époux de son amie, James McGregor, espérant ainsi faire monter un peu le prix de vente. En affaire, il n'y avait pas de place pour le sentimentalisme, elle était bien placée pour le savoir, elle dont le père était un banquier renommé. Sa fortune ne s'était pas construite sur l'altruisme et les bons sentiments. Elle avait investi en grande partie l'argent de sa famille dans la restauration de ce château, elle comptait bien récolter les fruits de cet investissement. McGregor aussi était intéressé par ce château. Il avait promis de lui faire une offre supérieure à celle de Théo. Béatrix avait alors eu l'intention d'en parler à la jeune femme, sans lui révéler qu'elle était à l'origine de la fuite, mais elle n'en eut malheureusement pas l'occasion.

Et cet après-midi, sans réfléchir, elle s'était laissée aller à appeler l'ex-mari et à lui demander s'il était toujours acquéreur. Elle était pressée de vendre, alors, pourquoi ne pas faire affaire avec lui ? Elle fut toutefois gênée par l'empressement de McGregor, qui décida de venir le lendemain en début d'après-midi pour reprendre les négociations d'achat.

Elle allait vendre cette propriété et se réjouissait à l'avance de la réaction d'Aymeric et de Clothilde. Qu'ils retournent dans leur « Auberge » ! Et tant pis pour Apolline. Peut-être la jeune fille pourrait-elle trouver un terrain d'entente avec McGregor s'il achetait le château ? Peut-être l'embaucherait-il pour s'occuper de l'hôtel, s'il en conservait la fonction ? Mais en réalité, l'avenir de cette pimbêche lui importait bien peu.

*

Tandis qu'Éléonore discourait depuis presque deux heures dans le grand salon, Charlotte, Héloïse, Tristan et Victor discutaient agréablement, installés à l'écart, sur la terrasse.

Apolline les avait quittés ainsi que ses frères, Louis et Hugues, vers 22 h. Les neveux et nièce de Béatrix préféraient rentrer chez eux, ou dormir dans l'auberge de Font-Saint-Maxent plutôt que de passer la nuit dans l'ancien quartier des domestiques avec Garance et leurs parents.

Charlotte avait pu observer le mépris à peine déguisé d'Apolline et Hugues pour leur cousin. Louis, quant à lui, affichait une certaine indifférence, mais restait courtois, voire aimable avec Tristan. Le jeune homme n'était manifestement pas très apprécié par sa famille, qui devait difficilement comprendre et accepter ses choix de vie. Son humour et son autodérision étaient probablement un rempart contre le mépris avec lequel il était traité. Au fur et à mesure que le jeune homme se confiait sur l'histoire de sa famille, il inspirait aux sœurs Valentin une sympathie croissante. C'était un garçon simple, gentil et très drôle, passionné par son projet de vie en communauté.

Tristan supportait les excentricités de sa mère depuis sa plus tendre enfance. Un point commun entre lui et les sœurs Valentin. Il se confia avec une facilité déconcertante sur ses relations conflictuelles avec sa famille. Le jeune homme avait un réel talent pour imiter ses proches, notamment son oncle et sa tante.

Charlotte ressentait d'emblée une grande affection pour Tristan, en raison de sa ressemblance avec son cousin Pilou, qu'elle avait tellement aimé. C'était irrationnel, mais elle ne pouvait pas s'empêcher de regarder le jeune homme avec émotion. Pilou aurait certainement eu les mêmes beaux yeux marron qui tombaient légèrement, les mêmes cheveux constamment en bataille ; sa façon de rire avait aussi quelque chose de familier.

Quand la conférence fut terminée, le petit groupe remit rapidement en place le grand salon, tandis que les auditeurs regagnaient leur véhicule et quittaient la propriété.

La nuit était douce, éclairée par une lune pleine qu'aucun nuage n'obscurcissait. Victor salua les deux sœurs et Tristan avant de retourner à l'auberge du village.

– Je crois que ton épave est encore plus vieille que la mienne, constata Charlotte, tandis que le jeune garçon peinait à ouvrir la portière de sa vieille guimbarde pour y récupérer des sacs de transport en tissus.

– Ne m'en parle pas ! J'essaie d'apitoyer ma mère pour qu'elle m'aide à en acheter une plus récente et plus sûre, mais ce n'est pas gagné ! Elle est encore plus pourrie que ma voiture précédente. Un de mes amis a failli se tuer il y a trois mois, lors d'un grave accident de la route.

– Et comment va-t-il ? s'inquiéta Héloïse.

– C'est un miraculé ! Il ne récupèrera pas ses jambes malheureusement, mais il est en vie ! Je m'en veux parce que d'habitude, je ne laisse jamais personne utiliser ma voiture, c'est bien trop dangereux, et là, j'étais malade et exceptionnellement, je l'ai laissé l'utiliser pour se rendre sur le marché à ma place.

– Tu es le seul à avoir une voiture dans ta communauté ? s'étonna Charlotte.

– Oui, tous les arrivants qui nous rejoignent ont vendu tous leurs biens, si ce n'est leurs vêtements et quelques bibelots. Tout est mis en commun, et la plupart n'ont pas beaucoup d'argent. Mais on se débrouille. Il faudra que vous passiez nous voir avant de rentrer chez vous ! Le hameau n'est qu'à une trentaine de kilomètres d'ici. Bon, je vous laisse les filles, je dois aller récupérer les restes des repas dans la cuisine avant de partir.

Ils se quittèrent en se donnant rendez-vous pour le lendemain. Charlotte et Héloïse regardaient, non sans émotion, le jeune qui s'éloignait ; la ressemblance entre Tristan et Pilou leur rendait le jeune homme très attachant.

18

Château de Saint-Maxent. 23 h 45

Assise à la petite table ronde dans la chambre de Béatrix, Éléonore caressait distraitement sa planche Ouija en essayant de faire le vide en elle. Elle avait allumé quelques bougies qu'elle avait disposées un peu partout dans la chambre.

Elle commençait à comprendre le mal-être de Béatrix. Elle-même éprouvait une sensation étrange, un malaise grandissant. Il y avait bien des entités rattachées à ce château, qui continuaient à le hanter. Elle les avait senties et était même entrée en contact avec certaines. L'une d'entre elles était un jeune homme, dont elle avait retrouvé la trace il y a deux ans, dans les documents de l'état civil. Il avait vécu dans ces lieux au moment de la Révolution française. Le malheureux avait été tué, dans le château, par un petit groupe de villageois dans des conditions épouvantables. Peut-être était-ce lui qui hurlait sa terreur et que Béatrix avait entendu. Son amie parlait d'un cri de femme, mais en était-elle sûre ? Certaines entités restaient attachées à la dimension terrestre parce qu'elles n'avaient pas surmonté un traumatisme qui les bloquait bien au-delà de la mort. Elles étaient condamnées à errer jusqu'à ce que quelqu'un, un médium, les aide enfin à retrouver leur chemin pour quitter la dimension terrestre. Éléonore avait fait son possible pour libérer l'âme de ce malheureux jeune homme, elle pensait pourtant avoir réussi. Mais parfois, sans qu'on sache pourquoi, certaines âmes demeuraient dans les lieux qu'elles avaient connus de leur vivant. Ce château, Éléonore s'en était immédiatement rendu compte, était marqué par ce qui s'était passé dans ses murs, comme un souvenir qui revenait perpétuellement. Dans certaines pièces, les murs exsudaient la peur, et la médium, malgré tous ses efforts, n'avait pu trouver d'explications. C'est pourquoi elle revenait régulièrement le visiter et procéder à des rituels de purification et de protection. À maintes reprises, elle avait conseillé à son amie de mettre un terme à ses activités. Mais malgré ses conseils, Béatrix continuait à organiser beaucoup trop de séances de médiumnité, réalisées parfois par des personnes insuffisamment préparées, voire, elle devait bien l'admettre, par des charlatans. Éléonore se sentait responsable de ce qui se passait. Jamais elle n'aurait dû laisser Béatrix se lancer dans cette aventure. Si elle ne lui avait pas révélé le potentiel de cet endroit, Béatrix n'aurait probablement pas orienté toute son activité autour du spiritisme. Et aujourd'hui, peut-être en payait-elle le prix.

Une chose pourtant l'intriguait : pourquoi son amie était-elle la seule à entendre les hurlements ? Devenait-elle folle ? Éléonore secoua la tête, elle devait se concentrer et faire le vide. Elle ferma les yeux et visualisa un champ de fleurs, des marguerites, des bleuets et des coquelicots…

Au bout d'une dizaine de minutes, elle avait retrouvé son calme et se sentait prête pour commencer sa séance de spiritisme.

Béatrix arriva, suivie d'Hortense et des filles. Elles s'installèrent rapidement autour de la table et posèrent les mains à plat, en écartant les doigts de façon à se toucher avec l'auriculaire. Éléonore les invita à se concentrer quelques minutes pour faire le vide avant de commencer la séance. Puis la médium sortit de son sac une petite pièce en bois bombé, qui comportait en son milieu une partie translucide afin d'identifier les lettres ou chiffres quand ladite pièce s'arrêtait dessus. On appelait cet objet une « goutte » probablement en raison de sa forme en goutte d'eau. Elle la déposa délicatement sur la planche de Ouija. Les cinq femmes posèrent leur index sur l'objet en bois.

– Je rappelle pour toi, Charlotte, que tu dois à peine effleurer la goutte. Tu ne dois pas exercer de pression, tu te souviens n'est-ce pas.

– Oui, oui, je me souviens, ne t'inquiète pas.

Évidemment qu'elle se souvenait, elle avait bien trop souvent assisté et parfois participé à ces séances quand elle était adolescente.

Éléonore respira profondément.

– Bon, on va commencer. Ce cercle spirite est composé de Béatrix, Hortense, Héloïse, Charlotte et moi-même, Éléonore, énonça-t-elle d'une voix grave et profonde. Nous sommes réunies ici ce soir pour communiquer avec l'entité qui cherche à entrer en contact avec Béatrix. Nous ne souhaitons pas la visite d'entités autres que celle qui hante Béatrix. Cette entité est-elle parmi nous ? Si oui, veuillez vous diriger vers le « OUI ».

Un long silence s'installa sans qu'aucun mouvement anime la goutte. Éléonore reprit d'une voix douce ;

– Nous souhaitons communiquer avec l'entité qui veut entrer en contact avec Béatrix, si vous êtes parmi nous, veuillez vous diriger vers le « OUI » s'il vous plaît.

Toujours aucun mouvement.

Charlotte observa Béatrix qui avait le regard rivé sur la planche. Elle clignait des yeux frénétiquement, visiblement très tendue.

– Si vous êtes là, veuillez vous diriger vers le « OUI », répéta sa mère d'une voix plus profonde, presque en chuchotant.

Éléonore pencha la tête de chaque côté, puis d'avant en arrière, comme si elle essayait de faire craquer les articulations de son cou. Elle ferma les yeux. De longues minutes s'écoulèrent encore sans qu'aucune des femmes dise un mot.

Soudain, Charlotte sentit la goutte frémir sous son doigt. Elle pencha discrètement la tête pour vérifier qu'aucune d'entre elles n'avait l'index lourdement posé sur le petit objet en bois qui glissait doucement sur la planche.

– Vous êtes bien l'entité qui veut entrer en contact avec Béatrix et qui se manifeste dans sa chambre ? Si oui, allez sur le « OUI » s'il vous plaît.

La goutte bougea de nouveau, se dirigeant vers le OUI inscrit sur la planche, devant Charlotte, puis repartit ensuite lentement vers le milieu.

– Pourriez-vous nous épeler votre nom s'il vous plaît ? demanda Hortense d'une voix rauque.

Malgré les nombreuses années où elle accompagnait sa sœur dans ses séances de spiritisme, elle était toujours impressionnée quand une entité se manifestait.

La goutte se dirigea cette fois, avec plus de vivacité, vers le T, puis le H, le E…

– Mon Dieu ! souffla Béatrix. C'est Théo…

… Le S, le A, le U…

La goutte bougea tout à coup violemment sur la planche, échappant à tout contrôle. Toutes les femmes retirèrent vivement leur main et Éléonore la rattrapa avant qu'elle ne tombe par terre.

– Ça n'est pas logique, gémit Béatrix, Théo était encore en vie quand les manifestations violentes ont commencé. Ce n'est pas Théo qui me hante.

– Tu penses qu'elle est là pour nous dire qui l'a assassinée ? Éléonore ! Tu penses que c'est possible ? demanda Hortense en chuchotant.

– Je n'en sais rien. Nous allons reprendre, dit-elle d'une voix rauque. Restez calmes, les filles, on recommence. Elle inspira et expira longuement. Les participantes reposèrent un doigt sur la goutte et gardèrent le silence quelques minutes pour se concentrer.

– Êtes-vous Théo ? demanda Béatrix.

La goutte ne bougea pas.

– Théo, si c'est vous, allez sur le « OUI », insista-t-elle d'une voix pressante.

Soudain, un courant d'air traversa la chambre, renversant la chaise posée devant une petite coiffeuse. Quelques bougies s'éteignirent. Toutes les femmes se levèrent brusquement, excepté Éléonore qui gardait les mains crispées sur sa planche. Une sensation de froid glacial enveloppa les participantes qui échangèrent un regard plein d'effroi. Béatrix poussa un petit cri et se leva pour se réfugier auprès d'Hortense.

– Maman, qu'est-ce qu'il se passe ? murmura Héloïse, les yeux grands ouverts.

– Reprenez vos places, ordonna Éléonore d'une voix forte. Nous devons reprendre le contact. S'il te plaît, Béatrix, ne dis plus un mot !

Charlotte ne savait que penser de ce qui venait de se passer. Mais de violents courants d'air froid n'étaient pas rares dans d'aussi vieux châteaux… c'était sûrement ça… un courant d'air violent…

Sa mère devait rappeler l'entité qui errait dans le château, pour le renvoyer dans son monde, elle ne pouvait arrêter la séance comme ça, expliqua-t-elle.

– Nous demandons à Théo de revenir près de nous, afin de nous délivrer son message… murmura Hortense.

– Elle veut sûrement nous dire qui l'a tuée… ajouta Béatrix.

Un nouveau courant d'air froid les enveloppa, éteignant les dernières bougies qu'Éléonore avait allumées, plongeant brutalement la chambre dans une obscurité profonde. Charlotte alluma la petite lampe de poche qu'elle avait toujours sur elle et se dirigea vers l'interrupteur. La lumière de sa lampe vacilla pour s'éteindre tout à fait, provoquant des gémissements d'angoisse parmi les autres femmes. Peu rassurée elle aussi, Charlotte se dirigea à tâtons vers la porte de la chambre, inquiète de se retrouver dans la pénombre. Elle chercha l'interrupteur et poussa un petit cri de surprise tandis qu'elle touchait quelque chose de froid. Sa mère s'inquiéta : « Charlotte ! Tout va bien ? » Elle ne répondit pas. En reculant, elle tapa violemment sur sa lampe de poche pour la rallumer, ce qui projeta des rais de lumière intermittents, éclairant brutalement ce qui ressemblait à un visage émacié et grimaçant. Elle fut saisie d'effroi. Quelqu'un hurla, Hortense ou Béatrix, elle ne put le distinguer, tandis que la porte de la chambre s'ouvrait à toute volée, manquant de la frapper alors qu'elle se trouvait tout près.

– Que se passe-t-il ici ? cria Tristan, en tournant le vieil interrupteur qui éclaira violemment la chambre d'une lumière blanche. Maman, tu es là ?

Aveuglée par la lumière crue, Charlotte plissa les yeux et observa la porte et le mur, sans rien remarquer d'étrange. Qu'avait-elle éclairé qui pût ressembler au visage grimaçant qu'elle avait cru voir ? Peut-être le gilet gris accroché sur un petit portemanteau ?

– Tout va bien, mon chéri, ne t'inquiète pas ! répondait Béatrix en reprenant ses esprits.

– Je venais te dire bonsoir, mais j'ai entendu hurler ! Que s'est-il passé ? Vous étiez encore dans une de vos séances débiles !

Il se tourna, les sourcils froncés, vers Charlotte.

– Je n'arrive pas à croire que vous soyez de la partie, les frangines ! C'est du grand n'importe quoi !

Charlotte grimaça, elle n'était pas loin de penser la même chose, se reprochant de s'être laissée emporter. Elle savait pourtant que c'était le danger de ce genre de réunion.

– Maintenant, laisse-nous s'il te plaît, Tristan, rentre chez toi, reprit Béatrix en saisissant le bras de son fils pour le ramener vers la porte de sa chambre.

– Je ne vais sûrement pas rester ! Mais évitez de hurler comme vous le faites, je te rappelle que tu as des clients, ils vont se demander ce qu'il se passe !

– Ils sont là pour se faire peur. Ils en ont pour leur argent ! Allez, rentre chez toi, on se retrouve demain. Et fais très attention sur la route !

Béatrix repoussa son fils dans le couloir et ferma la porte derrière lui. Frissonnante, elle enfila une robe de chambre qui était posée sur son lit et se tourna vers Éléonore, l'air de nouveau apeuré.

– Qu'est-ce qui s'est passé, Éléonore ? Qu'est-ce qu'on a vu ? Vous avez toutes vu ce visage, non ?

Hortense et Héloïse hochèrent vigoureusement la tête sans dire un mot.

– Je ne peux pas te donner de réponse, ma pauvre Béatrix, rétorqua Éléonore. Mais ce que je sais, c'est que nous devons clôturer correctement et rapidement cette séance.

– Il n'est pas question que je passe une nuit de plus dans cette pièce ! décréta Béatrix en serrant contre elle les pans de sa robe de chambre d'une couleur indéterminée.

– Vous allez dormir où ? demanda Héloïse qui, elle aussi, n'aurait dormi pour rien au monde dans cette pièce.

– Un couple, qui avait réservé, n'est pas venu, il y a donc une chambre de libre. Éléonore, tu comprends maintenant pourquoi je t'ai dit que je ne pouvais plus vivre dans ce château ?

La médium repoussa les mèches de ses cheveux derrière ses oreilles sans un mot. Elle retourna près de la fenêtre dont elle vérifia la fermeture et reprit sa place autour de la table.

– Bon, revenez vous asseoir. Je vous demande à toutes de ne plus dire un seul mot ! Vous avez bien compris ? Je ne veux rien entendre. Laissez-moi diriger cette séance. Gardez votre doigt sur la goutte et restez concentrées.

Toutes obéirent, rassurées par l'assurance et le calme apparent d'Éléonore. Charlotte admira le sang-froid de sa mère, qui reprit sereinement le cours de la séance. Seul un léger tressaillement de sa paupière trahissait la tension qui l'habitait. Elle eut l'impression étrange que la couleur des yeux de sa mère changeait… Éléonore avait un œil bleu gris et un œil noisette ; il lui sembla, l'espace d'un instant, que ses yeux devenaient tous les deux noirs, d'un noir profond. Charlotte en fut troublée, mais elle se reprit ; les pupilles de sa mère étaient tout simplement très dilatées. De longues minutes s'écoulèrent sans qu'aucun bruit perturbe le silence.

– L'entité qui est venue parmi nous ce soir peut-elle nous rejoindre et nous délivrer son message ?

Charlotte, qui avait fermé les yeux, commençait à sentir une douce torpeur l'envahir.

– L'entité qui était parmi nous ce soir peut-elle nous rejoindre et nous délivrer son message ? répéta Éléonore d'une voix douce et lointaine. S'il vous plaît, si vous êtes là, dirigez-vous vers le « OUI ».

De longues minutes s'écoulèrent encore, durant lesquelles Charlotte eut la sensation de s'être endormie. Soudain, la goutte frémit légèrement sous son doigt. Elle ouvrit lentement les yeux, émergeant avec difficulté d'un engourdissement ouaté. Doucement, l'objet glissa vers le haut de la planche, là où était inscrit le « OUI ».

– Merci de revenir vers nous… quel message désirez-vous nous transmettre ?

La goutte se dirigea lentement vers la lettre M, puis O, R, T.

– Vous voulez nous dire quelque chose sur votre mort ? chuchota Béatrix.

Éléonore s'agaça.

– Béatrix ! s'il te plaît ! siffla-t-elle. Êtes-vous Théosauria ? reprit-elle d'une voix douce.

La goutte se dirigea entre le « OUI » et le « NON ».

– Qu'est-ce que ça veut dire ? C'est Théo ou pas ? gémit Béatrix.

– Pas un mot, Béatrix ! Nous ne savons pas qui est parmi nous, répondit Éléonore. C'est peut-être Théo, mais elle est encore trop faible pour communiquer correctement. Ou bien cela peut être une entité plus ancienne qui ne sait plus qui elle était dans notre monde. Elle passa une main sur son front, elle commençait à avoir la migraine.

– Tu es épuisée, on devrait mettre fin à cette séance rapidement, murmura Hortense inquiète.

– Vous voulez nous dire qui vous a tuée ? demanda Béatrix.

Éléonore lui jeta un regard noir. *Pouvait-elle se taire une bonne fois pour toutes !*

– Avez-vous un message à nous communiquer ? corrigea-t-elle.

La goutte se dirigea alors vers le F, le A, le M, le I, le L, encore une fois vers le L, puis le E.

– « Famille », répéta Charlotte.

Les cinq femmes se regardèrent, déroutées.

– Merci, nous allons terminer cette séance, nous allons nous quitter, nous vous remercions de vous être manifesté. Pouvez-vous à présent vous diriger vers le « AU REVOIR » s'il vous plaît ?

La goutte se dirigea rapidement vers le bas de la planche.

Éléonore poussa un long soupir et se rejeta en arrière sur son siège.

– Qu'est-ce que tout ça veut dire ? demanda Béatrix.

– Ça pourrait vouloir dire que Théo a été tuée par quelqu'un de la famille, répondit Héloïse.

Samedi 23 mai 2009

19

Château de Saint-Maxent. 6 h

Un bruit, un craquement sans doute, sortit Charlotte d'un sommeil agité. Elle souleva ses paupières encore lourdes et tendit l'oreille. Un nouveau craquement, probablement dans le couloir, la tira complètement de sa léthargie. Quelle heure pouvait-il être ? Entre 8 et 9 h peut-être. Elle tendit le bras pour récupérer sa montre : 6 h 12 ! Mais qui donc pouvait bien se lever à une heure aussi matinale ? Tous les clients s'étaient pourtant couchés bien au-delà de 1 heure du matin. Malgré le peu de sommeil, elle se sentait étrangement alerte. Elle avait même un peu faim. Le petit déjeuner n'était malheureusement pas servi avant 9 h 30. Charlotte s'étira doucement dans le lit, prenant garde à ne pas réveiller sa sœur, dont les ronflements « délicats » reflétaient la fatigue. Le jour était levé et le soleil commençait à percer à travers les interstices du volet.

La séance de spiritisme avec Béatrix s'était déroulée jusque tard dans la nuit, les laissant perplexes, mais

Hortense avait coupé court aux discussions et envoyé tout le monde se coucher vers 1 h 30 du matin. Charlotte se glissa délicatement hors du lit. Des lames du plancher craquèrent sous son poids quand elle traversa la chambre à pas de loup. Elle s'approcha du lit que sa mère partageait avec Hortense et sourit en entendant les ronflements sonores d'Éléonore ; Héloïse avait de qui tenir !

La jeune femme repoussa doucement le volet intérieur qui occultait la fenêtre. Il n'y avait pas de volet extérieur ; elle tendit la main pour ouvrir la fenêtre et laisser un peu d'air frais entrer dans la chambre. C'est alors qu'elle la vit… Garance… toujours vêtue d'une longue robe blanche qui flottait autour d'elle. La jeune femme courait dans le parc, les bras tendus de chaque côté, comme les enfants qui imitent les avions en vol. Elle zigzaguait pieds nus sur le gazon encore humide de la rosée matinale, virevoltant, tournant son visage vers les premiers rayons du soleil. Charlotte était fascinée malgré elle par le spectacle de cette femme enfant qui dansait, insouciante. La scène avait quelque chose de magique, plein de légèreté, avec un parfum d'enfance. Avec sa longue robe blanche, la jeune femme ressemblait à ces personnages que l'on rencontre dans les contes et légendes celtes, une fée, un elfe…

Charlotte sursauta ! Elle n'avait pas entendu Héloïse qui venait de surgir derrière elle.

– Qu'est-ce qui se passe ? chuchota-t-elle dans son dos.

Charlotte se poussa légèrement pour la laisser regarder le spectacle qu'offrait la jeune fille.

– C'est Garance ? Mais qu'est-ce qu'elle fait ?

– Elle danse… pieds nus, dans le parc, semble-t-il.

Les deux sœurs observèrent l'étrange chorégraphie qui se poursuivait, silencieuse et presque hypnotique.

– Elle est complètement piquée, cette fille ! pouffa Héloïse.

Garance s'arrêta brusquement et leva la tête vers la façade. Charlotte et Héloïse reculèrent instinctivement, retenant leur souffle. La jeune fille scruta les fenêtres quelques secondes, puis elle se dirigea d'un pas décidé vers le château.

Les deux sœurs rejoignirent précipitamment leur lit, comme des gamines prises en défaut, et se glissèrent sous la couverture et le lourd édredon.

– Tu crois qu'elle nous a vues ? demanda Héloïse, le nez sous le drap.

– Je ne pense pas, elle était trop loin. Et quand bien même, ce n'est pas interdit de regarder par la fenêtre.

Héloïse sortit brusquement du lit et se dirigea vers la porte.

– Qu'est-ce que tu fais ? chuchota Charlotte.

– Je vérifie que la porte est bien fermée à clef. Cette fille me file les pétoches, reprit Héloïse en se recouchant.

Charlotte sourit, mais elle n'était pas loin de penser la même chose. Elle ferma les yeux et ne tarda pas à replonger dans un sommeil agité.

*

Les quatre femmes n'émergèrent de leur sommeil que vers 10 h. Béatrix avait prévu qu'elles puissent prendre un petit déjeuner, quelle que soit l'heure où elles se réveilleraient. Elle-même n'était toujours pas descendue ce matin, probablement épuisée par la séance éprouvante de la veille. Alors que, dans le salon de musique, Garance prenait place derrière son piano et commençait à jouer un air qui révélait sa virtuosité, Charlotte et sa famille s'installèrent près de la fenêtre dans le grand salon, où thé et café, accompagnés de pain et de confiture les attendaient. Bercées par Chopin, elles observaient en silence les clients qui quittaient le château en cette fin de matinée, en buvant leur boisson. Aucune n'avait un gros appétit. Il ne restait qu'une douzaine de personnes qui avaient fait le choix de rester une seconde nuitée, et qui se promenaient dans les allées de l'immense parc du château, avant de partir pour déjeuner dans les environs. L'hôtel ne proposait pas de restauration pour le midi, Éléonore avait donc prévu de les inviter toutes les trois, ainsi que Victor, dans une brasserie où Hortense et elles avaient leurs habitudes, à Montmorillon.

Quand les derniers clients terminèrent leur petit déjeuner, elles s'installèrent confortablement dans les fauteuils en rotin laissés libres sur la terrasse, pour profiter du soleil de mai. Héloïse avait emporté une cafetière remplie, et servit une tasse à chacune. Par la fenêtre du petit salon de musique s'échappaient les notes qu'Hortense précisa être *La Companella* de Franz Liszt. Aucune n'osait aborder les événements de la veille, lors de la séance de spiritisme dans la chambre de Béatrix. Charlotte elle-même ne trouvait pour le moment aucune explication cartésienne à ce qu'elle avait vu, entendu et ressenti la veille. Elle savait qu'une rivière souterraine coulait sous le château et cela pouvait expliquer les mouvements d'air froid et de vent qu'elles avaient ressentis ; ces courants se seraient engouffrés dans la vieille bâtisse mal isolée…

– On parle de ce qui s'est passé hier soir ? jeta enfin Héloïse à voix basse.

Éléonore et Hortense hochèrent la tête en rapprochant leur fauteuil.

– On est toutes d'accord pour dire qu'il s'est passé quelque chose de très bizarre, dit Héloïse en se tournant vers sa sœur.

Charlotte se pencha pour prendre sa tasse de café.

– C'est un peu le propre de ces séances, non ?

– Tu ne peux pas nier avoir été troublée par la séance d'hier tout de même ! s'agaça Héloïse.

– Je pense qu'après ce qui s'est passé, on doit considérer la mort de Théo sous un angle différent, dit Hortense. Pour le moment, la police semble faire un lien avec les meurtres en série dans la région, mais on doit envisager autre chose.

Éléonore hocha la tête.

– Je suis d'accord avec toi. Tu devrais en parler à ton ami, le commandant, Charlotte ! Il devrait enquêter sur les membres de cette famille.

– Enfin ! Vous ne pouvez pas fonder vos réflexions sur une séance de spiritisme ! Restons sérieuses !

– Tu as tort, ma chérie. Les messages que les esprits envoient à ta mère se vérifient très souvent ! La famille a été évoquée, on ne peut pas négliger la possibilité que l'un des membres de cette famille ait tué Théo.

Charlotte soupira. Pour couronner le tout, il n'y avait pas de thé digne de ce nom dans ce château ! Elle ajouta deux morceaux de sucre dans sa tasse de café – elle devrait se contenter de ça – et commença à remuer le breuvage avec des gestes secs.

– Je ne dirai pas à Edward d'enquêter sur la famille parce qu'un *esprit* l'aurait dénoncée.

– J'ai un mauvais pressentiment, Charlotte. Je pense que cette mort ne sera pas la dernière. Béatrix est peut-être en danger !

– Maman !

La jeune femme fit un mouvement brusque et renversa quelques gouttes de café sur son chemisier bleu clair. Elle récupéra une serviette de table dont elle trempa le coin dans un verre d'eau et commença à frotter la tâche.

– Tu sais que mes pressentiments annoncent souvent quelque chose de négatif. Si tu ne t'en occupes pas et qu'il arrive quelque chose à Béatrix, tu vas t'en mordre les doigts !

Charlotte poussa un soupir, exaspérée par l'insistance de sa mère ; elle savait qu'elle ne la lâcherait pas avant qu'elle ait cédé.

– Bon, d'accord. Je parlerai à Edward de nos soupçons sur la mort de Théo. Mais pas un mot sur la séance de spiritisme ! Je n'ai pas envie de passer pour une illuminée !

*

Béatrix les rejoignit enfin sur la terrasse. Elle semblait encore épuisée. La soirée de la veille l'avait profondément perturbée.

– Vous avez bien dormi ? demanda-t-elle en guise de bonjour.

– Mieux que toi visiblement, répondit Éléonore. Tu as besoin d'un bon café et tu dois te reposer avant ce soir. Tu veux venir manger avec nous à Montmorillon ?

– Non, je préfère rester au calme ici. Je ne me sens pas très bien. Je vais suivre tes conseils et essayer d'aller dormir un instant. La séance d'hier m'a effrayée... ce château me veut du mal, je le sais.

Hortense lui tapota gentiment la main.

– Tu es épuisée, tu dois simplement nous faire confiance et te reposer Béatrix. Tu n'as rien à craindre, ce château n'est fait que de pierres et de mortier, ne te laisse pas embarquer par ton imagination. Nous sommes toutes là pour t'aider.

Béatrix secouait la tête en signe de dénégation.

– Je ne suis pas folle, tu sais !

– Mais évidemment que tu n'es pas folle, voyons ! Tu dois te reposer, reprit Hortense d'une voix douce. Prends donc un bon petit déjeuner et retourne te coucher.

– Je sais ce que je dis, j'ai peur qu'il m'arrive quelque chose.

Éléonore lança un regard entendu à sa fille. Charlotte allait répondre pour rassurer Béatrix quand son portable vibra dans la poche de sa veste en cuir.

– Il faut qu'on discute, dit Edward d'une voix grave. La femme intoxiquée au château hier est morte il y a moins d'une heure. Le cœur a lâché. Je serai dans l'allée du bois du pendu dans vingt minutes, je préfère que l'on ne me voie pas au château. Je passe te prendre sur le petit chemin. Ah, et j'ai récupéré le petit chien !

Charlotte raccrocha sans rien dire. La grosse dame au chapeau de paille était morte… Cela faisait deux morts dans cette propriété en moins d'un mois. Bien qu'une coïncidence soit possible, le bilan était tout de même lourd.

20

Château de Saint-Maxent. 11 h

Charlotte rejoignit précipitamment sa chambre pour se brosser les dents et récupérer ses papiers. Puis, elle courut jusqu'à l'entrée du domaine, annonçant en passant qu'elle allait revenir dans une heure avec le petit chien.

– Que se passe-t-il ? demanda la jeune femme en s'engouffrant dans la voiture d'Edward.

– Je te ramène l'animal, dit-il en lui tendant une petite boule de poils blancs. Personne ne souhaite s'en occuper dans la charmante famille d'Aubrignan. Tu m'as bien dit que tu souhaitais le récupérer si personne n'en voulait ?

– Oui, enfin, c'est surtout ma sœur… » répondit Charlotte en prenant la petite bête qu'elle ne reconnut pas. Elle la posa sur ses genoux en lui grattant doucement la tête. « Ton appel tombe à point nommé, j'avais besoin de m'éloigner de ma mère quelque temps.

– Le chien s'appelle Oups… Oui, moi aussi j'ai trouvé ce nom bizarre. À part ça, il est plutôt en forme, bien que très amaigri. Mais il n'est pas malade. Les vétos l'ont bichonné et vermifugé. Il est nickel ! Ils le connaissaient bien, c'est chez eux que sa maîtresse le faisait suivre. Allez ! Je t'emmène prendre un café au village. On va pouvoir discuter de toute cette affaire en tête à tête.

Dix minutes plus tard, installés sur la terrasse de l'unique bistro, Charlotte et le commandant Kermorvan buvaient un jus d'orange pressé pour l'une et un café pour l'autre, tandis qu'Oups était couché sur les genoux de la jeune femme. Le jeune homme ne portait plus la tenue classique qu'il revêtait pendant le travail, mais un élégant pantalon de flanelle, avec une chemise à fines rayures et un gilet de laine anglaise gris. Avec ses petites lunettes de soleil cerclées de métal argenté, il était d'une élégance raffinée. Elle baissa les yeux sur son chemisier tâché de café et rapprocha les pans de son blouson de cuir.

– Alors ? Raconte-moi, demanda-t-elle.

– Cette nuit, l'état de la victime s'est détérioré, elle a fait une nouvelle crise cardiaque sévère. Elle est tombée dans le coma et, ce matin, malheureusement, elle est morte.

– La pauvre ! s'écria Charlotte en fronçant les sourcils. On sait à quoi elle était allergique ?

– C'est bien là le problème, soupira Edward. Le médecin qui s'est occupé d'elle à l'hôpital pense qu'il y a peut-être autre chose qu'une simple allergie. Elle aurait ingéré quelque chose qui a provoqué un arrêt cardiaque. Pour l'instant, il ne se prononce pas, mais il y avait des irritations récentes dans la bouche qui l'intriguent. J'ai demandé des analyses toxicologiques complémentaires. On en saura plus dans quelques heures.

– Qu'est-ce qui aurait pu provoquer ces inflammations et une crise cardiaque ?

– Je ne sais pas.

– Le toubib pense à un empoisonnement ?

– Pour l'instant, rien d'officiel, mais l'interne qui a pris la vieille femme en charge aux urgences m'a confié avoir vu un cas présentant des symptômes similaires il y a peu. Selon lui, ça ne serait pas une intoxication alimentaire.

– Ah bon, mais ça serait quoi alors ? D'après Héloïse, elle se serait jetée sur les canapés au saumon.

– Ça serait un empoisonnement au muguet.

– Au muguet ? Tu veux dire la fleur ? Le muguet du 1er mai ?

– Exactement, sourit Kermorvan. Cette plante est très toxique. De nombreux animaux domestiques sont empoisonnés chaque année.

– Des animaux domestiques, je peux comprendre, mais là on parle d'une femme, d'une adulte. On ne meurt pas en avalant une feuille de muguet.

– C'est une affaire de dosage. La victime était âgée et, d'après son mari, elle était fragile sur le plan cardiaque.

– Mais pourquoi aurait-on tué cette femme ? Et de cette façon ! C'est complètement aberrant !

– Et pourtant, c'est peut-être ce qui est arrivé. L'interne semblait assez sûr de lui.

Charlotte secouait doucement la tête, il était peut-être temps, pour elle, de prendre au sérieux ce qui se passait dans ce château.

– Avoue que c'est très inhabituel. Est-ce que tu as des infos sur cette femme ?

Kermorvan sortit une feuille d'une sacoche en vieux cuir qu'il avait posée à côté de lui.

– J'ai récupéré ces infos avant de t'appeler. Il s'agit de Ginette Latoupy née Mercier, soixante-douze ans, résidant à Saint-Gildas dans le Morbihan. Aide-soignante à la retraite, elle était mariée depuis quarante-huit ans à Serge Latoupy, employé municipal ; ils ont deux enfants, des garçons de quarante-sept et quarante-cinq ans. Je te laisse le dossier. Rien de particulier… Je ne vois pas qui on aurait voulu l'empoisonner ni pourquoi. Ça n'a aucun sens…

Charlotte prit les quelques feuilles que lui tendit Kermorvan. La vie de Ginette Latoupy était banale, comme celle de millions de personnes. Alors, pourquoi aurait-on voulu la tuer ?

– Si l'empoisonnement est avéré, il y aura enquête, mais je n'en serai probablement pas chargé. J'ai déjà l'affaire du violeur à résoudre. La traque de cet assassin nous met tous sur les dents. J'ai bien peur que la mort de la vieille dame ne soit pas une priorité en ce moment.

Il jeta un regard en coin à la jeune femme.

– C'est incohérent. J'espère que l'hypothèse de l'empoisonnement ne se vérifiera pas. Tu as bien assez à gérer en ce moment.

– Je me disais que, puisque tu étais invitée au château…

– Oui ? Tu aimerais que j'enquête discrètement ?

– Tu pourrais juste garder les yeux ouverts sur ce qui se passe ici ce week-end, le temps que j'aie les résultats des analyses. Tu furètes, tu écoutes, tu observes comme tu sais le faire. Tous ces trucs que tu fais sans qu'on s'en rende compte. Je compte sur ton légendaire don d'observation pour m'aider à trouver des réponses.

Charlotte fit la moue.

– J'espère que ton hypothèse n'est pas la bonne et que l'empoisonnement au muguet n'est pas avéré. Sinon, on risque de se retrouver face à un autre meurtre sur les bras.

– Je devrais avoir rapidement les résultats des tests toxicos, reprit Edward qui voyait un nuage de problèmes foncer droit sur lui.

– En rentrant au château, j'irai fouiller dans les cuisines. Si je retrouve du muguet ailleurs que dans un pot de fleurs, je te préviens. J'aurai besoin d'aide pour garder les yeux ouverts comme tu le dis. Je vais devoir en parler à deux personnes de confiance, qui m'aideront à fouiner un peu. Je te les présenterai et j'en connais une qui va être ravie, soupira Charlotte.

*

– Et concernant la victime du bois du pendu ? reprit Charlotte après avoir commandé un thé au lait. Tu as du nouveau ?

– J'attends les résultats de l'autopsie. Elle doit avoir lieu très rapidement, cette affaire est prioritaire.

– L'affaire de ton violeur va probablement se résoudre à coup d'analyses ADN. Ton meurtrier ne sera pas compliqué à coincer, il doit agir sous le coup d'impulsions qu'il ne contrôle pas. Il commettra tôt ou tard une erreur. Pas ou très peu de réflexions, que du bas instinct. Avec de la chance, il est fiché. C'est la police scientifique qui va coincer ton salopard. Aucune trace ADN sur les autres victimes ?

– Si, nous avons un profil, mais il n'est pas fiché. J'espère qu'il commettra son erreur rapidement, avant de tuer à nouveau. C'est le genre d'affaire que tu exècres, je le sais. Les crimes sans méthode, les êtres frustes qui tuent sous le coup de la colère ne t'intéressent pas. Tu préfères le crime prémédité, la chasse à l'assassin machiavélique, histoire de te mesurer à lui, de jouer les Sherlock Holmes. Mais c'est rarement le cas, et heureusement pour nous.

La jeune femme but son thé en observant le gendarme par-dessus sa tasse.

– Je sais que ce que je vais te dire ne va pas te plaire, mais je suis presque certaine que ton salopard, violeur et assassin, n'est pas celui qui a tué Théo.

Kermorvan se pencha vers la jeune femme et baissa la voix pour ne pas être entendu des clients qui les observaient en douce.

– Et qu'est-ce qui te fait penser ça ? Le corps a pourtant bien été retrouvé enterré comme celui des victimes précédentes.

Charlotte regarda la rue qui bordait le café et reconnut la Fiat 500 couleur fuchsia de Victor. Elle était garée non loin du café, dans le parking attenant à une superbe bâtisse à colombages dont une plaque précisait qu'il s'agissait de l'*Auberge du Chevalier*. L'auberge tenue par cette pimbêche d'Apolline Fontenoy. Le jeune homme n'allait probablement pas tarder à rejoindre le château.

– Oui, admit-elle. Mais c'est le seul point commun. J'ai bien vu, quand vous l'avez déterrée, qu'elle n'était pas dénudée ; les bijoux qu'elle portait n'ont pas été volés alors qu'il me semble bien que ses bagues étaient ornées de pierres précieuses ! Ce n'était pas de la pacotille. Et dis-moi si je me trompe, Edward, mais je crois que le corps a été beaucoup plus soigneusement enterré que les autres victimes, comme si on ne voulait pas qu'elle soit retrouvée. Les autres étaient seulement recouvertes d'un peu de terre et de quelques feuilles. Non vraiment, ça ne me semble pas coller avec les meurtres précédents. Je suis intimement persuadée qu'elle n'a pas été tuée par le même assassin. L'autopsie nous dira si elle a été violée, ce dont je doute…

– Ce n'est pas un critère, le mode opératoire des assassins n'est pas toujours scrupuleusement identique. D'ailleurs, la précédente victime n'a pas été violée. On peut imaginer que quand il a attaqué Théo, elle se soit violemment débattue. Il a pu la tuer par accident avant de parvenir à ses fins. Il l'enterre, plus soigneusement qu'il le fait à chaque fois, je te le concède, et pour une raison qu'on ignore encore, il oublie ou choisit de ne pas lui voler ses bijoux.

– Ce qu'il n'a pas fait avec les autres victimes à qui il a tout dérobé, même leurs vêtements, alors même qu'il n'a pas réussi ou eu le temps de les violer.

– Il est possible qu'un élément, qu'on ne connaît pas encore l'ait incité à agir différemment… Le chien peut-être, soupira Edward d'un air las.

Charlotte sourit en secouant la tête. Elle observait Victor qui quittait l'auberge pour se diriger vers sa voiture.

– Mais il aurait pris le temps d'enterrer et de dissimuler soigneusement le corps ? Même toi tu n'y crois pas… conclut-elle, peu convaincue par la démonstration de son ami.

– Ça reste une possibilité.

– Si tu veux, finit-elle par dire, conciliante. Ou alors, tu as un nouveau criminel sur les bras…

– Je craignais que tu dises ça, soupira Kermorvan.

– Et il y a aussi ces lettres anonymes dont je t'ai parlé hier au téléphone. Elles ont été reçues par la victime un peu avant qu'elle ne soit assassinée. Elles contenaient très clairement des menaces de mort.

– Mais nous n'avons rien trouvé chez elle. Je n'ai aucune trace de ces menaces et elle n'a pas porté plainte. Je vais interroger Madame Fontenoy pour qu'elle m'en dise plus. D'ailleurs, pourquoi ne m'en a-t-elle pas parlé quand je l'ai interrogée ?

– Je ne sais pas. Le choc de la nouvelle de la mort de Théo peut-être ?

– Le choc ? Oui, c'est possible.

– Et ces lettres ne sont pas en sa possession, elle s'est contentée d'en recopier le contenu dans un petit carnet noir où il me semble qu'elle note beaucoup de choses.

Le jeune homme hocha la tête. Il se pencha pour caresser la tête du petit chien.

– Si je n'ai pas de lettres de menace, cette piste va être difficile à justifier.

– Dis-moi, Edward, le légiste a-t-il une idée du moment où elle a pu être tuée ? Approximativement, demanda Charlotte pensive.

– Rien de précis. D'après le légiste sur place, elle aurait été tuée depuis au moins quinze jours, mais pas plus d'un mois.

– Ça laisse une sacrée marge !

– Je sais, j'en saurai plus après l'autopsie, les résultats ne devraient plus tarder.

Apolline sortait elle aussi de sa maison et avait rejoint Victor près de la petite voiture. Le jeune homme dit quelque chose qui fit rire aux éclats la jolie brune.

– Ça collerait néanmoins avec la date de son dernier rendez-vous avec Béatrix, le 29 avril, réfléchit Charlotte.

Edward s'adossa à sa chaise, se grattant la tête.

– Pour être honnête, je pense que ton intuition est la bonne. Si c'est le cas, le procureur ne me laissera sûrement pas m'occuper de cette nouvelle affaire. Il va probablement désigner la PJ de Poitiers en renfort.

– Il s'écoulera du temps avant que l'on soulève l'hypothèse que c'est le fait d'un autre meurtrier, continua Charlotte. Ça nous laisse quelques jours avant que tu ne passes la main.

– Quelques jours pour quoi ? demanda Edward alors que Charlotte ne quittait pas le couple des yeux. Tu me proposes de m'aider à résoudre ce meurtre ? Je croyais que tu avais quitté le job ?

– Outre le fait que j'aie découvert le corps, cette affaire m'intéresse. Un vieux soldat reste toujours un vieux soldat. Et si je peux aider un ami, sourit-elle.

Alors que Charlotte l'observait, Victor aperçut la jeune femme, attablée avec Edward à la terrasse du café. Il leur fit un grand signe de la main, puis se pencha vers Apolline et lui murmura quelques mots à l'oreille. Une nouvelle fois, la belle brune éclata de rire, en jetant la tête en arrière, technique ancestrale de la séductrice dans ses œuvres. Elle n'allait pas tarder à passer la main dans ses cheveux pour les rejeter en arrière… Bingo ! Elle sortait le grand jeu ! Elle rit encore à gorge déployée… Impossible d'imaginer que Victor fût réellement aussi drôle !

– Tu le connais ? interrogea Edward que l'attention de Charlotte pour le jeune homme, qui se dirigeait vers eux à grandes enjambées, intriguait.

– On peut dire ça. C'est un détective privé que j'ai connu il y a six mois. Il n'est pas mauvais. Il s'appelle Victor Capestan. Il est arrivé au château hier, mais il loge ici, chez la fille Fontenoy.

– Et c'est à lui que tu vas demander un coup de main ?

– J'y ai pensé.

– Excellente idée !

– Pas si sûr… murmura-t-elle.

– Ravi de vous rencontrer Capestan, s'écria Edward en accueillant le jeune homme. Edward Kermorvan, je n'ai malheureusement pas le temps de rester, mais j'espère bien vous revoir rapidement. Je vous laisse, je dois passer à la brigade ce matin et interroger Madame Fontenoy sur les lettres anonymes. Cela vous ennuierait-il de ramener Charlotte au château ? Si cela ne te dérange pas, ma chère… L'addition est pour moi, cria-t-il au patron du café, qui hocha la tête sans un mot.

– Pas sûre que nous entrions à deux dans votre boîte de conserve, grommela la jeune femme.

– Mais si, ça ira ! répliqua Victor qui s'installa à la place laissée vide. Il a l'air très sympa votre copain ! Il s'agit bien du commandant dont vous parliez ?

– C'est lui.

– Et ça, c'est le fameux petit chien, dit-il en se penchant pour le caresser.

– Oui, je le ramène à Héloïse.

Un silence gêné s'installa entre eux tandis qu'ils regardaient Kermorvan s'éloigner et monter dans sa voiture.

– C'est un mâle, reprit Charlotte en soupirant.

– Vous parlez du chien ?

La jeune femme lui jeta un regard vide, se demandant si elle n'allait pas, elle aussi, utiliser la technique dite du « rire de la séductrice ». Mais il aurait été cruel de le conforter dans l'illusion qu'il était réellement drôle.

– Petite mine, dites-moi, ce matin, reprit-il en levant la main pour commander un café. J'ai l'impression que vous n'avez pas beaucoup dormi dans le château hanté !

Il souriait béatement en étendant ses longues jambes.

– Probablement plus que vous et Morticia Addams.

Le patron du bar, un homme d'une cinquantaine d'années, bedonnant et peu souriant lui aussi, déposa un expresso devant le détective.

– La séance de spiritisme avec votre mère ne s'est pas bien passée ?

En guise de réponse, Charlotte se contenta de pousser un long soupir.

– Vous n'y avez pas assisté ? insista Victor.

– Si.

– Et vous avez appris quelque chose ?

– Non.

– Il ne s'est donc rien passé ?

– Si.

Décidément, il fallait lui tirer les vers du nez !

– Eh bien ! Racontez !
– C'était… bizarre.
– C'est-à-dire ?
– Je ne sais pas l'expliquer.

Victor fronça les sourcils, agacé.

– Bon, je demanderai à votre sœur. Elle sera probablement plus bavarde que vous.

– Vous avez l'intention de rester longtemps dans la région ?

Victor reposa son expresso avec une grimace. Ce café était très fort. Il observa sans répondre la jeune femme. Elle était adossée à sa chaise, les bras et les jambes croisés, le regard dissimulé derrière des lunettes aviateur totalement opaques. Tout dans son attitude transpirait la mauvaise humeur. Il ne pouvait pas voir ses yeux, mais il la sentait sur ses gardes, et un peu agressive. Que lui reprochait-elle depuis hier ? La veille, au château, elle avait pourtant été beaucoup plus chaleureuse. En réalité, il devait bien admettre qu'il ne la connaissait pas vraiment. Dommage qu'elle ait ce caractère difficile, il aurait préféré qu'elle soit plus facile à vivre, à l'image de la belle Apolline.

La fille des Fontenoy l'avait attendu la veille, quand il avait rejoint sa chambre. Ils avaient pris un verre ensemble dans le salon, avant qu'il n'aille se coucher. Bien que la jeune femme soit superbe, il n'avait pas répondu à l'invitation muette et pourtant très explicite de sa logeuse. Trop rapide, et trop facile peut-être… Il l'avait saluée, avait dit être fatigué, ce qui était vrai, et avait rejoint sa chambre. Il se demandait encore pourquoi il n'avait pas accepté de suivre la superbe Apolline, beaucoup plus souriante que cette autre représentante de la gent féminine, irascible et boudeuse, assise devant lui. Si ce soir la belle brune était dans les mêmes dispositions, il ne résisterait probablement pas.

– Oui, finit-il par répondre sèchement. Et je ne pense pas avoir de permission à demander.

– Vous ne deviez pas rejoindre votre père à Arcachon ?

– Non, j'ai décidé de rester un peu. Le séjour pourrait se révéler des plus plaisants, répondit Victor en regardant l'auberge d'Apolline avec un sourire.

Le visage de Charlotte se ferma complètement.

– Dans ce cas, je vous suggère de ne plus vous mêler de notre enquête.

– Et pourquoi ? Ça ne me déplairait pas d'aider votre ami Kermorvan. Il me semble être un type très sympa. Si vous décidez d'enquêter pour lui au château, je pourrais sûrement vous aider.

– Il faudrait, pour cela, éviter de révéler à une suspecte potentielle ce que nous allons probablement découvrir.

– Une suspecte ? Qu'est-ce que vous voulez dire ?

Charlotte se pencha vers lui en retirant ses lunettes de soleil et le regarda sans ciller. Au soleil, ses yeux avaient une jolie teinte bleue, il aurait pourtant juré qu'ils étaient gris.

– Je veux dire que la belle Apolline avait un mobile en or. Ne vous a-t-elle pas confié savoir que Théo projetait d'acheter le château ? Or, elle refusait que cela puisse arriver. Ne l'oubliez pas, Victor.

– La famille est suspecte maintenant ? Je pensais qu'il s'agissait d'un nouveau crime de cette ordure qui sévit dans la région et j'ai même pensé que vous soupçonniez un des fils Fontenoy d'être ce meurtrier. Si vous avez des infos, vous pourriez peut-être me mettre au jus, non ?

Charlotte haussa les épaules.

– Si vous voulez que nous travaillions ensemble dans cette affaire, il faudra que vous soyez beaucoup plus prudent.

Victor fronça les sourcils.

– Comment ça ? En quoi ai-je été imprudent ?

– Je veux dire qu'il n'est pas forcément judicieux de trop copiner, voire de coucher avec une suspecte. C'est le B.A.-BA, mon vieux.

Cette femme l'agaçait prodigieusement. Il se sentait comme un adolescent surpris par sa mère avec un préservatif dans la poche. Il n'avait pas à se justifier !

– Je ne pense pas avoir à vous rendre compte de quoi que ce soit, Charlotte, répondit-il sèchement.

– Évidemment, mais en ce cas, ne venez pas me proposer votre aide sur cette enquête. Je ne peux l'accepter que si j'ai totalement confiance en vous ! jeta Charlotte sur le même ton.

Nous y voilà !

Victor se pencha à son tour vers elle et plongea son regard dans les yeux redevenus gris de la jeune femme. Il murmura.

– Vous savez que vous pouvez avoir confiance en moi. Je l'ai prouvé en Bretagne. Mais l'inverse n'est pas vrai. Est-ce que moi, je peux avoir confiance en quelqu'un qui ne me dit rien, qui ne se confie pas à moi ? Je sais qu'il s'est passé quelque chose en Bretagne, quelque chose que vous me cachez. Alors, est-ce que moi, je peux avoir confiance en vous, Charlotte ?

Troublée, la jeune femme recula sans quitter Victor des yeux.

– D'accord, soupira-t-elle. Même si ça me fait mal de le dire, je dois admettre que votre aide ne sera pas superflue. D'autant que nous avons peut-être une deuxième affaire de meurtre sur les bras.

– Comment ça, une deuxième ? Qui a été tué ?

– La grosse dame au chapeau de paille est morte cette nuit et Kermorvan soupçonne un empoisonnement.

– Merde, ça se complique…

– D'où la nécessité d'être attentif à tout, en évitant de batifoler.

– Je ne *batifole* pas et j'aimerais que vous arrêtiez de me traiter comme si j'étais le dernier des abrutis.

– Très bien, nous sommes donc d'accord.

Victor se demanda sur quel point ils étaient d'accord, mais préféra éviter de donner à la charmante Charlotte une nouvelle occasion d'être caustique.

– Que vous a donc raconté Kermorvan ?

– Je vous raconterai tout en chemin. Vous n'avez pas oublié que ma mère vous avait invité à vous joindre à nous ce midi ? Nous avons prévu d'aller à Montmorillon et d'y déjeuner.

– Cette femme délicieuse est-elle réellement votre mère ?

Elle sourit.

– Vous êtes gentil… et nous avons quantité d'autres qualités en commun.

La jeune femme prit Oups dans ses bras et zigzagua entre les tables du café. Elle s'arrêta sur le trottoir et baissa ses lunettes sur le bout de son nez.

– Rassurez-moi, elle n'est pas à vous ? demanda-t-elle en désignant de la tête la voiture de Victor.

– Non, elle est à ma cousine, qui la tient elle-même de son père. C'est une antiquité et, dans quelques années, elle sera considérée comme une voiture de collection. Bon, pour la couleur, je vous l'accorde, ma cousine a fait très fort. Euh… faites attention en montant, je lui ai promis de lui rapporter sa voiture intacte. Et reprenez le chien sur vos genoux ! Il va mettre des poils partout !

– Mais non, il est tout propre ! Et arrêtez de crier, vous allez le stresser !

21

Château de Saint-Maxent. 11 h 15

Aymeric Fontenoy était installé sur la terrasse, une cafetière et une tasse de café posée devant lui. Il feuilletait le journal local. La mort de Théo faisait déjà les gros titres. L'article racontait que le corps de la jeune femme avait été retrouvé, enterré, avec des traces de coups. L'autopsie dirait si elle avait été violée. Mais pour le journaliste qui avait écrit cet article, le rapprochement avec les précédents meurtres qui avaient eu lieu dans la région ne faisait aucun doute. On dénombrait, avec cette nouvelle victime, six femmes assassinées en l'espace d'un an. Malgré l'arrivée d'un nouveau commandant à la brigade de Poitiers, le manque de résultats des enquêteurs était vilipendé. L'assassin courait toujours et choisissait des femmes qui se promenaient ou couraient seules. Le journaliste recommandait aux femmes de ne plus sortir sans être accompagnées, surtout dans les endroits peu fréquentés. La psychose s'installait.

L'article abordait ensuite la vie de Théo, sa réussite professionnelle dans l'immobilier en Angleterre, son mariage puis son divorce d'avec un richissime Écossais, propriétaire d'une marque de whisky de luxe, son retour récent dans la région où elle comptait s'installer définitivement. Comment le journaliste avait-il pu réunir autant d'informations en si peu de temps sur cette femme ? Il n'y avait fort heureusement pas de détails concernant l'endroit exact où le corps avait été retrouvé, ce qui éviterait que des curieux avides de sensations malsaines ne viennent rôder près de la propriété.

Un couple de clients s'approcha en riant du fauteuil où il était assis. La femme éclata d'un rire aigu, très désagréable, et l'homme bouscula en passant la petite table basse, renversant un peu de café dans la soucoupe, sans s'excuser pour autant. Il détestait ces gens sans éducation ni instruction, qui déambulaient dans son château à la recherche d'émotions fortes et de fantômes terrifiants. Béatrix, non contente d'accueillir cette bande de farfelus, avait en plus organisé des soirées avec des intervenants plus loufoques les uns que les autres. Certains prétendaient même révéler une hypothétique vie antérieure… comme si ces pauvres minables avaient pu avoir une vie antérieure plus riche et intéressante que leurs pathétiques existences actuelles.

Contrairement à Clothilde qui refusait de quitter le château pendant ce qu'elle appelait « les invasions des dégénérés » et qui ne supportait pas de devoir loger dans les communs, il intégrait sans état d'âme sa petite cellule sous les combles. Il était peu désireux de se retrouver contraint de partager un lit avec son épouse, comme cela aurait été le cas dans l'hôtellerie du village. Sa femme et lui faisaient en effet chambre à part depuis vingt-quatre ans, depuis la naissance de Garance exactement. Il estimait, tout comme sa femme, qu'ils avaient suffisamment rempli leur devoir de procréation et n'avaient ni l'un ni l'autre envie de continuer une vie conjugale pénible pour chacun. Ils s'accommodèrent finalement parfaitement de cette nouvelle organisation, qui permit à leur mariage de perdurer sans que l'un fût tenté d'éliminer l'autre. Le temps passant, les besoins charnels qui parfois l'avaient envahi disparurent, laissant place à la morne litanie des jours sans plaisirs ni passion.

Puis un jour, *elle* était arrivée… Éléonore Valentin, avec son charme troublant et ses envoûtants yeux vairons, était entrée dans sa vie. Elle lui avait fait entrevoir la possibilité d'une expérience sensuelle qu'il n'avait jamais connue, encore moins osé imaginer, lui, l'intellectuel pétri d'orgueil, bouffi de suffisance et flétri par les plaisirs rapides et sans désir.

Comme un adolescent, il ne pouvait s'empêcher d'attendre avec impatience la venue de la belle Éléonore dont les formes déchaînaient ses fantasmes les plus débridés. Elle ne se contentait pas d'avoir un corps pour lequel il se damnerait, cette femme avait une allure, un charme, une personnalité qui le fascinaient. Pourtant, depuis qu'elle venait au château, elle ne lui avait jamais accordé une attention particulière, mais le moindre de ses regards l'enflammait. Dès qu'il le pouvait, il faisait en sorte de se trouver non loin d'elle, pour l'observer. Il acceptait de loger sous les toits pour profiter de chaque instant où *elle* serait là. Garance ne supportant pas de dormir ailleurs qu'au château, cela confortait leur décision de ne pas quitter les lieux lors de ces week-ends thématiques.

Ces trois derniers mois avaient été un supplice pour lui. Sa déesse n'était pas venue depuis février. Chaque mois, il attendait l'arrivée de cette femme. Mais Béatrix avait invité d'autres médiums. Il avait fini par apprendre qu'Éléonore Valentin n'avait pas pu les rejoindre pour des raisons personnelles. Lesquelles ? Il l'ignorait. Mais elle était revenue, le reste était sans importance, et il pouvait de nouveau jouir de chaque minute passée près d'elle.

Ce matin, il pouvait à loisir la contempler derrière ses lunettes de soleil, en tenant un journal qu'il ne lisait plus, depuis que la belle était venue s'installer sur la terrasse. Il fantasmait sur les formes voluptueuses d'Éléonore. Elle était là, à moins de cinq mètres de lui, s'offrant, alanguie sur sa chaise longue, aux doux rayons du soleil matinal. Il ne pouvait quitter des yeux le corps de cette femme, encore sensuelle. Elle avait probablement dépassé la cinquantaine depuis quelques années, mais l'âge n'avait que peu altéré le charme puissant qu'elle dégageait. Aymeric se laissait envahir par un désir qu'il ne pouvait maîtriser, pour ces seins dont il devinait les contours sous la tunique échancrée, pour ces jambes longues et toujours musclées, pour ce ventre qu'il…

Clothilde surgit brutalement entre lui et l'objet de ses désirs, jetant avec violence sur la table un magazine de décoration, seule littérature que son cerveau étriqué était capable de lire avec attention. Elle s'affala sur un siège et soupira bruyamment.

– Je suis épuisée ! Je n'ai presque pas fermé l'œil de la nuit. Ces séances ridicules, avec ces cris, ces hurlements, c'est insupportable. Vous n'êtes pas de mon avis, mon ami ? Vous non plus n'avez pas dormi cette nuit.

Clothilde parlait fort, afin d'être entendue d'Éléonore, ce qu'Aymeric détestait. Clothilde et son corps aussi sec que son cœur. Elle ne provoqua aucune réaction, l'indifférence totale, ce qui eut pour effet de l'énerver davantage.

Clothilde se servit un café qu'elle but sans lâcher des yeux Éléonore.

– Quand je pense que nous sommes contraints de dormir dans l'ancien quartier des domestiques. Enfin, ce qui me réconforte, c'est que ce week-end sera le dernier organisé au château avec tous ces dégénérés. Vous ne dites rien, mon ami, vous êtes souffrant ?

Aymeric se leva, préférant renoncer au spectacle de son Aphrodite allongée non loin de lui, plutôt que de supporter les bavardages insipides de son épouse.

– Ramenez-moi donc un jus d'orange pressé, voulez-vous ? Ce café est imbuvable.

Aymeric s'éloigna en jetant un dernier regard à Éléonore et ignora la demande de Clothilde.

22

Château de Saint-Maxent. 12 h

Charlotte sortit avec difficulté de la voiture de Victor. Héloïse, qui guettait son retour, se précipita vers elle pour récupérer le petit chien. Elle salua chaleureusement le jeune homme et partit, la laisse en main, pour une balade dans le parc.

Victor et Charlotte se dirigèrent vers la cuisine. Ils savaient ce qu'ils avaient à faire, Charlotte ayant fait un exposé assez complet de l'affaire pendant qu'il conduisait. La cuisinière ne devait arriver que dans l'après-midi. Seule était présente Emma, une jeune fille qui s'occupait des petits déjeuners. Elle avait terminé de desservir la salle à manger et s'apprêtait à repartir chez elle, emportant avec elle deux gros sacs d'ordures ménagères. Charlotte lui proposa de les emmener elle-même sur le petit chemin pour le ramassage. La jeune fille haussa les épaules, encore une lubie de ces drôles de clients, pensait-elle sans doute. Charlotte attendit qu'elle ait quitté la cuisine pour commencer à fouiner, aidée par Victor. Elle récupéra une paire de gants ménagers et, tandis que le jeune homme se contentait d'ouvrir les placards et les tiroirs, elle éventra le premier des deux sacs-poubelle dont elle étala le contenu sur du papier journal sur l'immense table de cuisine en chêne. Fort heureusement pour elle, c'est dans ce premier sac que Charlotte trouva ce qu'elle cherchait.

– Ah ! Je crois que nous avons enfin trouvé notre coupable.

Devant elle étaient étalées des dizaines de feuilles de muguet flétries, de fleurs dont les clochettes avaient pour la plupart été arrachées. Elle récupéra tous les brins éparpillés sur la table, de nombreuses feuilles avaient été coupées, hachées en très petits morceaux.

– J'ignorais que cette fleur pouvait être un poison.

– Moi aussi. Il semble que toutes les parties du muguet soient toxiques, y compris l'eau dans laquelle on laisse tremper les fleurs.

– Une idée sur la façon dont le meurtrier s'y est pris ? demanda Victor.

– J'imagine que de nombreux brins de muguet ont été intégrés dans les différents canapés, comme des herbes qui servent d'assaisonnements.

– Ça se pourrait…

– Il n'a peut-être pas voulu tuer, mais simplement créer un événement « désagréable » et perturber le week-end au château organisé par Béatrix, poursuivit Charlotte.

– Oui, on ne meurt pas après avoir ingéré quelques feuilles de muguet, reprit Victor.

– Sauf si l'on est malade du cœur, semble-t-il. Je vais appeler Kermorvan et lui dire qu'on a trouvé une très importante quantité de muguet dans les poubelles.

– J'espère qu'il va vite arriver, car toute votre famille vous attend déjà devant l'épave qui vous sert de voiture.

– Vous voulez vraiment qu'on parle de voiture, Victor ?

La jeune femme s'éloigna pour appeler Kermorvan. Elle lui rapporta avoir découvert un nombre important de brins de muguet, ce qui corroborait la thèse d'un empoisonnement volontaire. Le gendarme, quant à lui, venait de récupérer les résultats de l'autopsie de Théo, qui confirmaient qu'elle n'avait pas été agressée sexuellement. Elle était morte des suites de plusieurs coups violents portés à la tête. Son agresseur était arrivé derrière elle, il l'avait violemment frappée avant de l'enterrer assez peu profondément, puis avait recouvert avec soin son corps de terre, branchages et pierres. Par ailleurs, il n'y avait aucun document sur elle, ses papiers ayant probablement été dérobés par son assassin. Les analyses toxicologiques ne seraient disponibles que plus tard. Le meurtre avait eu lieu trois semaines auparavant, ce qui correspondait à la date du dernier rendez-vous qu'elle avait planifié avec Béatrix et auquel elle ne s'est jamais rendue. Ses nombreux départs sans explications avaient contribué à ce qu'elle ne soit pas déclarée disparue. Seule la présence de son petit chien avait intrigué et permis de retrouver le corps de Théo.

– Kermorvan nous attendra à l'entrée de la propriété, dit-elle en raccrochant. Les gendarmes récupèreront les poubelles et pourront dire avoir trouvé le muguet eux-mêmes. Nous resterons ainsi hors du coup.

– Ça ne prouvera pas grand-chose, mais ça reste un indice. Il n'est pas ordinaire d'avoir une telle quantité de muguet, et réduit en bouillie de surcroît, dans sa cuisine.

Charlotte referma le sac-poubelle avec un élastique et remit en place tout ce qu'elle et Victor avaient pu déranger. Tandis qu'elle remontait dans sa chambre pour se rafraîchir, le jeune homme sortit les sacs pour les charger dans le coffre du monospace.

Ils quittèrent la propriété dans le vieux Renault Espace de Charlotte et rejoignirent Kermorvan qui les attendait devant le local à poubelle, à l'entrée de la propriété. Éléonore saisit l'occasion pour inviter le commandant à se joindre à elles pour le déjeuner.

Edward, qui se tenait près d'Héloïse étrangement réservée, contrairement à ses habitudes, déclina l'invitation, mais promit de les retrouver à la brasserie pour le café. Le jeune gendarme roux récupéra le sac-poubelle que lui indiquait Victor.

– Ce muguet ne prouve rien, regretta Charlotte. Mais tu as bel et bien une nouvelle affaire sur les bras.

– J'attends tout de même les résultats de l'autopsie de Madame Latoupy, mais je crains fort que tu aies raison. Si je comprends bien, tu rempiles ? sourit Kermorvan, l'air moqueur.

– Ah ! mais si tu préfères te débrouiller seul et te passer de l'aide précieuse que nous pouvons t'apporter, Victor et moi, pas de problème !

– « Victor et moi », on forme de nouveau une équipe finalement, dit le jeune homme avec un sourire.

– Sauf si vous avez l'intention de dévoiler à votre logeuse les progrès de notre enquête, façon « confidences sur l'oreiller ».

– Sur l'oreiller ? Vous voulez dire que vous et Apolline Fontenoy…

Edward laissa sa phrase en suspens.

– Non, c'est une déduction erronée de Mademoiselle Holmes. Mais il va sans dire que si les besoins de l'enquête l'exigeaient, je pourrais évidemment me dévouer.

– C'est admirable, mon cher Capestan.

– Je travaillerai en quelque sorte « sous couverture ».

Les deux hommes éclatèrent d'un rire gras et échangèrent un regard grivois. Charlotte poussa un soupir exaspéré, *c'est vraiment le festival des gros lourds !*

– Bon, c'est pas un peu fini les deux pervers ! On peut partir à Montmorillon maintenant ?

23

Montmorillon. 12 h 45

Charlotte n'espérait pas de la grande gastronomie, mais la brasserie, où sa mère les emmena pour déjeuner, fut une excellente surprise. Le petit groupe s'installa tout d'abord sur la terrasse, qui fut rapidement bondée, les clients préférant profiter des rayons du soleil. Le patron, qui semblait bien connaître Éléonore, lui proposa de les installer dans le petit patio intérieur, tout aussi agréable, mais beaucoup moins exposé. Ils se retrouvèrent ainsi au calme, loin des oreilles indiscrètes, pour discuter en toute tranquillité.

Charlotte put ainsi détailler à sa famille et à Victor ce qu'elle avait appris sur la mort de Ginette Latoupy, puis faire part de ses soupçons concernant l'assassinat de Théo. Les trois femmes furent horrifiées d'apprendre que ces meurtres pouvaient avoir été perpétrés par des personnes qu'elles côtoyaient, tout en étant excitées à l'idée de participer à l'enquête. Cela ne coupa l'appétit de personne, et tous se jetèrent sur leur assiette avec gourmandise.

Comme promis, Kermorvan les rejoignit pour le café. Charlotte proposa de reconstituer la soirée de la veille pour tenter de découvrir ce qui avait pu arriver à la pauvre Ginette. Chacun devait se souvenir de ses faits et gestes, lors de l'apéritif.

– Bien, alors je commence, dit calmement Hortense. On est arrivées sur la terrasse, les filles et moi, vers 19 h. Éléonore n'était pas avec nous. Tu étais dans la bibliothèque à ce moment-là, précisa-t-elle en regardant sa sœur.

– C'est exact. J'avais besoin d'être au calme pour me ressourcer. Tenir une conférence pendant au moins deux heures est très éprouvant, et je dois être au meilleur de ma forme. Je dois me concentrer et ne pas me laisser distraire. Comme j'avais un peu faim, je suis allée dans la cuisine pour me restaurer un peu. Je dois m'isoler parce qu'il est important pour moi de ne pas me mêler aux…

– Maman, s'il te plaît, coupa Charlotte. Ce n'est pas ce qui nous intéresse.

– Toi, évidemment, avec ton esprit borné et trop cartésien ! Mais peut-être que tes amis aimeraient en savoir un peu plus sur ce que je fais, et pourquoi je le fais. Tout ne tourne pas autour de toi, ma petite fille.

Excédée, Charlotte soupira bruyamment en coulant un regard noir vers Victor, qui souriait, goguenard. Tout ça commençait bien mal.

– On se concentre sur notre affaire ou sur l'emploi du temps de Madame Irma ? demanda-t-elle agacée.

L'air pincé, Éléonore haussa les épaules et fit mine d'observer la glycine qui escaladait l'un des murs du patio.

– Vous avez raison, Madame Valentin. Il est souvent important de connaître l'état d'esprit des personnes que l'on interroge, pour mieux comprendre leur témoignage.

– Ah ! lança-t-elle triomphalement. Mais appelez-moi Éléonore, mon cher Victor, et vous aussi bien entendu, Edward. Je suis encore trop jeune pour être traitée avec cette déférence d'un autre âge. Ton ami, reprit-elle à l'adresse de Charlotte, qui n'est pourtant pas un ancien gendarme imbu de lui-même, a tout de suite compris les techniques les plus élémentaires de l'interrogatoire. Prends-en de la graine, ma fille.

Charlotte s'enfonça dans son siège en croisant les bras. Elle se demanda si elle ne préparerait pas une infusion au muguet pour sa mère ce soir.

Kermorvan contenait mal son envie de sourire. Il découvrait avec surprise un aspect de la vie de son amie assez cocasse.

– Votre témoignage nous sera précieux, Madame… Éléonore, reprit Kermorvan. Vous avez donc pu voir ce qui se passait en cuisine, avec les plateaux de hors-d'œuvre.

– Je n'ai rien remarqué de particulier. Il y avait la cuisinière, Marie-Josèphe, qui organisait la noria des serveurs qui étaient là. Ils étaient trois, il me semble. Ce sont des extras embauchés pour l'occasion. Ce sont toujours les mêmes depuis des années, d'ailleurs deux d'entre eux sont des amis de Tristan. Clothilde est passée et, pour la première fois, elle a proposé son aide pour le service. Cela m'a estomaquée ! Elle a emporté des plateaux que lui a immédiatement retirés Marie-Josèphe parce qu'ils n'avaient pas été réchauffés, comme je le lui avais fait remarquer. Elle est partie furieuse et je pense que c'est la seule et dernière fois qu'elle proposera son aide en cuisine.

– C'est la cuisinière qui a préparé l'apéritif ?

– Oui, aidée d'Apolline pour la préparation, mais pas pour le service. Comme chaque année.

– Apolline travaille en cuisine au château ? s'étonna Héloïse.

– Oui, tu ne le savais pas ? Elle travaille pour Béatrix depuis des années, décide des menus pour les dîners des week-ends et, aussi, organise les apéritifs dînatoires. C'est elle qui prépare les plats les plus compliqués. Apolline a suivi des cours auprès d'un chef il y a quelques années, c'est une très bonne cuisinière. Et en plus, elle s'occupe de l'Auberge du Chevalier dans le village.

– Et la jeune fille que j'ai croisée en cuisine ce midi, que fait-elle exactement ? interrogea Charlotte.

– C'est la fille de la cuisinière. Elle s'appelle Emma et travaille ici aussi. Elle s'occupe principalement des petits déjeuners, car sa mère arrive plus tard. Elle fait aussi les chambres avec, là encore, quelques extras quand c'est nécessaire. Elle aide parfois sa mère pour tout nettoyer, mais pas pour préparer les repas, ça, c'est le domaine de Marie-Josèphe et d'Apolline.

– Et bien, tu connais bien le fonctionnement du château ! s'exclama Héloïse.

– Depuis le temps que j'y viens, ça me semble normal. Je prends le temps de m'intéresser aux autres, moi.

Kermorvan posa une nouvelle question pour éviter une reprise des hostilités entre la mère et la fille.

– Tout était prêt quand vous êtes arrivée ? La cuisinière n'a rien préparé pendant que vous étiez en cuisine ?

– Non, tout avait été fait en matinée, comme d'habitude. Quand je suis arrivée, Marie-Josèphe se contentait de donner des consignes aux serveurs. Rien d'anormal. Elle sortait les plateaux déjà prêts du réfrigérateur, en réchauffait certains avant qu'ils ne les emmènent sur la terrasse.

– L'empoisonnement a évidemment été fait lors de l'apéritif, déclara Hortense.

– Ce qui nous fait deux suspectes principales pour le moment, conclut Héloïse.

– Plus les trois serveurs, ajouta Victor.

– Je me renseigne sur ces trois gaillards en rentrant, mais je suis plutôt de l'avis d'Héloïse, dit Kermorvan en rosissant. Il va nous falloir interroger Apolline et la cuisinière. Pour le moment, pour ce que l'on sait, on a deux suspectes.

– Trois, intervint Charlotte en hochant la tête. N'oublions pas que Maman était, elle aussi, présente dans la cuisine.

*

Le patron de la brasserie venait de déposer un plateau avec du café pour chacun d'entre eux.

– On ne sait toujours pas quel est le mobile de ce meurtre, balbutia Héloïse en lançant un regard timide à Edward. Pourquoi avoir tué cette pauvre Madame Latoupy ?

Victor distribua les tasses de café.

– Charlotte pense qu'elle pourrait avoir été victime d'une personne qui souhaitait compromettre le bon déroulement du week-end au château, mais sans pour autant vouloir la tuer. Son décès serait, en quelque sorte, un accident.

– Je dis seulement que c'est une possibilité, nuança Charlotte. On empoisonne quelques toasts pour provoquer des malaises et gâcher la fête. Ginette Latoupy serait une victime aléatoire. Mais pas de chance, elle est cardiaque et décède de cet empoisonnement.

– Ce qui exclut Maman qui n'aurait aucun intérêt à compromettre sa conférence. En revanche, Apolline et la cuisinière restent en lice, précisa Héloïse.

Éléonore lança un regard choqué à sa fille. L'avait-elle réellement soupçonnée ?

– Mais pourquoi vouloir gâcher le week-end ? Tout le monde a intérêt à ce que ça fonctionne, protesta Hortense. Même les Fontenoy y trouvent leur compte. Cet apport d'argent frais permet d'entretenir le château dans lequel ils vivent et ils en tirent profit avec les nombreux clients logés à l'auberge que gère leur fille Apolline !

Charlotte repoussa sa chaise et commença à marcher lentement autour de la table.

– Le muguet n'est pas mortel en général. Il l'est pour les animaux, et selon les quantités ingérées, il peut l'être pour les enfants très jeunes, les personnes affaiblies par l'âge. C'est surtout un danger pour les personnes ayant un problème cardiaque. Il est probable qu'à la table de Madame Latoupy, d'autres clients aient mangé les canapés empoisonnés, mais qu'ils n'en aient ressenti qu'une gêne passagère. Il serait judicieux de les interroger à ce sujet, qu'en penses-tu, Edward ?

Le jeune homme acquiesça avec un sourire en notant la suggestion de son amie dans son petit carnet.

– Hélas ! reprit Charlotte, Ginette était cardiaque, peut-être fatiguée, en tout cas très fragile. Son cœur n'a pas supporté l'empoisonnement.

– Donc, selon toi, conclut Edward, Madame Latoupy n'a été qu'un dommage collatéral. L'auteur de cet empoisonnement n'aurait pas eu la volonté de tuer, mais seulement de perturber la fête. Ça ne serait qu'un accident finalement.

– Je n'en sais encore rien. Ce que je dis, c'est que, sauf si l'auteur de cet empoisonnement savait que Ginette était cardiaque, je dirais que sa mort est accidentelle. Cela serait l'explication la plus probable pour le moment.

– Donc c'est un accident, répéta Héloïse.

– L'accident semble en effet le plus probable, renchérit Victor. De toute façon, comment notre meurtrier aurait-il pu cibler la victime ? Avec le nombre de clients présents hier soir, comment pouvait-il être sûr que ce serait bien elle qui mangerait les toasts empoisonnés ? Il y aurait eu une trop grosse part d'aléatoire dans le scénario du meurtre ! C'est un terrible accident.

Charlotte stoppa brusquement sa marche autour de la table et regarda fixement le jeune homme.

– Vous avez raison, Victor ! Et si Ginette n'était pas une victime accidentelle, mais une victime *par erreur* ? On suppose que personne n'était visé précisément, mais qu'on avait une victime par accident. Or rappelez-vous : cette femme s'est précipitée pour s'emparer d'un plateau qui ne lui était pas destiné à l'origine. Et c'est seulement après qu'elle s'est effondrée. Ce n'était pas un accident, mais une erreur ! Ce n'était pas elle qui était visée.

Victor se renfrogna, ce n'est pas du tout ce qu'il venait de dire.

– Mais qui, alors ? interrogea Hortense en écarquillant les yeux.

– Mon Dieu ! Tu as raison ! Le plateau était pour nous ! Je voulais le récupérer pour nous ! s'écria Héloïse.

– Non, il n'était pas pour nous non plus. Rappelle-toi, Ginette a seulement été plus rapide que toi ! sourit sa sœur. Ce plateau était pour la table mange-debout où était Béatrix. Toi et Ginette, vous vous êtes précipitées sur le plateau et elle a été la plus rapide.

– C'est vrai… Le plateau était pour Béatrix, mais tu as dit qu'elle ne mangeait jamais pendant les cocktails. Il y avait aussi Tante Hortense avec elle autour de cette table… Tu aurais pu être très malade…

Hortense saisit la main de sa nièce qu'elle serra avec un sourire rassurant.

– Je vous rappelle que le muguet n'est pas mortel, précisa-t-elle. Il y avait juste le risque d'être un peu malade. On revient sur la théorie du fauteur de trouble, et non du meurtrier.

– Ginette Latoupy a donc été empoisonnée à la place de Béatrix et elle en serait morte accidentellement, résuma Victor.

– Exactement, je veux dire qu'il y avait peut-être volonté de cibler une victime en particulier, et non de façon aléatoire comme on l'a cru au début.

– C'est effectivement possible, confirma Kermorvan. Et on ne peut pas exclure que la victime visée par ce petit plaisantin soit Béatrix.

– Et à moins que le décès de Ginette n'ait calmé ses ardeurs, on risque d'avoir une nouvelle tentative d'agression ou de sabotage ce week-end, conclut Charlotte.

– Je t'avais dit que Béatrix était en danger, assena Éléonore d'une voix forte. Il est temps de vous raconter notre séance d'hier soir, messieurs. Si ma fille m'y autorise évidemment.

La jeune femme reprit sa place à table, laissant sa mère expliquer avec force détails la soirée de la veille.

– Bon, coupa-t-elle au bout d'une dizaine de minutes pour interrompre une discussion qui menaçait de devenir dangereusement ésotérique. Nous devrions nous en tenir aux faits. Pour le moment, rien ne nous permet de conclure que Béatrix est en danger. Et si nous abordions le seul meurtre avéré pour le moment ?

Ignorant le regard courroucé que lui lançait sa mère, Charlotte appela un serveur pour commander une seconde tournée de café.

– Je suis passé voir la mère de Théo hier soir, dit Kermorvan après avoir bu son café. Elle s'appelle Francesca d'Aubrignan. La malheureuse est effondrée, impossible de lui parler. Le docteur Fontenoy l'a mise sous sédatif.

– Le docteur Fontenoy ? répéta Charlotte en levant les sourcils.

– Oui, Hugues, l'un des fils d'Aymeric Fontenoy. Le brun, précisa Hortense. Il était d'ailleurs présent lors de l'empoisonnement de Madame Latoupy. C'est lui qui a tenté de la réanimer.

– C'est donc le médecin généraliste du coin ?

– C'est ça.

– Je pense qu'il serait instructif d'interroger la mère de Théo, reprit la jeune femme. Mais sous quel prétexte ? On doit mener notre enquête le plus discrètement possible.

Elle jeta un regard à sa mère, toujours boudeuse.

– Francesca… murmura Hortense songeuse… je crois bien que nous la connaissons, Éléonore. Tu te rappelles ce petit bout de femme, brune et très excentrique ? Soixante, soixante-dix ans, une « Francesca » elle aussi. C'est peut-être la même personne.

– La mère de Théo est donc déjà venue assister à tes spectacles ? s'étonna Charlotte.

– Il ne s'agit pas de « spectacle » ! s'insurgea Éléonore en la fustigeant du regard.

– Je crois bien, répondit Hortense, imperturbable. Si c'est la même personne, elle est présente à chacune de tes conférences, Éléonore. Je vais appeler Béatrix pour qu'elle me confirme qu'il s'agit bien de la mère de Théo, ajouta-t-elle en s'éloignant pour passer son appel au calme.

– Je vois ce que tu veux faire, mais je préfèrerais que tu n'interfères pas dans l'enquête de façon trop visible, Charlotte, dit Kermorvan en fronçant les sourcils.

– Ne t'inquiète pas, je n'ai pas l'intention de te poser de problème. Si cette Francesca est bien la mère de Théo, ma mère pourrait passer la voir pour la soutenir. Maman, tu ferais tes… trucs habituels. Et on pourrait en profiter pour lui poser quelques questions.

– Hors de questions !

– Je croyais que tu voulais aider ton amie Béatrix ? Et je te rappelle que c'est toi qui voulais que j'enquête ! Tu pourrais m'aider un peu non ? Pour une fois que je te demande de recourir à ta mag… à tes dons !

La médium jeta un regard noir à sa fille tandis qu'Hortense, qui était revenue, posait une main apaisante sur le bras de sa sœur.

– Je pense que c'est une excellente idée, Éléonore. Nous connaissons cette femme, Béatrix vient de me confirmer qu'il s'agit bien de la mère de Théo. Elle est toujours présente quand nous venons et elle vient de perdre sa fille. Tu lui apporterais un réconfort certain. Et il serait intéressant que tu ailles dans un endroit où la pauvre Théo a vécu. Tu ressentirais probablement plus de choses. Tu devrais le faire. Pour Francesca, pour Béatrix et pour Théo.

Charlotte hocha vigoureusement la tête pour signifier sa totale adhésion au discours de sa tante.

– Le mieux serait d'aller rapidement la voir, et pourquoi pas maintenant ? Tu es d'accord, Edward ?

– Fais comme bon te semble, mais sois discrète. Pour le moment, ce meurtre est traité comme ceux imputables au violeur, et mes collègues ne seraient pas très heureux de te voir interférer dans l'enquête.

– Ne t'inquiète pas. Officiellement, nous passons la voir pour lui apporter du réconfort. Maman est très forte pour ça. En revanche, Victor, je ne sais pas comment justifier votre présence parmi nous.

Ils convinrent que le jeune homme repartirait avec Kermorvan à la brigade pendant que les quatre femmes iraient rendre visite à Francesca. Ils se rejoindraient tous plus tard au château.

Avant de quitter la brasserie, Charlotte entendit avec surprise Éléonore proposer à Victor et Edward d'assister à la séance de spiritisme qu'elle comptait renouveler le soir même dans la chambre de Béatrix. Proposition qu'Edward déclina poliment, tandis que Victor s'empressa de l'accepter, avant de lui adresser un clin d'œil moqueur.

Kermorvan tendit une carte de visite à chacun.

– Appelez-moi s'il se passe quelque chose de bizarre ou si vous avez la moindre information, le moindre soupçon. Charlotte, je crains qu'il n'y ait de nouvelles tentatives de sabotage ce week-end. Ouvrez l'œil ! Je vous laisse mon numéro personnel, vous pourrez me joindre à tout moment.

– Vous vous appelez « Edward » avec un « w » ? C'est charmant ! dit Héloïse avec un sourire mutin.

– Merci... bafouilla Edward avec un « w », en rougissant légèrement. Je porte le prénom de mon grand-père... il est anglais.

– Intéressant… moi, c'est Héloïse… Avec un « H », sourit-elle en penchant la tête sur le côté.

Charlotte soupira. La timidité de sa sœur n'avait pas fait long feu. Edward n'avait aucune chance de lui échapper.

24

Font-Saint-Maxent. 14 h 45

La maison de Francesca d'Aubrignan était située un peu à l'écart du village. Elle n'était pas visible depuis la route, et Charlotte faillit rater l'entrée, pourtant signalée par un immense portail en fer forgé, dont les deux imposants piliers en pierres étaient surmontés par une tête de lion. Hortense descendit du monospace pour sonner et se présenter, puis remonta dans le véhicule quand les pans du portail s'ouvrirent en grinçant. La maison de la mère de Théo apparut au bout d'une longue allée bordée de peupliers. C'était une belle et grande bâtisse en pierre de taille. Elle avait probablement été élevée récemment, mais avec des matériaux traditionnels, pierres, briques, bois qui conféraient à l'immense demeure une allure noble et cossue. Elle était parfaitement entretenue avec, à l'avant, un jardin paysager magnifique. En passant sous la haie de glycines qui menait sous le porche d'entrée, Charlotte aperçut, sur le côté de la maison, une belle piscine enterrée, recouverte d'une superbe verrière. Cette maison était discrètement luxueuse.

Une lourde porte en chêne s'ouvrit sur une petite femme, d'environ cinquante ans, aux cheveux d'un violet étonnant et peu commun. Éléonore se présenta et demanda à voir la propriétaire des lieux. À leur grand étonnement, la femme aux cheveux violets déclara savoir qui elle était et les fit entrer sans discussion dans un grand salon qui s'ouvrait sur l'arrière de la maison. Une femme d'environ soixante-dix ans était recroquevillée sur un long canapé en cuir blanc, enveloppée dans un plaid fleuri. Elle portait encore une robe de chambre, trop effondrée pour avoir l'envie de s'habiller. Les traits tirés et le teint brouillé, dénué de tout maquillage, elle était extrêmement marquée par l'immense chagrin d'avoir perdu sa fille. Très brune, une teinture, compte tenu de son âge, elle avait encore le teint mat des Méditerranéennes. La pauvre femme reconnut Éléonore et se leva pour l'accueillir avec émotion. Elle fondit en larmes dans les bras d'Hortense. Béatrix avait décrit Théo comme étant grande et très belle, Francesca était beaucoup plus petite, plus ronde probablement que ne l'était sa fille. La femme aux cheveux violets proposa d'apporter un plateau avec quelques collations.

– Je suis la voisine, et aussi la femme de ménage. Peut-être que grâce à vous, Francesca mangera un bout. Elle n'a rien avalé depuis hier… précisa-t-elle.

– Ça serait une excellente idée. Nous espérons que la venue de Madame Valentin va pouvoir lui apporter un peu de réconfort, précisa Héloïse qui ne parvenait pas à détacher les yeux des cheveux de la femme de ménage, se demandant si cette couleur résultait d'un accident de teinture, ou de la manifestation d'un esprit original. Observant la femme de ménage quelques instants, elle opta pour la première hypothèse.

– Je peux vous aider peut-être ?

Héloïse confia Oups, qui ne quittait plus ses bras, à sa sœur, et disparut dans la cuisine à la suite de la voisine aux cheveux violets.

Francesca s'écroula dans le canapé, saisissant les mains d'Éléonore, comme une bouée de sauvetage. La médium prit place près d'elle. Charlotte se tenait à l'écart, observant les gestes de sa mère pour apaiser la pauvre femme. Au bout de quelques minutes, les sanglots s'atténuèrent, sous l'effet apaisant des paroles murmurées par Éléonore. Le bichon dans les bras, Charlotte était un peu étonnée par l'indifférence de Francesca pour le petit chien de sa fille défunte. Elle n'imaginait pas sa mère indifférente au sort de Balthazar, son bulldog adoré, s'il lui arrivait quelque chose.

Elle rejoignit les trois femmes et s'installa dans un fauteuil club en cuir assez peu confortable.

– Théo a vécu longtemps à l'étranger, je crois, dit la jeune femme d'une voix douce.

Francesca renifla.

– Oui, elle est partie en Angleterre pendant presque vingt ans. Mais elle revenait très régulièrement ici, pour son travail notamment. Elle travaillait dans l'immobilier de haut standing. Elle s'occupait des transactions de luxe, ici et en Grande-Bretagne. Elle avait un portefeuille de clients très riches, beaucoup de la noblesse anglaise d'ailleurs. Elle a rapidement très bien gagné sa vie, vous savez. Elle était tellement douée…

La fierté qu'elle éprouvait pour la réussite professionnelle de sa fille était évidente. La pauvre femme essuya de nouveau des larmes qui coulaient sans qu'elle pût les retenir.

– C'était une très belle femme. J'ai cru comprendre qu'elle était mariée ? dit doucement Charlotte.

Francesca renifla bruyamment et rejeta la tête en arrière.

– Il y a une dizaine d'années, elle a épousé un homme d'affaires écossais, beaucoup plus âgé qu'elle. James McGregor n'est pas loin des soixante-dix ans aujourd'hui. Il fabrique du whisky. Moi, je n'aime pas le whisky, mais ma fille en buvait pas mal depuis son mariage avec cet horrible bonhomme. Vous buvez du whisky, Éléonore ?

La médium secoua doucement la tête.

– Ce n'était donc pas un mariage heureux ?

– Ah ça non ! Je l'avais pourtant prévenue : ce type avait tout d'une brute ! Ma pauvre Théo a beaucoup souffert pendant cette union. Cet homme était un manipulateur pervers, je crains même qu'il n'ait parfois frappé ma fille. Mais elle s'est bien vengée, croyez-moi !

Pour la première fois depuis leur arrivée, Francesca sourit. C'est le moment que choisit la femme aux cheveux violets pour revenir dans le salon, chargée d'un plateau de toasts, et suivie d'Héloïse qui apportait une théière.

– Bonté divine ! Elle sourit ! Maintenant il va falloir qu'elle mange, sinon, elle va jamais tenir la distance !

Hortense fit signe à la femme aux cheveux violets qu'elle allait s'occuper de servir le thé, lui proposant une tasse qu'elle refusa avant de retourner dans la cuisine.

– Vous disiez que Théo s'était vengée de son horrible mari ? relança Charlotte en portant doucement la tasse de thé brûlant à ses lèvres. *Enfin un thé digne de ce nom !*

Francesca haussa les épaules. Elle détourna les yeux et se perdit dans la contemplation de son jardin, elle ne souhaitait pas en dire plus.

– Votre jardin est splendide, murmura Hortense.

La vieille femme sourit.

– Oui, merci. C'est moi qui m'en occupe. Théo n'avait pas la main verte. Tout ce qu'elle plantait finissait par flétrir et mourir. Il y a des personnes comme ça… Elle m'avait promis que je pourrais planter et faire ce que je voudrais dans le château, dit Francesca en poussant un long soupir. Mais maintenant, tout ça, c'est fini…

Charlotte reporta son attention sur la décoration du salon. Partout, il y avait des photos de famille. Beaucoup d'entre elles représentaient Théo et sa mère, visiblement très proches l'une de l'autre. Il y avait également de nombreuses photographies d'un couple avec une petite fille, aussi brune que Théo et Francesca.

– C'est votre fils ? demanda-t-elle en s'approchant d'un des cadres.

L'homme devait avoir une quarantaine d'années et ressemblait beaucoup à Francesca. Même teint mat, mêmes yeux sombres, même chevelure brune. *Très séduisant.*

– Oui, c'est mon fils, Éloi, le frère aîné de Théo. Il vit au Canada depuis un an, mais il est revenu en France pour travailler avec sa sœur. Après ce qui s'est passé, je ne sais pas s'ils vont rester.

– La petite est très jolie.

Francesca tamponna ses yeux avec son mouchoir et sourit.

– Oui, c'est mon rayon de soleil ! Elle me rappelle tellement ma fille quand elle était petite. Elle est aussi intelligente que son père et sa tante, voyez-vous ! Une vraie petite perle.

– Vous êtes très fière d'elle… ça ne doit pas être facile pour vous de la voir aussi peu.

– J'espérais qu'ils resteraient tous en France.

– Ils sont revenus quand ?

– Il y a moins d'une semaine. Ils avaient un projet ensemble autour du château, mais elle l'avait laissé sans nouvelles. Ils sont très proches tous les deux… ils ont toujours été très proches. Éloi était inquiet du silence de Théo. Elle aurait dû être là pour les accueillir, elle adorait sa nièce et on s'est demandé pourquoi elle n'était pas revenue.

– Elle avait l'habitude de partir sans vous prévenir et sans vous appeler si longtemps ?

– Oh oui ! Elle a toujours fait ça ! Quand elle était jeune, elle partait plusieurs semaines en Inde, en Chine, au Japon ou je ne sais où, et on n'avait pas de nouvelles pendant des mois ! Au début, on était morts d'inquiétude, son père et moi, puis on s'est habitués. Elle l'a encore fait l'année dernière, elle est partie presque un mois en Patagonie. C'est pour ça que je ne me suis pas inquiétée… j'ai cru qu'elle était encore en vadrouille à l'étranger comme elle le faisait toujours. Pendant son mariage, elle était constamment partie, pour son travail disait-elle, mais je sais que ça lui permettait de fuir ce James… Si j'avais pu imaginer qu'elle avait été…

Elle étouffa un nouveau sanglot.

Éléonore lui tendit une tasse de thé en lui tapotant doucement le genou.

– Buvez ça, cela va vous faire du bien. Comment est-il ce James ?

– Quand ils se sont rencontrés, c'était quelqu'un de… comment dire… de magnétique ! Ce n'était pas vraiment un bel homme, mais il avait quelque chose d'attirant. Ma fille s'est laissée séduire. C'était comme si elle avait été hypnotisée par cet homme. C'est un serpent ! Quand elle était avec lui, plus rien ne comptait. Je n'ai pas vu ma fille pendant presque deux ans, alors que nous avons toujours été très proches. Puis un jour, elle est revenue ici. Elle m'a confié que son mari n'était pas ce qu'elle croyait. Peu à peu, après leur mariage, le masque est tombé, et Théo s'est rendu compte que son mari n'était pas aussi charmant que ce qu'il affichait. La situation n'a fait qu'empirer, jusqu'à la rupture.

– Votre fille devait être très courageuse, il n'est pas facile de se libérer de ce genre d'hommes, murmura Charlotte.

– Oui, c'est vrai, sourit faiblement Francesca. Ma fille était très courageuse…

– McGregor vit en Angleterre ?

– Non. Elle avait espéré qu'il retournerait en Écosse après leur divorce, mais il a décidé de s'installer en France, auprès de la belle-famille de son fils, né d'un premier lit. Théo et James n'ont heureusement pas eu d'enfants.

– Où est-il en ce moment, ce James ?

– En Gironde. Sa belle-fille est française, elle est issue d'une famille de viticulteurs à Saint-Émilion. Il s'est installé là-bas, et cela ne plaisait pas du tout à Théo.

– Pourquoi ? Que craignait-elle ?

Francesca observa un instant Charlotte et baissa la tête, se tordant les mains. Elle semblait réfléchir à sa réponse.

– Ma fille craignait une vengeance de James. Il lui gardait une grosse rancune pour la façon dont elle avait obtenu le divorce, en lui extorquant, selon lui, une énorme somme d'argent.

– Vous pensez qu'il aurait pu lui faire du mal ? demanda Héloïse

– Ce genre d'homme est capable de tout. Il se croit au-dessus des lois, il pense pouvoir obtenir tout ce qu'il veut et être intouchable. Ma fille avait très peur de lui. Je pense que maintenant, on peut en parler… Le secret n'a plus lieu d'être gardé, maintenant que ma fille est… » Elle prit un mouchoir et essuya quelques larmes. « Théo voulait acheter le château de Saint-Maxent.

– Nous le savons, ne vous inquiétez pas, murmura Éléonore.

– Je ne pense pas qu'il serait allé jusqu'à la tuer. C'est un homme d'affaires, je l'imagine mal aller jusqu'au meurtre. Mais il connaissait l'attachement de ma fille pour ce château. Théo pensait qu'il était capable de tout pour faire capoter son projet. Elle craignait qu'il cherche à l'acheter lui-même, rien que pour se venger d'elle, s'il apprenait que le château était en vente. Malgré son amitié pour Béatrix, ma fille savait bien que la propriétaire vendrait au plus offrant. Elle savait qu'elle ne pourrait pas s'engager dans une surenchère pour ce château avec lui. Avec d'autres acquéreurs peut-être, mais pas avec James. Son ex-mari est encore très riche, bien plus qu'elle. C'est pour ça qu'il lui fallait régler cette acquisition très vite, et sans publicité.

– Il aurait été jusqu'à dépenser des milliers d'euros pour l'empêcher d'acheter le château de ses rêves ? C'est insensé ! s'exclama Héloïse.

– Il y a des limites à la valeur d'un tel château. Béatrix ne pouvait pas faire monter les enchères éternellement, ça n'aurait pas été honnête, renchérit Hortense.

Francesca eut un rire triste.

– Vous ne la connaissez pas. Elle a beaucoup investi dans ce château et veut gagner un maximum avec cette vente. Et les gens sont capables d'enchérir très fortement quand ils croient faire une très bonne affaire. Et beaucoup feraient n'importe quoi pour mettre la main sur le trésor du Chevalier.

25

Font-Saint-Maxent. 15 h 10

Les femmes du clan Valentin échangèrent un regard surpris.

– Le trésor du Chevalier ? répéta Héloïse, surprise.

– De quoi s'agit-il ?

– Béatrix m'en a déjà parlé, mais selon elle, il ne s'agit en fait que d'une légende, répondit Éléonore.

Francesca se leva et se dirigea à pas lents vers une immense armoire normande.

– Ce n'est pas qu'une légende. Un des seigneurs du château a participé à la dernière croisade de Saint Louis. Il serait revenu avec un butin colossal qu'il aurait caché au sein du château. Les descendants du chevalier ont par la suite recherché en vain cette légendaire fortune. L'un des ancêtres de mon mari a acheté ce château au XVe siècle et chaque génération a continué les recherches au gré des multiples travaux d'aménagements et d'agrandissement du château, sans jamais rien découvrir.

Elle sortit plusieurs classeurs qu'elle déposa sur la petite table de salon.

– Tout est là, dit-elle en regardant Charlotte, les yeux soudainement brillants. Ma fille ne croyait pas en l'existence de ce trésor. Mais moi, je peux vous assurer que ce n'est pas qu'une légende.

Elle sortit plusieurs vieux croquis protégés par des feuillets en plastique et les étala sur la petite table. Puis elle chaussa une paire de lunettes de vue.

– Regardez, dit-elle brusquement excitée. Ça, c'est le plan du château, et voici la partie la plus ancienne. Il a été construit par le premier seigneur de Saint-Maxent. Cette partie date du XIIIe siècle, un peu avant qu'il ne parte pour la dernière croisade. Et regardez un peu tous les travaux qui ont été réalisés depuis.

À l'origine, il n'y avait qu'un donjon. En observant les différents croquis, Charlotte l'identifia comme la tour dans laquelle était la chambre où elle dormait avec sa famille. Le château avait peu à peu été agrandi, pour fortifier un système défensif avec des remparts et un pont-levis qui enjambait des douves sèches. Les abords furent ensuite comblés, et certaines parties du château furent modifiées pour adopter une architecture moins militaire. Les dernières modifications importantes dataient du XVIIe siècle, avec la construction d'un second donjon, relié au premier et assurant une symétrie plus conforme à l'esprit de l'architecture de la Renaissance.

Francesca tournait page après page, exposant les différents croquis du château qui détaillaient tous les travaux. Cette fébrilité, après le chagrin de la pauvre femme, inquiéta Hortense qui l'enjoignit à revenir prendre place sur le canapé pour terminer son thé et manger un peu.

Charlotte feuilletait le contenu des classeurs. Les informations étaient toutes des photocopies de documents très anciens.

– Où se trouvent les documents originaux ? demanda-t-elle.

– Aux archives départementales, je suppose. C'est mon mari qui a constitué ces dossiers. Il était persuadé de l'existence du trésor de ses ancêtres et espérait depuis toujours pouvoir racheter ce château et entamer des fouilles pour le trouver.

– C'est passionnant ! s'enthousiasma Héloïse.

– Je pense que certains documents datent de la période médiévale. Ils sont écrits en latin et vieux français, c'est quasiment illisible. Aymeric Fontenoy saurait probablement les déchiffrer, mais il me semble difficile de lui demander ce genre de service, dit Charlotte en levant des yeux innocents vers Hortense.

– C'est vrai. Mais je pourrais demander à Anatole !

Héloïse tourna vivement la tête vers sa sœur, les sourcils froncés. Elle ne pouvait tout de même pas profiter d'un tel moment pour gagner son pari !

– C'est une super idée ça, ma tante ! s'exclama Charlotte avec un sourire éclatant.

– Prends les documents en photo, je pourrais les lui envoyer pour qu'il nous aide à les déchiffrer, enfin, si vous nous le permettez, Francesca. Anatole est un médiéviste reconnu, il sera sans aucun doute très intéressé par ces documents et pourra probablement nous aider.

Héloïse soupira, Charlotte avait marqué un deuxième point qu'elle n'avait pas vu venir. Son pari était mal engagé…

La mère de Théo hocha la tête.

– Si le cœur vous en dit. Ce trésor a été cherché depuis si longtemps, j'ai souvent pensé qu'il avait peut-être déjà été trouvé et dilapidé par un des descendants du Chevalier.

– Sait-on jamais ? De toute façon, une histoire comme celle-ci ne peut qu'intéresser l'ami de tante Hortense. Tu veux bien m'aider à les prendre en photo, Héloïse ? répondit Charlotte en jetant un regard espiègle à sa sœur.

Héloïse n'en revenait pas !

– Tu es un monstre ! murmura-t-elle, l'air outré.

– Pour un bon repas à l'œil, je suis capable de tout, murmura Charlotte en affichant un air féroce tandis qu'elle prenait en photo les différents feuillets.

Satisfaite que ses documents suscitent de l'intérêt, Francesca s'était un peu calmée et avait repris sa place sur le canapé. Hortense lui servit une autre tasse de thé, tout en lui tendant les toasts préparés par sa femme de ménage. Elle mangeait sans vraiment faire attention à ce qu'elle engloutissait, l'esprit totalement tourné vers son histoire de famille.

– Peu à peu, reprit-elle, cette histoire est tombée dans l'oubli. Elle est devenue une sorte de légende qui n'intéressait plus que les enfants. Certains Fontenoy ont commencé des recherches, mais aucun n'a jamais rien trouvé.

Charlotte releva la tête.

– Vous voulez dire, un des Fontenoy d'aujourd'hui ?

– Les jeunes, je ne sais pas, mais le beau-père de Béatrix oui. Sur la foi de ce que lui avait dit un sourcier, il avait organisé des fouilles tout autour du château, détruisant les jardins. Évidemment, il n'a rien trouvé. Mon mari en était malade, il ne supportait pas l'idée que ces parvenus puissent s'approprier le trésor. C'est à cause de cela que mon mari s'est brouillé avec les Fontenoy.

– Votre fille aussi croyait en l'existence de ce trésor ? C'est pour ça qu'elle voulait acheter le château ? demanda Héloïse.

– Je ne pense pas que Théo ait cru en ce trésor. C'est le château qu'elle adorait. Quand elle était petite, elle allait très souvent dans le bois. Béatrix la laissait se promener à sa guise dans la propriété. Ma fille se fichait de ce trésor. Je crois que de voir son père passer son temps à ressasser le passé jusqu'à en devenir malade, ça l'a dégoûtée de cette histoire familiale. Non, elle voulait l'acheter pour se venger. En récupérant le château, elle avait sa revanche sur la façon dont nous avons été traités par la famille de mon mari, qui n'a jamais accepté notre mariage et nous a toujours méprisés. Théo en a beaucoup souffert étant jeune. Elle n'a jamais été reçue par ses grands-parents, et ses cousins étaient odieux avec elle et son frère.

– Le garage d'Aubrignan, c'est aussi de la famille, je suppose ?

Francesca sourit

– Oui, pour la famille, c'est le « raté ». Il n'a jamais quitté la région et est devenu garagiste, mauvais d'ailleurs. Vous le trouverez plus facilement au bar du village que dans son atelier. Son frère est employé à la préfecture, mais n'a pas un poste très élevé. Je crois qu'un autre cousin possède des terres autour de Loches. Aucun des cousins n'a eu la belle réussite professionnelle qu'ont eue mes enfants !

– Un membre de cette famille aurait-il pu savoir que Théo avait l'intention d'acheter le château ? poursuivit Charlotte tout en continuant à photographier les documents.

– Certainement pas ! C'était un secret entre Béatrix et elle. Ma fille ne voulait rien ébruiter, et je ne pense pas que Béatrix en ait parlé autour d'elle.

Francesca passa une main lasse dans sa chevelure. Il était temps de mettre un terme à cette visite pour laisser la pauvre femme se reposer. Hortense tapota du doigt sa montre en regardant sa sœur avec insistance.

– Il faut que nous partions, Éléonore. Tu dois te préparer un peu avant la séance de ce soir. Et moi, j'ai promis à Béatrix de l'aider à accueillir les nouveaux clients. Francesca, nous repasserons prendre de vos nouvelles avant de quitter la région.

– J'aurais voulu assister à votre conférence, Éléonore. Peut-être pourriez-vous entrer en contact avec ma fille et apprendre ce qui lui est arrivé ?

La médium pressa les mains de Francesca entre les siennes.

– Ce n'est pas comme ça que ça fonctionne et cela ne serait pas raisonnable, ma chère. Vous devez accepter le départ de votre fille et vivre votre deuil. Mais je vous promets de faire le maximum, plus tard, pour vous donner des nouvelles de Théo.

– Je viendrai tout de même ce soir. Ça me fait tellement de bien d'être avec vous, j'ai l'impression de ne pas l'avoir définitivement perdue, murmura la vieille femme.

– Peut-être voudriez-vous garder le chien de votre fille avec vous ? dit Héloïse en lui tendant Oups.

Francesca secoua violemment la tête.

– Non ! Je ne veux pas… Je l'ai déjà dit à la police. Je sais que Théo était très attachée à cet animal, mais je n'ai jamais aimé les chiens, répondit-elle en fronçant les sourcils. Gardez-le si ça vous chante.

Charlotte terminait de ranger les classeurs à leur place dans l'armoire normande. Avec Héloïse, elles avaient eu le temps de tout photographier.

– J'ai encore une petite question, Madame. McGregor était-il au courant pour le trésor du Chevalier ?

– Oui, bien sûr. Quand ils étaient encore mariés, Théo a fait la bêtise de lui parler du trésor ramené des croisades par l'un des premiers propriétaires du château. Cette légende l'avait d'abord beaucoup amusé, puis il s'était montré bien plus intéressé par cette histoire qu'elle ne l'aurait voulu. Il voulait même que je lui donne tous ces documents. Il n'en était pas question évidemment. Alors, oui, je suis sûre que James y croyait. S'il avait su pour la vente du château, il aurait tout fait pour l'acheter. Pas seulement pour empêcher ma fille de réaliser son rêve, mais aussi dans l'espoir de retrouver le trésor du Chevalier.

*

En remontant dans la voiture pour rentrer au château, les quatre femmes étaient perplexes.

– Une histoire de trésor caché… c'est incroyable ! J'adore ces histoires de chasse au trésor, même si, dans la plupart des cas, ce sont probablement des légendes pour enfants. Tu as ressenti quelque chose dans cette maison, Maman ? demanda Héloïse.

Éléonore était installée à l'arrière du monospace et observait en silence le paysage qui déroulait sous ses yeux.

– Non, rien de particulier.

– Si cette histoire de butin, qui serait caché dans le château depuis des siècles, est vraie, cela pourrait constituer un mobile sérieux pour l'assassinat de Théo, reprit Héloïse, visiblement excitée par la perspective de l'existence de ce trésor.

– Je ne sais pas, répondit Charlotte, dubitative. Rien ne nous prouve que McGregor ait su que son ex-femme allait acheter le château. Et quand bien même, il lui suffisait alors de surenchérir sur l'offre de Théo, pas besoin de la tuer. Sur un plan psychologique, tuer son ex-femme serait même sans intérêt si l'intention était de l'humilier et de se venger. Théo aurait été mortifiée de le voir devenir propriétaire du château qu'elle avait toujours rêvé de posséder. Elle vivante, il pouvait la narguer en lui soufflant le château sous le nez, et peut-être en le défigurant pour y rechercher un trésor hypothétique. Mais en la tuant, il perd toute possibilité de la faire souffrir.

– Tu as sans doute raison. Il faudrait que l'on puisse le rencontrer pour voir quel genre d'homme il est ; un homme froid, un peu sadique et machiavélique, ou un sanguin impulsif. D'après ce que nous a raconté Francesca, il pourrait être l'un ou l'autre. Je parie sur le sanguin.

Charlotte haussa les épaules.

– Tu penses qu'un « sanguin impulsif » aurait pris le temps d'enterrer sa femme pour faire croire à un crime du violeur ?

– Et pourquoi pas ? Il la tue dans un geste de colère, il panique et fait en sorte de dissimuler son crime.

– Mais qu'est-ce qu'il ferait dans le bois avec elle ? Et comment aurait-il pu savoir qu'elle devait s'y rendre ?

– Je ne sais pas moi ! C'est toi l'enquêtrice. Il la harcelait peut-être ?

– La pauvre Francesca va devoir vivre jusqu'à la fin avec le souvenir effroyable de l'assassinat de sa fille, soupira Hortense en frissonnant.

– D'autant qu'elles semblaient très proches toutes les deux, renchérit Héloïse. Je la plains sincèrement…

Charlotte jeta un œil dans le rétroviseur, intriguée par le silence de sa mère. Lui en voulait-elle de s'être moquée de ses dons de médium ? Cela serait étonnant, elles entretenaient ce genre de relations depuis son adolescence, et Éléonore n'en avait jamais pris ombrage très longtemps. C'était devenu comme un jeu entre elles, une sorte de comédie qu'elles se jouaient, sans mépris ni colère profonde. Charlotte fut plus étonnée encore en surprenant le regard de sa mère, alors qu'elle engageait le véhicule sur la petite route qui menait à l'entrée de la propriété.

– Ça va Maman ? demanda-t-elle, subitement inquiète.

Éléonore lui sourit dans le rétroviseur, en soutenant quelques secondes le regard de sa fille.

– Ça va aller ma chérie, ne t'en fais pas.

Mais Charlotte éprouvait à présent comme un malaise en s'approchant du château. Éléonore lui cachait quelque chose. Elle ressentait l'angoisse de sa mère et s'en inquiétait.

Pourquoi avait-elle peur ? Qu'est-ce qui pouvait effrayer Éléonore Valentin ? Parce que Charlotte n'avait aucun doute là-dessus ; sa mère avait peur, elle était même terrifiée...

26

Château de Saint-Maxent. 16 h

Sur la terrasse devant le château, la plupart des fauteuils étaient occupés par des clients, qui profitaient des rayons du soleil et de la douceur de cette fin d'après-midi.

Victor et Edward avaient rejoint les Valentin au château. Alors qu'Éléonore et Hortense se retiraient dans leur chambre, Charlotte, Héloïse et les deux hommes décidèrent de s'installer dans la bibliothèque, en prenant garde de fermer les fenêtres. Ils pourraient discuter en toute tranquillité, sans courir le risque d'être entendus par les clients sur la terrasse.

Victor fit le tour de la pièce, puis examina avec attention le contenu d'un vieux coffre en bois qui faisait office de bar. Il apprécia la qualité des alcools exposés, qu'il aurait aimé goûter pour certains, mais n'osa pas se servir. Des notes d'une valse de Chopin s'élevaient du petit salon de musique, c'était la jeune Garance qui jouait au piano.

Tandis que Charlotte restait debout devant la fenêtre à observer les quelques clients restés au château, Héloïse faisait un compte rendu de leur rencontre avec Francesca et s'attardait sur l'existence possible d'un trésor caché dans ce château, ce qui sembla fortement intéresser les deux hommes.

– Et toi, Edward, qu'as-tu appris sur Théo ? demanda Charlotte en s'installant près Héloïse sur les fauteuils qui entouraient un guéridon, recouvert d'une superbe marqueterie.

– La pauvre n'a pas été très heureuse dans son ménage. Au bout de dix ans, Théo n'aurait plus supporté d'être maltraitée et publiquement bafouée. Pas de chance pour le mari, elle l'a fait suivre pendant des mois et a monté un dossier brûlant sur les relations extra-conjugales de son époux. J'ai quelques noms si ça t'intéresse, aussi bien dans le show-business que dans le milieu politique ou celui des affaires. Monsieur avait table ouverte dans tous les milieux et fut même pressenti pour tenir un poste au sein du gouvernement. Théo aurait constitué des dossiers sur chacune des liaisons de son époux et menaçait de s'en servir si elle n'obtenait pas ce qu'elle voulait.

– Bravo ! s'exclama Héloïse.

Edward sourit

– Effectivement, pour éviter le scandale, McGregor aurait accepté de divorcer. Il paraît qu'elle a réussi à obtenir une prestation énorme ! On a même parlé du divorce le plus cher du siècle à Londres !

Victor prit lui aussi place dans le dernier fauteuil, un peu trop étroit pour lui.

– Ce cher James a peut-être voulu s'assurer que son ex-femme ne dévoilerait définitivement pas ces histoires. Ça me semble être un mobile très plausible ça ! lança-t-il. Il semble qu'on élargisse le nombre des suspects. Du coup, ils ne sont plus exclusivement à rechercher au sein de la famille Fontenoy, ajouta-t-il en coulant un regard vers Charlotte.

La jeune femme haussa les épaules en tapotant nerveusement les doigts sur les accoudoirs de son fauteuil.

– Théo l'a peut-être menacé de dévoiler certains secrets s'il décidait d'acheter le château, renchérit Victor en déplaçant son fauteuil pour se rapprocher de la jeune femme. Elle menace son ex de révéler le nom de certaines de ses maîtresses. Alors il décide de l'éliminer en profitant des meurtres en série afin que ça passe pour un nouveau crime du serial killer.

– C'est effectivement possible ! dit Edward en hochant la tête. D'autant qu'il se serait installé dans la région de Saint-Émilion depuis trois mois. Il est arrivé dans le village ce midi, semble-t-il, et j'ai appris qu'il loge dans le village, dans le même hôtel que toi, Capestan.

Voilà qu'ils se tutoient ces deux-là !

– On devrait essayer de le rencontrer. Qu'est-ce que tu en penses, Charlotte ? demanda Héloïse.

Sa sœur lui répondit en faisant un bruit incongru avec ses joues. Elle avait les yeux levés au plafond et semblait perdue dans la contemplation des poutres colorées.

– Et qui hérite de la pauvre Théo ? poursuivit Héloïse.

– C'est sa mère, Francesca, et son frère, Éloi. Il est parti vivre avec femme et enfant au Canada l'année dernière.

Ils sont arrivés de Montréal il y a quatre jours, mais ils étaient en France fin avril, semble-t-il. Un legs particulier a été prévu aussi pour sa petite nièce, une gamine d'une dizaine d'années.

Charlotte lança un regard moqueur à Victor.

– La petite aussi a un sacré mobile, non ?

Le jeune homme haussa les épaules.

– Je vais également vérifier du côté des autres membres de la famille d'Aubrignan, reprit Edward. La victime aurait des tantes et oncles peu ravis à l'idée qu'elle récupère le château. Notamment un de ses cousins, assez virulent contre elle. Il est garagiste dans le village, le patron du bistro m'a rapporté que ce matin, il s'était réjoui ouvertement de la mort de sa cousine. Il semblerait que les Fontenoy n'étaient pas les seuls à refuser l'idée que Théo achète le domaine. Qu'en penses-tu, Charlotte ? On a maintenant un paquet de suspects.

La jeune femme se leva et se posta, les mains dans le dos, devant la fenêtre, observant les clients agglutinés sur la terrasse du château.

– Effectivement, on a quelques nouveaux suspects sur la liste. La piste des Fontenoy se refroidit, même si le mobile du meurtre de Théo me semble léger en ce qui concerne sa famille.

– Le mobile des Fontenoy n'est pas beaucoup plus crédible ! lança Victor.

– Et ça vous arrange bien, n'est-ce pas ? s'agaça la jeune femme, sans se retourner.

– Que voulez-vous dire ?

– Que c'est toujours mieux de réfléchir avec son cerveau !

Victor lui lança un regard noir, puis se leva et s'approcha d'elle. Charlotte sentit sa présence dans son dos, mais ne se retourna pas pour lui faire face.

– Qu'est-ce que vous avez donc contre Apolline ? demanda-t-il à voix basse. Je n'imagine pas que votre raisonnement soit guidé par la jalousie.

– Ne soyez pas ridicule ! Et il n'y a pas qu'Apolline qui soit suspecte chez les Fontenoy. » Elle s'éloigna rapidement du jeune homme. « Jalouse de quoi d'abord ?

– À vous de me le dire, c'est vous le cerveau ici, non ? Je ne suis pas responsable de l'effet que je provoque chez les femmes.

– Mais vous êtes bouffi de prétention, mon pauvre Victor !

– Bouffi de prétention ? Et c'est vous qui me dites ça ?

– Bien, soupira Edward qui sentait la tension monter entre Charlotte et Victor. Je vais retourner à la brigade. Faites attention à vous. Et Charlotte, on reste en contact. Je vais de mon côté creuser un peu sur la famille d'Aubrignan.

– Je vous raccompagne à votre voiture, décida Héloïse.

– Je persiste à penser que la probabilité d'avoir deux meurtriers dans un même endroit est minime, bougonna Charlotte. Je ne crois pas que l'assassin de Théo soit différent de celui de Madame Latoupy, et je ne vois pas pourquoi ni comment les d'Aubrignan auraient saboté le cocktail hier soir et provoqué la mort de Ginette. Mais, vous avez raison, on ne doit rien négliger. Quant à moi, je vais rendre visite à ce garagiste, ma voiture a besoin d'une petite visite de contrôle. Vous m'accompagnez, Victor ?

– Si vous voulez. Après tout, deux cerveaux valent mieux qu'un, dit le jeune homme en lui emboîtant le pas.

27

Château de Saint-Maxent. 16 h 45

James McGregor se gara sur le parking gravillonné de la propriété. Il y avait quantité d'autres véhicules ce week-end. La mère Fontenoy avait encore fait le plein de gogos. Il alluma un cigare et sortit de la voiture. Adossé à sa Porsche, il observa le château que son ex-femme avait convoité toute sa vie. C'était objectivement une belle bâtisse, même s'il préférait les pierres plus sombres qui composaient les vieux châteaux écossais. En réalité, il détestait ces vieilles demeures qui abritaient encore parfois les rejetons dégénérés et consanguins d'anciennes familles. Ils survivaient dans le souvenir d'exploits qu'eux-mêmes n'accompliraient jamais. Il tourna la tête vers le sous-bois et eut un petit sourire mauvais. Finalement, Théo aura obtenu ce qu'elle voulait : rester dans cette propriété à jamais.

Béatrix Fontenoy descendit les marches de l'immense entrée et le rejoignit d'une démarche mal assurée.

– Mon cher ami, lança-t-elle de sa voix trop aiguë. Je suis navrée de vous accueillir dans des circonstances aussi dramatiques.

– Ne vous tracassez pas pour ça, nous savons, vous et moi, que je ne suis pas ici pour honorer la mémoire de ma garce d'ex-femme.

Béatrix tiqua, choquée par la violence de ces paroles.

– Bien, je vous propose de prendre un verre, pour vous remettre… de votre voyage.

McGregor récupéra une sacoche en cuir couleur havane, verrouilla son véhicule et se tourna une nouvelle fois vers le sous-bois.

– J'aime beaucoup vos espaces verts, dit-il avec un sourire féroce.

Alors qu'ils se dirigeaient vers le château, Aymeric les observait, derrière la fenêtre du petit salon de musique. Pourquoi ce diable d'Écossais était-il venu ici, sans l'en avertir auparavant ? Et que pouvaient-ils bien se dire, sa belle-sœur et lui ?

Béatrix conduisit McGregor dans la bibliothèque. Elle referma soigneusement la lourde porte et invita son hôte à s'installer dans l'un des fauteuils club en cuir qui faisaient face à la vieille cheminée monumentale.

– Que puis-je vous offrir ? Je doute d'avoir des whiskies qui vous satisfassent, je vous propose donc un cognac que vous apprécierez sûrement.

Après avoir versé deux généreuses doses d'alcool, elle tendit un verre à son interlocuteur et prit place face à lui. Ils gardèrent le silence pendant de longues minutes, chacun dégustant son verre de cognac.

– Quand vous avez pris contact avec moi, madame Fontenoy, il était question que mon ex-femme rachète votre propriété. Il aurait été amusant pour moi de faire monter les enchères et de lui souffler son cher château sous le nez. Mais maintenant qu'elle a passé l'arme à gauche, vous conviendrez qu'il est inutile de poursuivre cette mascarade.

Béatrix ne répondit pas, se contentant de hocher doucement la tête.

– Je souhaitais acheter ce château dans l'unique but de me venger de mon ex-femme. Mais aujourd'hui, mon intérêt s'est un peu émoussé. J'hésite à sortir des millions pour... ça, dit McGregor en embrassant la pièce d'un regard méprisant.

Béatrix se retint de lui dérouler le passé de ce château, hautement plus prestigieux que ses vieilles distilleries produisant un tord-boyaux qu'elle exécrait. Elle savait qu'après le meurtre de Théo dans le sous-bois du château, sa valeur risquait d'en être momentanément affectée. Mais elle souhaitait plus que tout quitter cet endroit pour s'acheter une magnifique propriété dans la région de Saint-Paul-de-Vence. Elle avait déjà pris quelques contacts pour initier ce projet, mais il lui serait impossible de l'acquérir si elle ne vendait pas rapidement ce maudit château. Elle se mordit nerveusement l'intérieur de la bouche. McGregor l'observait du coin de l'œil, cet homme était une hyène, un charognard de la pire espèce. Elle éprouvait le plus grand mépris pour lui, mais qu'importe : il avait les moyens de lui acheter son château, pour qu'elle puisse s'offrir une vie de rêve dans une splendide maison moderne, en Provence...

Elle devait passer outre ses sentiments et faire en sorte de trouver rapidement un accord avec ce rustre, cet inculte transpirant le whisky.

– Mon château est unique et vous le savez. Je souhaitais par courtoisie savoir si vous restiez acquéreur malgré… malgré la mort de cette pauvre Théo. S'il vous intéresse toujours, au prix que nous avions convenu, il est à vous. Dans le cas contraire…

Béatrix laissa sa phrase en suspens. McGregor eut un sourire mauvais.

– Pensez-vous réellement que je sois disposé à payer un prix aussi exorbitant pour un château qui fut le théâtre d'une mort violente, celle de mon ex-femme de surcroît ?

Béatrix, glaciale, soutint son regard.

– Je pensais même, pour tout vous avouer, que cela aurait été pour vous une source de jouissance, mon cher McGregor.

L'Écossais la regarda fixement quelques longues secondes puis éclata d'un rire sonore, grossier, vulgaire.

– Vous m'amusez, je dois bien le reconnaître. Mais je ne maintiendrai pas mon offre au prix que nous avions convenu. Je vous propose une baisse de quinze pour cent. Compte tenu des événements récents, cela reste très généreux. Je peux vous assurer que vous n'en obtiendrez pas mieux.

Béatrix se releva avec raideur, les mains serrées devant elle pour en dissimuler le tremblement.

– Eh bien, je vais réfléchir.

– Pas trop longtemps, sourit son interlocuteur, avec un air mauvais. Mon offre ne sera pas valable éternellement.

Pour le moment, je me contente de baisser mon offre de quinze pour cent, mais cela pourrait être vingt pour cent dans les jours à venir. Il est difficile de vendre un bien après qu'un meurtre aussi atroce y eut été commis.

McGregor sortit un document de sa sacoche et le jeta négligemment sur un guéridon.

– Je vous laisse mon offre, elle n'est valable qu'une semaine.

– Je crois que nous n'avons donc plus rien à nous dire, pour le moment. Je vous raccompagne…

McGregor restait assis dans le fauteuil club, examinant son verre de cognac dont il faisait tourner le liquide couleur ambre. Les jambes allongées et croisées, dans une attitude dont la nonchalance avait quelque chose d'insultant.

– Vous n'obtiendrez aucune offre meilleure que la mienne avant bien longtemps, ma chère, déclara-t-il sans lever les yeux vers Béatrix. J'espère que vous en avez conscience… Réfléchissez vite et bien. Nous savons que vous seriez bien mieux dans une superbe propriété, dans le Midi.

Béatrix retint sa respiration, comment savait-il pour la propriété de Saint Paul ? Il n'y avait qu'elle, Tristan et son notaire qui soient au courant de ce projet ? Éléonore savait elle aussi, mais depuis ce matin seulement, cela ne pouvait pas être son amie. Qui d'autre avait pu parler ? Son notaire, évidemment… Théo lui avait confié avoir peur de McGregor qu'elle disait capable de tout pour obtenir ce qu'il voulait. Elle disait avoir une dernière arme contre lui, un dernier moyen de pression qu'elle n'avait pas révélé à son avocat, mais qu'elle gardait pour être sûre que son ex-mari ne cherche pas à se venger de leur divorce, plus tard. Théo connaissait le plus ignoble de ses secrets, qui pourrait l'envoyer directement en prison et ruinerait définitivement sa réputation. Elle s'était confiée ici même, dans cette bibliothèque à Béatrix, après un après-midi trop alcoolisé.

Béatrix se pinça les lèvres. Aurait-elle le courage d'affronter ce butor et de le menacer de dévoiler ses vices écœurants ? Elle utiliserait ce moyen de pression en derniers recours. Elle se leva et prit les documents posés sur le guéridon, qu'elle rangea dans un tiroir de son petit bureau. Elle attendrait le départ de ce porc pour les détruire.

McGregor l'observait, un sourire moqueur sur les lèvres.

– Je constate que vous commencez à comprendre où se trouve votre intérêt. Je n'ai pas l'intention de quitter ce château dans l'immédiat, je souhaite m'entretenir avec votre beau-frère. Pourriez-vous lui dire de me rejoindre ici ?

Béatrix fronça les sourcils. Que pouvait-il bien vouloir dire ou faire avec Aymeric ? Elle regarda fixement le malotru avachi dans son fauteuil et tourna les talons sans un mot. Pas question de lui servir d'intermédiaire, qu'il se débrouille pour trouver son beau-frère.

28

Font-Saint-Maxent. 17 h

Au volant de son antique monospace, Charlotte observait la devanture du seul garage du village. La pancarte d'un blanc défraîchi, en bois peint écaillé, indiquait qu'il s'agissait du « garage Roger d'Aubrignan ». La porte de l'atelier était encore ouverte, laissant apparaître une pièce en désordre, crasseuse et peu accueillante. Un homme d'une cinquantaine d'années, serré dans une salopette de travail trop petite pour lui, frottait ses mains boudinées dans un torchon à la couleur incertaine : Roger d'Aubrignan, cousin germain de Théo, célibataire et seul garagiste du village.

– Ça n'a pas l'air d'être très florissant, murmura Victor en retirant ses lunettes de soleil. On y va ?

– C'est vrai… pas grand-chose à voir avec la très belle maison de Francesca et Théo. Je ne pense pas que les cousins d'Aubrignan aient beaucoup de souvenirs en commun…

Charlotte accueillit avec un grand sourire le bedonnant garagiste qui se dirigeait vers eux.

– Alors ? Qu'est-ce qu'on peut faire pour eux ?

Le bonhomme détaillait sans vergogne la jeune femme qui venait à sa rencontre. *Beau morceau*, pensa-t-il.

– Je suis navrée de débarquer comme ça sans rendez-vous, minauda Charlotte, mais ma voiture me pose quelques soucis. Je me demandais si vous ne pourriez pas y jeter un œil.

– C'est quoi comme problème ?

– Elle a parfois des à-coups, et je cale souvent.

– Elle doit repartir quand ?

– Si elle pouvait partir avant lundi, répondit la jeune femme, espérant qu'il parlait de la voiture.

– Elle loge à l'auberge ? continua le garagiste bedonnant, en faisant le tour du véhicule.

Il ne parlait manifestement pas de la voiture. Elle détestait cette façon de s'exprimer, qui contourne l'interlocuteur, signe d'une sournoiserie sous-jacente à ses yeux.

– Non, elle loge au château de Saint-Maxent.

– Ah…

– La découverte d'un corps dans le bois de la propriété nous a bouleversés, n'est-ce pas, chouchou ? dit-elle en saisissant le bras de Victor, qui la regarda, stupéfait.

– Euh, oui…

– Mais j'y pense, ajouta-t-elle. Elle ne serait pas de votre famille, la victime ? Je crois bien qu'elle portait le même nom que vous !

Le garagiste bedonnant ouvrit la porte du monospace et tira sur une petite manette pour ouvrir le capot.

– Il est pas tout jeune le monospace !

Il se plaça devant le capot qu'il souleva avant de disparaître de la vue de Charlotte. Elle le rejoignit devant le bloc moteur.

– C'était ma cousine.

– Oh ! Je suis désolée, vous devez être anéanti !

Il se pencha pour examiner le moteur, soulevant une tirette, tournant un bouchon, vérifiant le serrage d'un boulon. Charlotte plongea la tête sous le capot elle aussi.

– Je vais vous dire, ma petite dame, je ne vais pas pleurer sur cette petite pimbêche. Elle a pas volé ce qui lui est arrivé.

– C'était une pimbêche ? Ah ben là, je vous comprends ! Une de mes cousines est comme ça, elle aussi. Une vraie garce. Mais elle ne risque pas de tomber sur un tueur en série… soupira-t-elle.

Le garagiste se releva et frotta ses mains dans son torchon crasseux.

Victor ne pipait mot, il observait la jeune femme, un sourire aux lèvres. Il la rejoignit au chevet de son véhicule et passa un bras autour de la taille de Charlotte qui lui lança un regard noir.

– Ben quoi ? N'oubliez pas que je suis bouleversé, murmura-t-il.

Alors que Victor réprimait un cri de douleur après que la jeune femme lui eut écrasé le pied avec le talon de sa bottine, elle suivit le garagiste qui retournait à pas lents dans son atelier. Il la regardait du coin de l'œil.

– Le château aussi était dans votre famille, j'imagine.

Le garagiste grogna une réponse que Charlotte ne comprit pas.

– Vous avez trouvé ce qui cloche ? reprit-elle.

– Je ne vois pas encore ce qui cloche, il va falloir qu'elle me laisse sa voiture.

– Pas trop longtemps, j'espère, parce que ce n'est pas donné de loger là-haut ! J'ai croisé la propriétaire, il paraît qu'elle voulait vendre le château à votre cousine.

Le garagiste suspendit son geste l'espace de quelques secondes, mais il garda obstinément le silence. Charlotte attendit qu'il ajoute quelque chose en vain. Elle fit signe à Victor de les rejoindre, mais le jeune homme secoua négativement la tête en montrant son pied. Elle retint un soupir d'agacement. Elle parcourut lentement l'atelier, s'approchant d'une fenêtre que la crasse rendait presque opaque, et qui donnait sur une cour intérieure.

– Vous êtes le seul garagiste du coin, n'est-ce pas ?

D'Aubrignan grommela une réponse inintelligible, en farfouillant dans le tiroir d'un établi.

– Est-ce que vous vous occupez aussi de la voiture de Tristan Fontenoy ? poursuivit Charlotte, en suivant une intuition.

Le garagiste lui jeta un regard étonné.

– Qu'est-ce que ça peut vous faire ?

– Je me demandais seulement comment il pouvait conduire une voiture encore plus pourrie que la mienne. Vous devez être un sacré bon garagiste pour arriver à la maintenir en état de rouler.

Méfiant, le bonhomme se demandait si cette blonde ne se moquait pas ouvertement de lui.

– D'autant qu'il n'en est pas à sa première épave. J'ai entendu dire qu'un de ses amis s'était tué en conduisant sa première voiture, continua Charlotte en s'approchant de la porte qui donnait sur l'arrière-cour remplie d'épaves de voitures.

– C'est pas vrai ! beugla-t-il. Il est pas mort ! Et s'il avait pas lui-même bricolé ses freins, ça serait pas arrivé.

– C'est Tristan qui aurait bricolé ses freins ?

– Évidemment ! Et il a tripoté sa colonne de direction en plus. Cet abruti a saboté sa voiture lui-même. C'est encore une arnaque à l'assurance ça, mais là, ça n'a pas marché !

– Comment savez-vous que la voiture a été sabotée ?

– Ben parce que c'est moi qui ai récupéré son épave, pardi !

– Et où est-elle cette épave maintenant ? Dans votre arrière-cour, n'est-ce pas ?

Roger d'Aubrignan fronça les sourcils. Que cherchait-elle exactement ?

– Vous êtes de la police ou quoi ? grogna-t-il en s'approchant de la jeune femme, l'air menaçant.

– Non, mais je vous conseille de rester calme si vous ne voulez pas que la police vienne mettre son nez dans votre affaire, intervint Victor en s'interposant entre le garagiste et Charlotte.

– Je ne suis pas de la police et je ne cherche pas à vous nuire, monsieur d'Aubrignan. Je veux juste quelques infos sur les Fontenoy et sur votre cousine.

– Ouais, j'aime pas bien vos insinuations, grogna le garagiste en jetant un regard noir à Victor. Et j'ai rien à voir avec l'accident de Fontenoy ou la mort de ma cousine. Je sais pas pourquoi vous voulez me mettre tout ça sur le dos, mais je ne me laisserai pas faire ! Et je vais vous dire, ma p'tite dame, ce château, j'en ai rien à foutre. Il était dans ma famille, mais c'était il y a très longtemps, et franchement, chez nous, il n'y a plus personne qui voudrait s'y installer. Que la vieille Fontenoy le vende, rien à foutre. Mais que cette garce de Théo le rachète pour s'y pavaner avec sa salope de mère, franchement, ça m'aurait fait mal. Elles n'ont aucun droit. Dans la famille, tout le monde sait que son père a été le plus grand cocu de la région. La Francesca couchait avec le premier venu, peu de chance que le tonton soit le père de Théo, et même d'Éloi. Que cette garce se présente comme une vraie descendante des d'Aubrignan, ça nous a toujours mis en boule. Alors son assassinat, franchement, ça nous fait pas pleurer.

*

– On est d'accord pour dire que ce type est très suspect ! Il ferait même un super coupable, dit Victor quand ils quittèrent le garage pour rentrer au château.

– Parce qu'il déteste sa cousine ? Je n'y crois pas une seconde ! Je ne crois pas qu'il ait su, avant que je le lui apprenne, que Théo voulait acheter le château. Donc quel aurait été son mobile ?

– Et cette histoire d'accident de voiture ? Qu'est-ce que vous vouliez savoir ?

Charlotte tourna la tête et observa le paysage vallonné et verdoyant qui bordait le village de Font-Saint-Maxent.

– Tristan nous a parlé de cet accident hier soir et je voulais vérifier. En réalité, je ne sais pas trop ce que je cherche, mais je persiste à penser que les meilleurs suspects sont au sein de la famille Fontenoy. C'est le mobile qui nous désignera le coupable. Et celui de notre cher garagiste ne me semble pas convaincant.

En se garant sur le petit parking gravillonné non loin du château, Charlotte remarqua qu'une nouvelle voiture trônait parmi les autres, une superbe Porsche. L'immatriculation était anglaise. Se pourrait-il qu'il s'agisse de l'ex-mari de Théo ? Que venait-il faire au château ? Elle fit un geste pour saluer Victor qui repartait au volant de sa petite Fiat pour aller se changer. Pensive, elle se dirigea vers le hall d'entrée et croisa Béatrix au moment où elle sortait de la bibliothèque, visiblement bouleversée. Charlotte allait entrer dans le petit salon de musique quand elle surprit Aymeric, qui se cachait manifestement de sa belle-sœur. Elle se retrancha près de l'escalier, curieuse de savoir à quoi jouait le vieil homme, et le vit entrer dans la bibliothèque. Par la porte ouverte, elle aperçut un homme, assis dans un fauteuil, fumant le cigare. Que s'était-il passé dans cette pièce qui ait pu bouleverser Béatrix ? Intriguée, la jeune femme se dirigea lentement vers sa chambre pour se préparer à passer une deuxième soirée dans le château de Saint-Maxent.

29

Château de Saint-Maxent. 18 h

Aymeric vit Béatrix sortir de la bibliothèque, pâle comme un linge. Il attendit quelques minutes pour s'assurer qu'elle ne reviendrait pas et entra à son tour dans la pièce.

– Je ne savais pas que vous deviez venir ici, mon cher ami, lança-t-il en entrant.

Un nuage de fumée à l'odeur âcre flottait dans la pièce. Aymeric se dirigea vers les portes-fenêtres pour aérer et évacuer les relents de tabac.

James McGregor ne se leva pas pour le saluer, se contentant de le regarder s'activer, avec un air méprisant.

– J'ignorais que je devais vous rendre compte de mes faits et gestes.

– Il ne s'agit pas de cela, vous le savez bien. Mais je ne tiens pas à ce que ma belle-sœur sache de quoi il retourne pour nous deux.

– Ne vous inquiétez pas pour ça, rétorqua McGregor, en se résignant à serrer la main molle et moite que lui tendait Aymeric.

– Tout de même, si elle apprenait que nous recherchons activement le trésor…

– Je vous ai dit de ne pas vous en inquiéter, répondit sèchement l'Écossais. Dites-moi plutôt si vous avez progressé dans vos recherches.

– Je dois bien avouer que non. J'ai répertorié tous les travaux qui ont été réalisés dans ce château depuis plus de trois siècles. Et comme je vous l'ai déjà dit, je concentre mes recherches autour de la partie la plus ancienne du château. Les fouilles que j'ai l'intention de commencer près de l'aile ouest coûtent très cher.

James McGregor soupira, il n'avait aucune connaissance historique ou technique. Il ne croyait pas réellement que le petit français maigrichon trouve le trésor dans un avenir proche, mais il faisait avancer les recherches sans que la propriétaire se doute de quelque chose. Il comptait sur Aymeric pour diriger les fouilles tant que le château n'était pas encore à lui. Il le soupçonnait de sciemment faire traîner les choses, mais, peu importait, dès que l'achat serait effectué, il commencerait des fouilles sérieuses et approfondies. Pas question qu'elles durent des années.

– J'ai déjà financé une bonne partie de vos travaux, je refuse de financer des fouilles coûteuses sur la base d'une étude approximative. Qu'en est-il des sondages autour de l'abbaye cistercienne ?

Aymeric grimaça, il n'avait pas l'intention de dévoiler à l'Écossais qu'il était persuadé que le trésor était caché aux environs de cette abbaye. Il se servait de son aide financière pour éliminer les hypothèses auxquelles il croyait le moins, n'ayant pas l'intention de lui révéler son intime conviction.

– Elle a été construite peu avant la naissance du Chevalier. De nombreux travaux y ont été réalisés, il me semble improbable que le trésor y soit dissimulé.

– Et où se trouve cette abbaye ?

– C'est le bâtiment qui se trouve près du lac. L'abbaye a été désacralisée après la Révolution française et, depuis, elle a servi à toutes sortes de choses. Elle fut une étable, un logement pour domestique, puis au XIXe siècle, c'est là que furent installées les premières filatures de l'entreprise de ma famille, avant qu'elles ne soient transférées dans un bâtiment plus moderne il y a trente ans.

Au fur et à mesure qu'il parlait, Aymeric prenait de l'assurance. N'était-il pas le descendant d'une famille prestigieuse ? Il ne fallait pas que ce diable d'Écossais l'oublie. Son ton se fit plus doctoral, presque cassant.

– Pour finir, c'est actuellement une sorte de débarras où l'on entasse de vieux meubles. Rien de bien passionnant. Je suis à peu près sûr que l'abbaye a déjà été fouillée par toutes les générations de Fontenoy.

– Il serait judicieux de faire quelques recherches sérieuses. Mais je doute que votre belle-sœur vous laisse libre de procéder à des fouilles sur le terrain.

– Détrompez-vous, objecta Aymeric. Elle ne s'y intéresse absolument pas. Si je lui raconte qu'il s'agit de fouilles archéologiques en rapport avec mes recherches sur la Renaissance, elle ne trouvera rien à y redire tant que ça ne défigure pas le domaine, comme à chaque fois.

McGregor eut un sourire moqueur.

– Cela n'aura plus d'importance dans quelques semaines, je pourrais me passer de son accord quand ce domaine sera à moi.

Aymeric se raidit.

– Vous voulez acheter le château ? demanda-t-il d'une voix étranglée.

– Je suis étonné que vous n'ayez pas envisagé cette possibilité.

– Vous savez que ce trésor n'existe peut-être pas ?

– Mais peut-être existe-t-il… et c'est un risque que je suis prêt à courir, parce que ça m'amuse, rétorqua McGregor avec un sourire mauvais.

– C'est Béatrix qui vous a contacté pour vous proposer d'acheter le château, murmura Aymeric, anéanti. Maintenant que Théosauria est morte…

– Vous saviez que votre belle-sœur voulait vendre le château ? Et vous vous êtes bien gardé de me le dire.

– Absolument pas ! Nous ne l'avons appris qu'avec la découverte du corps de votre ex-femme.

– Eh bien, il est toujours en vente. Même si votre belle-sœur rechigne à me le céder, j'obtiens toujours ce que je veux, et je veux ce trésor ! jeta McGregor en s'extrayant du fauteuil dans lequel il était avachi.

La mise déconfite du petit Français l'amusait beaucoup, cela confirmait qu'il était persuadé de l'existence du trésor. Il serait à lui et, s'il le fallait, il démonterait ce château, pierre après pierre, mais il découvrirait le trésor du

Chevalier qu'il devinait fabuleux ! Il quitta la bibliothèque dans un grand éclat de rire.

Aymeric sentit une goutte de sueur couler le long de son dos. Cette garce de Béatrix continuait sa recherche d'un acheteur. Il serra les poings. Jamais il ne permettrait que ce salaud devienne le propriétaire de son château.

30

Château de Saint-Maxent. 19 h

Réunis sur la terrasse du château dans la même configuration que la veille, les clients semblaient gênés et n'osaient pas se comporter avec un entrain similaire. Tous connaissaient le drame qui s'était déroulé à cet endroit vingt-quatre heures plus tôt, les chuchotements avaient remplacé les éclats de voix et de rire. Béatrix tentait d'animer une réception endeuillée par le décès d'une des invitées.

Toutefois, et malgré le calme apparent, l'excitation de rencontrer l'équipe des animateurs, dont Éléonore Valentin, était palpable.

Victor déambulait parmi les invités à la recherche de Charlotte qu'il ne trouva pas. Où pouvait-elle bien être encore ?

– Vous cherchez quelqu'un ? murmura Apolline, la voix suave, en frôlant le jeune homme.

Un lourd parfum capiteux l'enveloppa. Il ne broncha pas, mais détailla du coin de l'œil la superbe jeune femme, glissée dans une robe fourreau d'inspiration chinoise qui ne cachait rien de ses formes parfaites. Le rouge éclatant de sa robe se mariait à merveille avec ses longs cheveux bruns, détachés pour accentuer son allure juvénile.

Apolline concevait encore une rancœur envers Victor, qui n'avait répondu à aucun de ses messages, trop occupé à passer la journée en compagnie des sœurs Valentin. Mais elle ne put l'ignorer tandis qu'il passait près d'elle, si séduisant dans sa chemise au col ouvert, qui révélait une musculature prometteuse.

Après avoir passé une grande partie de l'après-midi au château à préparer, avec la cuisinière, l'apéritif et une partie du dîner, elle avait rejoint son domicile pour revenir, parée de toutes les armes de la séduction. Si, après ça, le beau mâle, cintré dans sa chemise, ne passait pas le seuil de sa chambre cette nuit, ça serait à n'y rien comprendre !

Charlotte apparut sur le seuil de la porte-fenêtre du petit salon de musique qui s'ouvrait sur la terrasse. Vêtue simplement, d'un pantalon en lin beige clair et d'un chemisier découvrant légèrement un bustier, elle ne lui ferait aucune ombre. Rassurée, Apolline saisit le bras de Victor, bien décidée à le garder auprès d'elle toute la soirée.

Charlotte aperçut le jeune homme et lui sourit. Elle s'apprêtait à le rejoindre quand elle aperçut Apolline accrochée à son bras. La jeune femme était une beauté absolue dans une robe fourreau fendue jusqu'en haut des cuisses. Le genre de femme fascinante que la nature avait doté d'une perfection parfaitement irritante. Impossible de rivaliser avec ce petit miracle d'esthétisme, d'autant qu'elle-même n'avait fait aucun effort vestimentaire, une fois encore.

Charlotte, dont l'humeur s'était brusquement assombrie, préféra s'éloigner du rituel de séduction qui se mettrait inévitablement en place entre Victor et Apolline, pour reporter son attention sur les autres invités.

Comme à son habitude, sa mère s'était isolée dans la bibliothèque tandis qu'Hortense bavardait avec Héloïse à l'écart des invités. Elle aperçut Béatrix et devina à sa façon de se tenir qu'elle était tendue. Elle discutait avec un homme grand et massif, dont les cheveux blancs étaient coupés en brosse. Charlotte détailla le personnage qui mettait Béatrix si mal à l'aise. Il ressemblait à celui qu'elle avait rapidement entrevu dans la bibliothèque un peu plus tôt. Le nez cassé des boxeurs, une bouche lippue, une peau marquée par des rides profondes et les traces d'une acné juvénile sévère ne suffisaient pas à l'enlaidir. Il avait quelque chose qui lui rappelait un acteur, Anthony Quinn, qu'elle avait vu dans de nombreux films étant enfant. Une présence animale, encore puissante malgré la soixantaine bien installée. Cet homme était un fauve, un fauve qui pourrait sans doute être violent, pensa Charlotte. La pauvre Béatrix lui apparut alors comme une petite gazelle, craintive face à cette force de la nature. Elle décida de la rejoindre. La fatigue et la tension rendaient la petite femme encore plus fragile. Béatrix parut soulagée de voir surgir à ses côtés la fille aînée de son amie.

– Charlotte ! s'exclama-t-elle en s'accrochant à son bras comme à une bouée de sauvetage. Je vous présente monsieur McGregor. C'était le mari de Théo. Charlotte est la fille d'Éléonore Valentin, le célèbre médium.

Cette dernière leva un sourcil, étonnée de la présence de cet homme ici, ce soir.

– Je suis sincèrement navrée pour votre ex-épouse, Monsieur McGregor, dit-elle en lui tendant la main. Cela a dû être un grand choc pour vous.

– Une médium ? J'ai effectivement entendu parler de ces week-ends un peu particuliers organisés ici.

L'Écossais lui jeta un regard ironique, qui déplut immédiatement à Charlotte. Il tenait toujours sa main, prolongeant le contact physique au-delà de ce qu'il était coutume de faire. Elle se força à lui sourire, sans rien laisser paraître de son malaise. Pourquoi était-il au château ?

– Vous êtes médium vous aussi ?

– Non, répondit Charlotte. Je me contente d'accompagner ma mère.

Elle ne baissa pas le regard alors qu'il la fixait intensément.

– Vous parlez admirablement bien notre langue, Monsieur McGregor.

– C'est parce que ma mère était française. À cause d'elle, j'ai parlé français avant d'apprendre l'écossais. Pour répondre à votre question, j'ai effectivement eu un grand « choc » en apprenant la mort de mon ex-femme.

La jeune femme observait du coin de l'œil l'attitude de Béatrix qui se tordait nerveusement les mains. Elle n'était vraiment pas à l'aise auprès de cet homme. Certes, l'ex-mari de Théo s'imposait physiquement et avait probablement une personnalité écrasante, mais cela n'expliquait pas la nervosité tangible de Béatrix.

– Vous êtes déjà venu ici, au château ? lui demanda-t-elle.

– Une seule fois. Je reviens pour me familiariser avec la propriété, qui ne devrait pas tarder à devenir mienne, n'est-ce pas, ma chère Béatrix ?

Celle-ci eut un sourire rapide. Elle pria son hôte de l'excuser, elle devait rejoindre Hortense pour s'occuper des clients de l'hôtel. Elle s'éloigna, la démarche raide. Charlotte observa, pensive, la vieille femme qui prenait littéralement la fuite.

– Vous avez donc l'intention d'acheter le château. J'ignorais que Madame Fontenoy avait déjà accepté votre offre.

– Elle n'aura pas le choix, ricana-t-il en avalant d'un trait le contenu de son verre.

Le ressentiment que la jeune femme éprouvait à l'encontre de McGregor monta d'un cran. Elle, dont la mauvaise humeur durait depuis six mois, se sentit d'attaque pour affronter un beau spécimen de prédateur ordinaire.

– On a toujours le choix, répondit-elle lentement.

– Croyez-vous ? Cette petite bonne femme veut se débarrasser de son château, je le sais. Je suis et serai sa meilleure offre avant longtemps, et ça, elle le sait.

La jeune femme plissa les yeux, cet homme était tellement sûr de lui qu'il ne cachait même pas ses intentions. Il était évident qu'il ferait tout pour acheter cette propriété, quitte à évincer des concurrents potentiels. Il était très sûr de lui et observait les gens qui l'entouraient avec mépris. Un moment, son regard s'alluma d'une lueur lubrique alors qu'il apercevait Apolline qui échangeait quelques mots avec Garance. Elle eut envie de le frapper.

– J'imagine que Théo savait que vous aviez l'intention de lui ravir son château.

– Il n'était pas à elle ! objecta le vieil homme agacé.

– Vous m'étonnez, Monsieur. Votre ex-femme est morte assassinée, ici même, il est étonnant que vous souhaitiez l'acquérir. Je me demande pourquoi ce château intéresse encore un homme tel que vous.

McGregor eut un demi-sourire. Il s'approcha de la jeune femme, qui ne recula pas. Elle était aussi grande que lui et devinait qu'il cherchait à l'impressionner, comme il devait avoir l'habitude de le faire avec ses interlocuteurs.

– Un homme tel que moi ? Que savez-vous de ce que peut être un homme tel que moi, Miss ? murmura-t-il, le regard dur, vrillé dans le sien.

« Miss », Charlotte avait toujours détesté être appelée ainsi, notamment par de vieux messieurs un peu condescendants. Elle pouvait sentir son haleine aigre et se fit violence pour ne pas reculer. Pas question de céder aux tentatives d'intimidation de ce sale type. Elle eut une pensée pour Théo, qui avait vécu au quotidien avec ce personnage dont la violence potentielle était presque palpable. Elle ne comprenait pas la fascination de certaines femmes pour les hommes dans le genre de McGregor.

– Je sais que les individus comme vous ne reculent devant rien pour parvenir à leurs fins.

Il resta quelques secondes sans répondre, les yeux plongés dans les siens, puis partit dans un éclat de rire tonitruant. Plusieurs personnes se tournèrent vers eux, intriguées. Charlotte détourna la tête et croisa le regard de Victor. Il l'observait de loin, les sourcils froncés. Elle lui fit un clin d'œil pour le rassurer. Apolline était toujours accrochée à lui, comme une moule à son rocher.

– Vous ne manquez pas de culot pour une petite fille, dit-il en la saisissant brusquement par le bras pour l'entraîner faire quelques pas avec lui. Mais ce n'est pas pour me déplaire. Qui êtes-vous exactement ?

– Béatrix vous l'a dit, je suis la fille d'une de ses amies. Mais vous n'avez pas répondu à mes questions, monsieur McGregor. Théo savait-elle que vous vouliez acheter le château et pourquoi vous intéresse-t-il ?

Charlotte attrapa un verre sur le plateau au passage d'un serveur. Elle le proposa au vieil homme pour qu'il lui lâche le bras, mais il le refusa et l'entraîna à l'écart des invités, en direction du jardin.

– Vous êtes beaucoup trop curieuse, ça n'est jamais une bonne chose. Je saurai bien qui vous êtes exactement.

– Vous croyez ? Et moi je pense que ce sont les menaces, même voilées, qui ne sont pas une bonne chose, sourit-elle froidement. Elles révèlent une faiblesse et une peur évidentes. De quoi avez-vous peur, Monsieur McGregor ? Je me demandais si votre désir d'acquérir cette propriété ne serait pas lié à l'éventuelle existence d'un trésor caché. Ça pourrait expliquer votre très fort intérêt pour ce château, perdu dans un petit village du Poitou. Parce que c'est tout de même paumé ici, non ?

Elle sourit en portant le verre d'alcool à ses lèvres.

– Je ne crois pas avoir à me justifier, Miss, susurra le vieil homme en resserrant sa main sur le coude de la jeune femme, projetant ainsi quelques gouttes d'alcool sur son costume.

Charlotte s'arrêta brusquement et lui fit face.

– À moi non, évidemment. Mais aux autorités de mon pays, c'est déjà plus probable. On peut légitimement s'interroger sur vos intentions. » Charlotte regarda fixement la main du vieil homme, qui desserra légèrement son étreinte. « La mort de votre ex-femme vous laisse le champ libre pour acheter ce domaine qui vous intéresse tant, à un prix bien inférieur à ce que vous auriez dû payer si Théo était encore en vie. Chez nous, on appelle ça un mobile.

– Vous osez me menacer, siffla le vieil homme que l'attitude moqueuse de Charlotte mettait hors de lui.

– Tout va bien ? demanda Victor surgissant à côté de l'Écossais, le contraignant à s'éloigner de la jeune femme.

– Victor, je vous présente James McGregor, l'ex-mari de Théo d'Aubrignan et, sans aucun doute, chercheur de trésor, sourit Charlotte, le regard froid.

Les yeux du vieil homme s'étrécirent, fixant la jeune femme sans ciller. Puis il changea d'attitude et afficha un air affable.

Mais Charlotte était satisfaite, elle avait réussi à l'agacer suffisamment pour qu'il laisse entrevoir la réalité de son caractère, incontestablement violent. Elle inclina la tête et tourna les talons. McGregor la regarda s'éloigner en la détaillant de la tête aux pieds.

– Je vois qu'elle a déjà réussi à vous mettre hors de vous. Elle est très forte à ce petit jeu, sourit Victor en prenant un malin plaisir à bousculer l'Écossais avec un bon coup de coude.

McGregor tourna les talons sans répondre. Il ne supportait pas qu'on lui manque de respect, cette petite garce ne perdait rien pour attendre.

Charlotte chercha sa famille des yeux. Cet homme la répugnait, sans qu'elle comprenne vraiment pourquoi. Elle avait pourtant souvent côtoyé des personnes qui l'avaient exaspérée, mais peu lui avaient inspiré un tel dégoût. Aurait-il pu aller jusqu'au meurtre pour obtenir ce qu'il voulait ? Incontestablement, si Théo lui avait tenu tête. Il était urgent de vérifier ses allées et venues, au moment de l'assassinat de son ex-épouse.

Elle s'isola pour appeler Kermorvan, lui faisant part de ses nouvelles découvertes concernant McGregor. Le commandant convint qu'il serait judicieux de se renseigner sur le personnage et la supplia d'être prudente.

Après avoir raccroché, elle rejoignit sa tante et sa sœur, qui avaient observé de loin la scène avec le vieil Écossais.

– J'ai l'impression qu'il y a eu une petite passe d'armes entre vous, constata Héloïse en lui tendant un petit canapé au fromage frais.

– Oui, c'est vrai. Cet homme me fait l'effet d'être un prédateur. Il m'insupporte en même temps qu'il m'intrigue. J'ai appris qu'il voulait acheter le château, malgré la mort de Théo. Il s'est énervé quand j'ai abordé le trésor du Chevalier, je commence à me poser des questions sur cette légende familiale.

– Pour ça, je crois que je peux te donner quelques réponses, répondit Hortense.

31

Bourg-sur-Gironde. 19 h

Anatole Saintenac était historien, spécialisé dans l'étude de la période médiévale qu'il avait enseignée à des étudiants bordelais puis parisiens pendant plusieurs décennies. Après avoir pris sa retraite, il était revenu s'installer auprès de sa mère, Adélaïde, qui vivait seule dans la maison familiale à Bourg-sur-Gironde, dans le Blayais. Il se consacrait désormais à l'écriture de livres spécialisés sur le Moyen Âge.

Les manies dispendieuses d'Adélaïde Saintenac le mettaient régulièrement dans une situation financière très délicate. Véritable accro du téléshopping et joueuse invétérée, il avait dû la faire interdire d'entrée dans les casinos de Biarritz et d'Arcachon. Mais elle avait découvert les jeux en ligne, et menaçait régulièrement de vendre la maison de famille quand ses pertes excédaient la retraite pourtant généreuse de son défunt mari. Elle contraignait ainsi sa fille et son fils à intervenir pour éponger ses dettes. La sœur d'Anatole ne pouvait ni surtout ne voulait accueillir leur mère chez elle en Alsace, alors qu'Anatole, divorcé et sans enfant, n'avait aucune contrainte familiale. Après avoir pris sa retraite, il avait donc accepté de revenir dans le village où il avait grandi, pour surveiller et prendre soin de sa mère.

Il vivait depuis maintenant trois ans avec Adélaïde. La vieille femme, loin de lui en être reconnaissante, semblait s'amuser à lui rendre le quotidien impossible. Pour se venger de son interdiction de jeu dans les casinos de la région, elle multipliait les commandes en ligne de produits les plus improbables, qu'Anatole interceptait sans relâche. Il renvoyait chaque achat compulsif et était devenu le client le plus régulier du bureau de poste de Bourg-sur-Gironde où chacun connaissait les habitudes et dérives de Madame Saintenac. Il avait un temps envisagé de partir, tant le caractère d'Adélaïde était insupportable, mais l'installation des Valentin dans la maison voisine de la sienne, et surtout l'arrivée de la délicieuse Hortense, l'avait décidé à rester.

Aussi, quand elle l'appela sur son portable ce samedi après-midi pour lui parler d'un château, dans la région de Poitiers, qui recèlerait peut-être un trésor, et qu'elle lui demanda des renseignements sur son histoire, il s'empressa de lâcher ses roses et son sécateur pour rassembler le maximum d'informations, pour aider la belle Hortense.

*

Château de Saint-Maxent. 1930

Retranchée à l'écart des invités, sous le chêne tricentenaire, Hortense confiait à ses nièces ce que son ami et voisin lui avait appris.

– J'ai appelé Anatole en revenant de chez Francesca. Charlotte, arrête de sourire niaisement ! Je lui ai demandé de se renseigner sur l'histoire du château et sur la légende du trésor. Vous n'allez pas me croire, mais il connaissait déjà parfaitement le château et cette histoire de trésor ! Le plus simple est de le rappeler pour qu'il vous dise lui-même ce qu'il a trouvé.

Elle s'éloigna de quelques pas pour composer le numéro de son ami.

– Là, je crois que la victoire est écrasante, soupira Charlotte, affichant un air faussement désolé. On n'est que samedi soir, je me demande si ça ne mériterait pas un bonus.

Héloïse haussa les épaules et commença mentalement à calculer le montant que cette petite plaisanterie allait lui coûter. Quand sa sœur allait au restaurant, elle ne faisait pas semblant !

Hortense discuta quelques minutes, rougissant comme une adolescente, puis revint et tendit le téléphone à Charlotte après avoir mis le haut-parleur.

– Bonjour les filles ! Vous avez là une belle histoire de trésor caché depuis des siècles ! J'ai commencé à parcourir les documents que vous m'avez envoyés, c'est passionnant et cela confirme la plupart des informations que j'avais déjà. Il y a bien une légende qui prétend que le seigneur de Saint-Maxent serait revenu de la huitième croisade, chargé d'or, d'argent et de bijoux sertis de pierres précieuses. Il voulait les offrir à sa jeune épouse, qu'il avait épousée peu avant de partir avec le Roi Louis IX, le futur Saint Louis. L'histoire de cette jeune femme est malheureusement tragique. Il est très possible qu'elle soit morte en couche, un an après le retour de son époux, comme de trop nombreuses femmes à cette époque. On ne parle plus d'elle après la naissance de son petit garçon, mort-né. Le chevalier était fou de sa femme et aurait perdu la raison après sa disparition. Il est écrit qu'il aurait fait pendre un malheureux gamin pour une raison obscure, ce qui a donné le nom de « bois du pendu », qui perdure aujourd'hui, à l'endroit où a été retrouvée cette pauvre Théosauria d'Aubrignan. Le seigneur aurait caché son butin, sans jamais en profiter, et se serait ensuite enfermé dans son château, comme un ermite, jusqu'à sa mort, que les chroniques de l'époque datent aux alentours de 1275. Depuis, les descendants ont tous tenté de retrouver ce fameux trésor sans, *a priori*, jamais y parvenir. Je vais continuer de creuser cette histoire en étudiant les documents qu'Hortense m'a envoyés.

– Je ne comprends pas comment ils ont pu avoir des descendants si leur fils est mort-né ? s'étonna Héloïse.

– Parce qu'ils en ont eu deux, ma chère. J'ai lu que la jeune épouse du chevalier avait accouché d'un petit garçon peu avant le départ de son mari aux croisades. C'est leur second enfant, né après le retour du seigneur, qui est décédé avec sa mère. Dans une des chroniques, il est fait mention de l'héritier mâle, qui a survécu et qui épousa une jeune femme dont il eut plusieurs enfants. Je vérifierai les dates.

– Et vos chroniques ne parlent plus du trésor ?

– Je ne suis qu'au début de mes recherches. Pour le moment, je n'ai rien d'autre. Vous savez, c'est passionnant la recherche d'un trésor. Il m'est arrivé à deux reprises de participer à ce genre de quête, sans jamais rien trouver, malheureusement. J'ai d'ailleurs chez moi un détecteur de métaux très performant, indispensable à tout chercheur de trésors !

– Vous devriez nous rejoindre, Anatole !

– Ne me tentez pas jeune fille ! Allez, bonne soirée, embrassez votre mère pour moi !

Charlotte hocha la tête.

– Merci Anatole ! N'hésitez pas à nous appeler si vous trouvez autre chose.

Elle tendit le téléphone à sa tante et s'éloigna avec Héloïse. La jeune femme était surexcitée par ce qu'elle venait d'apprendre.

– Tu imagines un peu ce que vaudrait un tel trésor s'il était découvert aujourd'hui ? Les pièces de monnaie représentent une vraie fortune, tu peux me croire ! Sans compter les pierres précieuses. Pas étonnant que McGregor veuille l'acquérir s'il est persuadé de l'existence de ce trésor. Tu veux que je te dise, Charlotte ? Je suis même certaine que, s'il avait connu les projets de Théo, jamais il ne l'aurait laissée l'acheter.

Charlotte acquiesça, tout en cherchant des yeux Victor. Où pouvait-il bien être ? Jamais là quand on avait besoin de lui ! Elle l'aperçut, de nouveau en compagnie d'Apolline.

– Tu as raison, dit-elle. S'il croit en l'existence de ce trésor, c'était perdu d'avance pour elle. Il aurait surenchéri jusqu'à ce qu'elle ne puisse plus s'aligner. D'ailleurs, si on y réfléchit, c'était dans l'intérêt de Béatrix qu'il soit au courant de cette vente. Je doute que Béatrix ait eu l'intention de le vendre à son amie sans faire monter les enchères.

– C'est ce que nous a dit Francesca, renchérit Héloïse.

– Je me demande si ce n'est pas pour cette raison qu'il est là… Sinon, comment aurait-il su pour la vente du château, si ce n'est parce que Béatrix lui en a parlé ?

Héloïse secoua la tête.

– Nooon… je n'arrive pas à croire qu'elle puisse appeler l'ex-mari pour lui proposer d'acheter son château, moins de vingt-quatre heures après la découverte du corps de Théo ! Je n'y crois pas.

– Ça expliquerait pourtant beaucoup de choses, notamment l'attitude de Béatrix et la présence de McGregor. Je crois même qu'il connaissait les projets de Théo depuis le début. Béatrix comptait ainsi obtenir un prix plus élevé pour son château. Mais malgré le dégoût qu'il m'inspire, je persiste à penser qu'il n'avait pas besoin de tuer son ex pour l'acheter. Il est suffisamment sadique pour vouloir profiter du désespoir de Théo en surenchérissant sur son offre.

– C'est vrai, mais la mort de Théo lui permet de l'acquérir à moindre coût.

– Il est très riche, je ne crois pas que ce soit un bon mobile.

Les deux sœurs observèrent en silence Béatrix et McGregor, chacun à un bout de la terrasse.

– Je ne comprends pas pourquoi Béatrix se sépare de cette propriété. Tu crois qu'elle n'est pas au courant pour le trésor ? Elle n'en a pas fait mention.

– Elle est forcément au courant. Elle n'y croit peut-être pas, tout simplement.

Héloïse dodelina.

– Peut-être. En tout cas, si l'un des héritiers l'avait trouvé, ça se serait su.

– Je ne sais pas… a-t-il seulement existé ? Qu'est-ce qui prouve que le chevalier soit réellement revenu avec un tel butin ? Ça n'est peut-être qu'une légende.

– Ce que tu peux être rabat-joie ! Je suis sûre qu'il existe, moi, ce trésor ! Et c'est dommage qu'Anatole ne soit pas là, avec son détecteur de métaux, ajouta Héloïse en observant Hortense, toujours en discussion avec son amoureux.

32

Château de Saint-Maxent. 20 h

Bien que l'ambiance soit étonnamment joyeuse, compte tenu du drame qui avait touché le château la veille, les clients commençaient à montrer une certaine impatience sur la terrasse. Tous attendaient que leur hôtesse les invite à entrer pour le repas.

La soirée du samedi était le moment le plus important du week-end. De nombreuses activités étaient organisées, dont les séances de spiritisme d'Éléonore, qui, avec sa planche de Ouija, aiderait les clients du château, par petits groupes, à entrer en contact avec leurs défunts. Il y aurait une numérologue qui était aussi médium et qui aborderait les vies antérieures des participants en s'aidant de la numérologie. Une spécialiste du tarot de Marseille serait présente elle aussi. Le dernier atelier était celui des « ressentis ». Il consistait à se promener dans tout le domaine et dans le château avec un petit appareil capable de détecter les fluctuations des ondes électromagnétiques, signalant une potentielle présence d'entités. Ces activités débuteraient après le dîner et dureraient probablement jusque tard dans la nuit, selon les phénomènes qui se manifesteraient pendant la soirée. Parfois, cela entraînait les participants à veiller jusqu'au petit matin.

Béatrix s'activait comme une abeille, passant de la salle à manger à la terrasse, veillant à la mise en place de l'immense table qui accueillerait « à la bonne franquette » tous les clients. Béatrix tenait à ce que ce repas soit pris en commun autour d'une table unique, pour favoriser les rapprochements et créer une ambiance plus conviviale et détendue. McGregor avait disparu, mais Hortense l'avait vu se diriger vers le petit salon de musique. Béatrix se sentait soulagée, au moins il ne serait plus près d'elle à lui lancer des regards qui la glaçaient. Il n'était pas prévu qu'il reste pour le repas et elle craignait que ce malotru ne s'impose. Elle avait fait une énorme erreur en le contactant et s'en mordait les doigts. Comment pourrait-elle se sortir de cette ornière ? Elle pouvait attendre qu'il se lasse et mettre son château en vente plus tard, mais les phénomènes qui la hantaient la terrorisaient, elle ne tiendrait pas le coup très longtemps. Et pas question de laisser le château à sa belle-famille. Peut-être pourrait-elle le confier à Apolline en lui imposant de continuer à faire fonctionner l'hôtellerie ? Elle devait trouver une solution !

Béatrix fut bousculée par l'un des serveurs qui revenait dans la salle à manger avec une énorme pile d'assiettes. Elle était préoccupée, ne parvenant pas à chasser de son esprit la désagréable discussion qu'elle avait eue avec James McGregor. Elle devait trouver un moyen de se débarrasser de ce rustre d'Écossais. Elle aimait dire qu'il y avait toujours une solution à chaque problème. Comment utiliser contre lui ce que lui avait confié Théo ? Elle n'avait aucune preuve. Pour le moment, il fallait qu'elle reste concentrée et elle devait veiller à ce que la mise en place du dîner soit correctement effectuée.

Depuis leur arrivée la veille, les filles Valentin avaient rencontré des clients qui se révélaient souvent très pittoresques. Elles avaient ainsi sympathisé avec deux couples de jeunes gens, qui se présentaient comme des chasseurs de fantômes. Loin d'être aussi farfelus que les deux sœurs le craignaient, ils expliquaient très sérieusement qu'ils pensaient que le château était marqué par le passé violent de certains de ses occupants, et que beaucoup, parmi eux, restaient coincés dans la dimension terrestre, à l'endroit même où ils avaient vécu ou étaient morts. Ces « chasseurs » particuliers déambulaient, munis de vieux magnétophones et de caméscopes, dans tout le château, appelant parfois les fantômes à se manifester. Les deux couples étaient présents cette nuit encore pour assister aux ateliers spirites organisés toute la soirée. Fans d'Éléonore Valentin, ils attendaient avec impatience de participer à une des séances de médiumnité qu'elle devait diriger. Comme tous les participants, ils espéraient entrer en contact avec un proche pour, malgré la mort, se rapprocher de cet être qui leur était cher. Dans le petit milieu spirite, Éléonore était une médium reconnue pour les phénomènes étonnants qui se déroulaient pendant ses séances. Ils avaient été surpris et enchantés d'apprendre que les deux sœurs étaient ses filles et les bombardaient de questions sur leur vie.

La soirée commençait à fraîchir et Charlotte quitta le petit groupe pour aller chercher des gilets dans sa chambre. Elle traversa le hall d'entrée où un couple d'amoureux s'embrassait goulûment, assis l'un sur l'autre sur un fauteuil en bois dont l'inconfort ne prêtait pourtant pas à ce genre d'ébats.

Les monumentaux escaliers hélicoïdaux en pierres usées par des siècles de passages étaient plongés dans l'obscurité. Seule une lueur brillait faiblement au premier étage. Charlotte hésita un instant avant d'attaquer l'ascension vers le deuxième étage, saisie par une inexplicable appréhension. Elle n'allait tout de même pas croire aux élucubrations de sa mère sur les esprits qui hanteraient ces murs ! Quelques veilleuses avaient été branchées au ras du sol dans le couloir et projetaient une faible lumière jaune. Elle n'avait parcouru que quelques marches quand elle entendit quelqu'un sangloter.

– Il y a quelqu'un ? lança-t-elle d'une voix qu'elle aurait voulue plus assurée.

Les sanglots s'interrompirent quelques secondes puis reprirent plus doucement. Charlotte poursuivit l'ascension de l'escalier et s'arrêta au seuil du deuxième palier. Elle s'engagea doucement dans le couloir et sentit une odeur fugace. Elle ne lui était pas inconnue, mais la jeune femme n'arrivait pas à l'identifier. Elle avança de quelques pas et entendit de nouveau des sanglots. Quelqu'un pleurait derrière la porte qui dissimulait un petit escalier sur sa gauche. Lors de la visite des lieux qu'avait rapidement faite Éléonore la veille, elle leur avait confié que ce petit escalier menait à une ancienne chapelle privée, aujourd'hui vidée de tout ameublement. Cette pièce était interdite et devait impérativement rester fermée à clef.

L'odeur était plus forte, Charlotte se souvint alors : il s'agissait d'encens, de l'encens pontifical… Sa mère en utilisait parfois lors de ses rituels de purification. Elle avait dû passer ici quelques heures plus tôt avec son encensoir. La porte qui menait à la chapelle et qui cachait l'escalier en bois était restée entrouverte. Elle avait dû oublier de la refermer. Éléonore avait pourtant précisé à ses filles que la petite chapelle était interdite au public. Les sanglots s'étaient de nouveau interrompus. Charlotte hésitait à gravir les quelques marches, oppressée sans en comprendre la raison.

– Il y a quelqu'un ? répéta-t-elle en bas de l'escalier.

Aucune réponse ne lui parvint. Soudain, une main se posa sur son épaule, elle sursauta, étouffant un cri de frayeur et se retourna : Victor se tenait derrière elle, l'air goguenard.

– Désolé, je ne voulais pas vous faire peur ! Tout va bien ?

– Vous l'avez fait exprès ! J'ai failli avoir une crise cardiaque ! » Elle porta une main sur son cœur, comme pour ralentir les battements qu'elle sentait cogner contre sa poitrine. « Qu'est-ce que vous faites là ?

– J'ai entendu pleurer.

– Ah ! Vous aussi, vous l'avez entendu ! Ça me rassure, je me demandais si ce n'était pas mon imagination.

– Non, j'ai entendu des sanglots, moi aussi. J'ai cru que c'était vous, c'est pour ça que je suis monté.

– Pourquoi voudriez-vous que je pleure ?

– De chagrin, parce que vous me cherchiez sans me trouver ?

– Ou de rire peut-être, en vous voyant bavouiller de désir devant une poupée en robe chinoise ?

– Je n'y crois pas ! En fait, vous êtes jalouse ? s'exclama Victor avec un grand sourire.

Charlotte haussa les épaules.

– Ne dites pas n'importe quoi ! Je suis simplement un peu... déçue.

– Vous êtes jalouse... répéta le jeune homme, l'air moqueur. Eh bien, jamais je n'aurais imaginé que...

– Arrêtez avec ça, c'est ridicule. Je vous dis que je ne suis pas jalouse ! Bon, on se concentre un peu ?

Charlotte scruta l'obscurité de la montée d'escalier.

– J'ai eu l'impression que les pleurs venaient de la chapelle, là-haut, dit-elle en baissant la voix. On va voir ?

Victor leva les yeux, les plissant pour discerner quelque chose, en vain.

– C'est sûrement un animal. Il y a une chapelle là-haut ?

Charlotte s'engagea sur les premières marches.

– Oui, une chapelle privée. Mais elle est normalement interdite au public et n'est plus utilisée depuis très longtemps. La porte devrait être verrouillée. Mais ma mère a dû y monter et oublier de refermer en partant.

Le jeune homme monta les premières marches, suivant Charlotte de près.

– C'est quoi cette odeur ? chuchota-t-il en grimaçant.

– De l'encens.
– C'est de l'encens ça ?
– Oui, de l'encens pontifical.
– Pourquoi ça sent l'encens pontifical là-haut ?
– C'est sûrement ma mère qui en a aspergé la chapelle.
– C'est fort comme odeur !
– Je sais, elle en utilise souvent.
– C'est bizarre comme manie, non ?
– Pourquoi vous chuchotez ?

Victor se racla la gorge.

– Votre mère a dû passer ici il y a peu de temps ! reprit-il d'une voix plus forte.

Arrivé en haut de l'escalier, le jeune homme sortit un briquet de sa poche, l'alluma et avança dans la chapelle obscure. Les murs avaient été chaulés, semble-t-il, récemment, mais le sol était d'origine, couvert de pierres de taille polies par les siècles. La seule petite fenêtre en demi-ogive était occultée par un panneau de bois. La petite pièce circulaire avait été vidée de tout objet de culte, mais un immense sarcophage en métal trônait incongrûment, debout, au milieu de la pièce. L'odeur d'encens était encore très présente.

– Qu'est-ce que c'est que ça ? interrogea Victor en faisant le tour de l'étrange objet.

Charlotte s'approcha pour examiner le sarcophage.

– J'ai l'impression que c'est... une vierge de fer ! s'exclama-t-elle sidérée.

– Une vierge de fer ! C'est incroyable d'en trouver une ici. C'est probablement une reproduction.

– J'imagine que toutes celles qui existent sont des reproductions. C'était soi-disant un instrument de torture qui aurait été utilisé pendant l'inquisition, et même pendant la Révolution française.

– Oui, je sais, merci !

– Je me demande comment est l'intérieur. Vous m'aidez ?

La jeune femme ouvrit un à un les verrous qui bloquaient l'ouverture de l'instrument moyenâgeux. La porte était très lourde et très épaisse.

– Vous voulez bien éclairer l'intérieur ? Regardez, les piques en fer sont intégrées dans la porte, et aussi dans la paroi du fond. Vu la largeur de la porte, les pointes doivent être assez longues. C'est étonnant. Tenez, touchez ! On sent les pointes dans les orifices. Elles semblent être encore bien acérées, j'ai l'impression que cet instrument de torture est toujours entretenu. Regardez, elles sont disposées pour s'enfoncer dans des endroits précis du corps. Ces deux-là, par exemple, sont situées au niveau des yeux... C'est effroyable. Le condamné devait être placé là, dit Charlotte en entrant dans le sarcophage. Comme ça...

– Mais vous êtes folle ! Sortez de là !

– ... le bourreau refermait la porte sur le condamné et actionnait le mécanisme qui faisait lentement sortir les piques.

Elle frissonna.

– En fait, vous êtes une grande malade !

– C'est assez effrayant de se tenir dedans... dans certaines vierges de fer, les pointes sortent dès que la porte se referme. Celle-là est plus élaborée, les piques ne sortent que si on actionne le mécanisme de l'extérieur, je suppose que c'est la manette sur le côté.

– Oui, bon, on a compris le principe. Sortez de là maintenant.

– On dit « instrument de torture », mais c'était plutôt un instrument d'exécution. Dès que le mécanisme se mettait en marche, on ne devait pas avoir le temps d'avouer quoi que ce soit, enfermé dans ce truc. Vous savez qu'en réalité, cet instrument n'a probablement jamais été utilisé, ou à de très rares occasions.

– C'est passionnant. Maintenant, assez joué, vous sortez.

Victor la prit par la main et la tira hors du sarcophage.

– Et heureusement parce que la mort devait être atrocement douloureuse…

Charlotte grimaça.

– Ouais, ils savaient s'amuser à l'époque. Bon, on redescend ? L'encens de votre mère est insupportable.

– C'est bon, on y va. Vous êtes sensible comme garçon, dites donc.

Il soupira et la poussa vers la porte.

– J'avais surtout eu peur de céder à la tentation de refermer la porte sur vous…

Ils redescendirent rapidement les quelques marches pour fuir l'odeur et l'ambiance oppressante.

– C'est incroyable qu'il y ait une vierge de fer dans ce château. J'ignorais que des particuliers pouvaient posséder ce genre d'instrument de torture, s'étonna Charlotte en refermant soigneusement la porte d'accès à la petite salle.

– Les Fontenoy ne doivent pas s'en vanter. Votre mère ne s'est pas contentée d'asperger la chapelle, l'odeur d'encens est omniprésente. C'est insupportable ! grimaça Victor.

– Elle fait parfois ce genre de choses pour purifier un endroit qu'elle trouve malsain.

– Comment ça, malsain ? Vous voulez dire qu'elle a fait ça pour éloigner… des esprits ?

Charlotte sourit, moqueuse.

– Ne me dites pas que vous croyez aux fantômes ? Remarquez, ça ne m'étonne qu'à moitié, un grand garçon sensible comme vous !

Victor haussa les épaules. Bien qu'ils aient quitté la chapelle, l'odeur d'encens s'atténuait à peine. Charlotte observa le couloir qui était plongé dans l'obscurité.

– Puisque vous êtes là, suivez-moi. J'ai envie de vous montrer ce que les Brighton m'ont envoyé.

Victor eut un sourire moqueur, *la trouille de se retrouver toute seule plutôt !*

Ils parcoururent d'un pas rapide le long couloir qui desservait les chambres pour rejoindre celle qu'occupaient la jeune femme et sa famille. Alors que Charlotte s'apprêtait à ouvrir la porte, les sanglots retentirent à nouveau, très proches, tandis que revenait une forte odeur d'encens. Ils échangèrent un regard interdit, observant le couloir : personne. Charlotte alluma le plafonnier de la chambre avant d'en franchir lentement le seuil, suivie de près par Victor. La lumière scintilla avant de s'éteindre brusquement, plongeant la pièce dans l'obscurité.

– Qu'est-ce que c'est que ce bordel ? murmura Victor en scrutant la pénombre.

– Je n'en sais rien. Allumez votre briquet, je prends deux gilets et on redescend.

33

Château de Saint-Maxent. 20 h 30

Charlotte et Victor rejoignirent le reste des clients du château qui étaient à présent regroupés dans la salle à manger. Chacun s'attablait dans un brouhaha joyeux, choisissant son voisin de table en fonction de ses affinités. La jeune femme s'approcha de sa sœur qui était toujours en compagnie des deux couples de chasseurs de fantômes et avait été rejointe par Tristan. Elle proposa à Victor de se joindre à eux, mais il n'eut pas le temps de répondre à sa proposition que déjà Apolline, le saisissant par le bras, l'entraînait à l'autre bout de l'immense table, non sans jeter un regard mauvais à Charlotte. Haussant les épaules, la jeune femme s'installa avec le groupe de joyeux drilles.

Elle fut étonnée de constater que tous les membres de la famille Fontenoy s'étaient regroupés au bout de la table. Tristan lui expliqua que Béatrix n'avait jamais accepté qu'ils fassent bande à part. Quand sa mère avait commencé à organiser ces soirées à thème, elle avait fixé des règles strictes, notamment concernant le repas du samedi soir, qui devait obligatoirement être pris en commun avec les clients. Elle ne souhaitait pas que sa belle-famille gâche l'ambiance de ces soirées en prenant leur repas à une table à part et en affichant leur morgue habituelle. Ils devaient respecter les règles ou quitter le château.

Hugues était assis à côté de sa sœur Garance, qu'il couvait des yeux. Au sein de cette étrange famille, ces deux-là étaient visiblement très proches. Ils étaient les seuls à démontrer une affection réelle, pour autant que la jeune Garance puisse ressentir quelque chose qui ressemblât à de l'amour fraternel. Immobile, elle fixait un point, loin devant elle. Charlotte se retourna pour voir ce que la jeune fille pouvait bien regarder, mais ne vit rien de particulier. Elle touchait à peine à ce qu'il y avait dans son assiette, seul le pouce de sa main droite, qu'elle avait posée sur la table, remuait, comme si elle battait la mesure. Garance vivait complètement dans sa bulle. Les parents n'échangeaient aucun mot ni entre eux ni avec leurs enfants. Cette famille ne dégageait aucune impression de proximité. Le pauvre Victor allait passer un moment d'une rare convivialité parmi ces fêtards.

De son côté de la table, l'ambiance était beaucoup plus festive. Les clients dévoraient avec entrain les plats simples, mais excellents, préparés par la cuisinière. En pensant à ce qui s'était passé quelques minutes plus tôt à l'étage, Charlotte se rassura : la plupart des personnes présentes étaient venues pour se faire peur, certaines avaient peut-être des gadgets pour pimenter un peu le week-end. Les sanglots entendus alors qu'elle était avec Victor n'étaient probablement qu'une plaisanterie de l'un d'entre eux. Heureusement qu'ils n'avaient pas pris la fuite, au risque de se ridiculiser devant quelques plaisantins.

Après le repas, qui se déroula finalement dans une très bonne ambiance, Charlotte rejoignit sa mère qui, comme d'habitude, avait préféré s'isoler dans la bibliothèque en compagnie d'Hortense. Elle leur raconta sa découverte dans la chapelle, en omettant de préciser qu'elle était entrée dans l'instrument de torture. Elle demanda à sa mère d'aller, sans attendre, verrouiller la porte d'accès à la chapelle. Éléonore promit de s'en occuper, non sans avoir jeté à sa fille un long regard perçant, qui mettait nombre de ses interlocuteurs mal à l'aise, mais que Charlotte avait pris l'habitude d'ignorer.

Les différentes activités n'allaient pas tarder à commencer. Tristan, Louis et Apolline étaient encore une fois volontaires pour aider à préparer les différentes salles qui accueilleraient les intervenants. Seuls Hugues et Garance restèrent à l'écart, avec leurs parents qui sirotaient un verre d'alcool. La plupart des clients avaient choisi de se promener dans le parc, en profitant de la douceur de ce début de soirée.

Garance observait les pauvres idiots qui s'affairaient pour préparer le grand salon avant les séances de spiritisme de la vieille Valentin. Elle n'aimait pas cette femme et faisait tout pour ne pas se retrouver près d'elle quand elle était au château. La médium était la seule personne qui lui faisait peur, avec ses abominables yeux vairons qui lui donnaient un air de sorcière. Elle cherchait à entrer dans son esprit, elle le savait, mais elle ne la laissait pas faire. Une des filles de la médium était aussi une sorcière. Elle essayait sans cesse de croiser son regard, comme si elle voulait lui voler ses pensées. Garance savait que les sorcières existaient, sa grand-mère en avait été une, certainement la plus puissante de toutes. Aucune de ces deux femmes ne réussirait à entrer dans son esprit, elle était bien plus intelligente qu'elles, plus intelligente que tout le monde… sa mère le lui avait toujours dit.

Apolline tournait autour de l'homme aux cheveux bruns, comme une chatte en chaleur. Garance détourna les yeux, l'air dégoûté. Elle détestait depuis toujours cette sœur aînée qui l'avait toujours ignorée, cette femelle avec sa sensualité écœurante, son odeur corporelle trop forte, envahissante, insupportable. Rien ne les liait ; ni le physique, ni le caractère, encore moins les souvenirs d'enfance. Il n'y avait pas sœurs plus dissemblables qu'Apolline et elle. Garance avait une dizaine d'années de moins que sa sœur et n'avait rien partagé avec cette aînée qu'elle avait très tôt méprisée. Sa mère lui avait toujours dit qu'elle était la plus intelligente, la plus douée des deux. Et pourtant, aucun des hommes qu'elles avaient rencontrés n'avait eu un regard pour elle dès l'instant où Apolline apparaissait. Apolline et son corps musclé, bronzé, offert…

Elle préféra s'éloigner plutôt que de supporter la vue de cette dinde qui gloussait à chaque bon mot de ce décérébré gonflé à la testostérone. La jeune fille s'isola dans le petit salon de musique et s'enferma loin de cette agitation qui la dérangeait.

Elle s'installa devant son piano et, fermant les yeux, laissa ses doigts courir sur le clavier. Les premières notes du prélude n° 4 de Chopin jaillirent sous ses doigts, et elle laissa la tristesse et la mélancolie de ce morceau l'envahir. La musique lui permettait de s'isoler, de fuir une promiscuité qu'elle ne supportait pas. Elle aurait voulu être seule au monde, seule avec son piano. Les notes éclataient et l'emportaient loin de tous ces parasites. Elle avait l'impression de planer, de survoler son château en flottant au gré des sanglots de la mélodie. Soudain, l'odeur âcre de la fumée d'un cigare agressa ses narines. Il y avait quelqu'un avec elle dans la pièce. Elle s'arrêta brusquement de jouer et se tourna vers l'intrus. C'était ce vieil Écossais mal éduqué qui rôdait depuis la fin d'après-midi dans le domaine. Il s'était installé dans un des fauteuils du petit salon, avachi, puant de prétention. C'était insupportable. Cet homme se comportait comme s'il était chez lui. Garance les avait observés, lui et son père, cet après-midi. Ils se connaissaient, ils s'étaient rencontrés bien avant que le vieil homme ne débarque sans prévenir, cela ne faisait aucun doute.

– Ne faites pas attention à moi, continuez ! lui enjoignit-il d'une voix douce. Vous jouez merveilleusement bien.

Elle se tint immobile, la tête baissée, les mains sur les cuisses, attendant qu'il ait la délicatesse de partir. Si ce porc puant s'imaginait qu'elle allait continuer à jouer sa musique pour lui, il se fourvoyait lourdement. Elle ne jouait que pour elle et s'arrêtait dès que quiconque entrait dans la pièce. Qu'on l'entende jouer, peu lui importait, mais elle ne supportait aucune présence autour d'elle. Pas même sa famille, pas même son frère.

– Reprenez, vous dis-je, jouez pour moi, susurra McGregor en s'approchant d'elle.

Elle referma le couvercle sur le clavier d'un geste vif et se tourna vers l'intrus. Tout dans son attitude indiquait qu'il se sentait supérieur, qu'il était déjà le maître des lieux.

Garance se leva et passa lentement devant lui, vrillant son regard brûlant dans celui du vieil homme goguenard. Puis elle quitta le petit salon, suivie peu après par l'Écossais.

34

Château de Saint-Maxent. 21 h 15

Éléonore et les autres intervenants avaient commencé leurs différents ateliers. Charlotte profita de la douceur de la soirée pour se promener dans l'immense parc de la propriété, accompagnée d'Héloïse, de Victor et d'Oups.

Le bichon était nerveux. Il avait essayé de s'échapper quand Héloïse avait voulu l'emmener dans leur chambre. Alors qu'elle le tenait dans ses bras, le petit animal se tortillait encore pour qu'elle le lâche. Il bougeait tant et si bien son petit corps maigre que la jeune femme fut forcée de le poser à terre. Elle prit soin de l'attacher et le retint alors qu'il tirait de toutes ses forces pour courir vers le bois.

Héloïse avait les sourcils froncés

– Oups n'aime pas cet endroit. Je ne sais pas comment on va faire cette nuit s'il refuse de rester avec nous dans la chambre.

– On pourrait l'installer dans la cuisine. On lui laisserait un coussin pour qu'il puisse s'allonger et dormir. Il n'avait pas l'air d'être aussi agité dans cette pièce quand il mangeait tout à l'heure.

– J'espère, fit Héloïse, anxieuse.

Au fur et à mesure qu'ils s'éloignaient du château, le petit chien tirait moins fort sur la laisse et finit par marcher calmement, au rythme de sa nouvelle maîtresse. Victor racontait en détail la dernière découverte qu'ils avaient faite, Charlotte et lui, dans la petite chapelle.

– Il y a vraiment une vierge de fer dans le château ? s'étonna Héloïse.

– Oui, et ce qui est encore plus étonnant, c'est qu'elle me semble être en parfait état de fonctionnement, bien que nous n'ayons pas vérifié le mécanisme. Il est aberrant que l'accès à cette pièce ne soit pas condamné ou pour le moins, davantage sécurisé avec un tel instrument. Maman est allée purifier la pièce avec son encens insupportable, mais elle a oublié de refermer la porte à clef. On a vérifié, Victor et moi ; la vierge me semble en excellent état, donc potentiellement dangereuse.

– Oui, enfin, c'est surtout vous qui avez vérifié ! Pas question pour moi de mettre un pied dans cet instrument de malheur.

– Tu es entrée dans la… ! s'exclama Héloïse en ouvrant de grands yeux. Tu veux dire… dedans ?

Victor acquiesça en silence, l'air navré.

– Remarquez, ça ne m'étonne qu'à moitié, elle a toujours adoré les sensations fortes, ma grande sœur ! Mais pour le coup, c'est quand même un peu… dérangeant, frissonna la jeune femme.

– Vous faites une belle paire de flippettes tous les deux, se moqua Charlotte.

Contournant le château, ils arrivèrent près de la tour de la façade ouest, la plus vieille tour de la bâtisse dans laquelle leur chambre était située. Des poteaux gradués étaient plantés à intervalles réguliers, délimitant une zone de travaux, ou de fouilles.

– Vous pensez à ce que je pense ? demanda Héloïse avec un grand sourire.

Ils échangèrent tous les trois un regard entendu.

– Ce n'est pas un chantier pour des travaux de rénovation, ça, vous êtes d'accord avec moi, reprit la jeune femme d'une voix excitée. Il s'agit sans aucun doute de travaux préparatoires à des fouilles, pour chercher le fameux trésor du Chevalier !

Ils furent interrompus par des cris.

– Victor ! criait Apolline de la terrasse.

Elle avait vu le jeune homme s'éloigner avec les sœurs Valentin et faisait de grands gestes pour l'inviter à la rejoindre.

– C'est pour vous, Casanova, souffla Charlotte.

Fronçant les sourcils, il enfonça ses mains dans ses poches.

– Eh bien, qu'attendez-vous ? C'est une nouvelle technique ? Vous vous faites désirer ?

Apolline se dirigeait à présent vers eux.

– Je n'ai aucune envie de me la trimballer en balade celle-là, maugréa Héloïse.

– OK, je m'en occupe, soupira Victor.

– Vous avez un sens du sacrifice admirable, mon cher Victor, se moqua Charlotte.

Le jeune homme haussa les épaules et fit demi-tour pour rejoindre la belle brune.

Les deux sœurs le regardèrent s'éloigner, puis reprirent leur promenade, alors que les derniers rayons du soleil disparaissaient à l'horizon.

– Que penses-tu d'Edward ? demanda Héloïse en rompant le silence.

– Le plus grand bien. C'est un garçon formidable, même s'il est parfois un peu décalé dans sa façon d'être. Mais c'est ce qui fait son charme et qui le rend si particulier.

– Y a-t-il eu quelque chose… entre vous ?

– Non, sourit Charlotte.

– Jamais ? Même quand vous étiez dans votre école de formation ?

– Eh non.

– Tu ne le trouves pas séduisant ?

– Si. Je sais que ça te semble hallucinant, mais il est possible d'avoir des relations d'amitié avec un homme séduisant, sans être forcément attirée par lui.

– Mouais, mais l'inverse est toujours faux. Il t'aime beaucoup, ça se voit… du coup, je me demandais…

– Arrête de t'inquiéter. On s'aime beaucoup, mais on ne s'aime pas. Ça te va ?

– Donc, il n'y a rien eu entre vous ? Pas même une tentative d'approche de sa part, que tu aurais repoussée… ou pas ?

Charlotte remonta ses lunettes de soleil sur le haut de la tête.

– Tu me fatigues, je te répète qu'il n'y a rien entre Edward et moi et que tu as le champ libre.

Héloïse poussa un long soupir et lança un regard malicieux à sa sœur.

– Tu crois que j'ai mes chances avec lui ?

– Cite-moi un garçon qui t'ait déjà résisté, soupira Charlotte

Héloïse pencha la tête, pensive.

– Je suis sûre que Victor ne cèderait pas à mon charme envoûtant. Tu lui plais beaucoup trop.

La jeune femme ne répondit pas, mal à l'aise. Elle ramassa un bout de bois et le lança au petit bichon qui se contenta de la fixer de ses yeux humides.

– Je n'ai pas envie de ça pour le moment. Il faut que je règle mes problèmes avant de penser à batifoler.

– « Batifoler » ? Mais qui parle comme ça de nos jours ? Tu as toujours été trop sérieuse. À ta place, je me laisserais un peu aller. Tu crois que j'ai attendu « de régler mes problèmes » avant de recommencer à « batifoler » ?

Charlotte sourit.

– Non, mais tu sais que nous n'avons pas la même façon de réagir.

– C'est le moins que l'on puisse dire. Mais n'attends pas trop longtemps tout de même, ce garçon en vaut la peine.

– Tu ne sais rien de lui. Qui te dit qu'il n'a pas déjà une femme et six enfants ? Tu ne le connais que depuis vingt-quatre heures.

– Entre deux hypothèses, tu choisis toujours la pire, soupira Héloïse.

Alors qu'elles s'éloignaient du château, leurs pas les avaient guidées devant une serre magnifique, aux montants en fer forgé. L'ouvrage ne faisait pas loin de vingt mètres de long sur plus de dix mètres de large. La structure de métal et de verre était très ancienne, construite sur les modèles des ouvrages de Gustave Eiffel. Peut-être même était-ce une œuvre du grand ingénieur. Le fer était rouillé et par endroits couvert de ronces, et certains carreaux étaient brisés ; mais malgré sa décrépitude, l'ensemble restait magnifique. Les deux jeunes femmes s'approchèrent et collèrent leur visage derrière les plaques de verre oscillantes pour distinguer l'intérieur de la serre. Bien qu'il ne fasse pas encore nuit, la soirée s'assombrissait de plus en plus. Charlotte sortit sa petite lampe de poche et balaya l'intérieur de la serre. Une multitude de jardinières contenaient des fleurs multicolores de toute beauté. Toutes étaient parfaitement rangées et entretenues.

– C'est superbe ! s'exclama Héloïse. On devrait revenir avec tante Hortense, elle va adorer ! C'est étrange que cela n'ait pas été rénové.

– Moi, ça ne m'étonne pas, rétorqua Charlotte. Cette serre est le domaine de Clothilde, je vois mal Béatrix accepter de consacrer le moindre sou pour la restaurer. Et c'est bien dommage…

Charlotte se figea. Dans un recoin, sous un établi supportant de nombreux pots de fleurs vides, elle distingua une dizaine de jardinières contenant du muguet, dont beaucoup étaient à moitié vidées de leurs fleurs.

– Regarde ! dit-elle en montrant les jardinières. C'est ici que le muguet a été cultivé avant d'être utilisé en cuisine…

– … pour empoisonner les canapés au saumon, termina Héloïse les yeux grands ouverts. Il faut que tu préviennes Edward !

– Ça ne prouve rien, malheureusement.

– Peut-être, mais c'est un élément supplémentaire qui confirme tes doutes. L'empoisonnement a bien été réalisé par un membre de la famille Fontenoy, sans que l'on puisse exclure la cuisinière d'ailleurs.

Les deux sœurs reprirent leur cheminement en silence, suivies par le petit chien qui ne les quittait plus d'une semelle. L'allée gravillonnée était éclairée à intervalle régulier par de petits plots solaires qui projetaient une faible lumière, bien suffisante toutefois pour assurer leur promenade.

Au détour du sentier qui longeait le sous-bois, elles débouchèrent devant la vieille abbaye cistercienne qui bordait le lac. Charlotte aperçut un cigare à moitié fumé sur le bord du chemin.

– McGregor doit être dans le coin, conclut Charlotte en montrant le bout de cigare encore fumant jeté par terre.

– Et alors ? Quel est le problème ?

– Aucun, mais si on peut l'éviter, ça ne serait pas plus mal.

– Il est si désagréable que ça ?

– Pire encore !

– Je crois qu'il est dans l'abbaye. Regarde, la porte est restée ouverte.

– C'est marrant, mais je ne l'imaginais pas accro aux choses du culte. Je me demande bien ce qu'il peut y faire, dit Charlotte.

– Allons voir, en essayant de ne pas se faire repérer.

Cachées derrière la lourde porte en chêne ciblée de trous, les deux sœurs observaient silencieusement McGregor. L'immense bâtiment était encombré de ballots de paille et de vieux meubles dont certains étaient cassés. Le vieil homme marchait, longeant les murs de l'abbaye, une puissante lampe de poche allumée à la main, semblant chercher quelque chose sur le sol et sur les murs. Parfois, il s'arrêtait pour observer attentivement une pierre. Il passait doucement la main sur certaines pour en sentir les aspérités.

Charlotte et Héloïse échangèrent un regard étonné. Puis, le vieil homme fit demi-tour, éteignit sa lampe et ramassa une sacoche en cuir qu'il avait déposée sur une chaise. Il se dirigea d'un pas rapide vers la sortie et les jeunes femmes eurent juste le temps de s'éloigner. Héloïse saisit Oups dans ses bras et se cacha avec Charlotte sur le côté de l'abbaye.

McGregor se dirigea vers sa rutilante Porsche, dissimulée derrière l'abbaye, et démarra sur les chapeaux de roues en soulevant un nuage de poussière.

Les deux sœurs attendirent qu'il ait disparu sur le chemin qui menait à la sortie de la propriété avant de reprendre le petit sentier qui les ramenait vers le château.

Il était à présent évident, pour les deux sœurs, que McGregor voulait racheter le château pour une seule raison : il croyait en l'existence du trésor du Chevalier.

35

Château de Saint-Maxent. 23 h 15

Malgré son endurance, Éléonore était épuisée après cette soirée intense. Elle avait passé plus de deux heures avec sa planche Ouija à communiquer avec les entités qui entouraient les invités. Mais il lui fallait puiser dans ses ressources. Elle devait encore entrer en contact avec l'entité qui rôdait autour de Béatrix, pour comprendre les raisons de sa présence et tenter d'arrêter le harcèlement dont était victime son amie. Elle laissa les autres intervenants s'occuper des différentes activités et céda l'atelier de spiritisme à un autre médium.

Elle se réfugia dans la bibliothèque et dévora les quelques sandwiches qu'Hortense avait préparés pour elle. Adossée contre le dossier du fauteuil, elle écouta les yeux fermés les notes de piano qui résonnaient depuis le salon de musique, la jeune Garance était vraiment douée. C'était du Schubert, mais elle n'identifia pas le morceau qu'elle jouait avec brio ; Hortense saurait, elle. Elle avait une culture musicale exceptionnelle et était elle-même une excellente pianiste ! Que ferait-elle sans sa sœur ? Depuis qu'elles s'étaient installées ensemble chez Charlotte, elle sentait de nouveau l'insouciance de leur jeunesse revenir dans sa vie. C'était comme si elles ne s'étaient jamais quittées, elles avaient retrouvé leur complicité, les habitudes et rituels qu'elles partageaient dans l'enfance. Elles n'avaient que onze mois d'écart et avaient été élevées comme des sœurs jumelles. Le mariage et la maternité les avaient un peu séparées, mais c'est surtout les nombreux séjours qu'Hortense faisait avec son mari en Afrique, où elle travaillait comme infirmière, qui les avaient éloignées pendant de nombreuses années. Depuis leur veuvage respectif, elles avaient trouvé, l'une auprès de l'autre, le réconfort qui leur permettait de surmonter leur chagrin et de continuer à vivre.

Garance arrêta soudain de jouer, probablement interrompue par un importun, pour la deuxième fois depuis le début de cette soirée. Cette petite était vraiment particulière. Depuis qu'elle venait dans ce château, elle n'avait pas dû échanger plus de dix phrases avec elle.

Éléonore ne parvenait pas à retrouver sa sérénité. Elle avait allumé quelques bougies qu'elle avait toujours avec elle et gardait les yeux fermés. Rien à faire, son esprit était pollué par des images parasites effrayantes qu'elle ne parvenait pas à chasser. Elle avait pu les repousser à force de concentration lors de ses ateliers, mais maintenant que la pression retombait, ses angoisses revenaient.

Elle regarda ses mains qui tremblaient légèrement. Étaitelle en état de diriger une nouvelle séance de spiritisme ce soir ? Elle savait que cela serait aussi éprouvant que celle de la veille, voire encore plus difficile. Mais elle n'avait pas le droit de laisser tomber son amie. Depuis son arrivée au château, mais surtout après la séance qu'elle avait menée hier dans la chambre de Béatrix, la médium avait peur. Elle sentait que quelque chose de mauvais rôdait entre les murs de cette vieille bâtisse. Elle n'avait pas encore fait le tour des pièces comme elle avait l'habitude de le faire à chacune de ses visites. Il se passait des choses anormales ici, elle en était convaincue, elle devait essayer de les comprendre.

Ce soir, il lui faudrait être prudente. Elle ne devait pas perdre le contrôle de la séance. Même Charlotte, qui fermait pourtant son esprit à toutes ces manifestations, avait été troublée et avait ressenti cet élan agressif planant sur la séance.

Malgré le scepticisme qu'elle affichait, sa fille ressentait aussi ces forces et émotions qui flottaient autour de chacun d'eux. Elle était douée d'une intuition très forte, mais rationalisait toutes ces sensations qu'elle soumettait à sa réflexion. Loin d'être complètement cartésienne, la démarche de sa fille était d'abord intuitive avant d'être redoutablement analytique. C'est grâce à cette faculté de déduction et à son intuition que Charlotte était devenue une enquêtrice extrêmement douée. Éléonore avait une confiance absolue en sa fille. Elles avaient toutes les deux l'intuition que le meurtre de Théo avait sa source dans ce château. Si sa fille repoussait toute explication ésotérique, et se basait davantage sur des faits concrets, elles avaient toutes les deux la même conviction.

Le parfum des bougies qu'elle avait allumées se répandait peu à peu dans la bibliothèque, elle respira profondément la douce odeur d'huile essentielle et essaya de visualiser un champ de fleurs. Mais son trouble persistait, la venue de Charlotte en début de soirée lui rapportant sa découverte dans la petite chapelle l'avait glacée. Ce n'était pas elle qui avait ouvert la porte d'accès à l'escalier. Elle n'y était pas montée depuis sa dernière visite fin janvier. Elle n'aimait pas cette petite chapelle. Pourtant, d'habitude elle aimait se promener dans les lieux de culte. Elle s'y sentait apaisée, ressentant les ondes des silences recueillis, les traces apaisantes laissées par les milliers de prières faites dans ces lieux. Mais dans la petite chapelle, c'était différent ; les murs exsudaient la tristesse et la peur. Éléonore évitait autant que possible de s'y rendre. Probablement à cause de cet horrible instrument de torture moyenâgeux qui trônait dans cette pièce, et dont elle doutait pourtant qu'il ait été utilisé. Pourquoi sa fille y était-elle montée ? Elle avait probablement été appelée par quelque chose. Éléonore avait préféré ne pas la détromper et s'était rapidement rendue au pied de l'escalier en bois pour verrouiller l'accès à la chapelle. Béatrix lui avait assuré ne pas avoir ouvert cette porte elle non plus. Elle ne s'y rendait d'ailleurs jamais, ne supportant pas la vue de cette vierge de fer qui appartenait à la famille de son époux depuis longtemps.

Éléonore avait un mauvais pressentiment, une impression tenace que quelque chose de terrible allait s'abattre sur eux. Elle avait peur que cela touche sa famille, ses filles, et surtout Charlotte, qu'elle voyait parfois auréolée d'un voile sombre depuis leur arrivée au château, tout comme l'était Tristan. Elle craignait de plus en plus pour la sécurité du jeune homme. Il fallait qu'elle en parle à Charlotte, dès ce soir, après la séance chez Béatrix.

Debout devant la cheminée, Éléonore leva les yeux sur le tableau qui représentait la jeune femme en blanc, l'épouse du chevalier de la légende, celui qui serait revenu de croisade les bras chargés d'or et d'argent. Elle eut l'étrange impression que le personnage était peu à peu englouti par des ténèbres profondes et mouvantes du bois attenant au château. Elle recula, un peu interloquée. La malheureuse tentait-elle d'entrer en communication avec elle à travers ce tableau ? La femme du tableau portait un collier avec un rubis en son centre, il lui sembla soudain que la pierre rouge s'élargissait comme une tache de sang sur la poitrine de la femme en blanc.

Éléonore secoua la tête pour reprendre ses esprits et s'installa confortablement dans le fauteuil. Elle tenta une nouvelle fois de se concentrer en s'aidant des techniques de la méditation qu'elle utilisait très régulièrement. Elle finit par s'assoupir quelques instants.

36

Château de Saint-Maxent. 23 h 50

Charlotte observait les petits groupes présents dans le grand salon. Garance avait de nouveau rejoint le salon de musique d'où s'égrenaient quelques notes d'un morceau plutôt funèbre. *Un requiem ?* se demanda-t-elle. Cette fille était décidément délicieuse.

Isolé près d'une porte-fenêtre, Victor avait une discussion avec Apolline qui se tenait très près de lui. Elle avait glissé une jambe, dévoilée par la fente de sa robe, entre celles de Victor. Elle faisait bien deux têtes de moins que lui et tendait son visage en arrière pour accrocher son regard, le cou offert. La belle brune laissait parfois fuser un petit rire rauque, que son regard brûlant, vrillé dans les yeux de sa cible, rendait érotique. Comment pourrait-il résister à une telle créature ? Même Charlotte ne pouvait s'empêcher de trouver Apolline terriblement sensuelle. C'était du grand art.

À l'écart des clients, Aymeric et Clothilde s'étaient installés dans un coin de la pièce et discutaient vivement, à voix basse, avec Hugues et Louis. Charlotte était adossée contre l'un des murs, près des Fontenoy, et pouvait entendre leurs chuchotements virulents. L'ambiance entre les membres de cette famille était électrique.

La jeune femme tentait d'ignorer la présence de Victor et d'Apolline non loin d'elle. Charlotte ne pouvait s'éloigner, car elle voulait avant tout écouter l'objet de la dispute de la famille Fontenoy. Les frères ne semblaient pas d'accord sur l'attitude à adopter face à Béatrix. Charlotte fut surprise par la véhémence du médecin pour qui l'existence du trésor était une certitude et qui se refusait à accepter la mise en vente du château, contrairement à Louis qui déclarait se moquer de cette hypothétique fortune.

Agacée par les roucoulements indécents de Victor et d'Apolline, Charlotte s'efforçait d'afficher une mine détachée et reportait son attention sur le reste de l'assemblée.

Après s'être restaurée et reposée quelques minutes, Éléonore était revenue dans le grand salon et saluait les clients de l'hôtel avant de se retirer dans la chambre de Béatrix. Les deux jeunes couples de chasseurs de fantômes discutaient avec Héloïse, Tristan et Hortense, et tous semblaient beaucoup s'amuser, à l'instar du reste des clients, regroupés en petites assemblées. Ils étaient surexcités par l'ambiance des activités, qui continuaient à se dérouler avec les autres intervenants conviés par Béatrix.

Charlotte avait aperçu la mère de Théo pendant la soirée. La malheureuse avait assisté aux différentes séances de spiritisme, assise à l'écart dans un fauteuil, espérant probablement un signe de sa fille défunte. Elle chercha de nouveau des yeux Francesca et la vit discuter en aparté avec sa mère. Près d'elle se tenait un jeune homme brun, dont la ressemblance avec Théo la renseigna sur son identité ; il s'agissait sans aucun doute d'Éloi, le fils aîné. Il croisa son regard et baissa rapidement les yeux, mais elle avait eu le temps de le voir observer Apolline. Décidément, la belle brune était parvenue à envouter toute la gent masculine présente ce soir. Il quitta finalement la pièce, entraînant sa mère qui tamponnait ses yeux.

– Je propose que nous commencions sans trop tarder notre séance dans la chambre de Béatrix, chuchota Éléonore en passant près de sa fille.

Puis, sans attendre sa réponse, elle se dirigea vers le couple en fusion et, sans une attention pour la fille aînée des Fontenoy, saisit le bras de Victor.

– N'oubliez pas que vous vous joignez à nous ce soir, Victor.

Il prit un air contrit en s'arrachant des griffes d'Apolline et se laissa entraîner par Éléonore, qui fit un clin d'œil à sa fille en passant devant elle.

Apolline, furieuse, vit le jeune homme s'éloigner au bras de cette vieille folle, suivi des autres membres de cette maudite famille. Qu'allait-il bien faire avec elles ? Elle fut tentée de les suivre, mais se ravisa. Victor logeait dans son auberge, il allait bien finir par rentrer. Apolline observa avec colère les filles Valentin, ainsi que Béatrix, quitter le grand salon à la suite d'Éléonore et de Victor, et rongea son frein. Elle saisit Tristan par le bras alors qu'il passait devant elle.

– Tu sais où ils vont, tous ?

– Ils vont probablement recommencer leur cirque d'hier soir.

– Quel cirque ?

– Une séance de spiritisme en comité restreint dans la chambre de ma mère. Je te laisse, il faut que je rentre. Je suis crevé. Je peux te déposer chez toi si tu veux.

– Ça ira, j'ai ma voiture et je dois ramener Hugues et Louis à l'auberge quand ils auront fini de se disputer.

Elle avait beaucoup bu ce soir et ne se sentait pas vraiment en état de conduire. Il était préférable qu'elle attende quelque temps avant de prendre sa voiture. Peut-être pourrait-elle invoquer son état d'ébriété pour attendre la fin de la séance de spiritisme et rentrer avec Victor. *Excellente idée, ma belle !*

Elle regarda son cousin s'éloigner, son allure dégingandée accentuée par l'impression qu'il avait des bras trop longs. Il avait toujours les cheveux en bataille et son regard de chien battu. S'il avait eu une autre allure, ses yeux bleus auraient pu être un atout. Mais il ne ressemblait à rien, avec sa dégaine mollassonne. Dire que ce grand dadais allait devenir le seul propriétaire du château, ça la rendait dingue ! Il n'était pas question de laisser Béatrix vendre le domaine familial ni de le transformer en parc d'attractions pour des débiles et encore moins en maison d'accueil pour une communauté de clodos. Cette idée lui était insupportable. Et pas seulement à elle, Hugues était lui aussi de son avis, pour une fois. Même sa mère était révulsée à l'idée de ce qui les attendait tous à courte échéance. Louis ne se préoccupait que de l'entreprise familiale et ne semblait pas intéressé par ce qui allait advenir de Saint-Maxent. Garance ne comptait pas, mais elle savait qu'elle ne pourrait pas vivre ailleurs que dans ce château. Quant à son père, il réagissait enfin ! À eux tous, ils allaient bien trouver une solution.

Apolline s'installa dans l'un des fauteuils laissés libres par ses frères, sortis prendre l'air. Elle observa son père, immobile, l'air absent, comme à son habitude. Il vivait dans sa bulle, indifférent à ce qui se passait autour de lui, sauf quand la mère Valentin débarquait au château. Elle avait bien vu comment il dévorait des yeux cette femme, elle avait reconnu ce regard qu'elle voyait dans les yeux de beaucoup d'hommes quand ils la regardaient, elle. Son père, cet être à sang froid, insensible à tout, perdait tous ses moyens quand Éléonore Valentin passait devant lui. C'était écœurant, mais Apolline éprouvait une satisfaction perverse à imaginer la réaction de sa mère si elle apprenait les fantasmes de son mari. Cette vieille peau aurait mérité de découvrir son mari vautré dans les bras de la voluptueuse Éléonore. Elle aurait donné cher pour que cela arrive un jour.

Tristan revint soudain vers elle, l'air furieux.

– Tu ne pars plus ?

– Ma voiture vient de me lâcher ! Apo, tu pourrais me ramener chez moi ?

Apolline détestait qu'il l'appelle ainsi et eut un sourire mauvais. Pas question de rendre service à ce débile.

– Pas avant deux bonnes heures, j'ai trop bu pour conduire, et je ne te laisserai pas ma voiture, j'en ai besoin.

Le jeune homme soupira. La nuit dernière, il avait crevé sur la route avant d'arriver à la ferme et avait mis plus de deux heures à changer son pneu. Il était rentré très tard et avait été réveillé aux aurores par les rires et cris des enfants de la communauté. Il avait très peu dormi et se sentait épuisé. Mieux valait qu'il reste au château cette nuit, il y avait toujours un lit de disponible dans le quartier des domestiques, dans l'une des petites chambres ou dans le dortoir. Il ne lui restait plus qu'à prévenir son ami Guislain qu'il resterait au château.

– Laisse tomber, je vais dormir ici cette nuit, soupira-t-il.

Dimanche 24 mai 2009

37

Château de Saint-Maxent. 0 h 30

Réunis dans la chambre de Béatrix, les cinq participants observaient Éléonore allumer et disposer les bougies un peu partout dans la pièce. Hortense déambulait avec un thermos de café et distribuait des tasses qu'elle avait récupérées dans la cuisine.

Charlotte s'approcha de Victor qui observait la médium avec un petit sourire.

– J'espère que vous n'êtes pas là, avec nous, pour vous moquer. Ma mère a horreur que l'on tourne en ridicule ses séances. Un ricanement et vous pourriez bien vous faire virer.

– Ne craignez rien. Je n'ai pas l'intention de jouer les esprits moqueurs. Je suis vraiment curieux d'assister pour la première fois à une séance de spiritisme.

Charlotte hocha lentement la tête.

– J'espère que vous ne serez pas trop impressionné, comme dans la petite chapelle tout à l'heure…

chuchota-t-elle avec un clin d'œil moqueur, avant de rejoindre sa sœur, tandis que Victor allait aider Béatrix à changer de place une table ronde.

– Devine qui arrive demain avec son gros détecteur de métaux ? chuchota Héloïse en trépignant comme une enfant.

– Dit comme ça, on dirait une devinette cochonne.

– Eh bien ! tu reprends du poil de la bête, toi, dis donc, s'esclaffa Héloïse.

– Donc, elle lui a demandé de venir ?

– Oui, et ça n'a pas été très compliqué. Anatole est emballé par cette histoire de trésor, il aurait d'ailleurs des informations intéressantes dont il aimerait parler avec nous. Dixit tante Hortense. Et évidemment, il ne pouvait rien nous dire par téléphone.

– Trop risqué, tu penses bien.

– Rien à voir avec une furieuse envie de retrouver sa chérie au plus vite, pouffa Héloïse.

– De quoi parlez-vous toutes les deux ? chuchota Hortense surgissant dans leur dos.

– De l'importance du détecteur à métaux dans les chasses au trésor, répondit Charlotte.

– Mouais… Je vous préviens, les filles, je serai impitoyable avec les sourires idiots et les allusions graveleuses, c'est bien compris ?

Les deux sœurs affichèrent un air outré qui ne trompa personne.

– Je suis prête, annonça enfin Éléonore. Tout le monde a fini son café ? Bien, Victor, vous venez près de moi, ensuite Charlotte, Béatrix, Héloïse et Hortense. Allez, prenez place, on va commencer. Je ne veux entendre aucune réflexion ou question ce soir. C'est moi, et moi seule, qui dirigerai cette séance. C'est bien clair pour tout le monde ?

Tous hochèrent la tête en silence et prirent place autour de la table.

Comme la veille, la séance commença doucement. Charlotte avait du mal à se concentrer et observait l'attitude presque studieuse de Victor, ce qui l'amusa beaucoup. Sa mère lui lança un regard noir, lui intimant silencieusement de se concentrer. La jeune femme ferma donc les yeux pour se focaliser sur la séance. Au bout de longues minutes de profond silence et de concentration, uniquement interrompues par les appels d'Éléonore, alors que son index effleurait la goutte, elle sentit un léger frémissement avant que l'objet ne commence à bouger.

– Quelqu'un est avec nous, souffla Béatrix.

– Chuut ! la tança Éléonore.

Pas question de perdre le contrôle comme la veille. Elle avait été stricte : personne ne devait s'adresser directement à l'entité qui entrerait en contact avec eux.

– Merci de nous rejoindre, commença-t-elle d'une voix douce. Pourriez-vous nous indiquer les premières lettres de votre prénom ?

La goutte se dirigea très rapidement sur les lettres inscrites sur la planche, passant de l'une à l'autre à grande vitesse. Charlotte avait du mal à maintenir son doigt sur la goutte et lâchait parfois le contact, sans que l'objet ralentisse son rythme.

– Vous avez noté toutes les lettres ? demanda Éléonore.

– Non, mais cela commençait par T H E, et les dernières lettres étaient I et A. Il s'agit sûrement de Théo, répondit Hortense.

La médium était troublée. Elle était surprise par la vigueur de cette entité qui parvenait à faire bouger la goutte avec une telle force. C'était assez inhabituel quand il s'agissait d'une personne récemment décédée. Une telle énergie se rencontrait d'habitude auprès d'une entité décédée depuis beaucoup plus longtemps et qui avait donc eu assez de temps pour recharger ses forces. Ça ne collait pas avec Théo dont l'assassinat ne datait pas de plus d'un mois. Mais y avait-il réellement des règles aussi strictes ? Elle n'en savait finalement rien.

– Si c'est bien elle, ce n'est pas l'entité qui te hante depuis le mois de février, Béatrix. Voyons ce que veut nous dire Théo, si c'est bien elle, et essayons d'entrer en contact ensuite avec celle qui est ici depuis février.

Charlotte jeta un œil sur Victor, qui était resté très silencieux depuis le début de la séance. Il observait les doigts posés sur la goutte, cherchant manifestement à comprendre comment cet objet pouvait se mouvoir de façon aussi souple et vigoureuse sans une impulsion humaine.

– On reprend, concentrez-vous, dit Éléonore en prenant une profonde respiration. Qui que vous soyez, quel est votre message s'il vous plaît ?

La goutte se dirigea plus lentement sur les lettres G A R E.

– Gare ? Qu'est-ce que ça veut dire ?

– Une mise en garde peut-être, proposa Héloïse. Mais qui cela concernerait-il ?

La goutte reprit son mouvement, de plus en plus rapide, sur les lettres formant de mot « GARE », répétant ce mot sans arrêt jusqu'à ce que les participants ne puissent plus suivre le rythme et lâchent l'un après l'autre le contact avec l'objet. Éléonore tentait désespérément de garder le doigt posé sur la pièce en bois qui bougeait de plus en plus vite. De la sueur perlait sur son front. Soudain, la goutte s'immobilisa, permettant à chacun de repositionner son index dessus, mais elle repartit très vite, traversant la planche pour atterrir sur le sol. Un souffle de vent souleva les lourds rideaux de la chambre et éteignit toutes les bougies, plongeant la pièce dans une profonde obscurité, tandis qu'un long hurlement, puissant, inhumain, venu d'on ne sait où, retentit dans le château. Paralysé par l'effroi, personne ne bougea.

Victor fut le premier à réagir. Lâchant la main de Charlotte qu'il avait saisie en entendant le hurlement, il se précipita dans la pénombre vers la porte de la chambre, bousculant sur son passage une chaise et la table de nuit posée à côté du lit. Il l'ouvrit à toute volée et se retourna.

– Charlotte ! cria-t-il. La chapelle !

38

Château de Saint-Maxent. 0 h 45

Victor se précipita dans le couloir sombre, faiblement éclairé par les multiples veilleuses branchées au ras du sol, et courut vers le petit escalier qui menait à la chapelle. Charlotte, s'étant ressaisie, le suivait, criant aux clients qu'elle croisait de rentrer dans leur chambre.

– Non, non, non… mon Dieu, faites que cela ne soit pas ça… se surprit-elle à implorer.

La porte qui fermait l'accès à la chapelle était grande ouverte. Victor jeta un regard angoissé à Charlotte avant de monter les quelques marches, suivi de près par la jeune femme. Ils s'immobilisèrent en arrivant au sommet de l'escalier, découvrant avec horreur une gigantesque flaque de sang qui entourait le sarcophage fermé, et dont le système de mise en marche avait été actionné.

– Ne touchez à rien ! s'écria Charlotte en retenant Victor par la manche.

– La victime est peut-être encore en vie !

– Non, le mécanisme a été activé, les pointes ne laissent aucune chance de survie. Il n'y a plus rien à faire… Mon Dieu… c'est atroce… murmura-t-elle d'une voix étranglée.

La jeune femme n'avait aucune envie d'ouvrir l'instrument de torture et de découvrir le corps qui devait être effroyablement mutilé.

– Vous avez sans doute raison, dit Victor qui n'avait pas plus qu'elle envie de voir cette atrocité. Il est préférable de ne toucher à rien.

Charlotte sortit son téléphone et appela Edward d'une voix qu'elle ne reconnut pas, tant sa gorge était serrée par l'angoisse et le choc. Le gendarme confirma qu'il n'y avait probablement plus rien à faire pour la malheureuse victime et lui demanda de ne pas tenter d'ouvrir le sarcophage. Autant éviter d'altérer la scène de crime. En raccrochant, Charlotte saisit Victor par le bras pour l'entraîner vers le petit escalier. Le jeune homme regardait fixement la flaque de sang qui grossissait encore autour de la vierge de fer.

Ils descendirent lentement et se laissèrent tomber sur les premières marches, bloquant ainsi l'accès à la scène de crime. Personne ne devait accéder à la petite chapelle ensanglantée avant l'arrivée de la police. Charlotte ne pouvait réprimer les tremblements qui la parcouraient. Elle se sentait glacée et avait l'impression de ne pas pouvoir parler. Victor passa un bras autour d'elle, elle se laissa aller contre lui, trouvant un peu de chaleur à son contact. Elle ne pouvait s'empêcher d'imaginer le calvaire de la malheureuse victime, transpercée lentement de part en part, endurant une souffrance infinie. Elle était entrée dans cette machine infernale et avait ressenti un début d'angoisse avant que Victor ne la fasse sortir du sarcophage mortel. Elle entendait encore le cri atroce que la pauvre victime avait poussé… *Je dois me ressaisir, je dois me ressaisir*, se répétait-elle sans pouvoir arrêter les tremblements qui l'agitaient.

Elle sentit qu'on lui glissait un verre entre les mains. Levant les yeux, elle vit sa mère face à elle. Elle avait compris ce qui s'était passé.

– Bois, ma chérie, il faut que tu te ressaisisses.

Elle avala d'un trait un alcool qu'elle n'identifia pas, mais qui était très fort. La jeune femme sentit un peu de chaleur l'envahir.

L'étreinte de Victor se relâcha légèrement, lui aussi avalait un verre que sa mère venait de lui donner.

Elle leva les yeux vers Victor qui la maintenait encore contre lui.

– Qui est dans la vierge de fer ? murmura-t-elle en le regardant fixement.

Le hurlement avait attiré les clients du château qui les observaient avec curiosité. Certains pensaient visiblement qu'il s'agissait d'une mise en scène destinée à les effrayer et s'en amusaient ; d'autres, silencieux, avaient conscience qu'un drame avait eu lieu.

Charlotte aperçut aussi Clothilde, Aymeric et Garance qui se tenaient en retrait, Apolline et Hugues étaient là… mais qui pouvait donc être la victime ? Serait-ce un client imprudent qui avait voulu connaître un grand frisson, comme elle l'avait fait quelques heures plus tôt ? Mais s'il s'agissait d'un accident, où était celui qui avait actionné le mécanisme mortel ?

– Un homme, c'était le hurlement d'un homme, chuchota Victor à son oreille.

Se levant, ils observèrent les personnes présentes, essayant de déduire laquelle était manquante.

– Maman, appela-t-elle doucement. Est-ce que tu pourrais te renseigner et nous dire qui, parmi les personnes présentes au château ce soir, n'est pas avec nous ?

Tandis que sa mère passait la consigne à sa sœur et à Héloïse, les deux jeunes gens reprenaient leur place devant la porte qui cachait l'escalier menant à la chapelle. La tension montait parmi les occupants du château. Tous avaient entendu le cri atroce et voulaient savoir ce que cela signifiait.

– Je ne vois ni Tristan ni Louis... pourquoi ne sont-ils pas là ? dit Charlotte, saisie d'angoisse.

– Ils ont dû repartir chez eux, rappelez-vous, ils ne dorment pas ici, répondit Victor pour la rassurer.

Apolline s'approcha du jeune homme, agacée par sa proximité avec Charlotte.

– Que se passe-t-il ici, Victor ?

– Vous devez avoir une liste des clients ce soir, pourriez-vous vérifier s'il manque quelqu'un ?

La jeune femme ne demanda pas plus de précision et s'en retourna auprès des invités pour obtenir l'information. Le hurlement avait attiré la totalité des personnes présentes au château, qui s'agglutinait jusque sur les marches de l'escalier, dans l'attente d'informations. Au bout de longues minutes, Apolline revint vers eux.

– Il ne manque personne parmi les clients. Qui cherchez-vous ?

– Savez-vous où se trouvent Tristan et Louis ? demanda Charlotte, l'air inquiet. Elle n'avait vu aucun des deux cousins.

– Mon frère est reparti à Montmorillon rejoindre sa fiancée. Il devait dormir à l'auberge, mais elle ne supportait pas son absence et l'a supplié de rentrer, répondit-elle froidement.

– Et Tristan ? Il est reparti lui aussi ?

– Non, il est resté ici ce soir. Sa voiture ne démarrait pas. Il a préféré dormir au château.

– Où est-il en ce moment ?

– Je ne sais pas, il est monté il y a quelque temps. Pourquoi voulez-vous savoir où il est ?

– Pourriez-vous aller chercher votre cousin ? On doit absolument le trouver.

– Avec les hurlements qu'on a tous entendus, il devrait être ici. Pourquoi le cherchez-vous ? Et qui est là-haut ?

– On ne sait pas.

Béatrix, qui s'était approchée, entendit la fin de l'échange.

– Où est mon fils ? » Elle le chercha des yeux dans l'assemblée qui l'entourait, sans le trouver. « C'est lui qui est dans la chapelle ? gémit-elle en serrant les mains sur son cœur.

– Calmez-vous, madame Fontenoy. Pour le moment, on ne sait pas de qui il s'agit, répondit doucement Victor.

Béatrix ouvrit de grands yeux affolés.

– Oh mon Dieu ! Vous voulez dire que… qu'il est dans… La pauvre femme sembla chercher son souffle et vacilla. Hortense la rattrapa avant qu'elle ne s'effondre sur le sol, aidée par Héloïse. Ensemble, elles emmenèrent la pauvre femme dans la chambre la plus proche pour l'étendre sur le lit.

Apolline, qui semblait avoir elle aussi compris le sort réservé à son cousin, restait figée de stupeur. Les clients, conscients maintenant que quelque chose de grave était arrivé, s'agitaient de plus en plus.

Charlotte avait le cœur serré. La voiture de Tristan avait peut-être été mise hors service pour l'obliger à rester sur place. Il avait alors été attiré dans la chapelle pour être assassiné de la pire des façons… pauvre Tristan… Elle sentit des larmes sourdre sous ses cils, qu'elle fit rapidement disparaître d'un geste vif de la main. Ce n'était pas le moment de pleurer.

Au loin, le bruit des sirènes retentit. Les secours arrivaient, pour la seconde fois en moins de quarante-huit heures sur le domaine de Saint-Maxent.

39

Château de Saint-Maxent. 1 h 30

Les techniciens de l'unité médico-judiciaire procédaient depuis plus d'une demi-heure aux premiers relevés. Kermorvan rejoignit Charlotte et Victor qui attendaient toujours dans le couloir, assis par terre. Béatrix avait été emmenée à l'hôpital de Montmorillon, victime d'une crise cardiaque qu'heureusement Hortense avait gérée à temps. Le reste des clients avait été dispersé et était interrogé par les gendarmes. Tous les clients étaient bien là et, comme l'avait déclaré Apolline, il ne manquait personne. Ce n'était donc pas l'un d'eux qui était enfermé, transpercé de part en part dans cette vierge de fer.

– Bon, soupira Edward en s'affalant à côté des deux jeunes gens. On va ouvrir le sarcophage. L'escalier est trop étroit pour qu'on puisse le sortir de la chapelle. C'est étrange d'ailleurs. Pourquoi ne pas avoir pensé que le sarcophage ne passerait pas quand les travaux de réfection de l'escalier ont été réalisés ?

Le jeune homme était très pâle, il appréhendait lui aussi le spectacle qu'il allait découvrir. Charlotte faisait d'énormes efforts pour ne pas céder à la panique qui menaçait de l'envahir. Les yeux fermés, elle se répétait silencieusement « Tristan n'est pas Pilou, Tristan n'est pas Pilou ». Assise près d'elle, Éléonore lui serrait la main. Elle la comprenait.

– J'imagine que tu veux savoir qui est la victime, reprit-il.

– Je crois que nous savons de qui il s'agit, malheureusement, répondit Victor en se relevant.

– Et qui est-ce ?

Victor soupira longuement.

– On pense qu'il s'agit de Tristan, le fils de Béatrix Fontenoy, répondit-il en tendant une main à Charlotte et Éléonore pour les aider à se remettre debout. Il est resté au château parce que sa voiture ne démarrait pas, probablement sabotée.

– Le fils Fontenoy ? Je ne crois pas l'avoir déjà rencontré.

– Je viens avec toi pour l'identifier.

Victor lâcha brusquement la main de la jeune femme.

– Comment ça, vous allez avec lui ? Vous êtes malade ? Non, vous restez ici, avec votre mère. C'est moi qui monte.

Charlotte passa une main lasse sur son front.

– On ne va pas se disputer, Victor. J'y vais et c'est comme ça, dit-elle doucement.

– Tu es sûre, ma chérie ? demanda Éléonore d'une voix douce. Ça n'est pas utile et ça risque d'être tellement éprouvant.

– Je sais, Maman. Je sais aussi qui il est… et qui il n'est pas… murmura Charlotte avec un triste sourire.

Victor haussa les épaules en jetant un regard noir à Edward.

– Quel besoin tu avais de lui demander de venir toi aussi, maugréa-t-il.

– Je n'ai rien demandé ! C'est elle qui veut venir ! protesta Edward. Tu viens aussi, j'imagine ?

Alors qu'elle enfilait des chaussons de protection, Charlotte se préparait au spectacle horrible auquel elle allait être confrontée. Le corps de ce pauvre Tristan, défiguré par les pointes en acier, le visage grimaçant de douleur… elle devait anticiper ces visions de façon à pouvoir maîtriser ses réactions. Surtout ne pas penser à la peur et à la douleur du malheureux garçon, qui lui rappelait tant son cousin, sinon elle ne pourrait pas retenir ses larmes.

Quand elle était encore dans la gendarmerie, la découverte des scènes de crime et leurs contingents d'horreurs étaient le plus difficiles pour elle. Elle appréhendait de découvrir les dernières souffrances des victimes et de ne pouvoir réprimer ses émotions. Elle ne pouvait pas se permettre de perdre pied face à ses collègues et devait refréner ses nausées et parfois ses larmes. Il fallait afficher un visage presque indifférent en fermant momentanément son esprit aux images et impressions qu'elle finissait par ressentir en devinant les derniers instants souvent effroyables des cadavres d'hommes, de femmes, ou d'enfants qu'elle découvrait. Elle devait, dans un premier temps, ne regarder que les faits dans leur brutalité, et observer ce qui était cohérent et ce qui ne l'était pas dans la scène de crime.

Ce soir, alors que le couvercle de l'instrument de torture allait être ouvert pour dévoiler l'atroce supplice enduré par Tristan, elle voulait être présente, pour lui. Elle avait été incapable d'anticiper ce meurtre alors qu'elle avait eu l'intuition que quelque chose clochait dans ce château. Sa mère l'avait pourtant prévenue que le danger rôdait autour de Béatrix, et elle ne l'avait pas écoutée. Mais comment imaginer qu'une telle horreur puisse être perpétrée ? Elle sentait monter en elle un mélange de culpabilité et de colère. Qui pouvait avoir actionné le mécanisme de la vierge de fer, condamnant le malheureux Tristan à une mort aussi atroce ? Et pourquoi tuer Tristan ?

Elle ne pouvait s'empêcher de soupçonner l'ex-mari de Théo. Était-il capable de faire une telle chose ? Son manque d'empathie pour les souffrances d'une femme qui avait pourtant partagé plusieurs années de sa vie était en soi un signe évident d'une incapacité à compatir. Les psychopathes avaient tous en commun ce manque d'empathie envers les autres, et notamment pour leurs victimes.

– Edward, il faut absolument que tu convoques McGregor au plus vite, chuchota Charlotte en montant lentement les escaliers à la suite du gendarme, comme pour gagner du temps. Il serait bien capable de commettre une telle horreur, ajouta-t-elle avant d'entrer dans la petite chapelle, violemment éclairée par de puissants spots lumineux.

La vierge de fer était là, trônant au milieu de la pièce, dans une mare de sang. Les techniciens l'avaient couchée. Deux d'entre eux commencèrent à ouvrir les différents verrous qui scellaient le sarcophage. Puis, ils jetèrent un regard vers Kermorvan avant de continuer. Le commandant hocha la tête tandis que Charlotte glissait sa main dans celle de Victor. Le lourd couvercle fut soulevé par les deux hommes. Les pointes de fer s'étaient rétractées, laissant des plaies horribles sur le corps de la victime. Charlotte se fit violence pour ne pas détourner les yeux de l'atroce spectacle.

– Je crains que l'interrogatoire de McGregor ne soit impossible, déclara Victor en se raclant la gorge. Il n'est plus en état de dire quoi que ce soit.

40

Château de Saint-Maxent. 1 h 40

Compte tenu de l'ampleur que prenaient les événements à Saint-Maxent, le procureur avait décidé d'assigner des renforts à l'équipe de la gendarmerie et d'attribuer cette nouvelle enquête à la police judiciaire de Poitiers. Une enquêtrice devait rapidement les rejoindre, ce qui ne manquait pas de contrarier Kermorvan. Leurs services respectifs s'étaient un peu affrontés pour récupérer l'enquête concernant le violeur qui sévissait dans la région, la jeune femme n'ayant que moyennement goûté de se voir souffler cette enquête par la gendarmerie.

Tristan fut rapidement retrouvé par Charlotte et Victor. Il dormait comme un bienheureux dans l'un des lits du dortoir aménagé dans l'ancien quartier des domestiques. Il avait mis des boules Quiès pour ne pas être réveillé par les clients, toujours bruyants lors des week-ends thématiques. Il n'avait donc pas entendu les hurlements de McGregor ni les appels à son nom qui suivirent. Personne n'avait pris la peine de vérifier dans le dortoir s'il y était couché. Un paravent dissimulait son lit et, sans réaction de sa part, tous avaient pensé qu'il n'y avait personne dans l'ancien quartier des domestiques.

Tristan rejoignit rapidement sa mère à l'hôpital et fut autorisé à rester auprès d'elle. L'état de Béatrix n'était pas trop grave, elle put être rassurée en voyant son fils à ses côtés. Les médecins décidèrent toutefois de la garder en observation quelques jours, le choc avait été très violent pour la pauvre femme.

Il était presque 2 h du matin quand le corps de McGregor fut emporté par les services du médecin légiste. Il ne restait presque plus personne dans le château. La majorité des clients, horrifiés par ce qui s'y était déroulé, avait préféré partir la nuit même, malgré l'heure tardive. Kermorvan autorisa leur départ après avoir fait prendre tous les renseignements les concernant. Il ne restait qu'un groupe de jeunes gens tout juste majeurs, et les deux couples de chasseurs de fantômes qui avaient décidé de pousser le concept de la nuit d'angoisse jusqu'au bout.

*

Plongée dans ses réflexions, Charlotte était silencieuse, debout devant la porte-fenêtre dans la bibliothèque. Elle ne parvenait pas à mettre de l'ordre dans ses pensées, encore perturbée par la vision du corps supplicié de McGregor, mais tellement soulagée que la victime ne fut pas Tristan. Le parc du château était englouti par les ténèbres, elle distinguait parfois les lourdes branches du vieux chêne qui ondulaient sous le vent et formaient des zones d'obscurité encore plus profondes parmi les ombres. La jeune femme tentait de se réconforter en buvant un chocolat chaud que lui avait préparé sa tante. Edward, Victor et Héloïse avaient opté pour un verre de cognac qu'ils dégustaient, pensifs devant la vieille cheminée.

Éléonore s'approcha de sa fille et posa un plaid sur ses épaules qu'elle pressa tendrement. Charlotte posa une main sur celle de sa mère.

– Il faut quitter ce château, Maman.

Éléonore soupira et appuya sa tête sur l'épaule de sa fille.

– Tu as raison, ma chérie. Il y a quelque chose à Saint-Maxent qui n'est pas normal. Tu devrais rapidement rentrer à la maison avec Hortense et Héloïse.

– Je suis sérieuse, Maman. Il y a un meurtrier qui rôde et tu n'as aucune raison de rester. Cette affaire est entre les mains de la police. Cela ne te concerne pas.

– Tu as tort, elle me concerne, et ce qui est arrivé est en partie de ma faute.

Charlotte se retourna, fronçant les sourcils.

– Qu'est-ce que tu racontes, en quoi serais-tu responsable de ce qui s'est passé ici ?

– C'est à cause de moi que Béatrix a dérangé les âmes qui erraient ici depuis des décennies, voire des siècles.

– Maman, s'il te plaît ! soupira sa fille agacée. L'assassin n'est pas un fantôme, mais un être de chair et de sang !

– Écoute-moi ! coupa Éléonore en baissant la voix. Si nous ne les avions pas perturbées avec ces week-ends autour du spiritisme, Béatrix n'aurait sans doute pas été leur cible et elle n'aurait pas décidé de vendre le château.

Charlotte observa sa mère et hocha lentement la tête.

– Tu as raison sur un point ; tout a probablement commencé avec sa décision de vendre.

– Ah, tu vois ! Alors tu comprends pourquoi je ne peux pas la laisser tomber. Je vais rester ici jusqu'à ce qu'elle revienne de l'hôpital et je la persuaderai de quitter Saint-Maxent jusqu'à la vente du château.

– Tu ne changeras pas d'avis, j'imagine, soupira Charlotte.

– Non, bien évidemment, mais toi, tu rentres avec...

Charlotte leva la main pour interrompre

– Tu sais très bien que je ne te laisserai pas seule ici, Maman. Hortense et Héloïse non plus.

Éléonore fronça les sourcils et saisit sa fille par les épaules.

– Tu dois partir Charlotte, tu n'es pas en sécurité ici, je le sens.

La jeune femme se dégagea doucement.

– Ne dis pas n'importe quoi. Si tu restes, je reste.

La médium cilla et, avec un soupir, l'embrassa avant de rejoindre Hortense qui s'était assoupie dans un fauteuil. Épuisées, elles se retirèrent pour rejoindre leur chambre.

Charlotte s'assit dans le fauteuil laissé vacant par Hortense, elle savait que le sommeil tarderait à venir. Elle observait les ombres projetées sur les murs par le faible éclairage des différentes lampes à pied disposées çà et là dans la bibliothèque.

– À quoi penses-tu ? l'interrogea sa sœur en s'affalant dans le fauteuil près du sien.

– À McGregor, évidemment.

– Je crois n'avoir jamais vu un meurtre aussi atroce depuis le début de ma carrière, dit Kermorvan avec une grimace.

Charlotte hocha doucement la tête.

– Et j'espère que tu n'en verras pas d'autres de cet acabit… Tu connais l'enquêtrice qui est chargée de cette affaire ? La capitaine Blanchard, c'est ça ?

– Oui. C'est une femme compétente, mais elle est terriblement bornée. Difficile de la faire changer d'avis quand on est en désaccord. Et son équipe n'est pas des plus faciles non plus.

– C'est dommage que vous ne soyez pas sur cette affaire, Edward, dit Héloïse.

– Ne vous inquiétez pas, Blanchard est têtue, mais loin d'être stupide, elle saura tirer tout ça au clair. Et j'ai assez à faire avec les recherches pour arrêter le violeur. De toute façon, je suppose que vous allez rapidement rentrer chez vous.

– Eh non, Edward. Il se trouve que ma mère ne veut pas quitter le château. Elle ne veut pas partir avant que Béatrix sorte de l'hôpital, et il n'est pas question que je la laisse ici toute seule.

– Et moi non plus ! s'empressa d'ajouter Héloïse.

– Tu as bien conscience que l'assassin est proche, et quand je dis proche, ce n'est pas une image. Je ne comprends pas pourquoi ta mère tient tant à rester ici.

– Elle se sent responsable, ne me demande pas pourquoi s'il te plaît. Elle veut rester pour soutenir son amie.

– Faites-la changer d'avis Charlotte. Il se passe des choses dangereuses ici, protesta Victor.

– Je ne me sens pas en danger, mais votre sollicitude me touche, sourit Charlotte. Et vous ? Quand partez-vous ?

Le jeune homme haussa les épaules.

– Si vous restez, je reste aussi, je n'abandonne jamais un camarade.

– Qui peut être assez cruel et tordu pour commettre un tel crime ? demanda Héloïse en frissonnant.

– Pour commencer, quelqu'un qui savait qu'il y avait une vierge de fer dans cette petite chapelle, répondit Kermorvan.

– Et qui connaissait McGregor, ajouta Héloïse. » La jeune femme frissonna de nouveau et serra ses bras autour d'elle. « Je suis heureuse de ne pas avoir vu le corps, ça devait être abominable.

Edward s'approcha de la jeune femme et posa sa veste sur ses épaules.

– Oui, on peut penser que le meurtrier détestait McGregor pour choisir de le tuer de cette façon, dit Victor.

– Mais qui le connaissait à part Béatrix ? demanda le gendarme.

– Aymeric, répondit Charlotte. Je les ai vus ensemble dans la bibliothèque cet après-midi.

– Il y a aussi la mère de Théo, ajouta Victor. Elle habite tout près et savait peut-être que l'ex-mari de sa fille était là ce soir. Sa voiture ne passe pas inaperçue dans le village. Elle a peut-être pensé que cet homme avait tué sa fille et a voulu la venger ! Elle connaît très bien ce château et probablement l'existence de la vierge de fer.

– Tu as raison, Victor, j'en parlerai à Blanchard demain à la première heure.

– Je l'ai aperçue ce soir, elle était présente et assistait aux séances de Maman. Tu l'as vue toi aussi, Charlotte !

Charlotte, les mains jointes sous le menton, écoutait les yeux fermés. Elle n'arrivait pas à mettre de l'ordre dans ses pensées. Se levant brusquement, elle se dirigea vers le petit bureau dont elle ouvrit les différents tiroirs qu'elle fouilla avec précaution. Découvrant l'agenda de Béatrix, ce petit carnet noir sur lequel elle semblait noter beaucoup de choses, elle en feuilleta quelques pages, puis le reposa. Elle récupéra finalement un bloc-notes et un stylo quatre couleurs, puis revint s'asseoir auprès de ses amis. Edward sourit.

– Je vois que tu as gardé tes vieilles habitudes.

– Eh oui, j'ai besoin d'écrire pour réfléchir… Mais allez-y, continuez vos raisonnements.

Héloïse tentait de lire les notes que sa sœur jetait rapidement sur le papier.

– On disait que la mère de Théo pouvait être rajoutée à la liste des suspects. Tu n'es pas de cet avis ?

– Pour le moment, je limiterai les suspects à la famille Fontenoy.

Victor posa son verre vide sur le petit guéridon et se dirigea vers les bouteilles d'alcool.

– Décidément, c'est une fixation ! Et pourquoi seulement les Fontenoy ? Il y a un monde fou dans ce château ce week-end, et n'oublions pas la famille de Théo, la première victime. Pourquoi vous limitez-vous aux Fontenoy ?

– Tout simplement parce que c'est à eux que profitent les crimes.

– Mais c'est peut-être ce qu'on essaie de nous faire croire, objecta le jeune homme. C'est peut-être de la manipulation.

– Ce n'est pas de la manipulation, c'est du raisonnement. Quand on se laisse guider par ses émotions, là on est manipulable, mon cher Victor, parce qu'on ne raisonne plus avec le bon organe.

Elle sourit ingénument en soutenant le regard noir du jeune homme.

– Victor a raison, tempéra Kermorvan. Pour le moment, on ne peut éliminer personne de la liste des suspects.

– D'autant que Francesca était présente ce soir avec son fils et qu'ils ont aussi de solides mobiles pour vouloir la mort de McGregor, renchérit Héloïse. Son meurtre est peut-être une simple vengeance, extrêmement cruelle, il faut bien l'avouer, mais cette cruauté peut s'expliquer par un désir de vengeance.

Charlotte leva soudain les yeux vers sa sœur et la fixa pensivement, puis, hochant la tête, elle reprit ses gribouillis illisibles.

– Absolument ! Ces crimes n'ont peut-être aucun lien entre eux, je veux dire : on a peut-être plusieurs coupables avec des mobiles différents. Et pourquoi pas ? s'entêta Victor agacé par le hochement de tête dubitatif de Charlotte. McGregor tue sa femme, puis est tué par la mère ou le frère de Théo, ou par Béatrix.

– Mais vous oubliez Ginette, la deuxième victime ! objecta Héloïse. Qui aurait empoisonné les petits-fours ? Et pourquoi ?

– C'est probablement une victime collatérale, il n'était sûrement pas question de la tuer. Il ne s'agit probablement que d'une plaisanterie qui aura mal tourné. C'est ce que vous avez conclu vous-même, Charlotte, je vous le rappelle. Parfois, les crimes ne sont pas plus compliqués que ça.

Edward lança un regard interrogateur à la jeune femme, semblant lui demander son avis.

– Hum… je trouve vos théories très… commença-t-elle.

– Très quoi ? demanda Victor.

– Je cherche le mot juste.

Le jeune homme ouvrit un paquet de cacahuètes qu'il venait de trouver sur le bar et commença à grignoter.

– Perspicaces ? proposa-t-il.

La jeune femme secoua doucement la tête.

– Et il y a aussi cette histoire de trésor caché. Cela peut-être aussi un mobile, reprit Edward, refusant de piocher dans le paquet de cacahuètes que lui tendait Victor.

– Pertinentes ?

– McGregor semblait convaincu de l'existence de ce trésor. Vous l'avez bien surpris en train de fouiner dans l'ancienne abbaye, les filles ?

– Convaincantes ?

Charlotte secouait toujours doucement la tête.

– C'est vrai ! confirma Héloïse, refusant elle aussi l'offre de Victor. Je ne vois pas ce qu'il aurait fait dans cette abbaye si ce n'est parce qu'il était persuadé que le trésor pouvait y être encore caché. C'est un mobile très sérieux, qui en faisait un des principaux suspects.

– Judicieuses ! lança Victor, la bouche pleine de cacahuètes.

– Je n'arrive pas à croire qu'il ait pu la tuer parce qu'il croyait devenir immensément riche avec le trésor, continua la jeune femme. Il était déjà suffisamment riche, non ?

– Brillantes ?

Edward soupira.

– Quand tu auras fini de dire n'importe quoi, tu pourrais peut-être participer à notre réflexion ?

– Oh, mais je participe ! J'ai ma petite idée sur ses meurtres : je parie sur la mère ou le frère de Théo en assassin de McGregor, qui lui-même aurait tué son ex-femme pour acheter le château et l'empêcher de révéler d'autres petits secrets honteux. Ou, deuxième option, je garde le meurtre de Théo par son ex, mais je mise sur Béatrix pour le second assassinat. Elle veut vendre son château le plus cher possible ; or on sait que l'Écossais lui mettait de gros bâtons dans les roues. Alors ? Ça se tient non ?

– Et comment aurait-elle fait ? Je rappelle qu'elle était avec nous au moment où McGregor se faisait tuer, objecta Héloïse.

– Elle a un complice ! Son propre fils, Tristan. Elle nous joue la grande scène de la crise cardiaque, et Tristan fait semblant de dormir et de n'avoir rien entendu. C'est lui qui aurait attiré la victime dans la petite chapelle, et qui l'aurait tuée, avant d'aller se cacher dans le dortoir.

– Pas convaincu, bougonna Kermorvan en étouffant un bâillement.

– Moi non plus, renchérit Héloïse. Je suis persuadée que Béatrix a réellement cru que la victime était son fils. Comment aurait-elle pu simuler un malaise cardiaque aussi grave ? Impossible.

Le gendarme se leva et se posta devant la cheminée. Il observa son ancienne collègue.

– Tu ne veux pas nous dire à quoi tu penses ?

– Je me demandais pourquoi McGregor, que nous avons vu quitter la propriété vers 21 h, est revenu. Qu'est-ce qui l'a fait revenir au château à une heure aussi tardive ?

– Il avait sûrement rendez-vous avec quelqu'un… supposa Victor qui rejoignit Kermorvan devant la cheminée.

– Son meurtrier… souffla Héloïse.

– Pourquoi pas Tristan, qui aurait simulé une panne de voiture pour rester et s'occuper de McGregor ! persista Victor.

– Edward, reprit Charlotte, quand tu as interrogé les clients du château et la famille, personne n'a remarqué McGregor ? Quelqu'un l'a bien vu revenir ! Et où est sa voiture ?

– Elle est garée devant l'entrée de la propriété.

– Donc elle n'était pas visible du château, comme s'il ne voulait pas que l'on sache qu'il était revenu.

– Mais pourquoi ne voulait-il pas être vu ? interrogea Héloïse.

Charlotte étouffa un bâillement. Il était plus de 2 h 30 du matin, la fatigue lui tomba dessus brutalement.

– Je propose que nous allions prendre quelques heures de repos, on reparlera de tout ça à tête reposée, dit-elle.

Kermorvan acquiesça.

– Tu as raison, je tombe de sommeil moi aussi. Je passerai dans la matinée.

Charlotte fit le tour de la bibliothèque pour éteindre les différentes lampes, tandis qu'ils sortaient tous de la pièce. Elle hésita, puis se dirigea vers le petit bureau, ouvrit le tiroir central et récupéra le carnet noir de Béatrix. Elle aurait le temps de le consulter et de le remettre en place avant son retour de l'hôpital.

Edward avait souhaité se rapprocher du lieu de l'enquête et avait donc quitté Montmorillon, où il logeait à la brigade, pour prendre une chambre dès cette nuit dans l'auberge d'Apolline. Héloïse avait accueilli la nouvelle avec enthousiasme.

– Et ta collègue de Poitiers ? demanda Charlotte. Où est-elle logée ?

– Chez elle à Poitiers, j'imagine. Elle est passée à la brigade à Montmorillon, puis elle est rentrée à Poitiers, avec le corps de McGregor.

– J'imagine qu'elle va débarquer demain à la première heure pour commencer son enquête. C'est dommage que tu n'aies pas pu garder la main sur cette enquête plutôt que celle du violeur.

– Mon équipe n'est pas de ton avis, sourit Edward. Nous avons tous très envie de retrouver ce salopard avant qu'il ne recommence. On doit ça aux familles qui comptent sur nous, et aux victimes elles-mêmes. Comme tu l'as dit, il va faire une erreur, ça n'est qu'une question de temps, et nous serons là pour l'arrêter. Mais ne t'inquiète pas, je suivrais cette enquête de près malgré tout.

Charlotte referma la porte de la bibliothèque et, avec sa sœur, accompagna les deux hommes jusque sur la terrasse. Elle observa, amusée, Héloïse et Edward qui s'éloignaient ensemble vers la voiture du gendarme. Elle eut l'impression qu'ils échangeaient un baiser, dans la pénombre. Elle détourna les yeux et suivit Victor jusque dans l'allée.

– Que vous parveniez à vous glisser dans ce minuscule pot de yaourt est un mystère pour moi, dit-elle alors qu'ils s'approchaient de la petite Fiat.

– Un peu de respect, jeune fille ! Ce « pot de yaourt » comme vous dites, est quasiment une voiture de collection.

Il sembla hésiter et passa une main dans ses cheveux.

– Vous devriez quitter ce château, Charlotte, dit-il en se tournant vers la jeune femme. Ça m'inquiète de vous savoir seule ici.

– Mais je ne suis pas seule…

– Je suis sérieux ! coupa Victor s'approchant plus près d'elle. Vous avez peut-être raison, et le coupable est probablement un membre de cette famille. Vous ne devez prendre aucun risque.

Troublée par la proximité et la sollicitude du jeune homme, elle évitait de croiser son regard. Elle suivit des yeux Héloïse qui courait vers l'entrée du château, tandis que la voiture de Kermorvan s'engageait dans l'allée, vers la sortie.

– Rassurez-vous, il ne m'arrivera rien ce soir. Passez une bonne nuit, Victor.

Elle lui pressa maladroitement le bras avant de s'éloigner.

Le jeune homme allait se glisser dans sa petite voiture quand il se retourna.

– Ah, au fait, vous avez trouvé le mot que vous cherchiez tout à l'heure ? demanda-t-il avec un sourire.

– À propos de vos théories ?

– Oui.

– Quelque chose me dit que ça ne va pas vous plaire.

– Vous mourez d'envie de me le dire, alors allez-y.

– Saugrenues… chuchota-t-elle.

41

Château de Saint-Maxent. 3 h

En feuilletant rapidement dans la bibliothèque le carnet de Béatrix, Charlotte avait pris conscience que la vieille amie de sa mère notait chaque événement dans son agenda, comme s'il s'agissait d'un journal intime. Il serait intéressant de découvrir rapidement ce que contenaient ces écrits.

Alors qu'elle sortait en pyjama de la salle de bain, elle s'engagea, un peu mal à l'aise dans le long couloir pour rejoindre sa chambre. L'obscurité était à peine percée par les petites lueurs des veilleuses d'appoint branchées dans les prises électriques au ras du sol. Certaines ne fonctionnaient pas, plongeant des pans entiers du couloir dans une obscurité totale. Charlotte regretta d'avoir laissé son téléphone dans la chambre, il aurait pu éclairer ce sombre couloir. Héloïse s'étant enfermée dans la salle de bain proche de leur chambre, elle avait dû se résoudre à utiliser la seconde salle d'eau située à l'autre bout du couloir.

En passant devant les chambres des Fontenoy, la jeune femme vit une faible lumière passer sous le pas d'une des portes. Elle se retourna, compta le nombre de portes, pour en déduire qu'il s'agissait de celle de Clothilde, qui manifestement n'était pas encore endormie. Elle poursuivit sa progression en prenant garde de ne pas bousculer les nombreuses consoles, coffres et guéridons qui étaient disposés tout le long du couloir. Ses pas étaient étouffés par le tapis qui recouvrait toute la longueur du couloir. Sans se l'expliquer, alors qu'aucun événement ne venait l'inquiéter, Charlotte commença à sentir la panique l'envahir. Elle se retourna, persuadée que quelqu'un se tenait derrière elle. Deux des petites lumières au sol s'éteignirent, la plongeant dans le noir total. Elle sentit une odeur d'encens très forte et fit volte-face brusquement, mais ne distingua absolument rien dans l'obscurité du couloir. Charlotte sentit littéralement ses poils se hérisser tandis qu'un courant d'air glacé passait sur elle. L'odeur d'encens disparut aussi vite qu'elle était venue. Pendant ces quelques secondes, la jeune femme n'avait pas bougé, saisie par une peur irrationnelle. Elle respira profondément pour reprendre son sang-froid. Sa mère avait coutume de dire que c'était les vivants qu'il fallait redouter, et non les morts. Mais Charlotte comprenait pourquoi Béatrix était terrifiée par ce qu'il se passait chez elle depuis quelques jours. Elle serra plus étroitement contre elle ses vêtements et le carnet qu'elle avait conservé, et rejoignit dans la pénombre la chambre qu'elle occupait avec sa famille.

La pièce était plongée dans un noir profond, malgré la luminosité de la lune qui perçait parfois la couverture nuageuse. Bizarrement, les volets intérieurs n'avaient pas été fermés, elle ne pouvait le faire sans bruit et se résolut donc à les laisser ouverts. La jeune femme récupéra à tâtons son téléphone portable sur la table de nuit près de la porte, et l'utilisa pour s'éclairer et rejoindre son lit, sans risquer de se heurter à quelque chose et réveiller la chambrée. Toutes les femmes dormaient profondément, les ronflements sonores de sa mère et d'Héloïse illustraient bien leur état de fatigue. Bien qu'épuisée par les événements de la soirée, Charlotte ne put se coucher sans lire quelques pages du carnet de Béatrix. Elle voulut allumer sa lampe de chevet, mais découvrit qu'il n'y avait pas d'ampoule sur celle qui était de son côté. Dépitée, elle se releva pour aller fouiller les poches de son blouson posé sur une chaise qui faisait face à la cheminée. Elle espérait y trouver sa petite lampe de poche en forme de cylindre, un gadget bien utile finalement, car la lumière émise par son téléphone était bien trop violente pour lire sans se faire mal aux yeux. Satisfaite d'avoir enfin de quoi lire correctement, elle se coucha et, emmitouflée dans ses draps, ouvrit le carnet.

L'écriture de Béatrix était petite comme des pattes de mouches, quasi illisibles. Charlotte soupira ; pour corser le tout, elle utilisait des abréviations incompréhensibles, du moins pour son esprit embrumé par la fatigue. Après s'être efforcée de déchiffrer quelques pages, la jeune femme étouffa un bâillement et se frotta les yeux. Elle était épuisée et s'endormit, le carnet serré contre elle, après avoir éteint sa petite lampe de poche.

*

Château de Saint-Maxent. 4 h 30

Un frottement la réveilla alors qu'il faisait encore nuit noire. Les sens aux aguets, Charlotte ouvrit les yeux, mais resta immobile. Instinctivement, elle avait la certitude que quelque chose d'anormal l'avait réveillée. Elle ne percevait que les ronflements continus d'Éléonore et d'Héloïse. Le bruit du parquet qui craqua confirma ses craintes. Sans bouger la tête, elle aperçut une ombre qui se mouvait sans bruit entre les lits, se dirigeant vers la console qui faisait face à la cheminée. Elle sembla fouiller dans les différents sacs qui traînaient. Charlotte ne parvenait pas à reconnaître cette silhouette noire, qui bougeait dans la pénombre. Homme ou femme ? elle ne saurait le dire. Une lueur scintilla dans la nuit, à la faveur d'un rayon de lune : une lame… l'ombre était armée… La jeune femme se sentit glacée. Avait-elle oublié de fermer la chambre à clef ? Non, elle était sûre de l'avoir fait. Et pourtant quelqu'un était entré et fouillait la chambre. Charlotte réalisa qu'elle avait encore, serré contre elle, le carnet de Béatrix. Que devait-elle faire ? Si elle décidait de se lever, elle devait être rapide et maîtriser immédiatement l'ombre en l'assommant ou en la ceinturant pour éviter d'être blessée, puis crier pour réveiller tout le monde. La lampe de chevet ferait l'affaire, assenée avec suffisamment de violence… mais avant qu'elle n'ait pris sa décision, Hortense remua dans son sommeil et murmura des mots incompréhensibles. L'ombre bougea rapidement, se glissant sans bruit de l'autre côté de la pièce, probablement vers la porte, pour s'enfuir. Puis un nouveau frottement, mais, alors que

Charlotte repoussait violemment les draps pour se lever et poursuivre l'intrus dans le couloir, l'ombre avait disparu ! La porte de la chambre était verrouillée et la clef était toujours dans la serrure. Pourtant, il n'y avait plus personne dans la pièce…

42

Château de Saint-Maxent. 8 h

Debout devant l'évier de la cuisine, un expresso entre les mains, Charlotte était épuisée. Elle s'était relevée à deux reprises pour vérifier que la porte de la chambre était correctement verrouillée, mais n'avait pu retrouver le sommeil. Elle n'avait pas jugé utile de réveiller les autres femmes, qu'auraient-elles pu faire de plus sinon s'inquiéter davantage. Quand les premières lueurs du jour apparurent, Charlotte avait le plus silencieusement possible fait le tour de chacun des murs de la chambre, pour déceler les traces d'un passage secret. Elle était parvenue à la conclusion que c'était la seule explication à cette intrusion, et ce n'était pas stupide ; dans ces vieux châteaux, presque tous avaient des passages dissimulés derrière les murs ou les bibliothèques. Cette pièce devait forcément avoir un accès secret qui avait permis à l'intrus d'aller et venir à sa guise dans cette chambre pourtant fermée à clef. Même si elle n'avait encore rien trouvé, elle était persuadée d'avoir raison.

Elle retournerait vérifier plus attentivement les murs de la chambre quand les marmottes auraient émergé de leur lourd sommeil. Ce qui s'était passé cette nuit confortait son hypothèse concernant la culpabilité d'un des membres de cette famille, car qui, hormis eux et les gens de maison, aurait pu connaître ces passages ? Elle essaya de joindre Edward pour lui raconter les derniers événements, mais le jeune homme ne répondit pas, peut-être était-il encore dans les bras de Morphée. Elle lui envoya un SMS, espérant qu'il ne mettrait pas la matinée à réagir : « *Confirmation soupçon sur famille Fontenoy. Cette nuit, intrusion dans notre chambre.* » Le message était suffisamment alarmant pour qu'il la rappelle sans tarder.

Il faisait frais ce matin. La cuisinière et sa fille allaient bientôt arriver et Charlotte n'osait pas se préparer un petit déjeuner, même si manger l'aurait probablement sorti de sa léthargie. Adossée contre le mur près de la porte d'entrée de la cuisine, la jeune femme profitait des quelques rayons de soleil qui perçaient les nuages. La journée allait être couverte, peut-être même pleuvrait-il. Le château était encore silencieux, tout le monde devait encore dormir. Elle vit arriver la voiture d'Apolline, qui, bien qu'elle l'aperçût, debout contre le mur de la cuisine, l'ignora ostensiblement et se dirigea vers la porte d'entrée principale du château. Elle avait probablement prévu de s'occuper des derniers clients, ou peut-être avait-elle été invitée par la police à les rejoindre au château pour être interrogée.

Charlotte observait Oups qui restait allongé sous le vieux chêne et semblait la fixer sans bouger. Elle l'avait libéré tôt ce matin en ouvrant la porte de la cuisine où le petit chien avait été enfermé pour la nuit. Elle l'avait trouvé, apeuré sous le billot en bois. À peine avait-elle ouvert la porte, qu'il s'était précipité dans le jardin sans qu'elle puisse l'attraper. Pourquoi ce petit animal ne supportait-il pas de rester dans la maison ? Héloïse avait encore tenté la veille de le garder dans la chambre pour la nuit, mais il s'était débattu comme un beau diable alors qu'elle montait les escaliers avec lui dans les bras, si bien qu'elle avait dû se résoudre à l'enfermer dans la cuisine, où la petite bête avait finalement consenti à se coucher dans un coin de la pièce sans hurler à la mort. L'attitude de ce chien intriguait Charlotte, comme beaucoup de choses qui se passaient dans ce château. Elle en était arrivée à la conclusion que son esprit lui jouait des tours, et que l'odeur d'encens qu'elle avait sentie la veille pouvait être un de ces phénomènes d'autosuggestion qu'elle connaissait bien. Ou peut-être cela avait-il été un nouveau tour de l'intrus, qui cherchait à les effrayer.

Quoi qu'il en soit, elle devait convaincre sa mère de quitter Saint-Maxent. Béatrix était à l'hôpital, mais pour combien de temps ? Victor avait raison, il n'était pas raisonnable de rester dans ce château, qui abritait sans doute un meurtrier. C'était même dangereux. Elle rentra dans la cuisine, appelant de nouveau le petit chien, allongé sous le vieux chêne, qui ne bougea même pas une oreille. Alors qu'elle se servait une nouvelle tasse de café, elle entendit le crissement du gravier sous des roues, probablement la police judiciaire dépêchée de Poitiers. Debout derrière l'évier de la cuisine, elle observa, en soufflant sur son café au lait brûlant, l'équipe composée de deux hommes et d'une femme, la capitaine Aurélie Blanchard. La trentaine approximativement, brune, petite et massive, elle se mouvait étrangement, par ondulations lentes. Elle était sortie de son véhicule et avait scruté en silence les murs du château, comme s'ils pouvaient lui révéler quelque chose. Puis, lentement, elle s'était dirigée à pas lourds vers l'entrée, suivant un trajet sinueux afin d'observer les coins et recoins du château. De son poste d'observation, Charlotte suivit l'étrange et lente progression de la jeune capitaine. Elle la vit gravir à pas mesurés, les escaliers pour vraisemblablement se rendre dans la petite chapelle.

Blanchard resta presque une demi-heure sur les lieux du crime, tandis que son équipe furetait dans le reste du château et commençait à interroger dans le grand salon les derniers clients enfin debout, avant qu'ils ne quittent le château. Puis la capitaine rejoignit la famille Fontenoy, priée de l'attendre dans la bibliothèque.

Charlotte s'était installée sur la terrasse. La porte-fenêtre étant ouverte et elle écoutait discrètement l'interrogatoire mené par la jeune femme. Aux questions qu'Aurélie Blanchard posait et qu'elle écoutait attentivement depuis la terrasse, Charlotte pouvait en déduire qu'Edward lui avait déjà fait un compte rendu détaillé de leurs premières réflexions. La capitaine cherchait à savoir pourquoi McGregor était revenu au château. Francesca et Éloi d'Aubrignan étaient-ils parmi eux hier soir ? Hormis Béatrix, qui connaissait l'ex-mari de Théo ? La victime avait-elle rendez-vous avec l'un d'entre eux ? La famille fit bloc et ne lâcha aucune information : personne ne savait pourquoi McGregor était revenu et aucun d'entre eux ne le connaissait. Charlotte secoua doucement la tête ; elle savait qu'à cette dernière question, Aymeric avait menti, car elle l'avait vu rejoindre McGregor dans la bibliothèque peu après son arrivée à Saint-Maxent.

Alors que l'entretien avec la famille Fontenoy se terminait, la jeune femme préféra s'éloigner sans bruit afin de n'être pas surprise à espionner. Elle prit place de l'autre côté de la terrasse et choisit une place au soleil, pour profiter de la chaleur des faibles rayons qui perçaient encore.

Un des deux jeunes officiers de police qui accompagnaient la capitaine Blanchard surgit sur la terrasse. Il cherchait des yeux quelqu'un. Elle l'observa sans broncher, attendant qu'il tourne la tête vers elle. Jeune, très jeune même, il n'était pas très grand et semblait assez nerveux, faisant craquer ses doigts un à un. Tournant enfin la tête sur sa gauche, il la vit, fronça les sourcils et fonça sur elle. Il savait qu'elle avait trouvé le cadavre et lui posa des questions auxquelles elle répondit le plus clairement possible. Il l'interrogeait sèchement, sans affect, et elle regretta que le jeune homme ne soit pas plus chaleureux. Il ne réagit pas quand elle lui raconta l'intrusion dans sa chambre cette nuit, se contentant de noter l'anecdote dans son carnet. Peut-être pensait-il qu'elle avait rêvé. Elle eut la désagréable impression qu'il ne la prenait pas au sérieux quand elle précisa que la porte de la chambre était pourtant verrouillée. Elle lui demanda s'il comptait interroger le reste de sa famille, mais il ignora sa question. Quand il estima en savoir assez, il partit sans un adieu.

De nouveau seule, elle bâilla à s'en décrocher la mâchoire et sursauta quand une main se posa sur son épaule.

– Mal dormi ? demanda Victor en s'installant dans un fauteuil en face de la jeune femme.

Il déposa une petite assiette avec plusieurs croissants sur la table. Elle lui sourit et reporta son regard sur le jardin. Le jeune homme l'observa, troublé par la fragilité qu'il décelait pour la première fois chez elle. Ce matin, son maquillage très léger ne masquait pas ses yeux cernés par la fatigue. Son profil était éclairé par un faible rayon de soleil, donnant à ses yeux une couleur bleutée. Ses cheveux blonds étaient grossièrement attachés, laissant une mèche d'un blond doré retomber dans le creux du décolleté de son chemisier.

Il détourna les yeux, reportant son attention sur le jardin et repensa à la nuit qu'il avait passée la veille, après avoir quitté le château. À sa grande surprise compte tenu de l'heure très tardive, Apolline l'avait rejoint dans sa chambre, à moitié nue sous un déshabillé d'inspiration japonaise. Ses intentions étaient sans équivoque ; elle l'avait poussé dans sa chambre avant de refermer la porte derrière elle, sans un mot. Apolline était exceptionnellement belle et désirable et ils avaient passé une partie de la nuit ensemble, dans un corps à corps brûlant et brutal. Il n'avait certes pas passé un moment pénible, *n'exagérons rien !* mais il était mal à l'aise et avait la sensation de n'avoir rien partagé, pas même un petit moment de tendresse. Alors qu'il s'était promis de cesser son vagabondage sexuel qui le laissait de plus en plus souvent insatisfait, il avait suffi qu'une déesse sur pattes déboule dans sa chambre pour qu'il jette par-dessus tête toutes ses bonnes résolutions. *Belle maîtrise de soi, bravo, mon gars !* Cela dit, il avait passé toute une soirée avec elle, elle ne lui était donc pas totalement inconnue. Mais cette nuit n'avait pas été vraiment agréable et, malgré son physique parfait, Apolline ne lui plaisait pas réellement. Au petit matin, probablement satisfaite d'avoir obtenu ce qu'elle voulait, Apolline avait quitté sa chambre, sans un mot, sans même un geste tendre, laissant derrière elle le parfum amer d'une défaite morale.

Charlotte se pencha vers lui, agitant une main devant ses yeux.

– Eh ho ! On se réveille, mon vieux ! Je ne sais pas ce que vous avez fait cette nuit, mais je vous trouve encore plus pitoyable que moi !

Ô combien ! Le jeune homme chassa de son esprit les images de sa nuit avec Apolline. Inutile de revenir sur ce qui avait été fait et, pour une raison qu'il préférait ne pas creuser, il n'avait aucune envie que Charlotte l'apprenne.

– Ça va, Victor ? reprit la jeune femme en se penchant vers lui. Vous n'avez pas l'air bien.

– Un léger mal de crâne, ça va passer.

– C'est le cognac d'hier soir ça. Pauvre petit chou… se moqua-t-elle en prenant l'une des viennoiseries. Vous ne devinerez jamais ce qui s'est passé hier ! D'ailleurs, pour hier soir, je voulais vous remercier aussi… j'ai été assez secouée et vous avez été très… enfin, vous savez. Merci d'avoir été là avec moi, Victor.

Il prit la main de la jeune femme dans la sienne, passant doucement le pouce sur ses doigts. Charlotte tressaillit, le geste lui parut très intime, pourtant elle le laissa faire, troublée malgré elle par cette proximité. *À quoi jouait-il ?* Victor se tourna vers elle, plongeant son regard dans ses yeux à présent gris bleu. Ses traits marqués par la fatigue la rendaient encore plus touchante. Elle ne soutint pas son regard, tournant son visage vers le jardin.

– Charlotte, chuchota-t-il. Vous avez été très bien, comme d'habitude. Je sais que ces dernières heures ont été éprouvantes.

– Et vous ne savez pas tout ! dit-elle en retirant vivement sa main. Il faut absolument que je vous raconte ce qui s'est passé hier soir. Venez avec moi, je préfère que personne ne puisse nous entendre.

Elle se leva et tira le jeune homme par la manche tout en récupérant un autre croissant. Descendant les marches de la terrasse, ils parcoururent l'allée gravillonnée jusqu'à la roseraie, pendant que la jeune femme racontait avec moult détails et gesticulations l'épisode du couloir et l'intrusion nocturne dans la chambre.

Le jeune homme était abasourdi.

– Mais qu'est-ce que cet intrus pouvait bien chercher dans votre chambre ?

– Ça ! dit-elle en extirpant un carnet coincé dans la ceinture de son jean, dans son dos, sous son blouson. C'est le carnet de Béatrix, je l'ai récupéré hier soir dans le petit secrétaire de la bibliothèque. En cherchant de quoi écrire, je suis tombée dessus. Je suis sûre que c'est ce qu'il cherchait.

– Vous l'avez lu ?

– J'ai commencé hier soir, mais je me suis rapidement endormie. J'ai repris ce matin. Pour l'instant, je n'ai rien lu de passionnant. Ce n'est pas facile à déchiffrer, l'écriture de Béatrix est pire que celle de mon médecin ! Une chose est sûre : si c'est effectivement ce carnet que notre visiteur nocturne cherchait, c'est qu'il contient quelques éléments intéressants. Je ne les ai pas encore identifiés, mais je reprendrai ma lecture dès que je pourrai m'isoler.

– Vous devriez remettre ce carnet à la police.

Charlotte tourna la tête vers les fenêtres du château, elle avait de nouveau la sensation d'être épiée. Elle observa les différentes fenêtres sans rien déceler.

– Vous avez raison, je le remettrai en place dès que je l'aurai lu, et avant le retour de Béatrix, dit-elle en coinçant de nouveau le carnet dans son dos. Si je ne l'avais pas pris, je pense qu'il aurait disparu. Je suis sûre que c'est ce que cherchait l'intrus cette nuit.

– Oui, et comme nous n'étions que tous les quatre dans la bibliothèque, le meurtrier a commencé à chercher chez vous. La police ne risque-t-elle pas de le réclamer ?

– Je ne vois pas pourquoi. Il semble que la capitaine ne suive pas la même piste que moi. Pour l'instant, Béatrix est hors-jeu à ses yeux, il n'y a pas de raison que Blanchard s'intéresse à ce carnet, elle en ignore même l'existence.

Le jeune homme allait répondre quand il fut interrompu par l'arrivée sur la terrasse de la famille de Charlotte. Héloïse les interpella à grands gestes.

– Victor ! Comme je suis soulagée de vous savoir encore parmi nous ! » s'exclama Éléonore quand ils les rejoignirent. Elle enlaça le jeune homme et l'embrassa chaleureusement, sous les yeux éberlués de sa fille ! « J'espère que vous n'avez pas encore pris votre petit déjeuner, venez donc vous joindre à nous. Nous avons été interrogées par un gendarme détestable. Il nous a posé une série de questions stupides, et passablement désagréables. Comme si nous étions pour quelque chose dans cette horrible histoire ! »

Le jeune homme sourit et embrassa Hortense et Héloïse. Il les suivit dans la salle à manger où une table avait été dressée à leur intention.

– J'ai appelé l'hôpital ce matin pour avoir des nouvelles de Béatrix, dit Hortense en embrassant sa nièce. J'ai pu avoir une infirmière qui m'a rassurée ; notre amie a passé une très bonne nuit. Tiens ! Voilà Tristan qui doit revenir de l'hôpital.

Le jeune homme descendait d'un taxi qui l'avait ramené de Montmorillon. Visiblement fatigué, il se dirigea à pas lents vers Hortense et la serra dans ses bras.

– J'ai eu peur que vous n'ayez quitté le château avant que je puisse vous revoir. Merci pour ce que vous avez fait hier. Grâce à vous, ma mère va rapidement se remettre.

Tristan était ému et épuisé par une nuit difficile, il semblait au bord des larmes. Hortense l'embrassa affectueusement. Ce garçon était encore si jeune, il avait quelque chose de touchant, une fragilité qui le rendait très attachant.

– J'espère que vous resterez ici comme c'était prévu initialement, reprit-il en s'attablant avec elle. Je n'ai aucune envie de rester seul avec ma famille, ajouta-t-il avec l'air d'un petit garçon apeuré.

Inquiète pour sa famille, Charlotte voulut décliner la proposition de Tristan, mais elle fut devancée par sa sœur.

– Tu peux compter sur nous, répondit Héloïse, ravie à l'idée de rester au château. Elle avait la ferme intention de revoir Edward avant de retourner à Bourg-sur-Gironde.

Charlotte lui jeta un regard amusé qui la fit presque rougir.

– On devrait peut-être en parler avant de…

– C'est avec plaisir, mon petit, renchérit Hortense en tapotant la main du jeune homme, sans tenir compte de ce que venait de dire Charlotte.

Celle-ci fronça les sourcils.

– Je pense qu'on devrait…

– De toute façon, je n'avais pas l'intention de partir avant le retour de ta mère, l'interrompit Éléonore.

– Si vous me le permettez, Tristan, j'aimerais moi aussi m'installer dans le château, déclara Victor en évitant de croiser le regard surpris de Charlotte. Le dortoir dans le grenier me conviendrait parfaitement, précisa-t-il avant que le fils de Béatrix ait pu répondre.

– Pas de problème, mais pas question que vous dormiez dans le grenier. Il y a suffisamment de chambres disponibles depuis le départ des clients. Je suis rassuré que vous restiez tous ici. Je me change et je retourne voir Maman. Les médecins sont étonnés de la vitesse de son rétablissement. Mais ils préfèrent rester prudents et souhaiteraient la garder encore deux jours en observation. Évidemment, elle s'y refuse et compte revenir au château au plus tard demain matin. Elle dit que Hugues sera là pour prendre soin d'elle.

– Tu vas d'abord prendre un bon petit déjeuner avec nous avant de repartir, mon garçon, rétorqua Hortense en le forçant à s'asseoir. Un de mes amis a prévu de passer dans la région en fin de matinée pour découvrir votre superbe château. Je lui ai proposé de passer ici, j'espère que ça ne posera pas de problème.

– Je ne peux rien vous refuser. Et si vous le souhaitez, proposez-lui donc de rester quelques jours ici avec vous. Vous avez sauvé la vie de ma mère en commençant un massage cardiaque quand elle a fait un premier malaise. La pauvre souffre d'une insuffisance cardiaque, les médecins ont confirmé qu'un tel choc aurait pu la tuer sans votre intervention.

Charlotte plissa les yeux.

– Béatrix a une insuffisance cardiaque ?

– Oui, depuis toujours. Ma mère souffre d'une malformation congénitale.

Victor observait la modification qui s'opérait sur le visage de Charlotte.

– Alors c'est réglé, on reste tous à Saint-Maxent, reprit Éléonore. Charlotte, tu es d'accord bien sûr.

La jeune femme hocha distraitement la tête. Elle réfléchissait aux implications de ce qu'elle venait d'apprendre. Elle envoya un SMS à Edward : *Béatrix est fragile du cœur ! ça change tout !* Observant la façade du château, elle aperçut la cuisinière et sa fille qui s'activaient dans la salle à manger.

– Victor, chuchota-t-elle en se penchant vers lui. Je vous laisse leur faire le compte rendu de la nuit, essayez de leur faire bien peur pour qu'elles se décident enfin à partir !

Elle s'excusa et s'éloigna d'un pas rapide.

– Mais où elle va ? Et qu'est-ce qu'elle fait ? demanda Tristan en se tournant vers Victor.

– Je crois qu'elle a trouvé le fil de la pelote, sourit Victor en suivant Charlotte des yeux.

43

Château de Saint-Maxent. 9 h 30

Marie-Josèphe, la cuisinière, et sa fille Emma étaient dans la salle à manger. Elles avaient été interrogées à leur arrivée par l'équipe de Blanchard et avaient été abasourdies autant qu'horrifiées d'apprendre ce qui s'était passé la veille. Elles débarrassaient la pièce des restes des repas, en chuchotant.

Le cœur n'était plus aux festivités et les derniers clients avaient rapidement pris leur petit déjeuner. Ils se préparaient à quitter les lieux auprès d'Apolline, qui s'occupait des dernières formalités avant leur départ. Charlotte rejoignit la cuisinière et sa fille dans la salle à manger.

Elles étaient les mieux à même de la renseigner sur la vie et les habitudes d'une famille pour laquelle elles avaient toujours travaillé. Apprendre que Béatrix était fragile du cœur ouvrait de nouvelles interrogations quant à l'empoisonnement de Ginette Latoupy. Si elle était persuadée que les personnes visées étaient Béatrix ou Tristan, elle avait d'abord pensé que cet empoisonnement avait pour but de les indisposer et de saboter la soirée. Mais la faiblesse cardiaque de Béatrix remettait en cause le but de cet empoisonnement ; il lui semblait maintenant évident qu'il ne s'agissait plus d'une simple tentative de saboter la soirée, mais plutôt d'une tentative de meurtre.

– Depuis combien de temps connaissez-vous cette famille ? demanda-t-elle en déposant les verres qu'elle avait ramassés sur un plateau.

– Je les connais depuis toujours, répondit Marie-Josèphe. Ma mère était femme de ménage ici à l'époque de la vieille Fontenoy.

– La vielle Fontenoy ?

– Oui, la belle-mère de Béatrix. Une véritable teigne, cette femme, je n'ai jamais connu quelqu'un d'aussi mauvais.

La cuisinière désigna le portrait d'une vieille femme accroché sur le mur. La vieillarde affichait un air revêche que le peintre n'avait pas réussi à atténuer, à moins qu'il n'ait eu l'intention de le reproduire sans fard. Le modèle posait dans la bibliothèque, devant les rayonnages de livres qui bordaient la vieille cheminée. Elle trouva une vague ressemblance entre la femme âgée et son fils Aymeric, le même regard, le même air sournois…

– Elle ne semblait pas être agréable effectivement, conclut-elle.

– C'est le moins qu'on puisse dire ! Elle a toujours été méchante avec ses enfants, et encore plus avec ses brus et ses petits-enfants. Il n'y a qu'avec la petite Garance qu'elle a été gentille, enfin, si on peut appeler ça de la gentillesse !

Les autres, elle ne voulait même pas les voir. Cette vieille peau était égoïste et pleine de hargne. Imaginez que jusqu'à sa mort, elle a refusé de faire la moindre réparation ici. Les pauvres, il y avait des fuites aux quatre coins du château quand il pleuvait ! Et ça sentait le moisi partout.

– Les travaux ont dû être considérables.

– Si le château est comme il est aujourd'hui, c'est grâce à Béatrix. C'est elle qui a lancé et payé les travaux de modernisation, le lendemain même de sa mort, il y a presque quinze ans.

– Elle a dû se retourner dans sa tombe, ricana Emma. C'est son avarice qui l'a tuée, cette vieille bique !

– Comment ça ?

Marie-Josèphe baissa la voix.

– Ben, le bâtiment était en très mauvais état, mais elle a toujours refusé de faire les moindres travaux, même si la sécurité était en jeu. Et un matin, on l'a trouvée morte, écrasée sur la terrasse. Elle était tombée par la fenêtre de sa chambre, celle qui surplombe la terrasse. C'est celle dans laquelle vous dormez d'ailleurs. La tête la première qu'elle est tombée la vieille… C'était affreux.

Charlotte grimaça, peu enchantée d'apprendre qu'elle logeait dans l'ancienne chambre de la vieille acariâtre.

– Que s'est-il passé ?

– Le garde-corps était descellé depuis des années et il a fini par céder. Elle a perdu l'équilibre, et plouf. C'est Garance qui l'a trouvée en sortant sur la terrasse. Vous imaginez ? C'était encore une petite fille, elle avait à peine dix ans, et ça l'a bouleversée. Je suis sûre que son comportement vient de là ; on ne découvre pas le corps de sa grand-mère sans que ça laisse des séquelles.

La cuisinière hocha la tête en saisissant un plateau et disposa des verres sales dessus.

– Elle a toujours été particulière, et ça, bien avant cet épisode, intervint Emma. On a à peu près le même âge, mais on n'a jamais joué ensemble quand je venais ici, petite. Je ne l'ai jamais aimée. On a l'impression qu'elle est absente. Elle passe son temps à jouer du piano et à rêvasser dans le petit salon de musique.

– Elle n'a jamais été scolarisée ?

– Non, jamais, répondit Marie-Josèphe. Elle ne supportait pas la compagnie des autres enfants. Hugues disait que le système scolaire ne lui convenait pas, qu'elle était surdouée. Il s'est beaucoup occupé d'elle quand elle était petite, c'est même lui qui lui a appris à lire avant que leurs parents ne fassent appel à des professeurs particuliers. Elle était effectivement très douée.

– Pour jouer du piano, c'est certain, intervint Emma en repliant grossièrement une des nappes blanches posées sur la table. Cette fille n'a jamais suivi un seul cours et a appris à jouer toute seule. Mais pour le reste, franchement, j'en doute.

– Elle est très différente de sa sœur Apolline.

– C'est à se demander si elles sont réellement sœurs, acquiesça Marie-Josèphe.

– Moi j'ai aucun doute ! Elles sont aussi pimbêches l'une que l'autre.

– Emma ! Elles pourraient t'entendre ! » La cuisinière baissa la voix. « Garance a le don de surgir derrière vous comme ça, à l'improviste, sans faire de bruit. Parfois, cette petite me file la chair de poule. »

Les trois femmes portant des plateaux chargés se dirigèrent prudemment vers la cuisine.

– J'ai l'impression que Hugues est très proche de sa petite sœur, dit Charlotte en déposant son plateau sur la lourde table en bois de la cuisine.

– Oui, ces enfants ont toujours eu des relations très bizarres, répondit Marie-Josèphe. Ils ont tous beaucoup couvé la petite Garance, pour qu'elle ne subisse pas les méchancetés de leur grand-mère. Hugues, surtout, ne supportait pas que quelqu'un s'en prenne à elle. Il défendait toujours la petite, au risque de se prendre des coups de canne de la vieille peau, et croyez-moi, il en a reçu, le pauvre gamin. Ah non, ça n'a pas été rose tous les jours ici avec cette garce de Marguerite Fontenoy.

– C'est une bien triste enfance.

– Oui, soupira la cuisinière. Monsieur Georges, le mari de Marguerite, les a tous envoyés dans un pensionnat. Ils ont tous reçu une très bonne éducation, précisa-t-elle, ignorant le soupir méprisant de sa fille. Le plus difficile a été pour la petite Garance qui est restée seule ici.

– C'est le grand-père qui a décidé ça, les parents des enfants n'avaient pas leur mot à dire ?

– Ça se passait comme ça dans cette famille. C'était le patriarche, Georges, qui gérait tout. C'était le chef de famille et il était aussi avare que sa femme. Quand il est mort dans l'accident d'avion que pilotait son fils Jean, le père de Tristan, je peux vous dire qu'il n'a pas beaucoup été pleuré. Puis Jean est mort lui aussi, peu de temps après.

Il n'a pas survécu à ses blessures. C'était en 1990, un peu avant Noël… C'est malheureusement le meilleur des deux fils Fontenoy qui est parti, soupira la cuisinière.

– Quel drame terrible ! Après ça, j'imagine que c'est Aymeric qui est devenu le chef de famille.

Marie-Josèphe haussa les épaules.

– Pensez-vous ! Il est bien trop mou pour ça ! Non, c'est sa mère qui a tenu les rênes, et croyez-moi, elle les a tenues courtes ! Mais en réalité, elle n'a pas changé grand-chose ; les enfants sont repartis en pension, sauf Tristan que Béatrix a absolument voulu scolariser dans la région. Ils ont quitté le château quelque temps pour s'installer à Poitiers, dans un appartement qu'elle avait hérité de son mari. Après la mort de la grand-mère, le château est revenu pleinement à Béatrix.

– Quand je pense qu'elle pourrait tous les virer d'ici ! s'exclama Emma. Je te les aurais foutus dehors à coups de pied…

– Emma ! Quand je t'entends parler, je te trouve mal placée pour critiquer l'éducation qu'ont reçue les Fontenoy. Eux ont réussi leurs études, si tu vois ce que je veux dire.

– Si tu m'avais laissé suivre des études de styliste, plutôt que de me forcer à faire médecine, j'aurais sûrement mieux réussi !

– Réussi quoi ? À dessiner ? Hugues est devenu médecin, et pourtant il n'était pas le plus doué des enfants !

– Hugues est le médecin de toute la famille ? s'empressa de demander Charlotte qui voulait éviter que la querelle entre la mère et la fille ne les éloigne trop de ce qu'elle voulait apprendre.

Emma acquiesça en jetant un regard noir à sa mère.

– Il a un cabinet dans le village. Mais moi, je préfère aller à Montmorillon pour voir un vrai médecin.

– Pourquoi ? Il n'est pas compétent ?

– Je ne sais pas. Mais il a un côté malsain, et inquiétant. Petite, je le voyais jouer avec les chats qui traînaient dans le parc du château et, souvent, on retrouvait les pauvres bêtes mortes peu de temps après. C'est un malade. Il est comme ces psychopathes dans les séries américaines. Et si on me disait qu'il avait tué madame McGregor, je n'en serais pas surprise.

– Emma !

– Avez-vous remarqué qu'aucun animal ne traîne dans le coin ? Pas un lapin, pas un chat, pas un chien, à part celui de Théo, mais ce n'est pas faute d'avoir essayé de l'attraper ! Je ne sais pas ce qui arrive à ces bêtes, mais elles disparaissent toutes depuis des années ! Demandez au voisinage, beaucoup ont perdu leurs animaux de compagnie.

– Tu dis n'importe quoi ! C'est facile d'accuser les gens sans preuve.

– Je te dis que c'est ce malade qui les tue tous ! et encore aujourd'hui !

– J'ai entendu dire que Hugues soignait Béatrix, intervint Charlotte pour couper court à une nouvelle chamaillerie.

– Oui, répondit Marie-Josèphe, l'air courroucé. Emma exagère, Hugues est un très bon médecin. C'est à lui que je m'adresse pour me suivre, j'ai un problème de thyroïde…

Charlotte écouta poliment la cuisinière, attendant le moment propice pour l'orienter de nouveau sur Béatrix, sans la brusquer. Tandis qu'elle détaillait ses problèmes de santé, Marie-Josèphe lavait la pile de bols, d'assiettes et de couverts. Charlotte prit un torchon et commença à essuyer la vaisselle.

– C'est pratique un médecin à domicile, dit-elle. Et comme Béatrix est fragile du cœur, c'est même rassurant.

– Ah ! vous êtes au courant pour son problème cardiaque ? Je peux vous assurer que Hugues les dorlote, elle et Tristan, même si on ne peut pas dire qu'ils s'aiment ces deux-là.

Emma pouffa

– C'est le moins que l'on puisse dire !

– Tristan est lui aussi malade du cœur ? s'étonna Charlotte.

– Oui, comme sa mère, il paraît que c'est de famille. Heureusement, lui a pu être diagnostiqué tout petit. Du coup, il n'a jamais eu de gros soucis. Hugues veille bien sur eux.

– Comme si Hugues était suffisamment bon médecin pour les soigner ! Il ne fait que contrôler le traitement qu'un vrai médecin leur a prescrit !

– Tu es insupportable avec tes ragots !

– Mes ragots ? Arrête Maman, tu sais très bien que j'ai raison ! Dans cette famille, ils sont hyper malsains. Surtout la mère avec sa serre et ses plantes carnivores qu'elle nourrit avec des mouches.

– Tu exagères encore ! Clothilde a un superbe potager. On ne peut pas s'occuper comme ça des plantes et être foncièrement méchante.

– C'est elle qui s'occupe du potager ?

– Oui, ricana Emma. Et je peux vous dire que ma mère ou moi, on n'a pas intérêt à mettre les pieds dans sa serre, elle piquerait une crise de nerfs. Même la ciboulette, elle ne veut pas qu'on y touche ! C'est à se demander ce qu'elle en fait. D'ailleurs, Maman a fini par planter son propre carré d'herbes aromatiques !

– Tu dis n'importe quoi ! N'écoutez pas ma fille, elle fait des histoires d'un rien. Madame Fontenoy cultive des fleurs comestibles qu'Apolline utilise dans certains plats, et quelques légumes anciens aussi. Rien d'anormal.

– Et ses plantes carnivores ! relança Emma. Allez donc jeter un œil dans la serre, vous verrez un paquet de plantes qui puent la mort, et d'autres qui sont horribles. On se demande ce qu'elle en fait ! Elle me fait penser à ces sorcières qui fabriquaient des potions et des philtres d'amour. Même physiquement, elle ressemble à une sorcière !

Marie-Josèphe haussa les épaules en soupirant.

– J'ai l'impression qu'il n'y a pas grand monde que vous aimiez dans cette famille, sourit Charlotte.

– Si, j'aime bien Tristan et Béatrix. Eux sont à peu près normaux. Et puis il y a Louis surtout, mais il n'est jamais là. Trop normal pour sa famille. Lui, il me plait vraiment beaucoup.

– Emma ! Tu n'as rien d'autre à faire ? grogna sa mère.

– Excuse-moi de t'aider à ranger !

– Ma question va vous sembler bizarre, interrompit Charlotte que les disputes entre les deux femmes commençaient à agacer. Existe-t-il des passages secrets dans ce château ?

La mère et la fille se regardèrent.

– Il y en a un, répondit Emma. J'y suis entrée une ou deux fois quand j'étais petite, avec Louis et Tristan. Il y a celui qui relie la chambre de Béatrix à la cave, dans l'ancienne crypte. Je me souviens qu'il y avait une entrée dans la bibliothèque, à gauche de la vieille cheminée.

– Y en a-t-il un qui débouche dans l'ancienne chambre de la vieille Fontenoy ? Celle qu'on occupe, ma famille et moi, en ce moment ?

– C'est possible, je ne me souviens plus, j'étais encore petite. On nous a très vite interdit d'y retourner. Tu le sais, toi, Maman ?

– Je ne sais plus, je n'y suis jamais allée. Ce que je sais, c'est qu'ils étaient dangereux et ont tous été condamnés. C'est Monsieur Georges qui les a fermés après que la petite Garance a été retrouvée enfermée dans l'un d'eux. Elle est restée deux jours dans un des passages. On n'a jamais su comment la pauvre gosse s'est retrouvée coincée, mais le vieux Fontenoy les a tous fermés après ça.

– C'est terrible ! Quel âge avait-elle ?

– Cinq ans à peine, on a tous cru qu'elle avait été enlevée. La police l'a cherchée partout, ils ont même dragué le lac près de l'abbaye. C'est Hugues qui a eu l'idée de vérifier dans un des passages secrets. Ils n'avaient pourtant pas le droit d'y aller, mais que voulez-vous, ce n'était que des gosses !

Elle se pencha vers Charlotte et ajouta en chuchotant.

– Elle est restée enfermée, terrorisée, sans même appeler à l'aide. Après ça, elle est restée muette pendant des mois ! Vous avez dû le remarquer, cette petite n'est pas complètement… *normale.*

Charlotte hocha la tête, affichant un air navré.

– Après ce qu'elle a vécu enfant, c'est explicable. Elle n'a jamais dit comment elle s'était retrouvée enfermée dans le passage secret ?

– Non, jamais. Mais moi, j'ai ma petite idée là-dessus, chuchota Marie-Josèphe en hochant la tête d'un air entendu.

– Et c'est toi qui me dis que je raconte des ragots !

La cuisinière se renfrogna et quitta la cuisine en jetant un regard noir à sa fille.

– Bien, je vous laisse, je dois me préparer pour mon rendez-vous de ce soir. La jeune femme retira son tablier qu'elle lança en travers de la table avec un grand sourire. Elle se tourna vers Charlotte.

– Je voulais vous demander… le beau brun, celui avec la drôle de voiture rose, vous êtes ensemble ? J'ai entendu que vous vous vouvoyiez… du coup, je me demandais…

Charlotte sourit et quitta la cuisine sans répondre. Elle envoya un nouveau SMS à Edward : *Tristan est cardiaque lui aussi.*

44

Château de Saint-Maxent. 11 h

Hortense était impatiente, Anatole devait arriver avant la fin de la matinée à Saint-Maxent, puis ils partiraient tous dans la brasserie où ils avaient déjeuné la veille, à Montmorillon.

Debout derrière la fenêtre de la chambre, elle donnait un dernier coup de brosse à ses cheveux, qu'elle avait toujours eus très longs. À cinquante-neuf ans, elle affichait des rides profondes qui marquaient son visage, mais sans pouvoir l'enlaidir. Les cernes autour de ses yeux étaient plus sombres, le pli de sa bouche moins lisse, l'ovale de son visage s'affaissait irrémédiablement, mais dès qu'elle souriait, les affres du temps s'envolaient instantanément, et tout son visage s'illuminait. Alors qu'elle n'y avait pas trop accordé d'importance depuis la mort de son mari, aujourd'hui Hortense ne voyait que ses rides, que son cou qui se flétrissait, que ses lèvres qui s'asséchaient. Comme beaucoup de femmes vieillissantes, elle s'observait sans concession, sans indulgence, ignorant le charme qu'elle dégageait encore. Pourtant, Anatole l'avait remarquée, et ce dès qu'elle avait posé ses cartons dans la grande maison de sa nièce. Depuis la mort de son époux, Hortense n'avait pas connu de relations avec qui que ce soit. Mais sa rencontre avec Anatole avait tout changé. Leur voisin était un homme d'une galanterie exquise, et d'une grande culture. Elle adorait passer du temps avec lui, à l'écouter lui raconter des anecdotes sur la vie quotidienne au Moyen Âge. Il avait déjà écrit de nombreux ouvrages et en préparait un nouveau.

Son épouse l'avait quitté peu de temps après leur mariage et il n'avait jamais eu d'enfant. Mais il ne s'en sortait pas si mal avec ceux de Charlotte et d'Héloïse, qui allaient régulièrement profiter de la piscine qu'il avait fait creuser dans son jardin. Hortense soupira, elle déposa quelques gouttes de son parfum favori sur son poignet et derrière ses oreilles. Elle jeta un dernier regard dans le miroir, son maquillage était discret, elle se contentait d'unifier son teint avec une crème teintée et de mettre en valeur ses yeux bleus. Elle ajouta un peu de rose sur ses lèvres et attendit Héloïse qui mettait elle aussi un grand soin à se préparer. Ensemble, elles rejoignirent Éléonore sur la terrasse, la trouvant en tête à tête avec Victor à chuchoter comme des conspirateurs.

– Tu es prête ? Anatole ne devrait pas tarder à arriver, la pressa Hortense qui jetait des regards impatients vers l'entrée du château. Où est Charlotte ?

Au moment même où elle prononçait ces mots, une très belle Citroën DS cabriolet de couleur grise déboulait sur les graviers devant le château pour aller se garer juste à côté du monospace de Charlotte.

Reconnaissant la voiture d'Anatole, Hortense se précipita au-devant de son ami, les joues rosies par l'émotion. Anatole salua son amie avec retenue, se sachant observé par la famille Valentin qui faisait mine de regarder ailleurs. Charlotte avait enfin rejoint le petit groupe d'observateurs.

– Bon, dit-elle en descendant les quelques marches de la terrasse. Et si nous partions pour Montmorillon. J'ai appelé Edward, il nous y rejoindra.

*

Ils arrivèrent à Montmorillon alors que l'église sonnait midi. Le chef d'escadron Kermorvan les attendait devant la brasserie et le petit groupe s'installa une fois encore dans le patio. Contrairement à l'ambiance ensoleillée de la veille, le ciel était gris, mais le serveur leur assura qu'il pourrait leur trouver une table à l'intérieur au cas où la pluie tomberait. Éléonore attendit qu'il ait pris toutes les commandes avant de lancer la discussion.

– Edward n'est pas chargé de cette nouvelle enquête, mais il me semble que nous pourrions tout de même continuer à nous y intéresser, pour Tristan et Béatrix.

– Et moi je continue à penser qu'il serait préférable que tu ne te mêles pas de cette enquête. Je te rappelle que tu n'es pas enquêtrice, objecta Charlotte.

– Elle est toujours bougonne quand elle n'a pas son comptant de sommeil.

– Sérieusement, Maman, laisse faire les professionnels, cette enquête est dangereuse.

– Tu t'inclus dans ces professionnels, j'imagine. Il faut admettre que la nouvelle équipe d'enquêteurs me semble prometteuse, se moqua Éléonore. Nous avons toutes les trois été interrogées par un petit bonhomme très mal élevé et imbu de lui-même, qui nous a posé des questions complètement idiotes. Même toi, Charlotte, tu aurais fait mieux.

– Merci, Maman, c'est gentil.

– De rien, ma chérie. Ne t'inquiète pas, je n'interférerai pas, je vous laisse jouer aux détectives. Quant à moi, comme je te l'ai déjà expliqué, je dois rester quelques jours pour purifier le château et tenter de rétablir l'équilibre…

– Oui, bon on a compris, tu ne veux pas partir ! interrompit Charlotte en soupirant. Quand je pense que tu te disais inquiète pour moi ! Sache que s'il m'arrive quelque chose, ça sera entièrement de ta faute.

Éléonore prit un air outré en portant une main sur sa poitrine.

– Tu n'as pas besoin d'être aussi cruelle ! Toi aussi tu as envie de rester !

– Edward, reprit Charlotte en haussant les épaules, tu sais quelles hypothèses sont privilégiées par la nouvelle équipe ? J'ai cru comprendre que les Fontenoy n'étaient pas leurs suspects préférés.

Le patron de la brasserie arriva avec un plateau contenant différents apéritifs et amuse-bouche commandés. Il salua Éléonore et Hortense chaleureusement avant de s'en retourner vers la salle du restaurant.

– Je sais qu'ils creusent actuellement du côté d'une vengeance familiale, répondit Edward. Théo aurait appris que son ex-mari manœuvrait de son côté pour acheter le château de madame Fontenoy, en faisant monter les enchères jusqu'à ce qu'elle ne puisse plus s'aligner. Elle l'aurait alors menacé de révéler à la presse des histoires très compromettantes s'il ne la laissait pas tranquille. D'après Francesca, le vieux barbon était très attiré par les très jeunes filles, il aurait à de nombreuses reprises agressé des adolescentes et acheté le silence des victimes. Théo gardait cette information pour s'assurer que son ex-mari ne tenterait rien contre elle après le divorce. Elle avait décidé d'utiliser ses dossiers pour qu'il se retire de la vente du château. On sait que l'Écossais n'était pas homme à accepter que son ex-femme le menace une seconde fois.

– J'ignorais qu'avant l'assassinat de Théo, Béatrix était déjà en contact avec McGregor, grommela Éléonore, les sourcils froncés.

– C'est le propre fils de McGregor qui l'a révélé.

– Je ne suis pas surprise, déclara Charlotte. Cela expliquerait la présence de McGregor hier au château. Sinon, pourquoi serait-il venu ? Certainement pas pour rendre hommage à son ex-femme. De plus, j'ai surpris McGregor avec Aymeric hier, alors qu'il venait de discuter peu de temps avant avec Béatrix. Ce type n'était pas un inconnu pour les Fontenoy.

Héloïse plongea la main dans le pot de gâteaux salés.

– Mais qui l'aurait tué lui ?

– Eh bien, le frère de Théo, un dénommé Éloi d'Aubrignan est sur la liste des suspects. Il est rentré du Canada il y a trois jours et il est arrivé chez sa mère hier après-midi. D'après Blanchard, le frère et la sœur étaient très proches et avaient pour projet d'acheter ensemble le château afin d'en faire un relais haut de gamme. Il aurait été bouleversé d'apprendre la mort de Théo et aurait proféré des menaces à l'encontre de l'Écossais devant la femme de ménage.

Victor hocha la tête.

– C'était aussi notre théorie, je vous le rappelle. On peut comprendre que la police privilégie cette piste.

Charlotte faisait tourner son verre de pineau, absorbée dans la contemplation du liquide rosé.

– Mêmes si ces pistes sont intéressantes, dit-elle, ils semblent oublier quelque chose d'important.

– Laquelle ?

– Le décès de Ginette.

– Pour Blanchard, il pourrait ne s'agir que d'un simple empoisonnement par accident, précisa Kermorvan.

– Et la présence de nombreux brins de muguet dans les poubelles ne les intrigue pas ? s'étonna Victor.

– Si, mais cela relèverait plus de la volonté de nuire que de celle de tuer. Personne ne pouvait prévoir que madame Latoupy souffrait d'une grave insuffisance cardiaque.

– Peut-être, mais maintenant que l'on sait que Béatrix et Tristan ont eux aussi une faiblesse cardiaque sévère, et qu'ils sont suivis par Hugues, ça devrait les interpeller. C'est la cuisinière qui me l'a dit, ajouta-t-elle pour répondre à la question muette de sa mère. Je suis persuadée que Ginette est morte par erreur et que c'était bien Béatrix ou Tristan qui étaient visés. Et là, je vous pose la question : qui a préparé ces amuse-bouche et qui savait pour la malformation cardiaque ?

– Apolline et Hugues ! s'exclama Héloïse

– Mais pourquoi tenter d'assassiner Béatrix et Tristan ? demanda Hortense.

Le serveur revint avec un plateau chargé des assiettes commandées. Chacun attendit que tout le monde soit servi et que le serveur soit reparti pour reprendre la conversation.

– Je ne vois qu'une raison : il fallait empêcher Béatrix de vendre son domaine, expliqua Charlotte. Deux des victimes avaient en commun leur volonté d'acheter le château de Saint-Maxent. Le meurtre de Béatrix ayant échoué, l'assassin s'en prend alors au nouvel acheteur en lice : McGregor.

La jeune femme jeta un regard rapide à Victor.

– On ne peut éliminer personne : pour ne citer que les suspects les plus évidents, on a Apolline dont on sait que Béatrix lui avait promis de lui laisser diriger l'hôtellerie du château. Or, elle apprend que finalement sa tante va vendre la propriété à Théo qui veut transformer le château en relais de luxe et désigner son frère à la tête de l'affaire. Il y a de quoi s'énerver. Rappelez-vous qu'Apolline est celle qui a préparé les amuse-bouche pour les deux cocktails. Puis on a Hugues, qui est le médecin de la famille et connaissait la faiblesse cardiaque de sa tante et de son cousin ; il vit depuis toujours dans cette propriété, tout comme le reste de sa famille, et en serait chassé si le château était vendu. Enfin, on a Aymeric, qui, pour une raison qu'on ignore encore, ment en prétendant ne pas connaître McGregor. Apprendre que sa belle-sœur veut vendre le château qui est dans sa famille depuis plus d'un siècle lui est sans aucun doute insupportable. Ils ont ainsi tous une raison de refuser la vente du château familial, et donc, un excellent mobile.

– Bien résumé, sourit Edward.

– Il est important de tenir Blanchard au courant de nos dernières découvertes. Ainsi, elle ne pourra rien te reprocher.

– Je n'imagine pas Apolline tuer et enterrer Théo, objecta Éléonore en secouant la tête, et encore moins enfermer McGregor dans la vierge de fer et l'assassiner de façon aussi cruelle. Comment aurait-elle fait pour l'attirer jusque dans la chapelle ?

– N'importe quel homme suivrait Apolline dans la chapelle ! rétorqua Charlotte en jetant un regard en biais à Victor. Après, il lui suffisait de l'étourdir un peu et de l'enfermer dans le sarcophage. Elle n'est pas très grande, mais il n'y a rien d'impossible à mon avis.

– J'ai tout de même du mal à imaginer Apolline décider de tuer de cette façon. Il y avait des manières moins sanglantes d'éliminer le vieil homme, protesta Hortense.

– C'est effectivement très cruel, concéda Charlotte.

– C'est non seulement cruel, mais aussi très mal organisé, s'exclama Héloïse. Admettons que le mobile soit d'empêcher la vente du château, notre assassin, une petite boule de cruauté, décide donc de trucider Théo, qui est sur le point de signer un compromis de vente. Puis, se rendant compte que cela n'arrête pas Béatrix qui a toujours la volonté de vendre, notre assassin se dit qu'il serait plus simple d'éliminer Béatrix ou Tristan, on ne sait pas encore lequel était visé. Je suppose qu'il imaginait qu'ainsi, la propriété lui reviendrait. Pas de bol, c'est Ginette qui y passe ! Du coup, il assassine le dernier potentiel acquéreur, le vieux McGregor.

Charlotte dodelinait silencieusement.

– Vous avez raison, tout ça semble bien excessif pour empêcher la vente d'un château. Il y a quelque chose qui ne colle pas dans ce tableau…

Un lourd silence s'établit tandis que chacun buvait son café ou son thé.

– Nous avons un dernier mobile, si vous me permettez d'intervenir, glissa Anatole de sa belle voix grave.

– Lequel ? s'étonna Charlotte.

– Le trésor du Chevalier.

45

Montmorillon. 12 h 30

– Vous pensez réellement que le trésor du Chevalier existe ? demanda Charlotte surprise.

– Oui, j'en suis presque sûr.

Hortense hocha la tête, dubitative.

– Nous n'étions pas loin de penser que cette histoire n'était qu'une légende familiale.

– Détrompez-vous, ma chère Hortense, rétorqua Anatole. Ces histoires ont souvent un fond de vérité, et ceux qui les cherchent sont beaucoup plus sérieux qu'on ne le pense. Vous n'imaginez pas le nombre de chercheurs de trésors qui gravitent, surtout en Europe, et tous ne sont pas de doux farfelus, loin de là ! Il est indéniable qu'il y a, en France notamment, de très nombreux trésors qui n'ont pas encore été découverts. Ça va des économies enterrées et jamais trouvées par des héritiers, à des butins ramenés lors de campagnes par des soldats, qu'ils ont dissimulés et ne sont jamais venus récupérer pour une raison ou une autre. Tout cela fait l'objet de recherches passionnantes. Celui du Chevalier, seigneur de Saint-Maxent, est réputé très important.

– Ça peut étendre le champ des possibles en matière de suspects, non ? chuchota Victor en se penchant vers Charlotte qui haussa les épaules.

– Comme vous le savez peut-être, poursuivit Anatole, en 1270, Juhel de Saint-Maxent, chevalier et seigneur du domaine, a participé à la dernière croisade. Il s'agissait de la huitième croisade, la maudite, celle qui fut fatale au roi Louis IX, devenu par la suite Saint Louis. Elle fut un échec complet. Le roi mourut à Tunis sans avoir mis un pied en Terre sainte et avant même de pouvoir revenir en France. Après que le monarque eut trépassé, tout ce qui avait été chevaleresque, noble et pieux dans cette croisade disparut. Les croisés cherchèrent à rentabiliser en quelque sorte cette entreprise qui avait échoué, abandonnant la reconquête des lieux saints pour ne s'intéresser qu'à leurs trésors, à l'instar de ce qui s'est passé lors de précédentes croisades, et qui, malheureusement, motivait la participation de nombreux seigneurs croisés. Nous avons tous en mémoire la tragique mise à sac de Constantinople en avril 1204, lors de la quatrième croisade, qui vit revenir en France des seigneurs dont les sacoches étaient pleines d'or et d'argent. Mais, cette huitième croisade n'eut pas les mêmes conséquences ; la plupart des barons et des seigneurs revinrent misérables, quand ils revinrent ! Certains, ils sont très rares, auraient toutefois pu tirer leur épingle du jeu et seraient rentrés en France, chargés de richesses pillées aux infidèles. Je dois vous avouer que je connaissais déjà cette histoire autour du Chevalier de Saint-Maxent et, lorsque j'ai appris que vous cherchiez des informations, j'ai repris mes propres documents. Et grâce à ceux que m'a envoyés Hortense, j'ai pu avoir des éléments nouveaux. J'ai retrouvé plusieurs chroniques évoquant l'existence de ce trésor dissimulé par le Chevalier à son retour de croisade. Mais il me reste encore quelques documents à éplucher, dont certains sont en latin.

– Il ne serait pas possible qu'un tel trésor ait déjà été trouvé par les descendants du Chevalier ? demanda Charlotte.

– Tout est possible bien évidemment, mais j'ai commencé à étudier l'histoire de la famille du Chevalier, et je n'ai pas relevé dans les chroniques de l'époque de faits laissant supposer la découverte du trésor. Ses descendants restèrent propriétaires du domaine jusqu'en 1432. Le dernier seigneur mourut sans descendance directe, probablement tué lors de combats contre l'envahisseur anglais. Le domaine fut récupéré par la couronne de France et offert, en remerciement pour services rendus, aux aïeux des d'Aubrignan en 1478, qui en restèrent propriétaires jusqu'à la perte du château au jeu, un peu avant la Révolution française. Je n'ai pas relevé pour le moment d'apport financier important et inexpliqué lors de cette longue période, il semble que cela soit même le contraire. Les descendants ont subi, génération après génération, une baisse continue des finances familiales et un inexorable déclassement social. Le renouveau du domaine date de son achat par la famille Fontenoy à la fin du XIXe siècle, et plus récemment par les gros travaux financés par madame Béatrix Fontenoy, née

Lagarde-Foureaux. Elle est une des héritières d'une riche famille de banquiers. Elle a investi une part non négligeable de sa fortune personnelle dans la restauration du château.

– Je vois, reprit Charlotte, pensive. Mais si on admet que le trésor existe bel et bien et qu'il n'a pas été découvert par les descendants du Chevalier, ou par la famille des d'Aubrignan ni par les Fontenoy, car une telle découverte aurait forcément été divulguée, il nous reste la probabilité qu'il ait été découvert par un tiers, sans que personne l'apprenne jamais.

– Je vous objecterais, ma chère petite, qu'un tel trésor est probablement volumineux : des pièces d'or, des bijoux sertis de pierres précieuses, des couverts et plats en or et en argent. Je doute qu'une telle découverte ait pu passer inaperçue.

– Donc, soit le trésor n'existe pas, soit il est encore caché sur le domaine, conclut Charlotte

Héloïse hocha vivement la tête.

– Moi, en tout cas, je suis persuadée qu'il existe et qu'il est enterré quelque part…

– On sait que McGregor était très intéressé par l'existence de ce trésor. Vous deux, les filles, vous l'avez bien vu rôder du côté de la vieille abbaye, le soir même où il a été assassiné ? demanda Éléonore.

Héloïse hocha une nouvelle fois la tête.

– Absolument, et il semblait chercher quelque chose. Anatole, pensez-vous que le trésor pourrait y être caché ? Qu'il serait enterré sous l'abbaye ?

– C'est possible. Elle date du XIIIe siècle, sa construction a été commencée par le père du chevalier croisé. J'ai trouvé trace de nombreux travaux au moment où cette abbaye a été reconvertie en immense atelier de filature par les nouveaux propriétaires, les aïeuls des Fontenoy. Ils avaient créé une entreprise de textile, il leur fallait un entrepôt immense, qui soit près d'une source d'eau, l'abbaye était parfaite. Elle a donc été désacralisée et réaménagée pour devenir le berceau de la nouvelle fortune des Fontenoy.

– Mais le trésor pourrait avoir été découvert à l'occasion de cette transformation, objecta Héloïse.

– Ou bien, il serait encore dans l'abbaye ? Ça expliquerait pourquoi McGregor fouinait là-bas hier soir, ajouta Kermorvan.

Victor était sceptique.

– S'il était là-bas, il est tout de même probable que le trésor ait été trouvé par des ouvriers quand ils ont fait les travaux dans l'abbaye.

– Tsss tsss tsss, je n'y crois pas, dit Kermorvan en secouant la tête. Avec des travaux de cette importance, si des ouvriers avaient trouvé le trésor, il est peu probable que le secret ait pu être gardé jusqu'à aujourd'hui. Et je pense que monsieur Saintenac aurait trouvé trace de cela dans des chroniques et journaux de l'époque. Charlotte a raison, ou ce trésor n'existe pas, ou bien il n'a pas encore été découvert.

– Avec votre expérience et vos connaissances, Anatole, je suis sûre que nous pourrions le trouver ! s'enthousiasma Héloïse. Vous avez apporté votre détecteur de métaux j'espère !

– C'est bien beau tout ça, bougonna Charlotte. Mais je vous rappelle que ce n'est pas notre objectif. L'existence possible de ce trésor quelque part dans la propriété de Béatrix ne fait que rajouter un mobile supplémentaire à la famille Fontenoy, qui ne veut pas qu'une telle fortune lui échappe. C'est un sacré bon mobile même ! En tout cas, ça ne les sort pas du jeu.

– Et maintenant qu'on a nos suspects, qu'est-ce qu'on fait ? demanda Victor.

Charlotte s'adossa contre le dossier de son siège et, les mains derrière la tête, observa quelques secondes les nuages qui obscurcissaient le ciel. La pluie n'allait pas tarder à tomber. Elle regarda Edward, plissant le front.

– On peut laisser faire ta copine Blanchard, si elle accepte de nous écouter.

Kermorvan fit une moue dubitative.

– On a un léger contentieux tous les deux. Je crains qu'elle n'éprouve un malin plaisir à prendre le contre-pied de chacune de nos théories.

– Alors on s'en occupe et on fait sortir le meurtrier du bois, conclut Victor avec un grand sourire.

46

Montmorillon. 13 h 20

En sortant de la brasserie, le petit groupe se sépara. Victor retournait avec Edward à l'auberge du village pour récupérer ses affaires, tandis que le gendarme, lui, en profitait pour s'y installer. Kermorvan aurait préféré demeurer au château, mais craignait que sa collègue apprécie peu l'initiative.

Charlotte et le reste de la troupe rejoignirent le domaine. Tous étaient surexcités à l'idée de faire découvrir le château à Anatole avant de commencer à chercher le trésor du Chevalier.

Tandis qu'Hortense, Éléonore et Héloïse accompagnaient Anatole, Charlotte s'isola dans la bibliothèque. Elle était fatiguée et s'installa confortablement dans l'un des fauteuils en cuir. Elle sentait qu'elle avait tous les éléments en main et qu'il lui suffisait de les remettre dans le bon ordre pour que la solution lui saute aux yeux. Cette histoire n'était pas très compliquée, le mobile était évident :

garder le château dans la famille. Les suspects étaient restreints : le coupable était l'un des membres de la famille Fontenoy. Tous avaient eu l'opportunité de tuer les trois victimes, car ils ne quittaient que rarement le domaine. Seuls Apolline et Hugues travaillaient dans le village et s'absentaient régulièrement, mais Font-Saint-Maxent était à moins de cinq minutes en voiture : ils restaient donc suspects. Quant à Louis, le trésor était un mobile suffisant pour le garder dans la liste des suspects.

Pouvait-elle exclure Tristan et Béatrix de cette liste ? Dans la mesure où le château leur appartenait, le meurtre des trois victimes aurait alors un mobile très différent. Mais lequel ? Non, Charlotte ne voyait aucune raison de les soupçonner. De plus, Tristan avait passé la nuit au chevet de sa mère, Kermorvan s'en était assuré. Donc il ne pouvait pas être l'intrus qui était entré dans sa chambre la nuit prendre son carnet.

Elle saisit sa besace pour en extraire un paquet de feuilles griffonnées et relut les différentes notes qu'elle avait prises, ajoutant les dernières informations qu'elle avait recueillies auprès d'Emma et de sa mère. Puis elle nota les différentes questions qu'elle s'était posées :

Pourquoi McGregor s'était-il caché pour revenir au château ? Cet homme, imbu de lui-même, ne semblait pas craindre beaucoup de choses. Or, il avait pris la précaution de garer sa voiture hors de la vue des occupants du château. Et il avait probablement rejoint la personne avec qui il avait rendez-vous en prenant garde de ne pas être remarqué, puisque personne ne savait qu'il était revenu sur les lieux hier soir. Pourquoi ?

Qui devait-il retrouver ?

Pourquoi le meurtrier avait-il tué avec une telle cruauté ? Elle ne comprenait pas la rage qui avait saisi le tueur lors des deux meurtres, celui de Théo, mais surtout celui, atroce, de McGregor. Y avait-il autre chose derrière cet assassinat ? Une vengeance plus personnelle qui expliquerait cette cruauté ?

Pourquoi l'Écossais était-il entré dans le sarcophage ? S'il avait été menacé, n'aurait-il pas préféré mourir d'une balle ou d'un coup de couteau, plutôt que d'être transpercé de part en part par une quinzaine de piques acérées ?

Avait-il été drogué ?

Son retour au château avait-il un rapport avec le trésor ?

Qui était l'ombre qui était entrée dans sa chambre cette nuit ?

Elle avait vu luire la lame d'une arme blanche, l'intrus était prêt à tuer. Était-il l'assassin ?

Charlotte caressa la couverture de l'agenda de Béatrix qu'elle avait extirpé de sa besace. Que contenait donc ce carnet, qui avait pu pousser le meurtrier à prendre le risque d'être découvert en pénétrant en pleine nuit dans sa chambre ? Elle devait rapidement terminer de le lire pour découvrir pourquoi le meurtrier tenait tant à le récupérer. Il était plus que probable que la vieille femme notait depuis des années ce qui lui arrivait dans ses agendas, et il serait intéressant de mettre la main sur ces vieux carnets.

Charlotte récupéra un coussin qu'elle glissa sous ses reins et s'installa confortablement pour se plonger dans la lecture ardue de ce petit carnet, tout en prenant des notes. Finalement, elle apprivoisa au fur et à mesure l'écriture microscopique de Béatrix, ainsi que ses nombreuses abréviations, et déchiffra plus vite qu'elle ne l'avait craint le contenu du carnet.

Cela la confortait dans la théorie qu'elle commençait à échafauder. Béatrix y relatait, avec une angoisse qui transpirait dans ses descriptions, les événements qui la terrorisaient depuis le début de l'année. Charlotte devait en parler avec sa famille et surtout avec sa mère pour démêler le vrai de l'illusion. Elle ne doutait pas que ces événements se soient produits, mais ne croyait pas en leur origine surnaturelle.

Alors qu'elle terminait sa lecture retentirent les premières notes d'une mélodie que Garance jouait dans le petit salon. Elle reconnut le morceau sans pouvoir en identifier le compositeur. Elle glissa les feuillets qu'elle avait noircis et le carnet de Béatrix dans sa besace, puis ferma les yeux, se laissant bercer par la douce mélopée. Elle sombra peu à peu dans un sommeil agité, où lui apparut une femme vêtue d'une longue robe blanche qui flottait autour d'elle, la tête recouverte d'une capuche. Était-ce Garance qu'elle entendait au loin jouer du piano ? La silhouette s'approcha d'elle lentement. Charlotte vit alors des traces de sang apparaître et grossir le long de la robe blanche, aux endroits où les piques de la vierge de fer avaient transpercé le malheureux McGregor. L'odeur d'encens la saisit brutalement quand la silhouette leva la tête, découvrant un visage décomposé et couvert de vers, qui se précipita vers elle pour l'enlacer. La jeune femme se réveilla en sursaut, en étouffant un cri !

Une main chaude se posa sur son épaule.

– Ça va aller, Charlotte, c'est seulement un cauchemar.

Victor était là, devant elle, l'observant les sourcils froncés. Il s'accroupit devant elle et prit sa main entre les siennes.

– Vous avez les mains gelées et vous êtes épuisée. Il va falloir vous reposer.

– Pas du tout, mais j'ai besoin que vous veniez avec moi dans ma chambre.

Victor afficha un large sourire.

– Je savais que vous finiriez par succomber. Mais, attention, j'ai besoin de tendresse aussi, je ne suis pas un homme facile.

Il se trouva très drôle, lui qui avait cédé sans combattre aux charmes d'Apolline la nuit dernière.

Charlotte secoua la tête en souriant.

– Comment ai-je fait pour ne pas me rendre compte que vous étiez si drôle ? Bon, vous venez ou vous continuez à faire le clown ?

47

Château de Saint-Maxent. 16 h 30

– Qu'est-ce qu'on cherche ? demanda Victor qui observait la jeune femme, immobile dans la chambre. Elle regardait fixement les étagères qui flanquaient la cheminée en marbre rose.

– Il faut trouver l'entrée du passage secret. Où est Edward ?

– Il est retourné à Montmorillon et nous rejoindra en fin d'après-midi. Comment ça, un passage secret ?

– Réfléchissez : comment expliquez-vous que mon intrus ait pu pénétrer dans cette chambre alors que, et j'en suis certaine, la porte était verrouillée, et la clef toujours dans la serrure ?

– Ben… bafouilla Victor.

– Voilà ! donc il y a un passage secret… et il faut le trouver. Quand je me suis réveillée, l'intrus était là, au bout de mon lit. J'étais couchée sur le côté, vers le mur, et je ne voyais donc pas la porte de la chambre. Mais j'ai entendu distinctement un frottement au moment où il a quitté la pièce. Il était hors de ma vue et était donc dans cette partie de la chambre. » Elle désigna le mur qui comprenait la cheminée, les étagères, et un placard dans le fond. « Et mes soupçons ont d'ailleurs été confirmés.

– Quelqu'un vous a dit qu'il y avait des passages secrets dans ce château ?

– Emma, la fille de la cuisinière. Vous lui plaisez beaucoup, cela dit en passant.

– La cuisinière vous a dit que je lui plaisais ?

– Non, sa fille ! Concentrez-vous, Victor, ce n'est pas l'information la plus importante !

Charlotte se dirigea vers le placard qu'elle ouvrit en grand. Aucune des occupantes de la chambre n'avait voulu l'utiliser pour déposer ses vêtements, tant ce placard était poussiéreux et humide. Il comportait une penderie et trois étagères dont la dernière n'était pas accessible, même pour elle qui était pourtant très grande. Elle tâtonna le fond de la penderie, cherchant une aspérité qui pourrait dévoiler l'entrée d'un passage secret, mais ne trouva rien. Tout était parfaitement lisse. C'était pourtant l'endroit idéal pour dissimuler une entrée secrète. Elle vérifia les gonds des deux portes qui fermaient le placard, ils avaient été graissés, étouffant ainsi le moindre grincement lors de son ouverture. Pourquoi les gonds auraient-ils été graissés alors que l'intérieur du placard n'avait pas été nettoyé ? Le passage était forcément là, mais où était le mécanisme qui en permettait l'ouverture ?

Victor tâtonnait lui aussi du côté des étagères sans plus de succès.

Elle récupéra une chaise, la posa devant le placard et monta dessus, en priant pour qu'elle ne s'effondre pas sous son poids. Elle passa la main avec dégoût sur la dernière planche des étagères : toujours rien susceptible d'enclencher le mécanisme !

– Venez voir, je pense que le passage se trouve ici, mais je n'arrive pas à trouver ce qui déclenche l'ouverture. La seule solution est que le mécanisme soit déporté.

– Ou qu'il n'existe pas.

Le jeune homme s'approcha, tâtonnant lui aussi sans rien trouver. Il cogna contre la paroi du fond.

– Je n'ai pas l'impression que cela sonne vraiment creux, dit-il en tapant de nouveau.

– J'ai vérifié ce matin les étagères et la cheminée, ce placard me semble être la seule possibilité de passage.

Désappointée, la jeune femme se laissa tomber sur le lit.

– Peut-être qu'on ne peut l'ouvrir que quand on est à l'intérieur du passage, suggéra Victor après quelques minutes de réflexion.

– Vous avez raison ! s'écria Charlotte en claquant les doigts. On doit retourner dans la bibliothèque, c'est là que débouchent les autres passages secrets ! C'est sûrement par là qu'il a pu y entrer et ainsi pénétrer dans les différentes chambres.

– Parce qu'il y en a d'autres ?

– Oui, d'après Emma, l'un d'entre eux descend dans la crypte, et l'autre relie la chambre de Béatrix à la bibliothèque. Elle prétend qu'ils ont été condamnés il y a plusieurs années, mais moi je pense qu'on les a réhabilités et utilisés pour effrayer Béatrix et pour venir nous rendre une petite visite cette nuit.

– Et vous pensez qu'il ou elle entre dans ces passages par l'entrée qui est dans la bibliothèque.

– Oui. Sinon, il nous reste la crypte, c'est aussi une possibilité.

Charlotte envoya un message à Edward : *Cherchons passage secret, rejoins-nous dans la bibliothèque quand tu pourras.*

En parcourant les couloirs du château, Charlotte et Victor ne croisèrent personne. Depuis le petit salon résonnaient des notes de musique, au moins on savait où était Garance. Où pouvaient donc bien être les membres de sa famille ? Victor referma la porte de la bibliothèque derrière la jeune femme et observa les étagères couvertes de livres et de bibelots qui encadraient la cheminée.

– Le passage ne peut être qu'ici, déclara Charlotte en se positionnant devant les étagères. D'après Emma, le passage serait caché derrière la bibliothèque à gauche de la cheminée. Il faut trouver le mécanisme qui permet de l'ouvrir. Aviez-vous remarqué que la plupart des livres sont des faux ? C'est juste des reliures vides, qui ne dissimulent… rien.

Effectivement, au fur et à mesure qu'elle vérifiait chaque groupe de livres possédant la même couverture, elle s'apercevait qu'il n'y avait rien derrière ces paravents littéraires.

– C'est tout de même très étonnant d'exposer ce genre d'artifices grossiers pour ne rien dissimuler derrière. Autant ne rien mettre, bougonna-t-elle.

– Je crois que j'ai trouvé quelque chose ! s'écria Victor en déplaçant des statuettes en marbre. Regardez, certaines d'entre elles sont intégrées dans les planches de l'étagère. Je pense qu'il faut les bouger dans un certain ordre pour actionner le mécanisme d'ouverture. Quatre d'entre elles sont reliées, mais pas les autres.

Charlotte s'approcha et tourna les statuettes sur elles, les unes après les autres.

– On entend effectivement qu'elles actionnent quelque chose. Il faut reprendre à zéro pour trouver la combinaison qui permettra d'ouvrir le passage. Remettons-les face à nous pour commencer.

Au bout de plusieurs minutes passées à essayer des combinaisons possibles, les deux jeunes gens entendirent le système d'ouverture s'enclencher et virent l'étagère légèrement bouger.

– On a réussi ! s'écria Charlotte d'une voix aiguë, tapant dans ses mains comme une enfant.

Amusé, Victor poussa la lourde bibliothèque qui pivota sur elle-même sans un bruit. Le système d'ouverture avait été parfaitement rénové. Une odeur de renfermé et de moisi lui chatouilla les narines.

– On y va ?

– Vérifions d'abord que l'on pourra ressortir. Comment est-ce que cela fonctionne de l'intérieur ? Allez-y, je reste là pour vous ouvrir à nouveau si vous êtes coincé.

– Ben voyons ! Et si c'était piégé ?

– J'ai une famille, Victor. Vous ne voudriez pas que je laisse derrière moi deux pauvres orphelins. Allez, un peu de courage, dit-elle en souriant et en repoussant la bibliothèque derrière le jeune homme.

Elle se referma avec un bruit sec. Les secondes s'égrenèrent sans que le passage s'ouvre.

– Victor, vous m'entendez ? Qu'attendez-vous pour ressortir ?

Aucune réponse.

– Victor ? » Charlotte fronça les sourcils, *que faisait-il donc ?* « Victor ? »

La bibliothèque pivota enfin et Victor apparut, un grand sourire aux lèvres.

– Vous étiez inquiète, non ?

Charlotte haussa les épaules.

– On peut travailler sérieusement ?

– Vous étiez inquiète ! Il n'y a aucune honte à avoir.

– Vous avez raison, j'étais folle d'inquiétude, soupira la jeune femme. On continue, ou on batifole ?

– Évidemment, présenté comme ça… bon, le système à l'intérieur est beaucoup moins sophistiqué, il suffit de tirer sur une clenche et ça s'ouvre, expliqua Victor.

– Parfait, allons donc voir où ce passage peut bien déboucher.

Alors que la bibliothèque pivotait à nouveau pour se refermer sur eux, le noir se fit complet.

– Arrêtez de jouer, je sais que vous avez une lampe, Victor.

– Avouez que vous avez eu les pétoches pendant trois secondes.

– Pas même une seule !

48

Château de Saint-Maxent. 17 15

La puissante *Surfire* de poche de Victor éclaira un passage très étroit et couvert de toiles d'araignées. Les pierres dégageaient une odeur de moisissure caractéristique. Le sol était jonché de briques qui avaient sans doute servi à condamner le passage secret. Quelqu'un s'était donc chargé de le rouvrir. Sur la droite, un escalier montait pour probablement déboucher dans les chambres de Béatrix et de la vieille Fontenoy, tandis qu'à gauche, deux mètres plus loin, un escalier en pierre descendait abruptement dans une pénombre sinistre.

Ils décidèrent d'explorer le passage qui montait vers l'étage des chambres. Charlotte compta vingt-six marches avant qu'ils ne débouchent dans un étroit couloir. Elle observa la rampe en fer, elle avait été récemment scellée dans le mur pour aider à la montée comme à la descente des escaliers. Les toiles d'araignée avaient été arrachées, preuve que quelqu'un était bien passé récemment par là.

Le plafond, assez bas, les contraignait à avancer en courbant la tête. Quelques mètres plus loin, ils enjambèrent à nouveau de nombreuses briques qui avaient été probablement utilisées pour monter un mur destiné à condamner l'accès aux chambres.

Une porte en bois marquait l'entrée de l'une d'entre elles. Victor actionna sans difficulté la clenche et ils débouchèrent dans un placard sombre, identique à celui qui était dans la chambre qu'occupaient Charlotte et sa famille actuellement. La penderie était toutefois utilisée, révélant un assortiment de robes, manteaux, et autres vêtements qui dissimulaient parfaitement l'ouverture du passage. Repoussant les vêtements suspendus, ils ouvrirent doucement la porte du placard, qui n'émit aucun grincement, et reconnurent la chambre de Béatrix.

Charlotte constata que comme dans sa chambre, le mécanisme qui permettait l'ouverture du passage par l'intérieur des chambres avait été retiré. La seule possibilité d'ouvrir cet accès était de le faire en étant dans le couloir secret. Ils sortirent et refermèrent la porte de la penderie ainsi que l'accès à cette chambre, puis ils reprirent sans un mot leur progression dans le passage étroit pour arriver, après quelques circonvolutions, devant une deuxième porte.

Le mécanisme d'ouverture était identique et ils découvrirent sans surprise qu'il s'agissait de la chambre qu'occupait Charlotte. La jeune femme en profita pour récupérer un gilet, frigorifiée de déambuler dans le passage froid et humide.

Ils revinrent sur leurs pas, en passant de nouveau devant la porte qui débouchait dans la chambre de Béatrix. Victor se retourna vivement vers Charlotte, un doigt sur les lèvres ; quelqu'un était dans la chambre, ils pouvaient parfaitement entendre une conversation. Ils reconnurent distinctement les voix de Tristan et d'Emma, qui discutaient en récupérant quelques affaires que le jeune garçon souhaitait rapporter à sa mère à l'hôpital. Charlotte et Victor hochèrent la tête d'un air entendu.

Reprenant en silence leur progression, ils se retrouvèrent en haut des marches qui les ramenaient à leur point de départ. Elles étaient si étroites qu'ils furent obligés de les descendre de guingois, s'appuyant parfois sur les parois en pierre pour ne pas tomber. Passant devant la porte qui donnait dans la bibliothèque, ils s'engagèrent cette fois dans la volée de marches qui descendaient dans la crypte.

Au bout d'une descente qui leur sembla interminable, Victor s'arrêta net, un doigt sur les lèvres ; ils étaient arrivés au pied de l'escalier, face à une porte, seule issue possible. Ils pouvaient entendre des bruits étouffés : quelqu'un parlait derrière la porte en bois, tellement sale que Charlotte n'osa pas y coller son oreille. S'approchant à pas de loup, les deux jeunes gens tentèrent de reconnaître les personnes qui discutaient de l'autre côté du passage. Étonnés, ils relevèrent ensemble la tête : c'était la voix d'Éléonore.

S'appuyant de tout son poids, Victor poussa la porte qui s'ouvrit avec difficulté dans un bruit de verre cassé.

Passant la tête dans l'entrebâillement, le jeune homme faillit éclater de rire en voyant le visage horrifié d'Héloïse, manifestement terrorisée par cette apparition.

– Ça n'est que nous ! pas de panique !

Anatole se précipita pour l'aider à entrouvrir davantage la porte. Victor s'extirpa tant bien que mal du passage secret, suivi de Charlotte. L'étagère en fer contenant les bouteilles de vin avait manifestement été placée devant l'entrée du passage, pour en dissimuler l'accès.

– Mais d'où vous arrivez, tous les deux ? s'écria Éléonore, les yeux écarquillés par la surprise. Et regarde-moi dans quel état tu es, Charlotte ?

Elle braquait sa lampe torche sur sa fille, balayant de haut en bas le rai de lumière pour s'arrêter sur son visage.

– Maman ! Tu veux bien braquer ta lampe ailleurs !

Anatole, Hortense, Héloïse et Éléonore étaient réunis dans la crypte obscure, seulement éclairés par leur lampe de poche. Ils se tenaient autour d'un puits, dont l'ouverture était condamnée par des planches en bois. Éléonore avait emporté un encensoir qu'elle s'apprêtait à utiliser. La médium n'était visiblement pas à l'aise dans les profondeurs du château.

Victor observait la fermeture du passage, à la recherche d'un mécanisme qui permettrait de l'ouvrir depuis l'intérieur de la crypte, sans bousculer la centaine de bouteilles de vin qui en barraient l'accès. Heureusement, la bouteille cassée était vide, ce qui n'était pas le cas de la majorité des autres bouteilles. S'agenouillant, il découvrit que l'étagère était fixée sur des rails contre la porte. Il se releva et épousseta son jean tandis qu'Éléonore retirait avec une mine dégoûtée les toiles d'araignée qui recouvraient les cheveux et les vêtements de sa fille.

– Alors ? demanda Charlotte au jeune homme.

– Le passage a manifestement été utilisé avant que nous le fassions. Il faudrait trouver le mécanisme qui permet la bascule de l'étagère. Elle est fixée contre la porte, ce qui signifie qu'elle doit pouvoir être surélevée par rapport au sol, et doit pouvoir glisser avec elle sans provoquer de casse.

– Mais on n'a vu aucun système d'ouverture de l'intérieur.

– Non, effectivement. Je pense que ce passage n'est pas utilisé dans le sens de la sortie, même si ça reste possible pour ne pas rester coincé.

– Donc l'accès n'est prévu que dans un sens : on entre dans le passage secret depuis la crypte, mais il n'est pas prévu d'en ressortir par là. C'est étrange, non ?

Intrigué, Anatole observait lui aussi l'étagère qui contenait les bouteilles de vin.

– Je connais ce système d'ouverture secrète. Je pense que derrière une ou plusieurs bouteilles, il y a un mécanisme qui permet l'ouverture de la porte. Il faudrait retirer toutes les bouteilles pour identifier celles derrière lesquelles il y a un déclencheur. En repoussant ces bouteilles, le mécanisme se débloque. Je pense qu'il y a parallèlement une tige dissimulée parmi elles, que l'on actionne pour ouvrir le passage.

Hortense écoutait le médiéviste, les yeux pleins d'admiration.

– Qu'est-ce qu'on fait ? On les enlève toutes pour trouver comment ça fonctionne ? demanda-t-elle.

– Pensez-vous vraiment qu'on n'ait que ça à faire ? s'agaça Éléonore.

– Je trouve ça passionnant, moi, protesta Héloïse. Par où êtes-vous entrés dans ce passage secret ?

– Par la bibliothèque, je te montrerai. Mais vous, que faites-vous tous ici ? interrogea Charlotte.

– On fait le tour du château avec Anatole, répondit sa sœur.

– Nous visitons les parties les plus anciennes du château, les plus susceptibles de nous fournir des indications sur le trésor, expliqua Hortense.

– Je persiste à dire qu'il était inutile de descendre dans la crypte. Cet endroit est chargé de très mauvaises ondes, frissonna Éléonore.

– Avec votre grande sensibilité, je peux tout à fait le concevoir, ma chère amie. À l'origine, ce château n'était composé que d'un bâtiment qui reposait sur cette crypte où étaient entreposés les corps des propriétaires, expliqua Anatole. Vous voyez, ces renfoncements dans les murs dans le fond ? C'est là que les cercueils étaient disposés. La crypte a été saccagée lors de la Révolution, et les corps ont été jetés et dispersés n'importe où par la population en colère.

– Le pire a été le sort du jeune précepteur qui travaillait alors ici. Le malheureux a été massacré ici même dans des conditions abominables. Son corps démembré a été jeté dans le puits, on n'a pas retrouvé tous ces membres. Pauvre garçon… se lamenta Éléonore en se signant.

– Quelle horreur ! Mais c'est souvent dans ces endroits que les trésors peuvent être dissimulés, n'est-ce pas Anatole ? demanda Héloïse.

– Rien de moins évident. Dites-vous bien qu'au contraire, les sous-sol, cave, ou crypte comme ici sont souvent les premiers endroits où l'on cherche. Ce puits est intéressant, cela dit. Je ne sais pas s'il est solidement scellé...

– Il ne l'est plus. Regardez, le joint qui colmatait l'ouverture a sauté, constata Charlotte. Je suis sûre qu'on peut soulever le couvercle.

– N'y touchez pas ! s'écria Éléonore. Les entités qui sont encore dans le château interdisent qu'on ouvre ce puits : il est maudit et personne ne doit y toucher.

Sans tenir compte des avertissements de sa mère, Charlotte souleva le couvercle en bois qui recouvrait le puits et Anatole éclaira le fond avec sa lampe. Une odeur douceâtre les saisit à la gorge. Qu'est-ce qui pouvait bien pourrir au fond ?

– Je dirai qu'il est profond d'une dizaine de mètres.

– Un peu moins, Charlotte, corrigea Anatole en relevant la tête. Six à sept mètres au maximum. Il est assez large pour qu'on puisse y descendre en s'appuyant contre la paroi.

– Ça suffit, maintenant ! tonna Éléonore. Refermez ce puits immédiatement ! Et n'y touchez plus, à commencer par toi, Charlotte, ajouta-t-elle en se tournant vers sa fille pour lui saisir le bras. Promets-moi de ne jamais revenir dans cette crypte !

Agacée, Charlotte marmonna quelques mots incompréhensibles.

– Je suis très sérieuse, ma chérie, reprit Éléonore d'une voix étranglée. Ne remets plus jamais les pieds ici. Tu as comme une auréole sombre qui flotte autour de toi et, dans cette pièce, c'est encore pire ! Pour une fois dans ta vie, fais ce que je te demande !

Charlotte se dégagea doucement de l'emprise de sa mère qui lui tenait vigoureusement le bras. Elle lui retira des mains sa lampe torche pour balayer le fond de la crypte, là où reposaient jadis les cercueils des seigneurs des lieux.

– Anatole, ne pensez-vous pas qu'il puisse y avoir un passage qui relierait cette crypte à l'abbaye ? À vol d'oiseau, elle est à quoi, deux cents mètres du château ?

– C'est possible, en effet. Ce genre de passage existe dans de nombreux endroits et a permis notamment la fuite de plusieurs ecclésiastiques au moment des persécutions. D'ailleurs, venez donc m'éclairer, Charlotte. Il me semble apercevoir les vestiges d'une porte derrière les étagères qui soutenaient les cercueils. Regardez, cela a été muré, il y a encore la trace d'une ancienne porte.

– C'est incroyable ! s'exclama Héloïse. C'est peut-être l'entrée de ce passage que McGregor cherchait dans l'abbaye !

– Et qu'est-ce que c'est que ça ? demanda Hortense en désignant de lourdes pierres disposées l'une sur l'autre en formant une pyramide.

– Je l'ignore, peut-être des pierres issues du passage secret. Peut-être s'est-il écroulé, on aurait récupéré ces pierres avant qu'il ne soit muré, hasarda Anatole.

– Nous devons sortir d'ici, cria brusquement Éléonore. Vous devez comprendre que nous ne devons pas rester dans cette crypte.

– Mais Maman, nous sommes peut-être à l'aune d'une découverte importante concernant le trésor du Chevalier, protesta Héloïse.

– Je me moque de ce trésor ! » La voix d'Éléonore s'érailla. « Vous devez tous sortir, et toi, Charlotte, je te défends de revenir ici ! »

La jeune femme se figea. L'attitude d'Éléonore était surprenante et il n'était pas dans ses habitudes d'être aussi autoritaire et directive ; elle était véritablement inquiète pour elle.

– Si ça peut te rassurer, Maman, je ferai en sorte de ne pas revenir dans cette crypte, dit-elle d'une voix apaisante. De toute façon, je n'ai aucune raison d'y remettre les pieds.

– Parfait, alors maintenant, quittons cet endroit ! enchaîna la médium en se dirigeant vers le sombre escalier qui remontait vers le grand hall du château. S'approchant de Victor qui lui emboîtait le pas, elle murmura : « N'oubliez pas ce que je vous demande : ne laissez pas Charlotte revenir dans la crypte ! »

49

Château de Saint-Maxent. 17 h 30

La porte d'accès à la crypte était dissimulée sous le grand escalier dans le hall d'entrée. Ils furent accueillis par la cuisinière tandis qu'une sonate de Chopin résonnait toujours dans le château.

– Ah ! vous voilà enfin ! Tristan vous cherchait, il voulait s'assurer que vous resteriez tous ici ce soir pour dîner avec lui. Il est reparti à l'hôpital de Montmorillon pour déposer des vêtements propres à sa mère. Elle rentrera demain au château. Et le gendarme vous attend sur la terrasse, ajouta-t-elle en regardant Charlotte.

La cuisinière égrenait ses informations au fur et à mesure que les membres de la petite équipe émergeaient de la porte en époussetant leurs vêtements.

– Mais qu'est-ce que vous fichiez tous en bas ? Pourtant vous savez, vous, madame Valentin, qu'il ne faut jamais y descendre, dit-elle en pointant un doigt accusateur vers Éléonore. C'est dangereux et vous n'avez rien à y faire.

– Je ne pense pas avoir de compte à vous rendre, Marie-Josèphe, rétorqua sèchement la médium.

– Ne venez pas vous plaindre s'il vous arrive des bricoles !

– Nous n'y retournerons plus, ne vous inquiétez pas, Madame. Maman est juste allée purifier la crypte et nous l'avons accompagnée pour ne pas la laisser seule, répondit calmement Héloïse.

– Pourrait-on aller se préparer des boissons chaudes avec quelques petites choses à grignoter ? demanda Hortense.

– Je vous laisse vous débrouiller, j'ai tout le repas de ce soir à préparer, maugréa la cuisinière en s'en retournant vers son domaine.

– Allez donc vous installer dans la bibliothèque, je file en cuisine pour nous rapporter un plateau, s'écria Héloïse.

– Une précision, chuchota Charlotte. Quand vous êtes dans la bibliothèque, vous pouvez être écoutés. Donc, ne parlez de rien d'important, et surtout pas de nos dernières découvertes. Vous avez tous compris ?

Hortense, Anatole et Éléonore échangèrent un regard surpris, puis acquiescèrent en silence.

– Rien d'important, compte sur nous, répéta Hortense

– Parfait. Victor et moi serons dans le jardin avec Edward, si tu nous cherches, précisa Charlotte à l'adresse de sa sœur.

Elle s'éloigna avec le jeune homme et attendit d'être hors de portée d'oreilles de sa famille pour demander, agacée :

– Qu'est-ce que vous manigancez avec ma mère ? Que vous a-t-elle dit quand on sortait de la crypte ?

– Inutile de me harceler, je ne suis pas obligé de tout vous dire, je peux avoir mon petit jardin secret !

Face au regard inexpressif de la jeune femme, il soupira.

– Votre mère m'a demandé de vous protéger. Elle a la certitude que vous courez un danger dans ce château, elle veut donc que je veille sur vous.

Charlotte haussa les épaules.

– Je peux très bien prendre soin de moi toute seule. Ne prêtez pas trop d'attention aux histoires de ma mère, elle exagère toujours, croyez-moi, ça fait trente-cinq ans que je la connais. Ah, voilà Edward.

Le jeune homme, installé dans un des fauteuils en rotin sur la terrasse, semblait somnoler. Il sursauta quand Charlotte posa une main sur son épaule.

– Vous voilà enfin ! J'étais mort d'inquiétude !

– Comme vous pouvez le constater, Victor, quand notre ami est « mort d'inquiétude », il dort.

– Je ne dormais pas, je réfléchissais !

– Allez, viens, on va t'aider à réfléchir en marchant un peu.

Le trio quitta la terrasse et s'engagea le long de l'allée gravillonnée qui entourait le parc.

– Où étiez-vous donc tous ? J'ai bien reçu ton message, Charlotte, et en arrivant, personne ! Vous avez trouvé un passage secret dans la bibliothèque ?

– Oui. Sais-tu où étaient les Fontenoy quand tu es arrivé ?

– J'ai aperçu Apolline et sa mère dans la serre en arrivant. Le père était autour de son chantier de fouilles. Hugues est arrivé il y a peu, il était à son cabinet dans le village. Quant à Garance, je l'ai entendue jouer, elle était dans le salon de musique. Comme je ne vous trouvais pas, je me suis installé ici. Ah oui, j'ai croisé Tristan qui repartait vers Montmorillon, il m'a d'ailleurs invité à dîner ici ce soir. Il me donne l'impression d'avoir peur de rester seul chez lui.

– Et il a probablement raison.

– Que veux-tu dire ? Qu'avez-vous trouvé ?

La jeune femme s'arrêta pour se retourner et regarder la façade du château. Elle avait la certitude que quelqu'un les observait, tapis derrière des rideaux. Elle comprenait parfaitement les craintes de Tristan pour ressentir elle-même cette sensation de malaise, cette impression d'être constamment épiée. Elle toucha son dos, sous son blouson, pour s'assurer d'avoir toujours l'agenda de Béatrix coincé dans son ceinturon.

– Nous avons découvert un passage secret qui relie la chambre de Béatrix et l'ancienne chambre de Madame Fontenoy mère, à la bibliothèque. Ce même passage souterrain aboutit à la crypte, dans les sous-sols du château. Ça confirme donc les soupçons de Charlotte quant à la culpabilité d'un des membres de la famille Fontenoy dans les crimes qui ont été perpétrés ici.

– On s'est aperçu que quand on était dans le passage secret, on pouvait parfaitement entendre ce qui se disait dans les chambres, et notamment dans la bibliothèque. C'est donc plus probablement en étant dissimulé dans le passage secret que le meurtrier a appris que Béatrix avait l'intention de vendre le château, ajouta Charlotte.

– Le coupable peut donc entrer dans ta chambre comme bon lui semble. C'est une raison suffisante pour quitter les lieux au plus vite avec ta sœur et le reste de ta famille. Venez donc vous installer dans l'auberge d'Apolline, si vous ne désirez pas quitter les environs. L'endroit est charmant et les clients sont tous partis. Cette enquête ne vaut pas que vous vous mettiez en danger.

– Tu as raison. Et je ne doute pas que tu aies des arguments pour convaincre Héloïse. Quant à ma mère et à ma tante, si tu parviens à les décider, je suivrai.

Edward se renfrogna ; s'il ne convainquait pas Éléonore, aucune des autres femmes ne quitterait le château sans elle. Il doutait d'y parvenir.

– Quelles sont les nouvelles du côté de Blanchard ? demanda Victor en reprenant leur lent cheminement le long de l'allée.

– Éloi, le frère de Théo, a été interrogé dans les locaux de la police à Poitiers. Il semble qu'il ne puisse justifier de son emploi du temps à l'heure du meurtre de l'Écossais. De plus, son véhicule aurait été vu dans le parking du château dans la soirée.

– Évidemment ! Il a accompagné Francesca qui voulait assister aux séances de spiritisme de ma mère. Je pense que Francesca espérait un contact avec sa fille, elle a dû convaincre son fils de l'accompagner.

– D'après lui, il a ramené sa mère un peu avant 23 h et se serait couché. Sa femme prend des somnifères, elle dormait déjà. Mais il est ressorti peu de temps après. C'est la voisine, qui est aussi femme de ménage chez madame d'Aubrignan, qui l'a vu quitter la propriété alors qu'elle promenait son chien près de la maison.

– Pourquoi a-t-il menti ? s'interrogea Victor.

– Je ne serais pas étonnée que cela soit pour l'éternelle raison qui fait qu'un mari découche, soupira Charlotte. Ce qui expliquerait qu'il n'ait rien dit lors du premier interrogatoire.

– Tu penses qu'il a une maîtresse ? Si tu as raison, je ne doute pas qu'il donne rapidement son véritable alibi quand il réalisera qu'il est réellement suspecté du crime de son ex-beau-frère.

– Il serait temps pour Blanchard de se mettre sur les bons rails pour cette enquête. Ne crains-tu pas qu'elle ne te crée des problèmes lorsque nous aurons résolu cette affaire ?

– J'aime ton optimisme, sourit Kermorvan.

50

Château de Saint-Maxent. 18 h 30

Marie-Josèphe s'était surpassée. Elle avait préparé en très peu de temps de quoi nourrir jusqu'à l'indigestion les quatorze convives qui seraient au château pour le dîner. Mais elle se refusait à faire le service pour différentes tablées. Cette tête de mule d'Emma avait un rendez-vous qu'elle ne voulait pas annuler, elle se retrouvait seule pour cuisiner et servir. Elle avait donc décidé de ne dresser qu'une table, tant pis pour les esprits chagrins. Ce qu'elle appréhendait surgit subitement sous les traits de Clothilde et Garance. La mère se tenait droite, sèche comme du bois mort, les mains serrées contre elle. Le petit chien de Théo se réfugia sous un meuble en grognant.

– Il n'est pas question que nous mangions en compagnie de ces pique-assiettes, Marie-Josèphe. Je vous demanderai donc de nous installer près de la porte-fenêtre.

– Je suis toute seule pour m'occuper du repas et du service, alors, sauf si vous vous occupez vous-même de votre repas et de mettre votre couvert, je changerai rien à ma disposition.

Clothilde lança un regard dur à la cuisinière en serrant les mâchoires.

– Très bien, je saurai m'en souvenir. Qu'est-ce que c'est que ça ? siffla-t-elle en apercevant Oups qui se réfugia aussi loin qu'il le put sous le billot de cuisine. Vous savez que nous n'acceptons aucun animal dans ce château.

– Ne vous laissez pas faire, Marie-Josèphe », dit Tristan d'une voix enjouée en apparaissant sur le pas de la porte extérieure. Il avait les bras chargés de fruits et légumes frais qu'il avait récupérés dans la communauté et qu'il déposa sur la table de la cuisine. « Si cela ne tenait qu'à moi, nous aurions une quantité d'animaux ici. Mais ne vous inquiétez pas pour ce chien, il partira avec les filles Valentin. Que faites-vous dans la cuisine, ma tante ? Je ne crois pas une seconde que vous proposiez votre aide.

– Elles veulent pas manger à la même table que les invités, bougonna la cuisinière en désignant les deux femmes du menton.

– C'est dommage, mais vous pouvez toujours vous installer dans la cuisine.

Clothilde afficha l'air le plus méprisant dont elle était capable.

– Viens, ma chérie, dit-elle à Garance.

La jeune femme observait le petit chien qui continuait à grogner depuis son refuge sous le billot de cuisine. Elle s'accroupit, tentant de l'attirer avec un morceau de sucre qu'elle avait récupéré sur la table, mais le bichon gémissait de plus belle, partagé entre l'envie et la peur.

– Garance ! appela sa mère avec impatience. Et sortez-moi cette sale bête d'ici, Marie-Josèphe, sinon, vous savez ce qui va se passer.

Garance se releva et quitta la cuisine non sans jeter un regard chargé de regrets à la petite bête.

– On peut dire que t'es un petit veinard, toi le chien, marmonna Marie-Josèphe en hochant la tête.

*

Charlotte aperçut Tristan qui aidait Marie-Josèphe dans la cuisine et les rejoignit. Elle prit le jeune homme à part et lui confia ce qu'elle avait en tête depuis qu'elle avait lu le carnet de Béatrix, puis elle se proposa pour aider elle aussi la cuisinière à emporter dans la salle à manger les différents plats posés sur la table de la cuisine.

Tristan et Aymeric prirent place à chaque extrémité de l'immense table à manger. Clothilde, à la droite de son époux, appela Garance pour qu'elle s'installe à côté d'elle, suivie de Hugues qui ne quittait guère sa jeune sœur. Même Louis, le fils aîné, était présent, il discutait avec Anatole à côté de qui il prit place à table, à la gauche de son père.

Charlotte s'approcha de Victor et d'Edward qui semblaient se demander où ils pourraient bien s'asseoir.

– J'ai eu une idée pour démasquer notre tueur, chuchota-t-elle. On en parle après le repas.

Les deux hommes hochèrent discrètement la tête et prirent place autour de la table, en prenant soin de ne pas choisir une place trop proche des Fontenoy.

Apolline fit son entrée, toujours superbe, dans une robe bustier très décolletée. Elle s'installa d'autorité entre son frère Hugues et Victor.

– Comment va votre mère, Tristan ? demanda Hortense, après s'être assise entre Anatole et Charlotte.

– Beaucoup mieux ! Elle reste très fatiguée, mais estime qu'elle pourra tout aussi bien se reposer ici qu'à l'hôpital où elle est souvent dérangée. Je vais la chercher demain à 13 h. Et vous ? Qu'avez-vous fait ? Je n'ai vu personne quand je suis passé ici cet après-midi.

– Nous avons visité votre château, répondit Hortense pour meubler le silence pesant. Nous nous sommes amusés à rechercher des indices concernant le trésor du Chevalier de Saint-Maxent.

– Il est réconfortant de constater que certains savent s'amuser en dépit des drames qui se sont déroulés ici, lança acerbe, Clothilde.

– Il est important de savoir s'amuser, tu n'es pas de mon avis, Victor, souffla Apolline, en caressant doucement son épaule nue.

Charlotte, assise en face de la jeune femme, plissa les yeux. Il ne faisait aucun doute que les relations entre Victor et sa voisine avaient pris un tournant plus charnel. Elle accrocha le regard du jeune homme, qui détourna les yeux.

– Mon cher confrère, lança Anatole en se tournant vers Aymeric. Je vous envie de vivre dans un tel endroit ! Ce château est splendide, et remarquablement bien conservé.

– Vous avez raison, monsieur Saintenac, et tout cela, grâce à ma mère qui a énormément investi dans des travaux de modernisation, répondit Tristan en levant son verre de vin vers son oncle.

Anatole hocha la tête.

– Je n'ai pas pu m'empêcher de remarquer que certaines tranchées avaient commencé à être creusées aux abords de l'aile ouest, la plus ancienne du bâtiment si j'en crois l'architecture. Sont-ce des travaux de modernisation ?

– Non, ça, ce sont les fouilles d'oncle Aymeric, reprit Tristan sans laisser à son oncle le temps de répondre. Soi-disant pour trouver des vestiges datant de la Renaissance, c'est bien ça, Tonton ?

Le vieil homme leva des yeux noirs vers son neveu, assis face à lui à l'autre bout de la table.

– Absolument. Je suis d'ailleurs étonné que tu aies retenu autant de choses, répondit sèchement Aymeric.

– En réalité, mon cher oncle recherche assidûment le trésor qui serait caché dans cette propriété. Vous en connaissez la légende, je suppose ? Tonton a déjà fait de nombreuses fouilles qui n'avaient pour but que de le trouver.

– Il existe de très nombreuses légendes en France concernant de prétendus trésors, mais bien peu sont avérées, répondit Anatole.

– Vous avez raison, mon cher confrère, et mon neveu confond fouilles archéologiques et chasse au trésor. Ce château recèle de nombreux vestiges que je prends plaisir à découvrir.

– Quand donc allons-nous reprendre possession des lieux, Tristan ? coupa Clothilde d'une voix hautaine. Il était convenu avec ta mère que les hôtes payants devaient quitter les lieux le lundi. Sans vouloir être désobligeante, ce château n'est pas un hôtel.

– Je t'en prie, Clothilde ! soupira son époux en coulant un regard torve vers Éléonore.

La médium eut un petit sourire, elle n'était pas dupe de l'effet qu'elle produisait sur Aymeric et, malgré son dégoût, s'en amusait.

– Madame Valentin, sa famille et ses amis ne sont pas des « hôtes payants », ma tante, mais des invités. Maman rentre demain, et elle tient à ce que ses amis soient toujours là pour son retour.

– Tante Béatrix ne doit pas être si malade alors, si elle rentre demain, dit Garance d'une voix grave et profonde.

Charlotte leva les yeux, surprise. C'est la première fois qu'elle entendait le son de la voix de la jeune femme, très mélodieuse. Elle l'avait imaginé plus aiguë. En plus d'être une virtuose au piano, la jeune femme devait avoir une voix d'alto superbe.

– Ce n'est pas grâce à vous ! rétorqua Tristan. Si Hortense n'avait pas été là, son état aurait été beaucoup plus grave. Où étais-tu, Hugues, pendant que ma mère faisait son malaise ?

– À ta recherche, figure-toi.

– Allons, Tristan, nous savons tous que ta mère a joué toute sa vie de sa fragilité pour obtenir ce qu'elle voulait, dit Apolline d'une voix doucereuse.

– Et c'est à cause de sa « fragilité », comme tu dis, que j'ai insisté pour que ses amies restent auprès d'elle le plus longtemps possible. La mort d'une des invitées par empoisonnement au muguet est plus que suspecte, je ne me trompe pas, commandant ?

Surpris, Kermorvan acquiesça, mais n'ajouta rien. Il observait les réactions de la famille Fontenoy face aux accusations à peine déguisées de Tristan. Aucun membre ne manifestait le moindre agacement, ils semblaient même s'amuser des déclarations du jeune homme, comme s'ils ne les prenaient pas au sérieux.

– J'ai l'impression que tu te prends pour un enquêteur de roman policier, grinça Hugues. Il va bientôt nous demander de justifier de notre emploi du temps, ajouta-t-il en se tournant vers sa famille.

– Je suis persuadé que ma mère a été visée par cet empoisonnement et je n'oublie pas que tu es son médecin.

– Ne dis pas n'importe quoi, Tristan, s'irrita Aymeric. Personne n'a voulu empoisonner ta mère, c'est juste un malheureux accident.

– Je sais que tous, vous feriez n'importe quoi pour récupérer ce château et son fameux trésor. Je ne suis pas dupe. Et Maman non plus. Elle a noté beaucoup de choses dans son carnet, ne croyez pas qu'elle n'avait rien remarqué. Et j'ai bien l'intention d'en parler à la police !

– Mon pauvre garçon, tu dis vraiment n'importe quoi !

– Ne vous y trompez pas, mon oncle ; si ce n'est pas ma mère qui vend, c'est moi qui le ferai. Et alors, bye bye la vie de château et le trésor ! se moqua Tristan.

Kermorvan n'aimait pas la tournure que prenait cette conversation et interrogeait du regard Charlotte, qui demeurait impassible.

– Nous avons découvert la richesse de l'histoire de ce château, commença Hortense, inquiète, elle aussi, par la tension qui plombait le repas. Il semblerait qu'à l'origine, le bâtiment était beaucoup plus restreint, et que le puits que l'on voit dans la crypte était alors à l'extérieur du château.

Clothilde sursauta :

– Vous êtes descendue dans la crypte ? C'est formellement interdit au public. C'est incroyable le sans-gêne des clients, ce n'est pas parce que les lieux sont ouverts au public qu'il faut se croire tout permis et déambuler partout comme si vous étiez chez vous ! Que diriez-vous si…

– Maman, interrompit fermement Louis. Tristan vient de nous dire que ces dames ne sont pas des clientes, mais des invitées, et que le château leur est totalement accessible, c'est la volonté de tante Béatrix.

Il adressa un signe de tête à Hortense, mortifiée par la tirade de Clothilde. Anatole posa une main sur celle d'Hortense et se tourna vers Aymeric.

– Les travaux d'agrandissement du château, à travers les siècles, ont été réalisés avec beaucoup de goût, l'ensemble étant à ce jour très harmonieux. C'est rarement le cas de ce genre de propriété, trop souvent défigurée par des travaux engagés sans cohérence par les propriétaires successifs.

– J'imagine que la présence d'un historien émérite y est pour beaucoup, murmura Éléonore d'une voix rauque, en plongeant ses yeux vairons dans ceux d'Aymeric.

– J'ai… supervisé les travaux… pour qu'ils ne défigurent pas le château, balbutia le mari de Clothilde, troublé par l'attention que lui portait pour la première fois sa déesse.

Tristan fut sur le point d'ajouter quelque chose quand Charlotte l'interrompit d'un geste de la main.

Aymeric, que les quelques mots et le regard d'Éléonore avaient enflammé, commença alors à décrire avec enthousiasme les différentes étapes de la réfection de la propriété tandis que Clothilde massacrait consciencieusement sa tourte à la viande avec sa fourchette. C'est avec un plaisir évident qu'il discutait avec Anatole des mérites comparés de l'architecture de la Renaissance et du Moyen Âge. Contre toute attente, la conversation prit alors un tour beaucoup plus détendu, si bien que lorsqu'arriva le dessert, une succulente crème aux œufs, l'ambiance était devenue étonnamment amicale, aidée sans aucun doute, par de nombreuses bouteilles de vin de Touraine apportées par Louis.

Garance semblait hermétique à tout ce qui pouvait se faire ou se dire autour d'elle, comme retranchée dans son univers musical. Tristan était plus détendu et plaisantait avec Héloïse et Louis à propos de certains des clients du week-end, pour le moins originaux. Victor et Edward racontaient à Apolline, plus féline que jamais, des anecdotes de leur formation militaire, tandis que la jeune femme remplissait régulièrement leur verre.

Éléonore avait obtenu ce qu'elle cherchait. Elle avait très peu goûté l'agressivité de Clothilde envers Hortense et avait pris un malin plaisir à user de sa séduction, ne lésinant pas sur les regards langoureux, pour amener Aymeric à adopter une attitude plus agréable envers sa famille et ses amis. Se sentant probablement humiliée, Clothilde se retira dans sa chambre, prétextant une horrible migraine.

Seuls Charlotte et Hugues restaient silencieux, observant en silence les différents membres de cette étonnante assemblée.

Alors qu'ils se réunissaient pour un dernier verre dans la bibliothèque, Éléonore entraîna sa fille sur la terrasse.

– Ne baisse pas la garde, ma chérie. Tout cela n'est que sourire de façade. Je sens que quelque chose de mauvais se prépare, et ce n'est pas ce qui s'est passé ce soir qui va me faire changer d'avis.

– Je suis d'accord avec toi. Tout ça n'est que de la comédie.

– J'ai eu tort de te demander d'enquêter sur cette affaire. C'est à la police de s'en occuper. Tu as toujours le carnet de Béatrix avec toi ?

– Oui, je vais le confier à Edward pour qu'il le remette à Blanchard dès demain.

– Tu as raison, contente-toi de leur donner le carnet et de leur faire part de tes soupçons. Tu n'es plus gendarme, laisse-les faire leur boulot.

– Ne t'inquiète pas, ça sera fait à la première heure demain.

Éléonore torturait un fin mouchoir en lin blanc entre ses mains.

– J'ai peur d'avoir pris la mauvaise décision, dit-elle d'une voix basse. Je pense qu'on doit quitter ce château ce soir même ! Je sais que Tristan va nous en vouloir, mais le danger est trop grand, je le sens très proche…

– Alors, quittons ce château, je ne demande pas mieux ! Je te l'ai dit, Maman : je reste avec toi. Si tu décides de partir, alors nous partirons toutes.

– Je vais demander à Apolline de nous héberger dès cette nuit.

– Tu m'as l'air bien sûre de son innocence. Mais si c'était elle ?

– Elle ne tuera personne sous son toit ! Comment voudrais-tu qu'elle puisse s'en sortir ? sourit Éléonore. Demain, je tenterai de convaincre Béatrix de quitter cet endroit jusqu'à ce qu'il soit vendu. Nous pourrions peut-être l'accueillir chez nous ?

– Pourquoi pas, si ça peut la décider à partir d'ici.

Rassurée, Éléonore serra sa fille dans ses bras et rejoignit le reste des convives dans la bibliothèque.

Charlotte était rassurée. Avec sa famille qui quittait le château ce soir, elle avait les mains libres pour mener à bien son plan. Avec l'aide de Victor, Edward et Tristan, tout devrait bien se passer.

51

Château de Saint-Maxent. 21 h

Les deux sœurs, aidées de Louis et Tristan, débarrassaient la table de la salle à manger et rapportaient des plateaux chargés d'assiettes et de couverts dans la cuisine.

Du petit salon, sortirent soudain des notes de musique.

– Jamais elle n'aide, celle-là ? maugréa Héloïse.

– Au moins, on sait où elle est, chuchota Charlotte. Maman a décidé de quitter le château et d'aller passer la nuit chez Apolline.

– Quoi ? s'exclama Héloïse. C'est pourtant elle qui voulait à tout prix rester. Pourquoi a-t-elle changé d'avis ?

Charlotte suivit des yeux les deux cousins qui rejoignaient le reste de la famille dans la bibliothèque.

– Maman est inquiète. Elle pense qu'il vaut mieux que nous partions tous d'ici.

– C'est étrange, j'ai pourtant l'impression que l'ambiance est bien meilleure ce soir. Louis a même décidé de rester dormir ici.

Charlotte hocha la tête, pensive :

– Tous les Fontenoy auront donc rejoint le bercail ce soir… Écoute, elle ne veut plus rester, même pour une nuit. Et je pense qu'elle a raison. Dis-toi que tu vas rejoindre Edward qui est déjà en place à l'auberge. Personnellement, je quitterai cet endroit sans regret. Bon, rejoignons-les, je dois parler à Victor et Edward.

Dans la bibliothèque régnait une atmosphère où les effluves de cognac se mêlaient aux odeurs de cuir et de vieux livres. En franchissant le seuil de la pièce, Charlotte eut la sensation que tous les regards se tournaient vers elles, avec plus ou moins de bienveillance.

Anatole lui fit un clin d'œil en levant son verre, imité par Aymeric. Hugues s'était manifestement détendu et partageait avec Victor et Edward un verre de cognac, ou autre boisson alcoolisée, entre rires et tapes viriles dans le dos. On se serait cru dans un pub, il ne manquait plus que les chansons paillardes ! Seule Hortense n'avait pas cédé à l'appel de l'alcool et jetait des regards inquiets vers son ami Anatole.

Charlotte fit signe à Victor et Edward, et s'inquiéta de les voir la rejoindre en titubant légèrement.

– Vous avez bu ? s'indigna-t-elle à voix basse.

Les deux compères échangèrent un regard surpris et secouèrent la tête.

Dubitative quant à leur sobriété, Charlotte leur demanda de rester vigilant après l'esclandre provoqué par Tristan lors du repas. Elle espérait que le meurtrier se dévoilerait rapidement pour récupérer le carnet avant qu'elle ne le remette à la police. Elle avait besoin d'eux pour le maîtriser quand il agirait. Au fur et à mesure qu'elle parlait, Charlotte se rendit compte que Victor et Edward n'étaient pas vraiment au mieux de leur forme, mais espérait que les vapeurs d'alcool allaient rapidement se résorber.

– Vous êtes sûrs d'aller bien tous les deux ? N'oubliez pas que je compte sur vous pour maîtriser le meurtrier ce soir !

Les deux compères se contentèrent de hocher la tête, sans un mot.

– Ma mère a décidé de quitter le château. Elle a obtenu l'accord d'Apolline pour aller s'installer dans l'auberge dès ce soir.

– Et moi ? Je reste ici tout seul ? protesta Victor d'une voix pâteuse.

– Mais non, puisque nous resterons ici avec Tristan pour tendre notre piège au meurtrier, alors pas un mot à ma famille ! » répondit Charlotte en fronçant les sourcils. La tête de Victor dodelina de façon suspecte. « Mais vous êtes complètement saouls, ma parole ! »

Le jeune homme fronça les sourcils.

– Ça n'est pas ce que vous croyez, Charlotte !

Edward, dont l'hilarité révélait qu'il avait lui aussi dépassé la dose d'alcool autorisée, pouffa et donna un violent coup de coude dans les côtes de Victor.

– Il va falloir dessaouler rapidement, les gars, grogna la jeune femme. J'ai l'impression que vous avez perdu l'objectif de vue. Je vous rappelle que nous recherchons un tueur et qu'il est dans cette maison.

– Allez, Charlotte, détendez-vous ! La famille n'est peut-être pas coupable, ils sont beaucoup plus sympas qu'ils en ont l'air, vous verrez ! Et si c'était plutôt le frère de Théo le coupable.

La jeune femme secoua la tête, effondrée. Elle ne pourrait pas compter sur eux ce soir, il valait mieux annuler ce qu'elle avait prévu et quitter le château, en espérant que le tueur ne viendrait pas dans l'auberge cette nuit. Elle allait devoir rester sur ses gardes jusqu'au lendemain, la nuit allait encore une fois être longue.

– Je pense qu'il est préférable que vous rentriez sans tarder à l'auberge, dit Charlotte d'une voix dure. Aucun de vous ne prend le volant ce soir, c'est Héloïse qui vous ramènera au village, et le plus tôt sera le mieux à mon avis. Merci les gars ! Je vois que je peux compter sur vous !

– Elle est pas drôle ta copine, Edward.

– Non, elle a toujours été trop sérieuse…

Les deux compères se regardèrent et hochèrent la tête comme deux petits garçons.

Préoccupée et énervée, Charlotte tourna les talons et quitta la bibliothèque.

52

Château de Saint-Maxent. 21 h 30

La jeune femme n'avait pas prévu que ses deux gardes du corps seraient saouls comme des cochons, ça compliquait grandement son plan. Finalement, il était heureux que sa mère ait décidé de quitter le château, tant pis pour ses projets de débusquer le meurtrier.

Elle allait se contenter de remettre le carnet de Béatrix à la capitaine Blanchard, et de lui faire part de ses soupçons. Elle avait suffisamment d'éléments pour terminer cette enquête, même si elle manquait cruellement de preuves. Mais comme disait Éléonore, après tout, elle n'était plus gendarme. Fin de la mission, retour à Bourg-sur-Gironde !

Tandis qu'elle ruminait sa déception en montant lentement le superbe escalier de pierre qui menait aux chambres, elle fut rejointe en courant par Héloïse et Hortense.

– Apolline peut tous nous loger, y compris Anatole et Victor, haleta Héloïse.

– Je ne comprends pas ce besoin de boire au point de perdre le contrôle ! Même Anatole a dépassé la limite ! marmonna Hortense.

– Je suis bien d'accord, d'autant plus que nous sommes en pleine enquête !

– Tu exagères, Charlotte, protesta Héloïse, Edward n'est plus sur cette affaire, et cette soirée est une sorte d'exutoire pour lui. Il a dû être terriblement sous tension ces derniers jours !

– Ben voyons ! s'exclamèrent en chœur Charlotte et Hortense !

– Que fait Maman ? demanda Charlotte alors qu'elles parcouraient le long couloir jusqu'à leur chambre.

– Elle est déjà partie avec Apolline pour l'aider à préparer notre arrivée.

Alors qu'elles poussaient la porte de leur chambre, elles poussèrent un cri de surprise ! La pièce était sens dessus dessous, la plupart des vêtements gisaient sur le sol, et les draps et couvertures des deux grands lits étaient complètement défaits. Même les matelas avaient été soulevés et étaient retombés de travers sur les sommiers. Les tiroirs des commodes étaient grands ouverts et leur contenu jeté à terre. La fouille avait été complète et frénétique. Une dangereuse frénésie…

– Mon Dieu, murmura Hortense, que s'est-il passé ?

Charlotte récupéra sa besace en cuir qui avait été complètement renversée et vidée. Elle ramassa son portefeuille et en vérifia le contenu. Il ne manquait rien.

– C'est l'intrus de cette nuit qui est venu finir le travail, dit-elle d'une voix neutre.

– Il cherche toujours le carnet de Béatrix ? s'inquiéta Hortense.

– Manifestement.

– Mais tu l'as toujours, n'est-ce pas ? demanda Héloïse.

Charlotte souleva son blouson en cuir, dévoilant le carnet coincé dans son ceinturon, dans le dos.

– Toujours.

– On doit quitter cet endroit au plus vite, murmura Hortense. Allez, récupérons rapidement nos affaires et partons vite d'ici !

Moins de quinze minutes plus tard, les trois femmes redescendaient les escaliers hélicoïdaux pour déposer leurs valises devant la porte d'entrée. De la bibliothèque fusaient des chants militaires, entonnés par toutes les voix mâles que l'alcool rendait rocailleuses.

– Allons bon, manquait plus que ça, maugréa Charlotte.

– Bon, il ne nous reste plus qu'à récupérer nos chevaliers servants. Bonne chance, les filles, dit Hortense en fronçant les sourcils.

– Il faut à tout prix que Tristan vienne avec nous, chuchota Charlotte. Ma tante, est-ce que tu pourrais essayer de le décider à nous accompagner ?

– Compte sur moi !

Après le saccage de leur chambre, Hortense était plus que jamais inquiète pour le jeune homme et n'avait pas l'intention de le laisser seul au château. « S'il le faut, je l'emporterai sur mon dos comme un sac à patates ; saoul comme il est, ça ne sera pas bien compliqué ! »

En plus des effluves d'alcool flottaient maintenant des relents de tabac... et d'autres substances illicites ! Les trois femmes échangèrent un regard inquiet : en plus d'être saouls, certains devaient être complètement drogués ! Victor et Edward étaient avachis dans des fauteuils en cuir et fumaient deux énormes cigares en faisant manifestement un concours à celui qui réussirait le plus bel anneau de fumée. Au moins, on pouvait dire que ces deux-là avaient l'alcool gai. À l'autre bout de la pièce, assis par terre, Tristan fumait une cigarette roulée. Charlotte comprit alors d'où provenait l'odeur de marijuana qui flottait dans l'air.

Anatole paraissait mieux tenir la corde : droit comme un I, il chantait à tue-tête qu'« *il avait un camarade de meilleur il n'en est pas... dans la paix et dans la guerre, nous allions comme deux frères...* ». Mais comment connaissait-il ce chant de la Légion étrangère ? se demandait Charlotte, éberluée. Aymeric, Hugues et Louis se tenaient à l'écart, les observant, goguenards.

– Vous venez avec nous maintenant, dit-elle en tirant Victor par la main. Allez, faites un effort, bon sang !

Le jeune homme eut un sourire niais en s'appuyant sur la jeune femme, soufflant vers elle une haleine chargée d'alcool et de tabac.

Tandis qu'Héloïse s'occupait de sortir un Edward à peine moins ivre, Hortense tirait par la main un étonnant baryton !

– Vous savez que je vous aime... beaucoup... Charlotte ? balbutia Victor d'une voix traînante.

– Oui, bon, allez, Victor, on avance !

– Et vous ? Vous m'aimez aussi ?

Charlotte tentait de faire avancer Victor qui peinait à se tenir debout. Que s'était-il passé pour qu'ils soient tous dans cet état ?

– Là, en ce moment, j'ai plutôt envie de vous frapper ! Faites un effort, bon sang !

– Mais vous m'aimez quand même un peu, non ?

Charlotte soupira. Elle jeta un regard aux Fontenoy qui s'étaient regroupés près de la porte-fenêtre et ne leur accordaient plus d'attention.

– Mais oui, un peu. Allez, on avance.

– Moi, je vous aime plus…

La jeune femme réprima un sourire, elle allait adorer voir sa tête le lendemain quand il se souviendrait de ce moment.

– Faites attention à la marche !

– Mais pourquoi vous vous moquez toujours de moi ?

– Sûrement parce que c'est facile… et après ce que vous avez fait ce soir, croyez-moi, ça n'est pas près de s'arrêter… voilà, essayez de regarder où vous marchez.

– Vous m'aimez quand même hein, Charlotte ?

– Mais oui, je vous aime, Victor ! Bon sang ! Ce que vous êtes lourd ! Vous pourriez essayer de vous tenir plus droit ? S'il vous plaît ?

Alors que le petit groupe arrivait enfin devant le monospace de Charlotte, Edward commença à entonner un nouveau chant, que Victor et Anatole reprirent en chœur

« Mon Dieu, mon Dieu donne-moi… la tourmente, donne-moi…, la souffrance… donne-moi, l'ardeur au combat… et puis la gloire au combat » et voilà, c'était parti pour « La prière du para ».

Les faire monter dans le véhicule ne fut pas une mince affaire, mais au bout de longues minutes, les trois hommes étaient installés à l'arrière, continuant à chanter à tue-tête. Avec toutes les valises, il n'y avait plus de place dans le monospace.

– Ils me fatiguent. Je n'ai qu'une hâte, c'est de les mettre au lit, bougonna Charlotte.

– Ma pauvre chérie, tu dois être épuisée toi aussi. Et Tristan ? s'inquiéta soudain Hortense.

– Je vais le récupérer et je le ramène avec la voiture de Victor. Vous partez avec la mienne, on se retrouve à l'auberge. Je file récupérer Tristan ; avec ce qu'il a bu et fumé, je le coucherai dès qu'on sera chez Apolline. Allez, ne traînez pas, je n'ai pas envie de devoir nettoyer ma voiture demain parce que ces messieurs n'auraient pas su se tenir. Je vais récupérer les clefs de Victor.

Alors qu'elle fouillait les poches de son jean à la recherche des clefs de voiture, Victor, sans l'aider le moins du monde, se pencha vers elle avec un regard lubrique et lui souffla un « petite coquine » aux relents de cognac et de cigare qui pue. *Comme il allait regretter cette soirée quand il aurait dessaoulé !* se dit Charlotte. Ayant enfin trouvé ce qu'elle cherchait, elle les regarda partir, souriant malgré elle. Le chant de la Prière résonna jusqu'à ce qu'elle retourne dans la bibliothèque pour récupérer Tristan.

Mais il n'était plus là.

53

Château de Saint-Maxent. 22 h

Clothilde et Garance avaient rejoint leur famille dans la bibliothèque, et c'est cinq paires d'yeux qui convergèrent vers Charlotte alors qu'elle se tenait sur le pas de la porte. Parmi eux, elle en était intimement persuadée, il y avait l'assassin. Bon sang, pourquoi Tristan n'était-il plus ici ? Charlotte hésitait sur la conduite à tenir : devait-elle interroger la famille Fontenoy pour savoir où était le jeune homme ? Où devait-elle le chercher dans le château, sans rien demander à personne ? Peut-être allait-il revenir ; avec ce qu'il avait bu, il était sûrement dans les toilettes.

– Vous cherchez Tristan, n'est-ce pas ? demanda Louis, résolvant ainsi son dilemme.

– Oui, répondit-elle d'une voix qu'elle aurait voulue plus assurée.

– Je crois qu'il est parti vers la cuisine, peut-être pour manger un morceau.

– Vous avez finalement décidé de dormir à l'hôtel, constata Aymeric, le regard froid.

– Oui, nous avons jugé plus correct de ne pas nous imposer.

Charlotte hocha doucement la tête. Il était perturbant de constater qu'aucun des membres mâles de la famille Fontenoy ne semblait particulièrement ivre, contrairement à leurs invités. Qu'est-ce qui pouvait l'expliquer ? La jeune femme doutait que Victor, Anatole ou Edward aient sciemment bu exagérément, surtout sachant qu'il y avait au sein de ce château un meurtrier aux aguets. Clothilde lui jetait un regard ouvertement hostile, tandis que Garance déambulait tranquillement dans la bibliothèque, un sourire absent sur les lèvres.

– Je vais le rejoindre… bonne fin de soirée, répondit-elle les sens en alerte.

Elle sortit en reculant, regrettant que sa sœur et sa tante aient déjà quitté le domaine.

La disparition de Tristan était inquiétante. Charlotte eut soudain conscience qu'elle s'était jetée dans la gueule du loup. Anatole, Victor et Edward avaient été mis délibérément hors-jeu, cela ne faisait aucun doute pour elle. Comment ? Elle l'ignorait encore, mais c'était probablement les effets d'une drogue. Elle se retrouvait maintenant seule face à cette famille. Elle doutait pourtant qu'ils fussent tous coupables, le meurtrier ne pourrait pas s'attaquer à elle et à Tristan sans se dévoiler. Il lui fallait le retrouver rapidement et quitter le château au plus vite. Elle devait se reprendre et garder son sang-froid.

Elle traversa le hall d'entrée en direction de la cuisine. Les talons de ses bottines claquaient sur le carrelage en marbre, résonnant bruyamment dans le silence du château. Oppressée, elle sortit les clefs de la voiture de Victor de sa poche et laissa dépasser entre ses doigts la partie métallique. Maigre défense, mais qui la rassura un peu.

– Tristan ? Tu es là ? appela-t-elle alors qu'elle arrivait sur le seuil de la cuisine, plongée dans la pénombre.

Un gémissement lui répondit, suivit de petits claquements secs sur le carrelage. Oups ! Ils avaient oublié Oups ! La jeune femme saisit le petit animal tremblotant dans ses bras, enfouissant son visage dans son pelage alors qu'il lui léchait frénétiquement le cou.

– Mon petit pépère, on t'avait oublié ! Allez, on récupère Tristan et on file à l'auberge, tu verras, tu y seras beaucoup mieux !

Rassérénée par la présence dans ses bras du petit chien, Charlotte reprit ses déambulations dans le château à la recherche du jeune homme. Un silence angoissant régnait à présent entre les murs du château, bien loin de l'ambiance festive qui prévalait peu de temps avant. Ses talons continuaient à résonner bruyamment sur le carrelage, indiquant à quiconque où elle se trouvait.

Revenant sur ses pas, elle constata qu'il n'y avait plus personne dans la bibliothèque ni dans les salons. Il ne lui restait plus qu'à aller vérifier si le jeune homme ne s'était pas déjà couché dans sa chambre.

Aux pieds de l'immense escalier, elle hésita un instant. Elle n'arrivait pas à se décider à quitter les lieux sans emmener Tristan. Elle l'avait mis en danger et ne pouvait pas le laisser tomber. Lors du repas, il était allé beaucoup trop loin dans ses accusations. Elle lui avait demandé de déclarer qu'il voulait remettre le carnet de sa mère aux autorités. Il devait simplement l'interroger lors du dîner et c'est elle, Charlotte, qui devait insinuer pouvoir démasquer le meurtrier grâce aux écrits de Béatrix. Cela était censé inciter l'assassin à vouloir récupérer le carnet avant le lendemain. Mais le jeune homme n'avait pas su s'en tenir à ses recommandations. Et les voilà tous les deux, à la merci d'un meurtrier qui était probablement très en colère. Tristan pouvait-il être dans sa chambre ? Était-il raisonnable qu'elle continue à déambuler seule dans ce château alors qu'un tueur retors y séjournait ? La police la prendrait-elle au sérieux si elle les appelait au secours sur la base de ses intuitions ? Probablement pas. Si seulement elle pouvait être certaine de convaincre la capitaine Blanchard d'investir le château avec ses hommes pour retrouver Tristan ! Edward pourrait peut-être la décider à intervenir. La jeune femme se sentait, à chaque minute qui passait, de plus en plus oppressée. Elle devait demander de l'aide. Charlotte sortit son téléphone et composa machinalement le numéro de téléphone d'Edward. Au bout de deux sonneries, elle raccrocha. Quelle idiote ! Dans l'état où il était, évidemment qu'il n'allait pas lui répondre ! « Ressaisis-toi, ma vieille ! tu ne peux pas te laisser impressionner aussi facilement ! » Le chien se mit alors à grogner sourdement.

– Ne t'inquiète pas, chuchota-t-elle, on ne va pas tarder à y aller.

Le pauvre Tristan était peut-être en danger alors qu'elle tergiversait ! Elle prit soudain sa décision et s'élança au pas de course dans l'escalier, puis courut sans s'arrêter jusqu'à la chambre de Tristan et ouvrit la porte à toute volée ! Elle chercha l'interrupteur et alluma le plafonnier. Rien ! la chambre était vide, aucune trace du jeune homme.

La peur la saisit tandis que le petit chien se débattait pour s'échapper. Il fallait qu'elle sorte d'ici, elle reviendrait avec de l'aide, priant pour qu'il ne soit pas trop tard pour le pauvre garçon. Resserrant son étreinte autour du chien qui se débattait de plus en plus, elle repartit en courant le long du couloir, dévala quatre à quatre les marches de l'escalier et se dirigea vers la porte d'entrée du château. Impossible de l'ouvrir, le verrou avait été tiré. Elle passerait par une porte-fenêtre de la bibliothèque, qu'elle casserait au besoin ! Mais alors qu'elle se retournait pour courir vers la bibliothèque, elle reçut un violent coup derrière la tête et sombra dans l'inconscience.

54

Font-Saint-Maxent. 22 h

En arrivant au village, les esprits étaient loin d'être dégrisés. Amusées malgré elles, Hortense et Héloïse guidèrent tant bien que mal les trois acolytes honteusement alcoolisés jusqu'à l'auberge, où ils s'affalèrent dans les fauteuils du salon, alertant Éléonore par leurs cris et leurs chants. Ils accaparèrent l'attention de tous, tant et si bien que personne ne se rendit compte qu'il manquait deux personnes à l'appel.

Ce n'est que plus tard dans la soirée, quand les trois hommes furent un peu calmés et eurent épuisé leur répertoire de chants militaires, qu'Hortense et Héloïse purent enfin raconter au petit groupe la mise à sac de leur chambre dans le château.

– Charlotte avait raison depuis le début, maugréa Victor d'une voix encore pâteuse en avalant son troisième expresso. L'assassin est sans aucun doute un des membres de la famille. Elle voulait qu'on l'aide à lui tendre un piège ce soir.

– Il voudra récupérer le fameux carnet de Béatrix, acquiesça Edward en frottant ses tempes battues par une méchante migraine. Il va falloir garder les yeux ouverts cette nuit.

– Je ne comprends pas ce qui nous a mis dans cet état, reprit Victor en frottant lui aussi ses tempes douloureuses.

– C'est exactement ce que je me disais, mon cher Victor. Mesdames, nous avons été tous les trois impardonnables, j'ose espérer que vous oublierez cette soirée très vite et que vous accepterez nos excuses, ajouta Anatole, la mine penaude.

– Je ne veux pas dire que j'ai l'habitude de boire, mais je connais mes limites, et là, j'en étais loin. J'en connais une qui ne va pas se priver de me rappeler que je n'ai pas été à la hauteur, murmura Victor en cherchant Charlotte des yeux.

Où était-elle donc ? Elle avait pourtant quitté le château avec eux, il se souvenait qu'elle avait utilisé sa voiture. Il fut soudain soulagé qu'elle ait préféré aller se coucher plutôt que d'assister à leurs divagations d'ivrognes.

– Je pense comme toi, mon ami. Cette ivresse très rapide n'est pas naturelle.

– Avez-vous remarqué qu'Apolline n'était pas restée avec nous ce soir ? interrogea Héloïse. Soi-disant pour nous laisser prendre possession des lieux à notre guise. Vous ne trouvez pas ça un peu étrange de la part de la gérante de cette chambre d'hôtes ? Et elle ne compte pas rentrer de sitôt, car elle nous a même confié les clefs de l'auberge jusqu'à son retour.

– Pourquoi est-elle repartie ? interrogea Edward, surpris.

– Elle m'a dit qu'elle devait s'assurer que la cuisine serait propre et en état d'être utilisée demain à la première heure. Elle est traiteur pour un groupe qui aurait loué la salle à manger pour un repas demain midi, répondit Éléonore.

– Pourtant, Aymeric m'a confié être heureux de récupérer son château, qui ne devrait plus recevoir de visiteurs avant un bon mois, répondit Anatole en fronçant les sourcils. Il compte ainsi reprendre ses fouilles autour de l'abbaye.

– Alors, où est-elle ? demanda Hortense.

– J'ai peut-être mal compris, le repas ne se fait peut-être pas dans le château, répondit Éléonore en haussant les épaules.

– Quoiqu'il en soit, je suis rassuré que vous ayez pris la décision de quitter les lieux, Éléonore, soupira Edward.

– Oui, nous sommes plus en sécurité ici, et Charlotte va enfin passer une vraie nuit de repos, acquiesça Éléonore. Il faudra nous organiser pour monter la garde cette nuit.

– C'est vrai qu'elle est épuisée, elle n'a pas beaucoup dormi ces deux derniers jours, renchérit Hortense. Mais je ne l'ai pas vue rentrer, elle est déjà partie se coucher ?

Éléonore sentit ses cheveux se dresser littéralement sur sa tête.

– Comment ça, tu ne l'as pas vue rentrer ? Vous n'étiez pas ensemble pour quitter le château ?

Hortense ouvrit de grands yeux.

– Ben non… elle est retournée chercher Tristan qui était resté dans la bibliothèque. Elle devait nous suivre. Elle est sûrement déjà revenue. Elle a dit qu'elle coucherait Tristan dès son arrivée ici ; elle a dû se coucher elle aussi et elle doit déjà dormir !

– Elle est retournée seule au château ? s'inquiéta Victor.

Pris d'un sombre pressentiment, le jeune homme se leva trop précipitamment et chancela avant de se rattraper au dossier de son fauteuil.

– Allons vérifier qu'elle est bien dans sa chambre ! C'est laquelle ?

– La 202, au deuxième étage, répondit Éléonore en suivant le jeune homme qui grimpait aussi vite qu'il le pouvait l'étroit escalier.

Arrivé devant la chambre 202, Victor poussa la porte sans frapper et alluma le plafonnier : la chambre était vide.

– Comment avez-vous pu la laisser là-bas ? Je vous avais pourtant instamment demandé de ne pas la laisser seule ! cria Éléonore en fixant sur Victor un regard chargé de reproches.

La peur s'installa, dégrisant complètement Victor et Edward.

– On y retourne tout de suite ! Héloïse, donnez-moi les clefs du monospace, rétorqua-t-il.

– J'appelle Blanchard pour qu'elle nous rejoigne immédiatement au château, dit Edward.

– Nous venons avec vous ! déclara Anatole. Plus nous serons nombreux, plus vite nous les retrouverons !

Victor s'en voulait terriblement d'avoir failli à Charlotte. S'il n'avait pas autant bu, jamais il n'aurait accepté de la laisser retourner seule dans ce maudit château. S'il lui arrivait quelque chose… Il secoua violemment la tête, insensible à la douleur qui tambourinait dans ses tempes. Il devait la retrouver ! À tout prix !

Ils s'entassèrent à six dans l'antique véhicule de Charlotte, personne n'osant protester contre la façon de conduire de Victor. Les quelques kilomètres qui séparaient l'auberge du château avaient été avalés à une vitesse que le vieux véhicule avait probablement rarement atteinte. Alors qu'ils s'engageaient dans le bois du pendu, les phares éclairèrent soudain la silhouette du bichon.

– Arrêtez-vous ! c'est mon chien !

Victor freina brutalement tandis qu'Héloïse appelait le petit chien qui se précipita dans ses bras.

– Il est couvert de sang ! cria-t-elle en remontant dans la voiture.

Hortense saisit l'animal qui tremblait et l'examina rapidement tandis que Victor redémarrait en trombe.

– Il n'a pas de plaie… ce n'est pas son sang, déclara-t-elle d'une voix étranglée.

55

Château de Saint-Maxent. 22 h 15

– Charlotte ! Charlotte ! Mon Dieu, elle est morte, tu l'as tuée !

La jeune femme resta immobile, incapable de remuer ou d'ouvrir les yeux. Elle reprenait lentement connaissance et sentit qu'on la posait sans ménagement sur une bâche en plastique, sur un sol dur et froid. Tristan était à ses côtés, le pauvre garçon sanglotait frénétiquement, paniqué et sous le choc. Elle reconnut l'odeur de moisissure et la forte humidité ; elle était dans la crypte, exactement comme sa mère le craignait. Une douleur intense traversa son crâne. Elle sentit qu'elle saignait abondamment, le sang chaud coulant le long de son cou. Elle resta totalement immobile, tant pour calmer la douleur que pour ne pas attirer l'attention sur elle.

– Tant mieux, de toute façon, elle devait mourir.

Hugues ! c'était la voix de Hugues, comme elle l'avait soupçonné.

– Mais pourquoi ? gémit Tristan.

– Tu fais moins le malin maintenant. Ce n'est pas comme ce soir, à table, quand tu lançais tes accusations à tort et à travers.

– Hugues, écoute-moi, on n'est pas obligé d'en arriver là, je me moque de ce château et du trésor...

– Tu pensais vraiment qu'on allait te laisser vendre le château et nous priver du trésor qui nous revient de droit ? Ce trésor est à nous ! Il ne t'appartient pas, et surtout, il n'appartient pas à ta mère. Elle a eu tort de penser qu'elle pouvait disposer de notre héritage comme elle l'entendait.

Charlotte entrouvrit légèrement les yeux, mais la douleur était trop intense pour qu'elle puisse les garder ouverts. Hugues se tenait encore debout, devant elle et Tristan, une puissante lampe torche à la main. Elle contracta doucement les muscles de ses bras et de ses jambes, les uns après les autres, en prenant garde de ne pas bouger. Le coup qu'elle avait reçu avait été rude et son mal de crâne était violent, mais tout semblait encore fonctionner.

– C'est pour ça que tu as tué McGregor ? gémit Tristan.

– Cette immonde pourriture d'Écossais était le vice incarné. Il n'a eu que ce qu'il méritait ! Maintenant, ferme-la.

Elle n'était pas attachée, du moins, pas encore. Tant qu'il la penserait inconsciente, Hugues ne l'attacherait pas. Il l'avait jetée par terre près de Tristan et s'était éloigné pour soulever le couvercle du puits. Puis il revint vers eux. Elle avait tellement mal à la tête qu'elle sentit douloureusement passer le faisceau de lumière de la lampe torche sur son visage à travers ses paupières closes. Elle se sentait très faible, probablement en raison de la quantité de sang qu'elle avait dû perdre.

– Qu'est-ce que tu vas faire de nous ? Tu ne vas tout de même pas nous tuer ?

– Vous vous êtes préoccupés, toi et ta garce de mère, de ce que nous deviendrions quand le château serait vendu ? Je suis né ici, au sein même de ces murs. Je le connais par cœur, je l'ai dans les veines. Tu croyais que je te laisserais l'investir avec ta bande de clochards, ou bien que ta mère et toi pourriez le vendre au premier venu ?

Hugues s'était accroupi juste à côté pour répondre à Tristan qu'elle sentait dans son dos. Et si elle le bousculait et profitait de ce qu'il était à terre pour le frapper ? Elle en était bien incapable, elle avait à peine la force d'ouvrir les paupières… Il n'y avait plus qu'à espérer que Victor et Edward se reprennent rapidement et reviennent avec la police. Ils allaient bien se rendre compte que Tristan et elle n'étaient pas revenus à l'auberge !

– Je n'arrive pas à croire que tu puisses décider de tuer ton propre cousin pour… un tas de pierres et un trésor qui n'existe peut-être pas !

Pauvre Tristan, il n'avait pas compris que ce n'était pas Hugues qui décidait. Il manquait quelqu'un dans cette équation… la tête, le cerveau de cette équipe meurtrière.

– Bien sûr qu'il existe ! Et mon père est très proche de le trouver.

– Mais tu es médecin, tu ne peux pas nous tuer ! gémit de nouveau Tristan.

– Ne l'écoute pas, Hugues, et fais ce que nous avons décidé.

Clothilde ! Ainsi donc, c'était elle qui était derrière tout ça ! Tristan suffoqua :

– C'est pas vrai, c'est pas vrai… ! sanglota-t-il en reconnaissant sa tante.

Charlotte entendit un bruit sec retentir. Hugues avait assené une gifle si violente à son cousin qu'elle le sentit se détendre contre elle ; il avait probablement perdu connaissance.

– Et elle, elle est morte ? Vérifie, Hugues.

Charlotte se concentra pour que les battements de son cœur ne s'emballent pas. Le médecin posa ses doigts sur son cou pour sentir son pouls. Surtout rester calme… ne pas laisser son cœur s'emballer… Elle visualisa les méandres bruns et sauvages de l'estuaire, elle adorait observer ce fleuve tumultueux s'écouler non loin de chez elle. Après avoir déposé les enfants à l'école, elle avait l'habitude de passer devant l'église, sur la petite place qui surplombait le fleuve. Elle se promenait avec Balthazar, sous les grands arbres qui cernaient la place, elle aimait profiter des rayons du soleil en observant son scintillement sur les rives boueuses de la majestueuse Gironde…

– Le pouls est très faible. Elle est sûrement comateuse.

– Tue-les et ensuite, tu les jettes dans le puits, comme on l'a décidé. Je vais adorer voir la tête de ces deux garces quand elles se rendront compte que leurs enfants ont disparu.

Charlotte sentit une vague glacée la parcourir, elle avait espéré que Hugues les laisserait simplement enfermés dans la crypte. Pourquoi les tuer puisque la police ne tarderait pas à enquêter sur eux ?

– La police va forcément venir les chercher ici.

– Combien de fois faudra-t-il te le dire ? Notre plan est parfait, il suffit que tu leur brises la nuque avant de les jeter dans le puits. Tu ressors par le passage secret et tu n'oublies pas d'aller enterrer cette bâche loin d'ici. Si tu respectes le plan, nous ne risquons rien !

Charlotte sentit la panique l'envahir. Ils avaient déjà tué à trois reprises et ne projetaient pas de les laisser en vie. Elle n'avait aucun moyen de contrecarrer leur plan pour les tuer et s'en sortir. Que pouvait-elle faire ? Elle n'arrivait déjà pas à ouvrir correctement les yeux… Elle sentit Hugues soulever son cousin, puis elle entendit un glissement et des bouteilles s'entrechoquer doucement ; c'était la porte qui s'ouvrait sur le passage secret. Clothilde était-elle partie ?

Elle entrouvrit légèrement les yeux, seul le puissant faisceau d'une lampe torche posée sur le sol éclairait la crypte. Impossible d'ouvrir totalement les paupières qu'elles sentaient collées par son sang qui avait coagulé. L'ombre monstrueuse du médecin transportant son cousin vers le puits était projetée sur les murs de la crypte. Elle vit le médecin déposer sans ménagement le jeune garçon au bord du puits, et ensuite se relever. Il recula d'un pas, comme s'il hésitait sur ce qu'il allait faire, se demandant peut-être comment achever son cousin avant de le précipiter dans le trou béant. Ou peut-être était-il saisi de doutes et de peur face à la monstruosité de ce qu'il devait accomplir : tuer son propre cousin, un membre de sa famille. Il leva la tête et regarda vers l'ouverture du passage secret. Quelques longues secondes s'écoulèrent encore. Soudain, Hugues se pencha pour soulever Tristan, toujours évanoui, et le fit rapidement basculer par-dessus le rebord. Épouvantée, Charlotte entendit le corps ricocher le long du puits et s'écraser dans un bruit d'impact sourd, avant qu'un silence complet ne se fasse.

Charlotte réprima un sanglot, le médecin revenait déjà vers elle. Elle se fit violence pour ne pas gémir alors que Hughes se penchait vers elle pour fouiller les poches de son blouson et de son jean. Il récupéra son téléphone et l'éteignit. Puis il saisit son menton entre ses mains pour vérifier si elle était consciente ou non. La douleur était violente, comme des milliers d'aiguilles qui lui transperçaient le crâne. Il devait continuer à penser qu'elle était dans le coma, comme il l'avait dit à sa mère. Elle ne devait avoir aucun mouvement de recul face à sa souffrance. C'était nécessaire pour qu'il n'envisage pas de l'achever avant de la précipiter dans le puits. Charlotte doutait pourtant qu'il puisse la tuer de ses propres mains, mais elle pouvait se tromper. Elle l'avait vu hésiter et renoncer à rompre le cou de Tristan, espérant sans doute que la chute dans le puits l'achèverait. Telle une poupée de chiffon, elle se laissa transporter. Elle sentit ses bras puissants la soulever avec une facilité déconcertante. Mais n'était-il pas médecin ? Il avait certainement appris à soulever les poids les plus lourds avec le minimum d'efforts. Alors qu'il la hissait tel un sac sur ses épaules, Charlotte se préparait à amortir une chute qu'elle savait difficile. Elle allait s'allonger autant que possible lors de sa chute, afin de freiner sa vitesse en s'aidant de son dos et de ses jambes. Le diamètre du puits était idéal, ni trop étroit, ni trop large. Elle remercia mentalement Anatole de l'avoir ouvert, lui permettant ainsi d'envisager une échappatoire à son sinistre sort. Le puits ne devait pas avoir plus de six mètres de profondeur. C'était énorme, mais pas forcément mortel. Elle aurait peut-être quelques os brisés, mais elle serait en vie !

– Attends ! s'écria Clothilde qui était revenue sur ses pas. Tu as récupéré les clefs de la voiture et le carnet ?

– Oui, ne t'inquiète pas, tout est posé juste à côté des escaliers, j'ai aussi son téléphone.

– Parfait, alors jette-moi cette fille dans le puits et n'oublie pas d'emporter la bâche. Ensuite, tu fais comme prévu : tu reviens couvrir les cadavres avec tous les sacs de chaux vive et tu remplis la remorque de terre, de branchages et de végétaux dans le bois. Rajoute quelques pierres si tu en trouves. Je t'aiderai à balancer tout ça sur les corps. Allez, ne perds pas de temps ! On doit tout faire cette nuit.

Tétanisée par la peur, Charlotte bascula dans le puits sombre.

56

Château de Saint-Maxent. 22 h 30

L'épreuve avait été plus difficile qu'elle ne l'imaginait, mais Charlotte avait légèrement ralenti la vitesse de la chute, et elle était en vie. Elle avait perdu une nouvelle fois connaissance sous la violence du choc, mais peu de temps, semblait-il, car elle pouvait entendre Hugues ramasser le plastique sur lequel ils avaient été déposés, Tristan et elle. Une odeur écœurante la saisit à la gorge, elle était allongée sur un sol inégal, recouvert de quelque chose qu'elle n'identifiait pas. À l'odeur, Charlotte comprit soudain où disparaissaient les animaux dont avait parlé Emma. *Ne panique pas !* La lampe torche de Hugues éclairait l'ouverture du puits, Charlotte put ainsi distinguer le corps de Tristan dont l'une des jambes était anormalement tordue. Elle entendit le tintement des bouteilles résonner dans la crypte, puis le noir se fit profond et angoissant. L'obscurité était totale. Elle commença à bouger la tête et ses bras, mais une violente douleur lui arracha un gémissement. Elle était tombée sur le côté gauche et avait probablement quelque chose de cassé. Peut-être la clavicule… Mais sa main et son épaule droites étaient utilisables. Du côté des jambes, le diagnostic était meilleur, elle parvenait à les bouger sans que la douleur soit trop intense. Elle avait peut-être une foulure à la cheville gauche, mais rien de grave, pas de fractures ouvertes, elle s'en sortait bien. Étrangement, les battements de son cœur battaient moins douloureusement dans son crâne, comme si la douleur ne pouvait pas être intense dans toutes les parties de son corps. Elle tourna doucement la tête vers l'ouverture du puits. Une douleur aiguë irradiait son épaule gauche, elle posa sa main droite sur Tristan, cherchant dans l'obscurité à vérifier s'il était encore en vie. À tâtons, elle chercha son visage et put enfin prendre son pouls. Son cœur battait encore. Charlotte poussa un long soupir de soulagement, il était solide ce gamin. Elle tenta de se redresser, poussant maints gémissements avant de parvenir à une station assise supportable. Du bout des doigts, elle examina le jeune homme : il était toujours inconscient. Craignant qu'il n'ait de très nombreuses fractures, elle n'osa pas le bouger.

Le plan de Clothilde avait échoué, car elle n'avait pas prévu que son fils ne les achevât pas avant de les jeter dans le puits, et lui n'avait pas envisagé qu'ils puissent survivre à cette chute. Il suffisait d'attendre et de tenir le coup avant que les secours n'arrivent. Et ils allaient forcément arriver. Quelqu'un allait s'apercevoir de son absence et revenir les chercher au château. Elle devait garder confiance pour ne pas céder à la peur. Elle était inquiète pour Tristan toujours inconscient, et qui pouvait souffrir de lésions internes et externes très graves. Plus de six mètres la séparaient de l'ouverture du puits. Si elle appelait au secours alors que seuls les Fontenoy pouvaient les entendre, elle signait son arrêt de mort ainsi que celui de Tristan. Son épaule la faisait trop souffrir pour qu'elle envisageât de remonter en s'adossant contre le mur et en s'aidant de ses jambes et de ses bras en appuis. L'ébriété de Victor et d'Edward ne la rassurait pas : seraient-ils en état de les aider rapidement ? D'une main, elle fouilla les poches de son blouson complètement déchiré par la chute le long des murs de pierres ; pas de téléphone évidemment, et pas de clefs non plus puisque Clothilde avait expressément demandé à son fils de les récupérer. Elle avait compris que Hugues et Clothilde voulaient déplacer la voiture et faire croire qu'elle avait quitté la propriété avec Tristan. Victor et sa mère allaient-ils tomber dans ce piège grossier et ne pas les rechercher dans le château ? Charlotte commença à sentir la peur l'envahir à nouveau. Non ! Ne pas y penser et garder espoir ! Elle continua à fouiller son blouson et sentit sous ses doigts un objet de forme cylindrique ; elle avait toujours son stylo lampe. Elle appuya sur le bouton de mise en route, un rai de lumière jaillit brutalement, la lampe de poche avait miraculeusement survécu à sa chute !

Aidée de sa lampe, Charlotte put examiner le sol, couvert de restes décomposés de ce qui devait être des animaux de petite taille. Elle eut un haut-le-cœur. Elle se concentra sur Tristan toujours inconscient et qui avait une méchante fracture ouverte du tibia. Serrant ses mains entre les siennes, elle commença à parler au jeune homme comme s'il pouvait l'entendre et lui assura que des secours allaient très rapidement venir à leur aide ; il devait tenir le coup ! Elle caressait doucement les cheveux de Tristan, lui répétant d'avoir confiance et de tenir le choc. Elle s'en voulait tellement de l'avoir embarqué avec elle dans cette terrible histoire. S'il ne survivait pas à cette épreuve, elle ne se le pardonnerait pas !

Craignant que sa lampe de poche ne la lâche, elle l'éteignit, replongeant dans une obscurité oppressante. Elle sentit soudain la main de Tristan se resserrer sur la sienne et commença à chantonner doucement, comme elle le faisait pour rassurer ses fils quand ils étaient effrayés. Ses petits garçons… elle refusait d'envisager de ne plus jamais les revoir. Réprimant un sanglot, elle serra plus fort la main de Tristan, lui jurant qu'ils allaient s'en sortir.

Soudain, elle sentit une forte odeur d'encens, identique à ce qu'elle avait senti quelques heures auparavant dans la petite chapelle ou dans le couloir du deuxième étage. D'où venait donc cette odeur ? Sa mère n'avait pourtant pas pratiqué son rituel de purification ici, elle en était certaine. Alors pourquoi cette odeur d'encens apparaissait-elle ici ? Elle ralluma sa petite lampe de poche et examina attentivement les murs du puits qui les entouraient. Elle découvrit que le mur marquait une pente douce et se rétrécissait à la base, le fond du puits était donc moins large qu'il n'y paraissait. Il n'y avait aucun moyen de se protéger lorsque Hugues reviendrait déverser de la chaux vive et de la terre sur eux cette nuit. Le rai de lumière faiblissait, Charlotte balaya rapidement le mur pour l'examiner. Elle fut attirée par une trace sur l'une des pierres à quelques dizaines de centimètres du sol du puits. Cette marque en forme de croix n'apparaissait que subrepticement quand elle balayait le mur de son faisceau lumineux, comme un scintillement, probablement dû à l'humidité de la pierre. Intriguée, la jeune femme s'approcha tant bien que mal, glissant sur le sol immonde, en prenant garde de ne pas heurter Tristan. Coinçant sa lampe entre ses dents pour s'éclairer, elle frotta une pierre dont l'affleurement dépassait légèrement des autres. Aucune trace n'apparut. Elle était pourtant certaine d'avoir vu une marque en forme de croix qui scintillait sous le rayon de sa lampe. L'odeur d'encens persistait, encore plus forte et étouffante. Récupérant un des ossements qui jonchaient le sol, Charlotte entreprit de creuser le mortier autour de la pierre. L'enduit s'effrita facilement. Elle fit la même chose sur les autres pierres tandis que l'odeur d'encens s'accentuait encore. Y avait-il un nouveau passage dissimulé derrière ces pierres ? Galvanisée par la perspective de découvrir une issue, la jeune femme en oubliait la douleur lancinante qui irradiait son épaule. Au bout de longues minutes, Charlotte parvint à desceller une pierre, puis, deux puis trois, jusqu'à mettre à jour une petite cavité. Un mur avait été élevé au sein même de ce puits ! Le cœur battant, elle se demanda si elle n'était pas en train de découvrir le trésor du Chevalier !

Après avoir dégagé plusieurs pierres, la jeune femme éclaira le sol de ce petit espace avec le faisceau de sa lampe. Elle découvrit, horrifiée, des restes humains, recouverts d'une épaisse couche de poussière. Gisaient là, un crâne, de nombreux os, et une étrange pierre qui lui renvoya une faible lumière. Les os humains semblaient extrêmement vieux, s'effritant presque sous ses doigts. Délicatement, elle récupéra l'objet qui luisait sous sa lampe. Elle frotta doucement l'objet sur son chemisier et comprit alors de quoi il s'agissait.

S'adossant contre le mur du puits, Charlotte réalisa que l'odeur d'encens avait disparu.

57

Château de Saint-Maxent. 23 h

Victor freina brutalement et se précipita hors du véhicule sans attendre les autres. Il cogna violemment contre la porte d'entrée, fermée à clef. Kermorvan tenta de calmer le jeune homme.

– Victor, attends ! Ta voiture n'est plus là, Charlotte a déjà dû quitter le château.

– Non, elle serait immédiatement revenue à l'hôtel, ou nous aurait appelés. Il faut entrer, Victor ! objecta Éléonore qui les avait rejoints.

Il cogna à nouveau contre la porte, puis se dirigea à grands pas vers la porte-fenêtre de la bibliothèque.

– Appelez une ambulance ! ordonna Victor en passant devant Anatole. Charlotte est sûrement blessée.

– Mais qu'est-ce que tu fais ? s'écria le gendarme. Tu ne peux pas entrer par effraction comme ça ! On n'est pas sûr qu'il s'agisse du sang de Charlotte. Blanchard ne va pas tarder, alors attends encore quelques instants !

– Je comprends que tu aies les mains liées, Edward, mais pas moi ! Charlotte est là, je le sais, sinon, elle nous aurait rejoints avec Tristan. L'assassin a planqué ma voiture pour faire croire qu'elle était partie ! Elle est en danger, et sûrement blessée, rappelle-toi ce que l'assassin a fait à l'Écossais ! Je n'attends pas.

Alors qu'il parlait, Victor brisa un des carreaux de la porte-fenêtre et ouvrit les battants. Le volet intérieur avait été fermé, mais il céda sous le coup de boutoir du jeune homme.

Suivi par tout le groupe, Victor se précipita dans le hall d'entrée et s'arrêta au pied de l'escalier. Le bichon poussait des petits gémissements en remuant dans tous les sens. Il tenta d'échapper aux bras d'Héloïse qui resserra son étreinte autour de lui.

– Lâche-le donc, il ne pourra pas aller bien loin, conseilla Hortense, mais Héloïse secoua la tête.

– Séparons-nous : Hortense et Anatole, vous irez vérifier les chambres de Charlotte et Tristan. Héloïse et Edward, montez vérifier dans le grenier. Éléonore, je vais dans la petite chapelle, je préfère que vous ne veniez pas avec moi.

Tous regardèrent Victor, horrifiés.

– N'ayez crainte, les rassura Edward. Comme nous ne pouvions pas emporter la vierge de fer, son mécanisme de fermeture a été saboté. Nous ne pouvions pas laisser un tel instrument de torture en état de fonctionner après ce qui s'était passé.

Éléonore poussa un long soupir.

– Dieu soit loué, murmura-t-elle.

Tandis qu'ils s'engageaient en courant dans l'escalier, l'immense plafonnier du hall s'alluma.

– C'est vous ? Mais qu'est-ce que c'est que ce bazar et que faites-vous ici ?

C'était Louis qui surgissait, armé d'un tisonnier, en haut de l'escalier, en pyjama et robe de chambre.

– Charlotte et Tristan ont disparu, ils ne sont pas revenus à l'auberge. Nous sommes sûrs qu'ils sont ici, expliqua Héloïse en le rejoignant.

Louis fronça les sourcils.

– J'ai croisé Charlotte qui était à la recherche de Tristan, il y a plus de deux heures de ça. Mais je n'ai revu ni l'un ni l'autre avant d'aller me coucher.

Les autres membres de la famille Fontenoy arrivaient les uns après les autres, ensommeillés, ou pour le moins, faisaient-ils semblant de l'être.

– Continuez les fouilles, intima Victor d'une voix forte.

– Mais où vous croyez vous donc pour vous permettre d'entrer ici et de violer notre intimité, jeune homme, beugla Clothilde.

– Qu'avez-vous fait de ma fille, espèce de vieille folle ! cria Éléonore, au bord de la crise de nerfs.

– Elle est repartie avec Tristan, répondit calmement Hugues.

Le bichon, toujours dans les bras d'Héloïse, se mit à grogner sourdement et à s'agiter de plus belle pour s'échapper. La jeune femme avait toutes les difficultés pour le garder contre elle.

– Le chien a peur, il ne veut pas aller dans les étages, il ne se sent à l'aise que dans la cuisine, expliqua Héloïse.

Soudain, à force de torsions, le petit bichon lui échappa des mains et sauta par terre. Il dévala les escaliers et se mit à aboyer bruyamment.

– Courageux, mais de loin, ce sale clébard, ricana Hugues.

– Où sont Garance et Apolline ? demanda Victor sèchement, en s'approchant de lui.

Le médecin était encore habillé et n'avait pas changé de vêtements.

– Je croyais que vous cherchiez mon cousin et votre copine, faudrait savoir.

– Apolline n'est pas ici, elle est repartie avec vous ! Quant à ma fille, elle est couchée, et je vous interdis d'aller la déranger, cracha Clothilde.

Victor et Edward échangèrent un bref regard avant que le gendarme ne s'engage dans le couloir, suivi d'Héloïse, pour vérifier la véracité des dires de la mère. Celle-ci manqua s'étrangler d'indignation, et jetait des regards furieux à Aymeric qui ne disait rien, immobile, comme frappé de stupéfaction.

– Garance est dans sa chambre, mais Apolline n'est pas ici, cria Edward du fond du couloir, avant de les rejoindre.

– Je vais prévenir la police si vous ne sortez pas d'ici immédiatement ! hurla Clothilde hors d'elle. Vous êtes dans une propriété privée et vous n'avez aucun droit de pénétrer chez nous comme ça ! Ça va vous coûter cher, croyez-moi !

Edward grimaça et saisit le bras de Victor.

– Il faut repartir Victor, nous reviendrons avec Blanchard et j'essaierai de la convaincre que nous avons raison à propos des Fontenoy. Allez, viens.

Victor ne l'écoutait pas, s'approchant encore, les yeux vrillés sur Hugues. Il se figea, il y avait une petite tache rouge sang sur le cou du médecin. Une trace qu'il n'avait pas correctement nettoyée. Il le saisit alors violemment par le col et le plaqua contre le mur.

– Où est-elle ? rugit-il en appuyant son poing sur le cou de Hugues qui commençait à suffoquer.

Victor appuya plus fort, indifférent aux cris d'orfraie que poussait Clothilde.

– Arrêtez ! Vous allez le tuer !

Soudain, elle fit volte-face et s'enfuit dans l'escalier en direction des chambres. Victor allait s'élancer à sa suite pour la rattraper, mais Éléonore l'arrêta, posant une main sur son épaule.

– Laissez-la et écoutez le petit chien. Il aboie au pied de l'escalier, je suis sûr qu'il veut attirer notre attention. Il était couvert de sang, peut-être celui de Charlotte. Il sait où elle est !

– C'est vrai ! s'écria Hortense ! C'est ce qu'il a fait pour attirer les filles, et c'est comme ça qu'elles ont découvert Théo !

– Ils sont dans la crypte, n'est-ce pas Hugues, siffla Victor avant de précipiter le médecin dans les escaliers.

– Mon Dieu, Victor, le puits... gémit Éléonore en courant vers la crypte.

Le petit bichon aboya de plus belle et se précipita devant la porte close qui menait à la crypte. Elle était fermée à clef, et beaucoup trop solide pour céder sous les violents coups d'épaule que Victor lui portait.

– Vous n'y arriverez pas, Victor, geignit Éléonore, c'est une porte en chêne...

– Le passage secret ! souffla-t-il en frottant son épaule endolorie.

– Charlotte ! hurla-t-il à travers la lourde porte. Tenez bon, on arrive !

Il s'élança vers la bibliothèque, tandis qu'Edward rappelait Blanchard, qu'il pressait d'arriver au plus vite avec des secours.

Debout devant les statuettes, Victor essayait de se remémorer l'ordre dans lequel il devait tourner les statuettes qui commandaient l'ouverture du passage secret. Après un essai infructueux, il souffla profondément. Rien ne servait de se précipiter, il devait retrouver son calme. À la troisième tentative, la bibliothèque pivota, dévoilant le passage secret.

Prenant sur sa droite, il descendit rapidement les marches étroites qui descendaient vers la crypte, suivi d'Éléonore, Héloïse et Edward. Anatole et Hortense attendaient les secours à l'extérieur pour les guider dès leur arrivée.

Arrivés devant la porte qui s'ouvrait sur la crypte, les deux hommes poussèrent violemment le battant, à peine gênés par l'étagère remplie de bouteilles qui bloquait l'ouverture de l'autre côté.

Armée de sa puissante lampe torche, Victor éclaira alors un spectacle effarant. Clothilde, échevelée, vêtue de sa longue robe de chambre blanche, se tenait près du puits dont le couvercle gisait à terre. Elle tenait au-dessus de sa tête une grosse pierre qu'elle avait prise sur la pyramide et qu'elle s'apprêtait à jeter dans le puits. Éclairé par le faisceau de lumière, son visage affichait un masque de haine terrifiant, accentué par les jeux d'ombres et de lumière. Victor se précipita sur elle et la jeta brutalement à terre avant d'éclairer le fond du puits. Recroquevillée, Charlotte se tenait près de Tristan, allongé. Ils tournaient vers eux un visage apeuré. Ils étaient vivants !

58

Château de Saint-Maxent. 23 h 30

Les secours arrivèrent très vite, précédés de Blanchard et de son équipe.

Tristan fut extrait en premier du puits, et immédiatement transféré à l'hôpital de Montmorillon. Il souffrait de très nombreuses fractures et devait être pris en charge sans attendre.

Puis ce fut le tour de Charlotte. Alors qu'elle sortait enfin du puits, hissée par les secouristes, un long cri de femme, atroce, retentit dans la crypte. Ce cri, le même qu'avait probablement entendu Béatrix à plusieurs reprises.

– Qu'est-ce que c'est que ça ? s'exclama Victor qui avait aidé à hisser Charlotte hors du puits.

Le cri semblait venir du passage secret dont l'accès, par la porte dissimulée derrière les bouteilles de vin, était resté ouvert.

Le cri retentit une nouvelle fois, pour se muer en sanglots déchirants.

– Mon Dieu, souffla Charlotte. Je pense que c'est Garance… elle refuse sûrement de quitter le château. Elle devait se cacher dans le passage secret pour ne pas suivre les gendarmes…

– Blanchard ne la laissera pas ici, grimaça Victor en secouant doucement la tête. Elle a donné l'ordre d'embarquer toute la famille.

– C'est logique, rétorqua Héloïse. Elle veut tous les interroger pour savoir qui était au courant de ce que faisaient la mère et le fils.

Les secouristes immobilisèrent son épaule qui la faisait beaucoup souffrir tandis que la jeune femme demandait à parler sans attendre à Blanchard et Anatole avant de partir pour l'hôpital. Elle voulait leur révéler ce qu'elle avait mis à jour dans le puits et demander à son voisin de descendre pour examiner sa découverte. Le vieil homme obtint la permission d'aller observer ces vestiges avant que les techniciens de la police scientifique ne puissent faire leur travail. Charlotte fut rapidement évacuée vers l'hôpital, suivie de toute l'équipe, excepté Kermorvan, qui exposait à la capitaine ce qu'il connaissait de l'affaire et Anatole qui suivait la mise à jour des restes humains découverts.

À Montmorillon, la jeune femme fut rapidement prise en charge. Inquiet, Victor faisait les cent pas dans le couloir qui menait aux urgences tandis que les trois autres femmes restaient prostrées sur leur chaise. Au bout d'une heure, un médecin revint enfin vers la famille et Victor et les rassura : les deux blessés se portaient aussi bien que possible. Il souhaitait garder Charlotte en observation et lui donner une forte dose d'antidouleurs, mais la jeune femme refusait de rester à l'hôpital. Bien qu'il ait insisté pour qu'elle reste en observation plusieurs jours, elle ne voulut rien entendre. Visiblement agacé, le médecin comptait sur la famille pour la faire changer d'avis.

La convalescence de Tristan serait un peu plus longue. Il était en état de choc et devait lui aussi rester en observation quelques jours. Béatrix avait été prévenue et était à son chevet. Épouvantée après avoir appris ce qui était arrivé à son fils et à Charlotte, la pauvre femme les suppliait de tous revenir au château dès le lendemain, où elle les rejoindrait dans l'après-midi. Elle ne souhaitait pas s'y retrouver seule après les événements terribles de la nuit. Elle ne voulait plus qu'un seul membre de sa belle-famille y remette les pieds. Après s'être concertés, et estimant qu'ils ne craignaient plus rien au château, ils acceptèrent tous d'y retourner dès le lendemain.

Quand Éléonore, Hortense, Héloïse, ainsi que Victor, rejoignirent Charlotte dans une salle de soins, elle était assise sur un lit, les jambes pendant dans le vide. Elle arborait un gros pansement autour de la tête, tandis que son épaule gauche et sa cheville étaient immobilisées dans des bandages.

– Ce que j'ai n'est pas si grave, les rassura-t-elle. Il n'est pas question que je reste dans cet hôpital !

– Elle est comme ça depuis qu'elle est toute petite, expliqua Éléonore à voix basse. Elle a toujours détesté les hôpitaux. Probablement un traumatisme vécu dans une de ses vies antérieures.

Victor observa la médium, les yeux ronds. Elle ne semblait pas inquiète de voir sa fille dans cet état, alors que lui s'en voulait terriblement de ne pas avoir été là pour elle. La savoir ainsi le bouleversait.

– Vous n'avez pas trop mal ? demanda-t-il à voix basse, ne sachant trop quelle attitude adopter.

Il était mal à l'aise.

– Non, ça va mieux, mais je suis sûre qu'ils m'ont filé un tas de drogues, grogna Charlotte.

– Tu n'es pas raisonnable, sourit Hortense. Tu as subi un choc terrible à la tête, il est tout à fait normal de rester à l'hôpital, en observation.

– Je vais beaucoup mieux et je n'ai même pas de nausées. Je serais aussi bien à l'auberge ou au château.

Hortense soupira et jeta un regard désemparé à Victor et à sa famille, cherchant un soutien de leur côté.

Ainsi qu'elle le souhaitait, Charlotte quitta donc l'hôpital après avoir signé une décharge, certifiant au médecin que sa famille et notamment sa tante, infirmière de formation, sauraient aussi bien qu'eux prendre soin d'elle.

Arrivée à l'auberge de Font-Saint-Maxent, Charlotte fut installée avec Hortense, qui veillerait sur elle, dans une chambre avec deux lits jumeaux.

– Reposez-vous, dit Victor.

Il saisit doucement la main de Charlotte qu'il porta à ses lèvres quelques secondes avant de quitter la chambre.

Lundi 25 mai 2009

59

Font-Saint-Maxent. 8 h 30

Éléonore fut réveillée par le bruit strident d'une sonnerie de téléphone. Sa chambre située au rez-de-chaussée donnait sur la réception de l'hôtellerie, alors que les autres étaient logés aux étages.

– Béatrix, s'exclama-t-elle surprise en reconnaissant la voix de son amie.

– Oui, j'appelle chez Apolline, car tu ne réponds pas sur ton portable.

Éléonore se mordit les lèvres. Elle détestait pouvoir être jointe à tout moment, et oubliait très souvent de recharger son téléphone.

– Que se passe-t-il ? Comment va Tristan ?

– Il va un peu mieux, mais doit rester à l'hôpital plusieurs jours. Son ami est auprès de lui, je vais les laisser ensemble et rentrer. J'ai appelé Marie-Josèphe, il n'y a personne au château. Je ne veux plus que ma belle-famille revienne vivre chez moi. J'y résiderai seule désormais jusqu'à ce que tout soit vendu. Éléonore, s'il te plaît, revenez tous au plus vite au château. Je vous rejoindrai pour le déjeuner, j'ai déjà demandé à Marie-Josèphe de tout préparer pour votre arrivée.

Éléonore raccrocha en soupirant. Béatrix était résolue, il ne servait à rien de résister. Elle monta lentement les escaliers et entra silencieusement dans la chambre de Charlotte. Sa fille dormait encore et ne semblait pas souffrante. De son lit, Hortense lui fit un signe pour la rassurer. Elle retourna donc se coucher, attendant le réveil des autres occupants pour rejoindre le château.

Charlotte émergea d'un lourd sommeil en fin de matinée, le corps endolori. Elle souffrait beaucoup, mais rien d'insupportable. Ils quittèrent tous l'hôtellerie d'Apolline, qui n'était toujours pas revenue de Poitiers, pour rejoindre le château où Béatrix les attendait avec impatience.

Après le déjeuner, les femmes du clan Valentin, entourées d'Anatole, de Victor et de Béatrix, écoutaient Edward, qui les avait rejoints, leur détailler les premières auditions des Fontenoy. Ils s'étaient installés sur la terrasse du château, profitant des rayons du soleil.

– Hugues a reconnu être le meurtrier de Théo, Ginette et McGregor, alors ? demanda Hortense.

– Il a avoué avoir commis tous ces crimes, acquiesça le gendarme. Il ne supportait pas l'idée que sa famille et lui soient obligés de quitter l'endroit où ils avaient vécu toute leur vie.

– Mais comment a-t-il fait pour empoisonner les canapés du cocktail ?

– Il aurait préparé une grande quantité de feuilles de muguet finement haché et profité d'une absence de la cuisinière pour les substituer à la préparation d'herbes préparée par Apolline.

Éléonore était dubitative.

– J'aurai plutôt parié que c'était Clothilde.

– Eh non, c'était Hugues. Il a tout avoué.

– Et ma voiture, tu sais où ils l'ont cachée ?

– Il l'aurait déposée sur le parking de la gare SNCF de Lussac-les-Châteaux. Elle y est restée toute la nuit, et je crois qu'elle est légèrement endommagée… désolé, Victor.

Le jeune homme hocha doucement la tête en grimaçant. Anatole lui tapota doucement le genou.

– Je vous comprends, moi aussi j'ai une voiture de collection. Attendez de la voir avant de vous inquiéter, ça n'est peut-être pas trop grave.

– Je suis soulagée que tout soit enfin terminé, s'exclama Hortense. Je dois bien avouer que je n'imaginais pas que ce garçon puisse être capable d'une telle violence. Mais maintenant, tout est terminé, nous allons pouvoir rentrer calmement à la maison, et nous occuper de toi, ma chérie.

– Eh bien moi, je ne suis absolument pas convaincue par ces aveux, dit Charlotte en plissant des yeux.

La luminosité commençait à être trop violente pour elle. Elle grimaça en levant sa main pour ajuster ses lunettes de soleil, son épaule la faisant encore beaucoup souffrir. Encore patraque, elle n'avait pas beaucoup mangé.

– Comment ça, tu n'es pas convaincue ? demanda Héloïse, déroutée.

– Je propose qu'on en discute dans la bibliothèque, intervint Hortense qui observait sa nièce avec inquiétude. On va rentrer, ma chérie, tu seras mieux à l'abri du soleil, et certainement mieux que dans ces fauteuils inconfortables.

Le petit groupe se dirigea à l'intérieur du château, suivi par Hortense qui soutenait délicatement Charlotte. Victor aida la jeune femme à prendre place dans un des fauteuils alors qu'Hortense apportait quelques coussins qu'elle positionnait de façon à ce que sa nièce soit confortablement installée. Le groupe fut rejoint par Éléonore qui revenait de la cuisine avec un mug de chocolat chaud et quelques tranches de brioche pour sa fille. Charlotte sourit, il était tellement rare que sa mère ait ce genre d'attentions pour ses filles qu'elle en fut presque émue. Elle réalisa la frayeur que les événements de la veille avaient dû provoquer chez elle. La médium avait les traits tirés et donnait l'impression d'avoir vieilli de dix ans. Charlotte l'embrassa tendrement.

– Tu n'as rien mangé ce midi, avale au moins ça, lui chuchota sa mère.

– Bon, tu nous expliques, Charlotte ! s'impatienta sa sœur. Qu'est-ce qui ne te convainc pas dans ces aveux ?

– Je pense que ça ne colle pas et que ce n'est pas exactement ce qui s'est passé.

– Qu'est-ce que vous voulez dire ? Il ne serait pas le seul responsable de ces meurtres ? demanda Béatrix en tortillant un mouchoir en tissu dans ses mains.

– C'est un peu ça.

– Nous le savons, Charlotte ! rétorqua Edward. Nous savons que sa mère aussi est impliquée, et que c'est probablement elle qui a guidé son fils, mais n'en reste pas moins qu'il est coupable d'avoir tué trois personnes.

La jeune femme secouait doucement la tête, en signe de dénégation.

– Bon, qu'est-ce que tu veux dire, Charlotte, moi non plus je ne vois pas où tu veux en venir, s'agaça sa mère.

– Ah ! vous aussi ça vous énerve quand elle fait ça, hein ? constata Victor en se penchant pour récupérer une tasse de café sur le plateau que Marie-Josèphe venait de déposer dans la bibliothèque.

– Je pense simplement que Hughes ne dit pas toute la vérité.

– Eh bien ! Si ce n'est pas lui, c'est sa mère ! Elle est suffisamment tordue pour les avoir assassinés, cette vieille garce ! Elle hurlait comme une furie quand la police l'a embarquée, il est évident qu'elle est complètement folle ! Son fils ne fait que la couvrir finalement, jeta Éléonore en tapant violemment sur un coussin qu'elle posa derrière son dos.

Elle ne se remettait toujours pas d'avoir découvert Clothilde, hirsute dans la crypte, qui s'apprêtait à tuer sa fille et Tristan à coup de pierre.

– Je crois que tu te trompes, Maman. Les aveux de Hugues ne tiennent pas la route, et même s'il agit ainsi pour couvrir sa mère, ça ne colle pas avec les faits.

– Voilà ! quand on pense avoir compris... soupira Victor en soufflant sur son café.

60

Château de Saint-Maxent. 14 h

– Pour comprendre ce qui s'est passé, je pense qu'il faut connaître l'histoire de cette famille, reprit Charlotte. Marie-Josèphe, la cuisinière, et sa fille m'ont appris beaucoup de choses, qui pourraient expliquer les événements récents.

– On connaît l'histoire des Fontenoy, je ne vois pas ce qui te fait douter des aveux de Hugues, dit Héloïse.

Charlotte mordit dans la brioche avant d'avaler une gorgée de son chocolat chaud.

– Tu ne connais que les faits, mais là, je te parle des conséquences, sourit la jeune femme. On sait que Georges Fontenoy, le grand-père, est mort dans un crash aérien, à bord d'un petit avion que Jean, son fils cadet pilotait. Quelques jours plus tard, Jean succombait lui aussi à ses blessures. Aymeric récupérait l'entreprise familiale, très prospère, mais il a dû renoncer, non sans colère, au château familial, et autres biens immobiliers qui vous revinrent à vous, Béatrix, et à votre fils.

– Je peux vous dire qu'il a très violemment réagi ! Il avait toujours l'espoir de faire revenir son père sur ce partage pour préserver l'héritage, un peu comme le font les vieilles familles anglaises où seul l'aîné hérite du patrimoine. Mais Georges et Jean sont morts avant qu'il n'obtienne que son père change son testament.

– Ce que l'on sait moins, c'est ce qui se passa pendant les cinq années où Marguerite survécut à son mari. Si Béatrix héritait bien du château, il était prévu dans le testament que Marguerite, la veuve de Georges, disposait jusqu'à sa mort de l'usufruit du château. C'est ainsi que rien ne changea et que toute la famille y résida jusqu'à la mort de la grand-mère. La vieille femme était un véritable tyran domestique et j'ajouterai même qu'elle était d'une cruauté assez monstrueuse. Je ne pense pas me tromper, Béatrix, en affirmant qu'elle devait détester ses brus et ses petits-enfants.

– Elle n'est pas la seule, soupira Éléonore. Tu sais que ta propre grand-mère me déteste aussi, elle a même osé m'accuser d'être responsable de la mort de son fils ! Moi ! Alors que…

– S'il te plaît, Maman, l'interrompit Héloïse. Laisse-la continuer.

Charlotte grimaça en essayant de changer de position et s'appuya contre le dossier du fauteuil.

– Cette femme était bien pire que Grand-mère, crois-moi, reprit Charlotte.

– Vous avez parfaitement raison », confirma Béatrix. Debout devant la cheminée, elle tournait le dos à l'assemblée de sorte que personne ne voyait son visage. « Cette femme était… monstrueuse. À la mort de mon mari, je me suis éloignée et je suis allée m'installer avec mon fils dans un des appartements dont nous venions d'hériter, à Poitiers. Je ne revenais ici que le dimanche. Marguerite l'exigeait et, pour une raison qui m'échappe encore, j'obéissais. »

Charlotte avala un comprimé que lui tendait sa tante.

– Cette femme était effectivement particulière, et exerçait sur son entourage une emprise assez incompréhensible pour les observateurs extérieurs que nous sommes. Je suis intimement persuadée que c'est cette horrible vieille femme qui a enfermé Garance dans le passage secret. La petite avait à peine cinq ans, et cette terrible épreuve a provoqué une terreur telle chez la petite, qu'elle est demeurée muette, incapable d'appeler à l'aide. Elle est restée seule enfermée pendant deux jours avant que son frère Hugues n'ait l'idée de la chercher dans ces passages. Et c'est à la suite de cet épisode que le grand-père a fait condamner le passage secret.

– C'est vrai, poursuivit Béatrix, mais il n'a jamais été dit que Garance avait été enfermée par sa grand-mère. La petite n'a jamais rien dit.

– Mais vous vous doutiez tous de ce qui s'était réellement passé, n'est-ce pas Marie-Josèphe ?

La cuisinière, qui revenait avec un nouveau plateau de gâteaux secs cette fois, hocha vigoureusement la tête.

– J'ai toujours pensé que c'était elle, la grand-mère, qui avait enfermé Garance.

Charlotte sourit.

– Restez donc avec nous, vous pourrez me reprendre si je me trompe ! Avec la mort de Georges et de Jean, plus rien n'a arrêté la vieille Marguerite, pas même Aymeric, dont on a pu constater le caractère falot. Il n'a probablement jamais osé affronter sa mère. Je pense que cette effroyable grand-mère avait pris en grippe le jeune Hugues, qui devait avoir… douze ou treize ans à la mort de son grand-père (La cuisinière hocha la tête en signe d'assentiment)…, parce que lui, tentait de protéger sa petite sœur. Il devait haïr sa grand-mère.

– C'est vrai qu'il en prenait des coups quand il était jeune, renchérit Marie-Josèphe, en déposant un paquet de gâteaux secs. Ça a été un soulagement quand il a été envoyé en pension.

– Garance est restée seule au château ? demanda Anatole, les sourcils froncés, sentant sourdre en lui une profonde colère contre Aymeric, qui n'avait pas su protéger sa petite fille.

– Oui, et elle n'allait même pas à l'école du village, il y avait un professeur qui venait trois fois par semaine pour lui faire classe, expliqua la cuisinière. La petite devait partir dans un pensionnat pour ses onze ans elle aussi, mais la famille a senti qu'elle n'était pas prête à être scolarisée au village.

– Mon Dieu, la pauvre enfant ! s'écria Hortense en ouvrant de grands yeux horrifiés. Avec ce qu'elle a vécu, il n'est pas étonnant qu'elle se réfugie dans la musique comme elle le fait !

Charlotte hocha doucement la tête.

– Nous savons ensuite qu'après la mort de votre belle-mère, Béatrix, vous êtes rentrée pleinement en possession de votre héritage. Vous avez investi une part importante de votre fortune personnelle dans la restauration de ce château, que vous avez ouvert au public en organisant vos week-ends spirites. Et l'argent a commencé à rentrer, un peu grâce à toi, Maman. Eh oui, tes interventions régulières ont favorisé la réputation du château de Saint-Maxent, qui commençait à être connu et à attirer de plus en plus de monde. Mais tout cela a fortement déplu à votre belle-famille qui est restée vivre sur place. Pour les Fontenoy, ce château est à eux et ils se considèrent chez eux.

La jeune femme marqua une pause et but quelques gorgées de son chocolat.

– Il y a quelques mois, ils ont donc imaginé vous faire peur, Béatrix, en espérant que les manifestations effrayantes que vous verriez dans votre chambre vous inciteraient à mettre un terme à l'organisation de ces week-ends autour du spiritisme.

Béatrix resta coite, la bouche ouverte, visiblement surprise par cette révélation.

– Tu penses qu'ils étaient derrière tout ça ? s'écria Héloïse.

– Bien sûr ! Maman a toujours dit que quand une personne était la seule à entendre ou voir des phénomènes étranges, on pouvait les remettre en question. En l'occurrence, il était anormal que Béatrix soit la seule à entendre les hurlements dans le château. Soit elle perdait la tête, soit elle mentait, soit *les autres* mentaient.

– C'est vrai, j'ai toujours dit ça… sourit Éléonore en hochant la tête à l'adresse des autres auditeurs.

– Victor et moi avons découvert qu'un passage secret relie la crypte à la bibliothèque et à certaines chambres, dont celle de Béatrix. Nous avons aussi remarqué que, dans la chambre de Béatrix notamment, les gonds du placard, qui cache l'entrée du passage secret, avaient été huilés, de façon à ne faire aucun bruit à l'ouverture. Ainsi, tous les phénomènes que vous avez vécus comme des manifestations paranormales, les hurlements dans la nuit, probablement depuis le passage, les billes qui roulent sur le sol, les meubles qui changent de place et, enfin, cette odeur de charogne qui a envahi votre chambre, pour chacun de ces phénomènes, on peut imaginer une explication très rationnelle quand on sait qu'il était possible d'y pénétrer à votre insu. Votre famille voulait vous effrayer en vous faisant croire que ce que vous viviez était une conséquence des week-ends autour du spiritisme. Vous auriez déclenché la colère des esprits qui rôdaient dans ce château.

– Pour l'odeur de charogne, tu peux préciser ? demanda Héloïse.

– Le puits est rempli de cadavres d'animaux décomposés. J'imagine que les dépouilles ont été utilisées, dissimulées dans la chambre pour que l'odeur se diffuse, avant d'être jetées dans le puits.

– Tu connaissais pourtant l'existence du passage secret ? s'étonna Éléonore en se tournant vers son amie.

Béatrix haussa les épaules.

– Les passages ont été condamnés il y a une vingtaine d'années après que Garance a été enfermée pendant deux jours, répondit-elle d'un air las.

– Ils ont certainement été réhabilités à l'insu de Béatrix, intervint Victor. Il a suffi de faire tomber les murs en briques qui bloquaient les différentes entrées.

– Et tu n'as jamais pensé que cela pouvait être ta famille qui te jouait des tours ? s'étonna Hortense.

– Béatrix ne pensait pas qu'Aymeric et que Clothilde puissent recourir à de tels stratagèmes, intervint Charlotte. Elle n'a pas non plus imaginé que ses neveux et nièces, pour qui elle a de la tendresse, puissent être suffisamment cruels pour l'effrayer à ce point. Hugues est son médecin, Apolline la seconde à l'hôtellerie, Garance ne semble vivre que pour sa musique, et Louis ne se préoccupe que de l'entreprise familiale. Impossible pour elle de les imaginer mettre sur pied une telle manipulation. Il était logique qu'elle pense à des phénomènes paranormaux.

Béatrix se contenta de hocher la tête, assommée par ces révélations qui dévoilaient une machination très cruelle contre elle. Hortense prit place près de la pauvre femme et l'entoura de son bras.

– Alors toute la famille serait dans le coup ? interrogea, surprise, Héloïse.

– Tous ceux qui vivent à l'année dans le château, oui. Donc je pense à Aymeric et Clothilde qui, s'ils ne participaient pas, savaient et cautionnaient ce qu'il se passait. Je vous rappelle qu'ils ont prétendu ne jamais avoir entendu les hurlements qui effrayaient tant Béatrix. Hugues et Garance sont évidemment dans le coup eux aussi. Le hurlement que nous avons entendu hier soir, quand Garance a été emmenée de force à Poitiers, doit certainement ressembler à ceux que vous entendiez, Béatrix.

– Elle aurait donc, elle aussi, participé à cette machination ! lâcha Anatole qui n'en revenait pas.

– Je ne crois pas qu'Apolline ou que Louis, qui est toujours absent, soient derrière ces crimes.

– Vous avez en partie raison, Victor, d'abord parce qu'ils ne vivent pas dans le château. Je suis persuadée que Louis ne savait rien. Mais cela reste une intuition. Quant à Apolline, je pense qu'elle savait que sa famille était impliquée dans quelque chose de louche, mais elle n'y participait pas activement. Ce qui ne fait pas d'elle une innocente, n'oublions pas qu'elle espérait pouvoir récupérer la gestion de l'hôtellerie du château, d'une manière ou d'une autre.

– C'est très cruel, confirma Edward. Votre famille espérait, en vous terrorisant ainsi, que vous retourniez vous installer à Poitiers, dans l'un des appartements dont vous aviez hérité, les laissant libres de résider dans le château. C'est exactement ce que vous a dit Aymeric lors de notre premier entretien.

Charlotte se tourna vers Béatrix et sourit presque timidement.

– Je dois vous avouer que j'ai récupéré et lu l'agenda que vous gardiez ici, dans votre secrétaire.

– C'est donc pour cela que je ne le retrouve pas ! Et où est-il à présent ?

– Je pense qu'il a malheureusement été détruit par votre neveu ou votre belle-sœur. Vous avez l'habitude de noter tout ce qui se passe dans ce château. Vous avez tenu des carnets identiques depuis longtemps, je suppose.

Béatrix hocha la tête en se pinçant les lèvres, la disparition de son carnet la chagrinait beaucoup. Elle ne supportait pas l'idée que cette garce de Clothilde ait pu le lire.

– Ils craignaient que vous ayez mentionné des faits qui pourraient les incriminer, continua Charlotte. C'est d'ailleurs ce que nous leur avons fait croire, Tristan et moi.

– Comment ça, Tristan et vous ? s'étonna Victor.

– Hier soir, avant de passer à table, j'ai demandé à Tristan de jouer une petite scène lors du repas et de s'interroger sur la disparition du carnet de sa mère. Tristan devait juste dire qu'il avait le carnet pour inciter les autres à se dévoiler en venant le chercher, mais il est allé trop loin dans son règlement de compte. C'est pour ça que notre chambre a été fouillée hier soir. Après le repas, quand elle nous a quittés, Clothilde n'est pas montée pour se coucher, mais pour chercher le carnet et, ne le trouvant pas, ils ont manigancé cette soirée pendant laquelle ils vous ont drogué, pensant ainsi pouvoir récupérer le carnet en toute tranquillité. Mais nous, les femmes, qui n'avions pas bu, nous avons décidé de quitter le château, avec Tristan. Ils ont profité de notre absence pour l'enfermer.

L'antidouleur qu'Hortense avait donné à Charlotte commençait à faire effet, la jeune femme se sentait mieux, bien que de plus en plus fatiguée.

– C'est Hugues qui vous a agressés, toi et Tristan, quand tu es revenue le chercher. Nous n'avons pas été très bons dans cette affaire. Nous ne nous sommes aperçus de ton absence que beaucoup plus tard, dit Edward.

– Mais vous êtes revenus à temps. Ils ont déplacé la voiture de Victor pour faire croire à notre départ, et ils comptaient nous faire disparaître en nous dissimulant dans le puits, enfouis sous une couche de chaux vive, de terre et de végétaux. On aurait retrouvé nos papiers, et nos téléphones ailleurs, le temps d'éloigner les soupçons de cette famille et du château.

– Cela ne fait que confirmer les aveux de Hugues, dit Héloïse. Il est bien à l'origine de toute cette machination. Il a eu peur que le pot aux roses ne soit découvert à la lecture du carnet de Béatrix, il fallait donc éliminer Charlotte et Tristan qui en connaissaient le contenu. Il est donc passé à l'action. Clothilde et Hugues sont bien coupables, peut-être Aymeric, tout ça me semble assez clair. Je ne vois pas ce qui te gêne, Charlotte, cette affaire est résolue.

– Louis semble définitivement hors de cause, renchérit Hortense. Et je ne crois pas qu'Apolline ait participé à un plan aussi violent. Quant à la petite Garance, elle me semble uniquement préoccupée par sa musique, et totalement en dehors de tout cela. Après ce qu'elle a subi, on peut considérer qu'elle est complètement hors de cause.

– Je ne suis pas de ton avis, ma tante. Je ne la pense pas hors de cause, loin de là… Je me demande si elle ne s'est pas identifiée à la dame en blanc du portrait de la bibliothèque, et le fait qu'elle adopte un code vestimentaire très proche de ce tableau n'est sûrement pas un hasard. Garance s'est sentie proche de cette jeune femme au destin tragique, qui a marqué l'histoire de ce château, et n'aura pas supporté l'idée qu'il soit vendu à des étrangers.

– C'est de la psychologie de comptoir ça, ma chérie, sourit Hortense.

– C'est vrai, concéda Charlotte. Mais les faits me donneront raison malheureusement. Il est certain qu'après le décès de son grand-père et de son oncle, la petite a continué à être maltraitée par l'horrible Marguerite Fontenoy, devenue chef de famille. Et cela pendant cinq longues années, jusqu'à la mort de sa grand-mère. Elle a peut-être trouvé un refuge dans cet imaginaire, notamment quand son frère protecteur a été envoyé en pension, loin de Saint-Maxent. J'extrapole, je te le concède, ma tante. Elle a continué à subir de mauvais traitements jusqu'à ce qu'elle atteigne ses dix ans, jusqu'à ce que sa grand-mère décide de l'envoyer en pension et de l'éloigner du château, peut-être lassée de la maltraiter sans que cela ait de prise sur Garance. Ou peut-être avait-elle compris la dangerosité de la créature qu'elle avait contribué à créer à force de maltraitance. Le fait est qu'elle décide de l'envoyer en pension. Et c'est à ce moment-là que Garance décide d'éliminer sa grand-mère en la poussant par la fenêtre de sa chambre. Je mettrais ma main à couper que ce n'était pas un accident. Peut-être pourra-t-on invoquer la vétusté du garde-corps qui aurait cédé sous le poids de la vieille femme, mais je demeure persuadée que la petite, alors âgée d'une dizaine d'années, venait de sciemment tuer, pour la première fois.

62

Château de Saint-Maxent. 14 h 30

Un lourd silence accueillit la déclaration de Charlotte. Béatrix ouvrit de grands yeux. Comment n'avait-elle jamais pensé à ça ?

– Vous avez dû remarquer que les relations familiales étaient pour le moins étranges dans cette famille, poursuivit Charlotte, tandis que les autres gardaient le silence, déroutés par ses déductions. Garance, pourtant la petite dernière de la fratrie, semble être celle qui mène la danse. C'est fascinant d'observer les rituels propres aux membres de cette tribu. Avez-vous remarqué que c'est elle qui décide de la plupart des choses ? C'est elle qui a la plus grande chambre, elle qui s'assied en bout de table. Le jour où nous sommes arrivés, ses parents ont attendu qu'elle soit installée avec eux pour commencer à manger. Ce que j'ai pris pour une marque de leur bonne éducation était en fait un acte de soumission. Elle décide du moment où elle va jouer du piano, qu'importe si quelqu'un est déjà dans cette pièce. Vous vous empressez tous de la quitter pour laisser la place à Garance dans ce qu'elle considère être son domaine exclusif. C'est la chef de meute, elle est celle qui maîtrise tout. Elle a pris l'ascendant sur ses parents, et sur son frère Hugues qu'elle calme d'un geste quand il se dispute avec Louis. La seule chose qu'elle ne maîtrise pas, c'est cette invasion récurrente de son château, par des étrangers. C'est bien évidemment elle qui ne veut pas quitter le château, obligeant ses parents à loger dans le quartier des domestiques. Même si cela convient parfaitement à Aymeric quand tu es là, Maman, sourit Charlotte. Je pense que Garance n'a jamais quitté ce château. La réaction violente qu'elle a eue hier soir quand elle a dû suivre sa famille à Poitiers me le confirme.

– Si je vous comprends bien, vous voulez dire que Garance a tout planifié, tout organisé et que c'est elle qui aurait tué Théo et son ex-mari ? s'exclama Victor en fronçant les sourcils.

– Je suis sûre que c'est elle qui a tué, effectivement. Cela dit, je pense que ces meurtres sont davantage des crimes d'opportunité que des meurtres savamment orchestrés et préparés. Garance a subi un véritable traumatisme en étant enfant et je pense que, très vite, elle est retournée régulièrement dans les passages secrets que son frère a dégagés et sécurisés pour elle il y a longtemps. Vous avez sans doute remarqué, Victor, que la rampe fixée le long des escaliers est récente, je veux dire, qu'elle n'a pas été réalisée il y a un siècle. Garance devait y déambuler régulièrement, errant jour et nuit dans le château.

– Comme un fantôme, avec sa longue robe blanche… Le fantôme de Saint-Maxent… ajouta Héloïse, d'une voix rêveuse.

– C'est vrai qu'elle était effrayante, à surgir comme ça n'importe où, sans faire de bruit, dit la cuisinière en frissonnant.

– Elle en profitait surtout pour espionner sa famille et notamment sa tante, reprit Charlotte. C'est ainsi qu'elle a appris que le plan pour effrayer et faire partir Béatrix avait échoué, et que sa tante allait vendre son château à Théo. Elle a répété ce qu'elle avait appris à son frère, puis à sa mère. Et c'est probablement ces trois-là qui sont plongés jusqu'au cou dans cette triste affaire.

– Mais Aymeric devait forcément savoir ! objecta Victor.

– J'ignore si Aymeric était au courant, je dirais qu'il avait été laissé dans l'ignorance, reprit Charlotte. Rappelez-vous les lettres de menaces de mort que Théo a reçues, avec un vocabulaire un peu théâtral, et presque enfantin. Je l'imagine mal rédiger ou valider ce genre de menaces. Il ignorait probablement que sa belle-sœur avait décidé de vendre la propriété. McGregor l'avait contacté après avoir appris l'existence du trésor et, ensemble, à l'insu de Béatrix, ils avaient décidé de faire des recherches, que l'Écossais financerait, pour ensuite se partager le butin, sans en avertir Béatrix évidemment. McGregor jouait sur les deux tableaux : il essayait d'obtenir le maximum d'informations d'Aymeric, tout en ayant l'intention d'acheter le château, et de garder le trésor pour lui seul.

– Ce salaud a eu ce qu'il méritait ! siffla Béatrix d'une voix hargneuse.

– C'était un petit peu violent quand même, tempéra Charlotte. L'Écossais n'était pas le seul à être obnubilé par ce trésor. Aymeric, mais aussi Hugues et Clothilde, avaient la ferme intention de le découvrir et de le soustraire à Béatrix et Tristan.

– C'est donc un trésor hypothétique, le mobile de tous ces meurtres ! s'exclama Hortense.

– Non, ma tante, le mobile, c'est le château. Parce que l'assassin, c'est Garance. Ce château est à elle, elle est la dame en blanc du tableau, elle est une partie intégrante de ce domaine. Il ne pouvait pas être vendu, elle devait le protéger de toute intrusion malveillante à ses yeux. Cachée dans le passage secret à espionner, elle a dû apprendre quand aurait lieu le rendez-vous entre Béatrix et Théo, et a attendu la malheureuse dans la forêt pour la tuer. Je ne pense pas que ce soit elle qui ait dissimulé le corps. Elle a probablement grossièrement enterré le cadavre. Mais, apprenant son crime, son frère et sa mère auront dissimulé le corps beaucoup plus soigneusement. Ils ont imaginé pouvoir tromper la police et faire croire, si le corps était découvert, qu'il s'agissait d'un crime du violeur qui rôde dans la région.

Hortense secouait la tête, incapable d'accepter la culpabilité de Garance, dont les souffrances subies étant enfant lui déchiraient le cœur.

– Je n'arrive pas à croire qu'elle soit coupable de meurtre. Pourquoi es-tu si sûre que c'est elle, et non Hugues ou Clothilde, qui soit l'assassin ? Le mobile du trésor est beaucoup plus plausible !

Charlotte soupira.

– Quand nous étions dans la crypte, Clothilde a ordonné à son fils de nous achever avant de nous jeter dans le puits, Tristan et moi. Malgré la haine et le mépris qu'il éprouve pour son cousin, Hugues a été incapable de le tuer de ses propres mains et a longuement hésité avant de le jeter dans le puits. Il n'a pas pu se résoudre à m'achever non plus, ce qui ne fait pas de lui ou de sa mère des innocents pour autant.

La cuisinière renifla, essuyant un œil qui menaçait de pleurer.

– C'est pas lui le tueur, c'est cette Garance. Elle est effrayante ! C'est elle qui attrape tous les animaux qui passent dans la propriété, et qui les tue, je l'ai vue faire plus d'une fois ! Ce n'est pas Hugues, je peux vous l'assurer. Et je peux vous dire que votre petit chien, il est pas passé loin…

Edward se leva et arpenta la bibliothèque, les mains dans le dos.

– D'accord, dit-il en s'arrêtant devant Charlotte. Admettons qu'elle ait tué Théo pour l'empêcher d'acheter le château, mais alors, pourquoi vouloir empoisonner Béatrix dans ce cas ? Ce n'était plus la peine de la tuer.

– C'est vrai ça ! s'exclama Héloïse.

– Edward, assieds-toi, tu me donnes le tournis. J'ai dit que Hugues et sa mère n'étaient pas innocents. Je crois, Béatrix, que vous n'avez jamais été visée par les tentatives d'assassinat de votre belle-famille, mais que leur objectif était de faire disparaître Tristan.

– Quoi ? Mais pourquoi ? gémit la pauvre femme.

– Votre belle-famille pensait que vous effrayer suffirait à vous inciter à arrêter l'organisation de vos week-ends thématiques, tout en mettant votre santé en danger en raison de l'énorme tension que vous subissiez. Leur erreur a été de ne pas imaginer que vous décideriez de vendre le château pour aller vivre dans le Sud de la France. D'où la suite de meurtres que nous connaissons. La seule victime qu'ils avaient planifié d'éliminer était votre fils. Sans vouloir être vexante, vous ne les gêniez pas et ils espéraient que, compte tenu de votre fragilité cardiaque et votre âge, vous ne surviviez pas longtemps au chagrin que la perte de votre fils vous aurait causé.

– Les salopards ! s'énerva Béatrix, que le raisonnement de Charlotte avait tout de même vexée.

– Vous rappelez-vous l'accident de voiture qu'a eu l'un des amis de votre fils ? Les freins avaient soi-disant lâché. Eh bien, il ne s'agissait pas d'une défaillance mécanique, mais d'un sabotage, et comme Tristan était à l'époque le seul à conduire cette voiture, c'est lui qui aurait dû avoir cet accident. Mon hypothèse ne sera pas compliquée à vérifier, la voiture accidentée est toujours chez Roger d'Aubrignan.

Béatrix ouvrit de grands yeux et s'affala dans un fauteuil. Elle sortit une flasque de son sac fourre-tout et avala de longues gorgées d'alcool.

– Ils ont voulu tuer mon fils ! Qui a fait ça ? dit-elle en passant le revers de sa main sur sa bouche.

– Je dirais que Hugues a probablement saboté les freins, sur une idée de Clothilde évidemment.

– Et après ils ont voulu m'empoisonner...

– Non, pas vous, Béatrix. C'est Clothilde qui a organisé cet empoisonnement au muguet avant même de savoir que le corps de Théo avait été découvert. Hortense m'a dit que vous n'aimiez pas manger pendant l'accueil de vos invités. Clothilde le sait aussi, vous ne risquiez pas de tomber sur un canapé empoisonné, contrairement à Tristan qu'elle savait friand des navettes au saumon. Ces hors-d'œuvre ont été empoisonnés et lui étaient destinés par les serveurs, qui le connaissaient bien et qui, par sympathie, lui en réservaient peut-être régulièrement. Clothilde voulait profiter du week-end pour que Tristan, qui souffre des mêmes faiblesses cardiaques que vous, fasse un malaise en espérant que cela l'affaiblisse. Peut-être même le but était-il de tuer Tristan en espérant que vous attribueriez cette mort ou ces malaises aux phénomènes paranormaux qui vous hantaient depuis plusieurs mois. Mais les Fontenoy n'avaient pas prévu que nous trouverions le corps de Théo ce jour-là, et certains canapés avaient déjà été empoisonnés.

Charlotte se tourna en grimaçant vers Éléonore.

– Tu nous as bien dit avoir surpris Clothilde qui allait récupérer un plateau de hors-d'œuvre ce soir-là ? Cela n'a pas manqué de vous étonner, Marie-Josèphe et toi, car elle n'aidait jamais au service. En réalité, vous l'avez empêchée de se débarrasser des canapés empoisonnés avant qu'ils ne soient proposés aux invités. Avec la police qui traînait sur la propriété, il ne fallait pas davantage attirer l'attention sur eux. Mais c'est Ginette Latoupy qui a récupéré pour elle seule un plateau qui aurait dû être distribué. Compte tenu de sa faiblesse cardiaque, ça lui a été fatal.

Éléonore porta une main à son cou, échangeant un regard affolé avec la cuisinière.

– Tu veux dire que nous avons tué la pauvre femme en…

– Non, Maman ; c'est le poison qui a tué madame Latoupy, et ce poison a été injecté par Clothilde, ou peut-être par Apolline, à son insu. Mais sûrement pas par vous.

– Et pour McGregor ? demanda Anatole, fasciné par le récit de Charlotte.

– Je pense qu'il est revenu au château pour retrouver Garance.

– Garance ? J'étais sûre que c'était Apolline… s'étonna Héloïse.

– Rappelez-vous que Théo avait menacé son ex-mari de révéler son penchant pour les très jeunes femmes. Lors de sa venue au château, McGregor a aperçu Garance pendant le cocktail. J'ai d'abord pensé qu'il s'intéressait à Apolline, comme tout le monde, mais il est plus probable que ce soit Garance qu'il ait remarquée. Sa petite taille, sa jeunesse et ses attitudes enfantines l'auront sans aucun doute séduit.

– Je n'arrive pas à y croire, geignit Béatrix dont la pâleur révélait le choc qu'elle subissait.

– Pourtant, je pense que c'est ce qui s'est passé. Quand nous étions dans la crypte, Hugues a évoqué « cette immonde pourriture d'Écossais » qui était « le vice incarné ». Ce vocabulaire m'incite à penser que lors de la soirée, Garance et le vieil homme se sont croisés et qu'il a été sinon insistant, au moins démonstratif sur l'effet qu'elle pouvait lui faire. Le médecin, que nous savons très protecteur avec sa sœur, a dû en concevoir un profond dégoût.

– Garance a vingt-cinq ans, ce n'est plus une gamine, protesta Héloïse.

– Oui, mais elle affiche tous les codes de la femme enfant. Elle est très menue et, avec ses longs cheveux blonds, ses tenues drapées qui rappellent les fées des légendes celtes, tout chez elle rappelle l'innocence de l'enfance… et elle le sait. Garance a probablement eu connaissance des penchants du vieil homme, cachée dans le passage secret, et écoutant les conversations de Théo et Béatrix. Pour en revenir à McGregor, elle lui aura demandé de revenir plus tard au château et de la retrouver dans la petite chapelle. Je ne sais pas exactement comment ça s'est passé là-haut. Hugues peut-être, plus probablement Clothilde l'aura sûrement aidé à assommer ou à étourdir le vieil homme et à le mettre dans la vierge de fer. Le reste, vous connaissez.

Le silence se fit et tous se regardaient, sidérés par ce que venait d'exposer Charlotte.

– Donc Apolline n'a rien à voir avec tout ça ?

– Eh non, Victor, mais je vais malheureusement devoir briser vos projets romantiques, dit Charlotte en prenant un air désolé. Je pense qu'elle était absente la nuit dernière, car elle est allée retrouver son amant, que le capitaine Blanchard avait enfin relâché, à savoir, Éloi d'Aubrignan, le frère de Théo. Désolée, Victor, ajouta-t-elle avec une moue faussement compatissante.

Victor secoua la tête avec un petit sourire.

– Comment sais-tu cela ? interrogea Héloïse.

– Lors de la soirée où Maman a donné sa deuxième conférence, Éloi était là avec sa mère. Je l'ai surpris qui observait Apolline et Victor, et il ne faisait aucun doute qu'il crevait de jalousie. Il ne pouvait pas se permettre de faire un esclandre, mais il était évident que ces deux-là se connaissaient très bien, et qu'elle faisait tout pour le rendre jaloux, en se servant de vous, Victor.

– Mais comment prouver tout ce que tu avances, Charlotte ? soupira Edward.

– Je te dirais bien que ce n'est ni mon affaire ni la tienne, et que Blanchard pourrait commencer à activer ses neurones, sourit Charlotte. Mais je suis bonne fille. Je pense que Hugues n'avouera jamais qu'il ment pour couvrir sa sœur. En revanche, je crois que si elle interroge intelligemment Garance, en lui demandant d'expliquer pourquoi elle a tué, il est possible qu'elle vous raconte tout, le plus innocemment du monde. C'est pour ça que Hugues s'est empressé de tout avouer. Il la protège encore. Comme la petite fille qu'elle a choisi de rester, elle a sa propre notion du bien et du mal. Elle s'est contentée de défendre son territoire et n'a rien fait de répréhensible, selon ses valeurs à elle. Je suis persuadée qu'elle vous racontera ce qu'elle a fait sans état d'âme, et sans rien cacher.

Un long silence marqua la fin de l'exposé de Charlotte.

– Finalement, Hugues et Garance sont les premières victimes de cette triste histoire, conclut Hortense en soupirant.

– Peut-être, mais Hugues voulait surtout garder le château pour retrouver le trésor du Chevalier et se l'accaparer, objecta Héloïse.

*

– À ce propos, il reste une dernière chose à éclaircir, si vous le permettez Charlotte, dit alors Anatole en toussotant.

– Je vous en prie, je laisse la parole au spécialiste, sourit la jeune femme.

L'ancien professeur se leva et fit quelques pas au centre de la bibliothèque, de façon à capter l'attention de son auditoire, comme il avait eu l'habitude de le faire avec ses élèves.

– Mes amis, commença-t-il alors que tous les regards étaient braqués sur lui. Je dois vous avouer que je suis féru de chasse au trésor et que cette légende autour du trésor du Chevalier de Saint-Maxent ne pouvait que me passionner. Ce Chevalier croisé, survivant de la huitième croisade, revenu avec un butin fabuleux, qui retrouve sa douce épouse, dont il était follement amoureux, pour la perdre tragiquement un an après son retour. Il perd la mère et l'enfant qu'elle venait de mettre au monde, et décide de se retirer dans le donjon de son château, vivant comme un ermite jusqu'à sa mort, sans jamais partager son trésor, qu'il destinait à sa seule bien-aimée… Belle histoire d'amour tragique, tellement romanesque. Elle contenait tous les ingrédients d'une légende. Elle fut racontée par de nombreux chroniqueurs de l'époque, dont j'ai pu traduire les textes que j'avais déjà en ma possession. Elle fut reprise, adaptée, dramatisée, jusqu'à devenir une légende romantique. Mais le fond de l'histoire demeure bien réel. Après avoir étudié les nombreux documents envoyés par ma chère Hortense (il se tourna vers elle et lui sourit) et compte tenu des informations que j'avais déjà accumulées auparavant, je suis parvenu à la conclusion que le trésor du Chevalier de Saint-Maxent n'était pas une légende, mais existait réellement.

Héloïse ne put retenir un petit cri d'excitation.

– Je le savais, chuchota-t-elle en se penchant vers sa sœur.

– Comme vous le savez, Charlotte a découvert, alors qu'elle était prisonnière dans le puits, des restes humains qui sont actuellement entre les mains de spécialistes pour les dater et en déterminer l'identité. J'ai donc analysé de nouveau les informations que j'avais en ma possession à la lumière de cette découverte,

Anatole leva les yeux sur le portrait de la femme en blanc et se tourna pour observer son auditoire, suspendu à ses lèvres.

– La légende autour de cette histoire a grandement déformé la réalité. J'ai découvert, grâce aux documents de Francesca, que le Chevalier avait quarante-cinq ans lors de son mariage, alors que sa jeune épouse en avait à peine quinze. Et je me suis demandé s'il s'agissait réellement d'un mariage d'amour. On peut penser que c'était peu probable. Les mariages étaient pour la plupart arrangés, et bien peu devenaient des unions amoureuses. On peut alors imaginer que lors de son retour de croisade, le Chevalier ne fut pas aussi bien accueilli par sa douce et très jeune femme. Il était parti pendant de longs mois, et la jeune femme qui n'avait que seize ou dix-sept ans, rappelons-le, et qui avait déjà mis au monde un petit garçon, a sans doute espéré qu'il ne reviendrait pas. Peut-être aussi, s'est-elle amourachée de l'un des jeunes palefreniers ou écuyers de son époux, du même âge qu'elle, et qui était au château. Le deuxième enfant qu'elle portait était-il de son mari ou de son amant ? Personne ne le sait et ne le saura jamais. Ce que l'on sait en revanche, c'est qu'un jeune écuyer a été pendu moins d'un an après le retour du seigneur dans le bois du domaine, qui porte toujours le nom de « bois du pendu » aujourd'hui. J'ai découvert aussi que la jeune femme n'est pas morte en couche, mais qu'elle a disparu *après* ses relevailles. Elle avait mis au monde un enfant mort-né, qualifié de « bâtard » dans l'un des textes de l'époque, et rappelé à Dieu pour racheter la faute de sa mère.

– Le Chevalier aurait tué sa femme et son amant ? s'exclama Béatrix.

– Nous n'en savons rien. La seule chose certaine est la mort du jeune garçon, pendu par le Chevalier dans un accès de rage.

– Cela n'avait peut-être rien à voir avec sa femme !

– Vous avez raison, Héloïse, convint Anatole. J'extrapole, et cela n'est pas très professionnel. Les seuls faits que j'aie découverts sont la grande différence d'âge entre le Chevalier et son épouse, la mort de la jeune femme après son accouchement, la qualification de bâtard pour le bébé, et la pendaison d'un jeune homme dans le bois du pendu, le reste n'est que le fruit de mon imagination. Ce qui suit est plus intrigant. En poursuivant mes recherches, je me suis aperçu d'une particularité étonnante. Nous pensions tous que Théosauria portait le prénom de l'épouse du Chevalier, en vertu d'une coutume familiale très ancienne : il s'agirait d'un hommage à cette jeune femme dont le destin cruel a marqué l'histoire de ce château. Aucun de nous n'a imaginé que l'orthographe de ce même prénom ait pu évoluer à travers les siècles, comme c'est le cas pour de très nombreux prénoms d'ailleurs. C'est ainsi qu'en étudiant attentivement les chroniques de l'époque, je me suis rendu compte que la jeune femme du tableau ne se prénommait pas Théosauria, mais *Thésauria*.

– Mais bien sûr ! s'écria Béatrix. Rappelle-toi, Éléonore, lors de la séance dans ma chambre, c'est ce prénom qui était épelé !

– Thésauria vient du latin *thesaurus*, qui signifie « trésor », dit Anatole en hochant la tête et en désignant le portrait de la femme en blanc. Le trésor que le chevalier a enterré n'était pas d'or et d'argent, mais plutôt de chair et de sang… Les chroniques ne mentionnent aucune sépulture au nom de Thésauria, rien qu'une pierre sans cercueil qui a disparu depuis fort longtemps. Et alors qu'elle était prisonnière dans le fond du puits, Charlotte a découvert un bijou qui ressemble de façon très troublante à celui que portait la jeune femme sur le tableau qui est ici, dit Anatole en désignant le portrait. Nous saurons bientôt si le Chevalier, fou de jalousie, n'a pas enterré son « Trésor », qui serait en réalité sa malheureuse épouse, dans le fond du puits, trompant pendant des siècles ses descendants sur la nature réelle de son trésor.

L'assemblée restait bouche bée, estomaquée par cette dernière révélation.

– Je préférais la version « d'or et d'argent » ! grommela Héloïse.

– Je crains malheureusement que cette hypothèse ne soit la bonne. Observez bien, ce tableau ne reflète-t-il pas cette tragique histoire ? poursuivit Anatole en observant la toile posée sur le manteau de la cheminée.

– C'est possible, dit Béatrix en sortant un verre pour se servir du cognac. Ce tableau est la reproduction d'une esquisse réalisée par un anonyme vers la fin du XIIIe siècle.

– Oui, l'artiste, probablement au courant de la réalité, a représenté la jeune femme regardant avec tristesse le bois où a été pendu son amant, dit Hortense pensive.

Anatole hocha doucement la tête.

– Nous ne le saurons jamais. La seule chose que nous pourrons apprendre peut-être, si des descendants existent aujourd'hui, c'est l'identité de la malheureuse femme que Charlotte a découverte dans le puits.

– Quand je pense à toutes ces morts pour un trésor qui n'existait même pas ! s'exclama Héloïse.

– Il ne me reste plus qu'à raconter tout ça à Blanchard, dit Edward en se levant.

– Mais comment avez-vous eu l'idée de creuser le mur à cet endroit-là, Charlotte ? interrogea Victor.

La jeune femme regarda Éléonore et échangea avec elle un petit sourire. Elle lui confierait sans doute un jour qu'elle avait le sentiment d'avoir été guidée par quelque chose qu'elle ne comprenait pas, mais dont elle ne pouvait rejeter la réalité. Une âme, un esprit, un fantôme, une force issue du monde invisible… qu'importe, mais quelque chose l'avait accompagnée depuis le début, l'avertissant à travers ces odeurs d'encens ou les sanglots qu'elle et Victor avaient entendus pour les mettre en garde. Elle avait senti cette odeur dans la petite chapelle, comme un avertissement concernant l'assassinat de McGregor. Elle l'avait encore senti dans le couloir, la veille au soir, peut-être pour l'avertir du danger qu'elle courait en se rapprochant d'un peu trop près de la famille Fontenoy. Et dans le puits, cette odeur et l'impression d'avoir vu une marque sur une pierre, pour la guider vers les restes de Thésauria. Comment expliquer ça ? Elle-même ne comprenait pas ce qu'elle avait vécu.

– Charlotte ? relança le jeune homme.

– Oui, dit-elle, je dirais que c'est l'intuition, Victor.

Épilogue

Vendredi 12 juin 2009

Bourg-sur-Gironde. 15 h

Attablée sur sa terrasse, Charlotte buvait un thé glacé en mangeant quelques-unes des friandises que contenait le colis apporté par Victor.

Béatrix était finalement revenue sur sa décision de vendre son château. Elle avait fait promettre à Éléonore de revenir donner ses conférences et assurer quelques ateliers spirites, comme avant. Charlotte, Héloïse et Hortense seraient toujours les bienvenues.

Tristan se remettait rapidement de sa terrible chute, et Béatrix avait confié la gestion de la superbe serre de Clothilde à Guislain, l'ami de Tristan. Elle avait promis de la réhabiliter peu à peu.

En entendant pétarader une moto, Charlotte actionna l'ouverture automatique du portail. Victor avait annoncé sa venue pour aujourd'hui, il passait la voir avant de rejoindre son père à Arcachon. Balthazar se leva pour aboyer mollement, avant de revenir se coucher auprès de Charlotte.

S'arrêtant juste devant elle, le jeune homme coupa le moteur et retira son casque, son blouson en cuir et ses gants.

– Vous avez abandonné votre charmant pot de yaourt ?

– Je ne l'avais que le temps de récupérer ma moto.

– Vous devez crever de chaud là-dessous !

– C'est le prix à payer pour ne pas finir en steak haché.

– Très jolie moto.

– C'est une Ural.

– C'est russe ?

– C'est solide.

– Sympa aussi le side-car.

– Au cas où vous voudriez m'accompagner.

– Sans façon, sourit Charlotte. Du moins pour le moment.

– Je suis passé voir Kermorvan ce matin. Il recherche toujours le tueur de joggeuses, dit Victor en s'asseyant en face de la jeune femme.

– Je suis persuadée qu'il finira par mettre la main sur cette ordure.

– J'espère… Et pour les Fontenoy, j'imagine qu'il vous a mise au courant ?

– Oui, je suis contente d'avoir vu juste. Blanchard a pu obtenir sans problème des aveux.

Adossé dans un étroit fauteuil en rotin, Victor observait la jeune femme. Les contusions qui marquaient son visage avaient presque toutes disparu, même s'il restait quelques traces d'une teinte jaunâtre, dernières nuances à s'effacer. Elle portait un débardeur, il put ainsi constater que les dernières égratignures avaient cicatrisé. Son bras gauche était toujours en écharpe, mais il avait observé qu'elle l'avait accueilli sans boiter.

– On fait une sacrée équipe, non ?

– C'est vrai qu'à jeun, vous pourriez être pas mal, sourit Charlotte.

– Vous savez parfaitement que Hugues nous a drogués avec un décontractant qu'on donne aux chevaux ! Mélangé à l'alcool, on n'avait aucune chance !

– Ah c'est ça ! « Mélangé à l'alcool », je me demandais depuis le début où était l'erreur !

Le jeune homme n'était pas très fier de cet épisode qui aurait pu très mal se terminer.

– Mais vous avez raison, Victor, on a fait du bon boulot, tempéra Charlotte, conciliante. Si vous n'étiez pas entré de force dans le château, on y passait. Blanchard faisait une fixette sur les d'Aubrignan et, comme votre voiture était à la gare, personne ne nous aurait cherchés suffisamment rapidement pour qu'on s'en sorte vivants. Donc oui, on fait une sacrée équipe. Je crois que je ne vous ai même pas remercié.

La jeune femme tendit une main pour serrer celle de Victor.

– Je me dis qu'on ferait un sacré tandem si on travaillait ensemble.

– Je serais le cerveau et vous les muscles ? Le genre « Holmes et Watson » ou « Poirot et Hastings » ? dit-elle en retirant doucement sa main.

– Je ne suis pas qu'un corps, vous savez !

Victor passa un mouchoir en papier sur son front pour essuyer les gouttes de sueur qui perlaient.

– Rentrons et venez boire un truc frais.

En entrant dans la vieille maison, une sensation de fraîcheur enveloppa le jeune homme. Il balaya la pièce immense du regard ; les murs étaient en pierres apparentes. Le salon s'ouvrait sur une cuisine qui semblait être en travaux. Il remarqua des vêtements d'enfants jetés sur un canapé, une pile de livres posée sur le sol à côté d'un fauteuil placé près d'une fenêtre, les coussins des chiens, un carton rempli de Lego Stars Wars sur la petite table du salon, et du linge, qu'il supposait propre dans une panière, attendant probablement d'être plié et rangé. Tout ça respirait une vie de famille tranquille et joyeuse, ainsi qu'il l'imaginait.

– Vous êtes seule ? Et où est Oups ?

– Les filles sont à Bordeaux, et ce chien ne quitte plus les bras d'Héloïse ! Elles sont allées assister à une conférence donnée par une collègue de ma mère. Elles devraient rentrer vers 19 h. Et les enfants sont à l'école.

– Ça tombe bien, je voulais vous parler.

Charlotte se sentit brusquement gauche, un peu gênée de se retrouver seule chez elle avec lui. Elle lui indiqua un fauteuil.

– Asseyez-vous… vous voulez boire quelque chose ? Thé ? Café ? Jus de fruits… ou cognac ? sourit-elle.

– Un verre d'eau m'irait très bien, merci.

Victor se dirigea vers une console sur laquelle était posée une quinzaine de photos joliment encadrées ; les filles d'Héloïse sur la dune du Pilat avec Hortense et Éléonore, Éléonore encore, avec un vieil homme aux cheveux blancs, probablement son défunt mari. Certaines représentaient des adolescents qu'ils ne connaissaient pas, ainsi qu'un second vieil homme, probablement le mari d'Hortense. Beaucoup de photos d'enfants de tous âges.

– J'étais sérieux tout à l'heure, quand je disais qu'on devrait envisager de travailler ensemble. Je transfère dès cet été mon agence à Bordeaux. Je suis un bon détective, et vous aussi.

– Vous avez pris un coup de chaud, non ? se moqua Charlotte depuis la cuisine, en versant quelques glaçons dans un verre d'eau.

L'idée ne lui déplaisait pourtant pas, mais elle n'était pas sûre que cela soit une bonne chose de travailler quotidiennement avec lui. Derrière le comptoir de sa cuisine, elle observait discrètement le jeune homme. Elle devait bien avouer qu'il était très séduisant et qu'elle se sentait trop souvent troublée en sa présence. S'ils travaillaient ensemble, pas question de succomber comme une midinette, ça serait le fiasco total. Saurait-elle le tenir à distance ? Saurait-elle *se* tenir à distance ? Elle soupira et secoua la tête ; non, ça serait une très très mauvaise idée de travailler avec lui.

– Je suis très sérieux, Charlotte. Je sais qu'on formerait une équipe formidable, ajouta-t-il, comme s'il devinait ses hésitations.

– J'y réfléchirai.

Victor prit une photo qui représentait les fils de Charlotte avec leur père.

– Je n'ai pas eu l'occasion de vous le dire, mais je suis désolé pour vous… pour vos fils… dit-il quand il sentit la présence de Charlotte dans son dos.

La jeune femme lui reprit le cadre et le reposa derrière une autre photo, dissimulant ainsi le visage de son ex-compagnon.

– Vous n'y êtes pour rien. Et de toute façon, j'aurais fini par le découvrir.

– Ça ne fait aucun doute », acquiesça Victor. Il se tourna pour lui faire face. « Je voulais vous dire…

Il hésitait… Comment lui avouer qu'il avait eu peur de la perdre et qu'il s'était rendu compte qu'il avait besoin de la revoir ? Comment lui dire qu'il ne voulait pas qu'elle sorte de sa vie ?

La jeune femme attendit la suite d'une déclaration qui ne vint pas. Elle pensa qu'il ne savait probablement pas comment l'interroger sur ce qui s'était passé dans le manoir des Montergnac. Elle savait qu'il devait rejoindre son père à Arcachon. Elle s'attendait à ce qu'il l'interroge pour savoir la vérité. Mais même si elle regrettait que les relations entre les Capestan père et fils se soient détériorées, elle n'avait pas le droit de trahir la confiance de Jacques Capestan.

– Je sais ce que vous allez me dire, Victor. Vous voulez savoir ce qui s'est passé cet hiver avec votre père, et je le comprends. J'en suis navrée, mais je ne peux rien vous apprendre. Cela a été difficile pour votre père de découvrir le passé de celui qu'il croyait son ami, et c'est probablement ce qui continue de le troubler. Mais je ne peux rien à vous révéler de plus.

Le jeune homme plissa les yeux, ces dernières heures avaient été tellement mouvementées qu'il en avait oublié que c'était la raison de sa venue à Font-Saint-Maxent.

– Je ne vous cache pas que cela me déçoit profondément, dit-il sans ciller, le regard vrillé dans celui de Charlotte. Attendez-vous à me revoir souvent, jusqu'à ce que vous acceptiez de me révéler ce que vous savez.

Il saisit le verre que Charlotte tenait dans la main et le but d'une traite. Puis, tranquillement, il sortit de la maison, le sourire aux lèvres.

GRAND PRIX *Femme actuelle* 2020
COUP DE CŒUR DU JURY
Président : Gilles Legardinier
« Un huit clos fatal ! » *Femme Actuelle*

Disponible en librairie et en version e-book

Un polar captivant dans le décor de la côte d'Opale.
Êtes-vous prêts à découvrir la vérité ?

Disponible en librairie et en version e-book

Un polar astucieux et prenant sur la piste
d'un mystérieux « tueur aux cartes ».
Et si cette enquête était plus personnelle
qu'il n'y paraissait ?

Disponible en librairie et en version e-book

PAR LE GAGNANT DU PRIX
SUSPENSE PSYCHOLOGIQUE 2020
« Un thriller aux rebondissements étourdissants. »
Femme Actuelle

Disponible en librairie et en version e-book

« Une enquête palpitante au cœur d'un thriller sanglant. »
Femme Actuelle

Disponible en librairie et en version e-book

Grand Prix
Femme Actuelle 2021

COUP DE CŒUR DES LECTRICES

Françoise BOURDIN, présidente du jury

« Vieillir avec humour et indépendance, quel défi ! »

Troisième jeunesse

Laurent Lagarde

« La nostalgie de la vieillesse ne peut pas gâcher une âme restée jeune ! »

À 79 ans, Alexandre déprime dans une luxueuse maison de retraite, entre les sosies de chanteurs morts, les quizz du soir et les tournois de tennis virtuels. Trois rencontres inattendues vont bouleverser sa vie. Soudain, les voyages deviennent quotidiens, le Petit Prince fait des dessins, les surprises se succèdent et des secrets se dévoilent. Pour la première fois, Alexandre va éprouver un frisson délicieux: l'urgence de vivre. Il prend alors une décision qui changera la fin annoncée de son histoire.

Un roman plébiscité par un comité de lecture grand public.

Disponible en librairie et en version e-book

Au fond de son grenier, Sophie découvre une vieille valise
contenant des photos familiales.
Elle se remémore alors ses souvenirs d'enfance,
dans cette famille un peu farfelue,
et déroule le fil de sa vie…

Disponible en librairie et en version e-book

Un voyage familial touchant et lumineux
pour resserrer les liens entre les générations

Disponible en librairie et en version e-book

Un feel good pétillant pour les amoureux des chats,
inspiré de l'histoire vraie des célèbres chats à six doigts
de la maison d'Hemingway près de Miami

Disponible en librairie et en version e-book

Le nouveau roman de l'autrice à succès Heidi Swain !
Une histoire d'amour drôle et attachante à la campagne

Disponible en librairie et en version e-book

GAGNANT DU PRIX *Femme Actuelle*
DÉVELOPPEMENT PERSONNEL 2022
« Vivre en grand la magie d'une rencontre »
Florence Servan-Schreiber, présidente du jury

Disponible en librairie et en version e-book

COUP DE CŒUR DU PRIX *Femme Actuelle*
DÉVELOPPEMENT PERSONNEL 2022
« Des vies aussi humaines que riches »
Florence Servan-Schreiber, présidente du jury

Disponible en librairie et en version e-book

L'histoire pleine d'entrain d'une héroïne déterminée à changer de vie, et ses conseils en dix chapitres pour y arriver !

Disponible en librairie et en version e-book

Avec Femme Actuelle publiez votre livre et réalisez votre rêve de devenir auteur

Éditez votre livre en 3 étapes seulement !

1

Créer son livre : choix de la couverture, correction, service éditorial...

2

Imprimer et recevoir son livre chez soi dans la quantité souhaitée

3

Diffuser ses livres papier et ebook dans des milliers de librairies pour en percevoir les revenus

Notre service permet à chacun d'éditer et de rendre disponible de manière simple, autonome et sécurisée son livre auprès de millions de lecteurs.

Inscrivez-vous et testez gratuitement en 2 clics dès aujourd'hui !

EN CADEAU,

téléchargez vos 2 premiers ateliers d'écriture en vous rendant sur :

www.femmeactuelle.fr/autoedition

Impression :
Achevé d'imprimé en France par
CPI Brodard & Taupin
pour le compte des éditions

NOUVEAUX AUTEURS

Dépôt légal : février 2022
N° d'impression : 3046131

Directeur des éditions Nouveaux Auteurs : Jean-Laurent Poitevin

Pour les Éditions Prisma :
Responsable éditoriale : Ambre Rouvière
Assistante éditoriale : Sunniva Bischoff
Correction et composition : Nord Compo Multimédia
Conception graphique de la couverture : Nord Compo Multimédia
Illustration de couverture : © Shutterstock/Olga_Belova, © Shutterstock/Disa_Anna, © Shutterstock/julio chaniago 76, © Shutterstock/fle-x-elf

ISBN : 978-2-8195-0690-4
© 2022 Éditions Prisma / Prisma Media

Tous droits réservés. Toute reproduction, même partielle, de cet ouvrage est interdite sans l'autorisation écrite de l'éditeur.
Une copie ou une reproduction par quelque procédé que ce soit constitue une contrefaçon passible des peines prévues par la loi sur la protection du droit d'auteur.

Depuis 2009, Prisma Media met en place une politique d'achat éco-responsable. Ainsi, une majorité du papier de nos magazines est certifié (gestion durable des forêts). La fabrication des livres des Editions Prisma s'inscrit également dans cette démarche.